古代心性表現の研究

古代心性表現の研究

森　正人

岩波書店

前書き

本書の目的

本書は、古代日本における心性すなわち心、魂(たましい・たま)、霊(たま・もの・れい・りょう)およびその他の超自然的存在(神・鬼・天狗・精など)の性質や働きに対する理解、また死生観、冥界観、およびこれらに関する表現の成立と特質を明らかにすることを目的としてまとめられた。ただし、それは古代日本人の精神構造を問うことと同じくはない。精神構造が重要でないわけではないけれども、そこに問題を収斂させるのでなく、心性に対する認識や感覚が表現を生成する関係、あるいは逆に言語表現を通じて古代の人々が新たに心や魂のあり方を発見し、認識を深める関係を明らかにしようとするものである。

心や超自然的存在は一般に有形ではないとされ、あるいは目に見えないともされる。しかし、それらは古代の人々にとって、肉眼に捉えられるものよりもはるかに強い実在感を伴って感得される存在であった。また、ある条件のもとでは、あるいはその能力や感性を具えている人々にとってはありありと目に見える存在であって、実際それが見えるとして表現されることも少なくない。心や超自然的存在の見え方あるいは見えなさは、表現のしかたを規定する。このことは、表現の方法が心や超自然的存在に対する古代の人々の見方を示すとともに、心や超自然的存在の本性を物語っていると言い換えられるであろう。

本書は右のような目的に沿って、具体的には以下に示すような観点と問題意識に基づく四つの課題に対して調査、分析、論述を行うこととする。

観点と課題

心や超自然的存在に対する日本人の認識や感覚は、この列島に人間が住み始めるようになってこのかた長い時間のなかでかたちづくられ、醸しなされ、引き継がれてきた。その間、海彼より渡来した人々と将来された書物を介して、中国思想、仏教思想の流入が続いた。それらは基盤的な心身観、霊魂観の上に積み重なり層をなしているばかりでなく、新旧が浸透融合し、インドとも中国とも朝鮮半島とも異なる独特の考え方や感じ方が形成され、また言語表現や絵画や彫塑像による表現も生まれた。古代の日本の文献における心や超自然的存在に対する呼称、表記は、そのような背景を考慮に入れて理解しなければならない。そこで、表現の分析に当たっては、心や超自然的存在にかかわる言葉の語義およびその変化を検討する必要がある。これが本書の課題の第一である。

心や超自然的存在に対する考え方、死生観に関する言葉は、日本で享受された漢籍と仏典、あるいは日本漢文資料、記録文(変体漢文)資料、仮名文資料など文献の性質によって異同があり、また仮名文資料たとえば作り物語のなかでは登場人物の性、身分によって位相差が認められる。文献資料を読み解くに当たっては、これらのことへの配慮が求められる。また、人が霊魂や超自然的存在に対峙する場合、祭祀、供養、祈禱など何らかの宗教的手立てを講じる必要がある。宗教的な対処に当たっては適正な方法で正しく手順を踏まなければ、人間と社会に悪しき影響を及ぼすことになる。併せてその対象、対応方法、道具、所作に関してはそれを呼ぶ決まった言葉が必要とされ、ここに語彙体系が観察されることになる。その体系は古代日本人の心性に対する観念を反映しているのであって、そのような観点から語彙の調査と整理、記述を行うことが課題の第二である。

古代日本人の心性に関する記述はさまざまの文献に見られ、これを書き記す関心、観点、目的、方法は一様ではないけれども、それら諸文献を重ね合わせ、相互に照らし合わせることによって、古代の人々の心性や超自然的存在に対する共通の観念が明らかになるであろう。同時に、和歌、作り物語などの仮名文献にあっては個性的、独創的と見られる表現も少なくない。しかし、それらの表現も、その時代のその社会の基盤的な考え方に根ざし規定されているのであって、基盤的なものとの関係において把捉され位置付けられなければならない。古代日本人に共有されているものと個別表現における達成との関係の記述が本書の課題の第三である。

本書は、右のような心性表現をめぐる検討を通じて文献読解の基礎を整備するとともに、その成果を踏まえて、第四の課題として和歌、物語、説話などの作品を読み解く方法と評価する観点を提示し、その見過ごされてきた価値あるいは新たな価値について記述する。

右の問題意識と課題とは強いて整理を加えたものであって、実際の論述はこれらがあるいは重なり、あるいは交錯することになろう。

構成と各部・各章の趣旨

ここに本書の構成を示すと、はじめに序章を置き、これに続く全体を五部に分かつ。各部は、第一部に〈もののけ〉、第二部に鬼、第三部に龍蛇、第四部に翁、第五部は死と、取り上げる素材によって区分してある。

続いて、各部、各章の趣旨を述べる。

序章「古代心性表現論序説」は古代日本人の心性をめぐって、論述のためにいくつかの視点を求め、表現の特質について概括的に記述する。心、鬼、龍蛇、鏡、影、魂などの基本的事項についての検討を行い、これらをめぐる言語表現、特に古代の人々が目に見えぬ心を表現する特徴的な方法について論述している。本書が取り上げる諸課題を分かりやすく展望するものでもある。

第一部「〈もののけ〉――霊魂と憑依」は、古代の文学にもしばしば登場する〈もののけ〉について論述する六章から成る。第一章「〈もののけ〉と物怪」では、混同されがちであった〈もののけ〉と「物怪」について諸説を整理しつつ、それぞれの性格を明確にする。〈もののけ〉および「物怪」の表記、用法について記述し、「邪気」「怪異」「もののさとし」等との関連にも言及する。第二章「〈もののけ〉と霊物――源氏物語の読解に向けて」、第三章「〈もののけ〉現象と対処をめぐる言語表現」、第四章「〈もののけ〉の憑依をめぐる心象と表現」は、源氏物語を始めとする文学作品およびその他の古代文献を読み解くために、〈もののけ〉に関する基本的な問題を整理し、その性質を明らかにしている。〈もののけ〉の定義を行い、〈もののけ〉の成因、発動から放逐に至る一連の事象と人間の営為の類型を導き出し、〈もののけ〉に関する語彙体系を提示する。また、〈もののけ〉は憑霊現象として捉えられるのであって、モノ(霊的存在)の人間への作用すなわちツク(付・託・憑など)現象、イル(入)現象とそのことをめぐる表現に注目して、古代の人々の心身観、霊魂観について記述する。第五章、第六章は、右の基礎的研究を踏まえて個別文献に対する解釈を提示する。第五章「紫式部集の〈もののけ〉表現」は、紫式部集における〈もののけ〉の憑依および調伏を描いた絵とこれを見て詠まれた二首の和歌の解釈を提示し、第六章「源氏物語「夕顔」巻某院の怪――それは〈もののけ〉ではない」においては、「夕顔」巻における某院の怪異および後日の光源氏の病相とそれに対する周囲の判断に関する叙述の分析を通して作品解釈の視点を提示する。

第二部「鬼――外部と内界」は、オニをめぐる古代の人々の言説に関する検討を行う。第一章「霊鬼――今昔物語集の名指し」では、「本朝付霊鬼」と題される今昔物語集巻第二十七の説話編成の方法の分析と、該巻第六に語られる東三条殿の怪異の読解を通じて霊、精およびこれらの作用についての古代の人々の捉え方を導き出す。第二章「鬼の手――外部の形象」には、妖怪特に鬼の形象と表現を検討するとともに異界に対する古代の観念について論述する。第三章「心の鬼の本義」は、平安時代中期仮名文に用いられ始めた「心の鬼」という言葉が適切に理解されていないことに鑑み、その原義および用法を明らかにし、平安時代後期、鎌倉時代以降の用法の変化についても論及している。第四章「門と車と心と鬼をめぐる贈答歌――基俊集と康資王母集」では、鬼および「心の鬼」を詠み込んだ藤原基俊と康資王母との贈答歌を読み解く。

第三部「龍蛇――罪障と救済」は、龍および蛇の持つ神話的・宗教的意味を検討するとともに、人間の罪と魂の救済の問題を扱う。古代仏教説話は、しばしば罪業と救済とが表裏一体の関係にあることを語る。そして、善と悪、生と死、神聖と卑俗の相対立する局面にしばしば龍蛇を登場させる。第一章「聖なる毒蛇／罪ある観音――鷹取救済譚」は、本朝法華験記その他に載る、鷹の雛を獲ることを生業とする男が死に直面するものの、出現した大蛇(観音経の化現であったと後に知る)によって命の助かる説話にあって、男の罪の象徴である毒蛇がかえって男を救済するという語り方をめぐって説話の思想性と表現性を解析する。第二章「説話に漂う匂い――罪業のしるしと救済の予感」は、匂いを視点として罪と救済の問題を扱う。鬼、毒蛇、天狗等は、彼らの発するその生臭さによって野蛮性と卑賤性を示す。人間もその例外ではない。そして、清浄であるべき僧が、あえて生臭い魚や肉を口にする説話を取り上げ、彼の堕落と浄行が表裏をなすところに宗教的真実が際どく立ち顕れてくる問題を扱う。第三章「現在の心と未来の姿――壺中蛇影譚」は、酒壺の中に予期せぬものを見いだす型の説話をめぐり、そこに見えるものが何であるかという観点から、今昔物語集の説話において壺の中に見えた蛇の意味するものを読み解く。

第四部「翁――聖性と化現」は、文学と芸能における翁の性格と役割について検討する。第一章「翁と鏡と物語

――大鏡」は、大鏡の中心的な語り手が翁であることの意味を、説話、物語に登場する翁、芸能の翁を参照して明らかにし、大宅世継と夏山繁樹が神仏の面影を宿していることを指摘しつつ、彼らが鏡と深く関わること、そして彼らが歴史を語る必然性を明らかにするものである。第二章「瘤の翁の変身――宇治拾遺物語第三」は、災いのもとであった瘤を鬼との遭遇によって取ることのできた翁をめぐり、木の洞(うつほ)、鬼の宴、瘤の意味するものを明らかにし、翁の性格、翁に生じた心の変化について読解を行う。

第五部「死――他界像の変容」は、古代日本人の死および冥界に対する観念とその表現に関する分析である。第一章「大いなる死をめぐる心と表現――涅槃経の文学」は、釈迦の涅槃に関する事蹟と涅槃経の経説および涅槃図等を源とする日本漢詩文、和歌、説話などの表現を読み解き、日本的特徴を導き出している。第二章「死と冥界の表象」は古代日本人の死に対する捉え方と冥界観を明らかにする。日本の冥界観は仏教がもたらされて大きく変化したとの観点に立ち、冥界に関する平安時代の文献や絵画による表現の特徴と経典および中国説話集との関連を検討し、日本霊異記から万葉集、古事記、日本書紀に遡り、死および冥界に対する日本の原初的な観念を導き出す。

編纂の方針

本書を構成する各章は、次に掲げる初出一覧の通り、いずれも機会を得るごとに発表した論文である。そのため、各章相互に一部重複が含まれるけれども、論述の必要上整理せずそのままとしたところが多い。ただし、全体的に加筆修正は施した。また、相互に関連する章については、参照の便のために注にその旨を記した。発表時に論文の末尾に加えた【付記】はそのまま残し、論文の発表後、関連する問題について新しい指摘がなされたり、当該論文に言及する論文等が刊行されている場合には、【追記】を加えた。

資料本文の引用は次のような方針にもとづく。漢文については、場合によっては返り点を加え、読み下し文を添えた。変体漢文、漢字片仮名交じり文、平仮名文については、公刊されている校訂本文、影印本等により、読みやすさを考慮して、句読点、振り仮名等を加え、あるいは変更し、送り仮名を補い、漢字と仮名を適宜書き分けるなど整理を施した。

初出一覧

序　章　古代心性表現論序説
「古代心性表現論序説」『国語国文学研究』第四九号(二〇一四年三月)

第一部　〈もののけ〉――霊魂と憑依

第一章　〈もののけ〉と物怪
「モノノケ・モノノサトシ・物怪・怪異――憑霊と怪異現象とにかかわる語誌――」『国語国文学研究』第二七号(一九九一年九月)

第二章　〈もののけ〉と霊物――源氏物語の読解に向けて
「〈もののけ〉考――源氏物語読解に向けて――」三田村雅子・河添房江編『源氏物語をいま読み解く3　夢と物の怪の源氏物語』(翰林書房　二〇一〇年一〇月)

第三章　〈もののけ〉現象と対処をめぐる言語表現
「〈もののけ〉考――現象と対処をめぐる言語表現――」『国語国文学研究』第四八号(二〇一三年二月)

第四章　〈もののけ〉の憑依をめぐる心象と表現

第五章　紫式部集の〈もののけ〉表現
「〈もののけ〉の憑依をめぐる心象と表現」『説話文学研究』第五一号（二〇一六年八月）
「紫式部集の物の気表現」『中古文学』第六五号（二〇〇〇年六月）
第六章　源氏物語「夕顔」巻某院の怪──それは〈もののけ〉ではない
「源氏物語夕顔巻某院の怪──それは〈もののけ〉ではない──」『尚絅語文』第五号（二〇一六年三月）

第二部　鬼──外部と内界

第一章　霊鬼──今昔物語集の名指し
「見えないものを名指す霊鬼の説話」『論集平安文学』第五号（二〇〇〇年五月）
第二章　鬼の手──外部の形象
「説話世界の妖怪と悪霊祓い師」『説話文学研究』第三七号（二〇〇二年六月）
第三章　心の鬼の本義
「心の鬼の本義」『文学』隔月刊第二巻第四・五号（二〇〇一年七・九月）
第四章　門と車と心と鬼をめぐる贈答歌──基俊集と康資王母集
「門と車と心と鬼をめぐる贈答歌──基俊集と康資王母集を釈して心の鬼に及ぶ──」『国語国文学研究』第三七号（二〇〇二年二月）

第三部　龍蛇──罪障と救済

第一章　聖なる毒蛇／罪ある観音──鷹取救済譚
「聖なる毒蛇／罪ある観音──鷹取救済譚考──」『国語と国文学』第七六巻第一二号（一九九九年一二月）
第二章　説話に漂う匂い──罪業のしるしと救済の予感

第三章　現在の心と未来の姿――壺中蛇影譚
　「罪業のしるしと救済の予感――古代仏教説話に漂う匂い――」『文学』隔月刊第五巻第五号(二〇〇四年九月)
　「今昔物語集の壺中蛇影譚」『文学』隔月刊第八巻第一号(二〇〇七年一月)

第四部　翁――聖性と化現

第一章　翁と鏡と物語――大鏡
　「鏡と翁と物語――大鏡論――」『科学研究費補助金　一般研究(B)研究成果報告書　東アジアにおける社会・文化構造の異化過程に関する研究』(一九九六年三月)
第二章　瘤の翁の変身――宇治拾遺物語第三
　「宇治拾遺物語瘤取翁譚の解釈」『国語と国文学』第八〇巻第六号(二〇〇三年六月)

第五部　死――他界像の変容

第一章　大いなる死をめぐる心と表現――涅槃経の文学
　「涅槃経」『岩波講座　日本文学と仏教』第六巻「経典」(一九九四年五月)
第二章　死と冥界の表象
　「古代日本における死と冥界の表象」高橋隆雄・田口宏昭編『熊本大学生命倫理研究会論集4　よき死の作法』(九州大学出版会　二〇〇三年三月)

目　次

序章　古代心性表現論序説

古代日本人の心とその働きに関する表現をめぐって基礎的な問題を検討する。ただし、ここで扱われる表現とは、思想的あるいは宗教的思弁に基づくものではなく、人が現実世界を生きるなかで自分自身を含めた人間の言動に濃やかな観察の視線を向け省察することを通じて感得し、表出されたものである。もちろん和歌や物語や説話の表現者たちが、仏典や漢籍に学ばなかったというのではない。既成の知識や観念を生硬に表出するのではなく、彼らがそれを血肉とし、自ら選び取った言葉を通じて実現されたものに迫ろうとするものである。

一　言葉と心

古今和歌集は、その序に和歌の起源と本質を次のように説いている。

やまと歌は、人の心を種として、万の言の葉とぞ成れりける。世中に在る人、事、業、繁きものなれば、心に思ふ事を、見るもの、聞くものに付けて、言ひ出せるなり。

和歌とは人間の心を基とし、それが外界のさまざまのことがらに触発され、作用し、そのような心の働きが、言葉として表出されたものであるという。これに、「生きとし生けるもの」で歌を詠まないものはないと続け、さらに、逆

の方向から、

力をも入れずして天地を動かし、目に見えぬ鬼神をもあはれと思はせ、男女の仲をも和らげ、猛き武人《もののふ》の心をも慰むるは、歌なり。

と、天神地祇、鬼神、人間の心に働きかけるものが歌である、としてその効用を説く。こうして、言語を媒介として、歌う者と聞く者とが互いに心を響かせあうところに、和歌の本性を見ていることが知られる。

また、源氏物語は、光源氏の口を借りて物語について次のように述べ説かせている。

よきもあしきも世に経る人のありさまの、見るにも飽かず聞くにもあまることを、後の世にも言ひ伝へさせまほしきふしぶしを、心にこめがたくて言ひをきはじめたるなり。（「蛍」）

物語が人間の心を拠りどころとして、心が外部に喚起されて作用し表現を得るという捉え方は、古今和歌集序と重なるところが多い。というより、源氏物語のこの言説は、古今和歌集の序文を想起させるように書かれているのではないか。文脈は異なるものの、

世中に在る人—世に経る人
見るもの、聞くものに付けて—見るにも飽かず聞くにもあまること
言ひ出せる—言ひ伝へ

のように、類似する措辞を選ぶとともに対照させて、物語が〈語り—聞く〉ことを通じて伝承されるものであるという特徴を言い表している。「言ひ伝ふ」とはたしかに伝承という物語の基本的性格を言い表す言葉であった。

その煙いまだ雲のなかへたち昇るとぞ、言ひ伝へたる。（竹取物語）

光君といふ名は、高麗人のめできこえてつけたてまつりける、とぞ言ひ伝へたるとなむ。（源氏物語「桐壺」）

「物語」という言葉の基本的な語義は、「雑談」「とりとめのない話」であるが、この言葉の最も古い用例は万葉集にある。その一つ。

忌(忘)哉　語　意遣　雖過不過　猶恋[わするやと　ものがたりして　こころやり　すぐせどすぎず　なほこひにけり]
（巻第十二）

物語をもってしても忘れられず、つのってやまない恋心を詠む歌であるが、こうして物語という営みには「心やる」働きが期待されるものであった。このような効用は、時代が降って書かれ読まれるようになったものについても、「物語と云ひて女の御心をやる物」(三宝絵　序)と言われている。

このように「心(を)やる」という表現には、「むすぼほれ」た心(内面)を外部に向けて開放するという意味あいがあり、「心ゆく」という表現とも通う。つまり心というものは、心の主、単純化して言えばそれを収める身体から離れることのできるものと観念されていたことが知られる。

こうした古代の人々の心身観については、改めて説くを要しないほどよく知られていることではあるが、和歌は、人の深い思いについてしばしば心が身を離れるという捉え方を通じて表出する。

東の方へまかりける人に、よみて遣はしける　伊香子淳行
おもへども身をし分けねば目に見えぬ心をきみにたぐへてぞやる
（古今和歌集巻第八　離別歌）

人を訪はで久しうありける折にあひ怨みければ、よめる
身をすてて行きやしにけむ思ふより外なる物は心なりけり
（古今和歌集巻第十八　雑歌下）

古代の人々は、心というものが、自らのものでありながら思うにまかせないという感覚、さらに言えば、心は外部にさえあるという感覚を抱いていた。「心付く」という表現の存在がこれをよく示している。

わすれなむと思ふ心のつくからに有りしより異《け》にまづぞ恋しき
（古今和歌集巻第十四　恋歌四）

わが身つらくて、尼にもなりなばやの御心つきぬ。
（源氏物語「柏木」）

心というものは、外部から寄（憑）り付くものでもあった。こうした、心の他者性についての感覚に基づきながら、心をめぐる表現は生成する。「心の鬼」という言葉もそこに生まれることになる。(1)

としごとに人はやらへどめにみえぬ心のおにはゆくかたもなし
（異本賀茂保憲女集）

儺《な》の行事において年の末に罪や汚れとして、世間の人が追い払う鬼とひきくらべて、「心のおに」は私を離れることがないという。このように詠まれる心の内にわだかまる「おに」こそ、人間にとって本来は外部の存在であり他者の最たるものであった。

二　鬼の映像

「おに」という言葉は、一般に「鬼」という漢字をもって表記する。しかし、古代において「鬼」という文字を常に「おに」と読むわけにいかないことはよく知られている。

たとえば、万葉集の次の歌に用いられる「鬼」字は「しこ」あるいは「もの」と読まれている。

大夫哉　片恋将為跡　嘆友　鬼乃益卜雄　尚恋二家里［ますらをや　かたこひせむと　なげけども　しこのますらを　なほこひにけり］
（巻第二）

天雲之　外従見　吾妹児尓　心毛身副　縁西鬼尾［あまくもの　よそにみしより　わぎもこに　こころもみさへ

よりにしものを」　（巻第四）

万葉集で「鬼乃志許草」（巻第四　七二七等）と表記されて、平安時代には「おにのしこぐさ」と訓まれ、以来長く歌語として扱われてきた言葉は、現在は「しこのしこぐさ」と訓まれる。「おに」という言葉は万葉集の時代にはまだなかったという判断に基づいている。

では、「おに」という言葉はいつ頃成立したのであろうか。『古語大鑑』（東京大学出版会　二〇一一年）は、「おにび」の用例として石山寺本金剛波若集験記平安初期点「鬼火〈オニヒ〉トホス」の例を挙げる。これが「おに」の最古例であろうか。一〇世紀に入ると仮名文献にも見られる。

力をも入れずして天地を動かし、目に見えぬ鬼神《おにかみ》をもあはれと思はせ　（古今和歌集　序）

ある時には、風につけて知らぬ国に吹きよせられて、鬼のやうなるもの出《いで》きて、殺さんとしき。　（竹取物語）

鬼はや一口に食ひてけり。　（伊勢物語第六段）

これらの物語の記述から、「おに」というものが、人間を襲い、人間を食う恐ろしい妖怪であるとする映像がほぼ完成していると認められる。そして、古今和歌集仮名序の「おにかみ」は漢語「鬼神」の翻訳と見られること、延喜式第三十七「典薬寮　諸国進年料雑薬　大和国三十八種」条に「鬼箭《ヲニノヤカラ》」という用例があること、和名類聚抄にも、

鬼　四声字苑云鬼居偉反〔和名於爾〕、或説云隠字〔音於尓訛也〕鬼物隠而不ㇾ欲ㇾ顕ㇾ形故俗呼曰ㇾ隠也（2）、人死魂神也

（下略）

という記載があるところから、一〇世紀初めにはすでに「おに」という言葉を「鬼」字で表記することが一般化し、「鬼」字に対して「おに」という訓が確立していることが知られる。

ただし、このように「鬼」に「おに」の訓が確立したからといって、上代の「もの」や「しこ」という言葉が「お

に」という言葉に置き換わったと単純に言うわけにはいかない。「しこ」は「しこな」などの複合語を除いて平安時代には用いられなくなるが、「もの」とその複合語は依然多用される。「おに」という言葉の出現は、指し示す範囲の広すぎる「もの」のうちから、特徴的な性質を有する一群を取り立てて呼ぶ必要が生じたからである。その契機となったのが、中国文化の移入と浸透であろう。それに伴い新しい鬼あるいは鬼的なものが持ち込まれ、日本古来の「もの」の映像が多様化し、「鬼」字と「おに」という言葉や概念との関係も流動的になっていったからである。

たとえば、先の和名抄には「人死魂神也」という説明が添えられているが、竹取物語や伊勢物語に登場する「おに」と、「鬼」字の本義ともいうべき死者の霊魂、先祖の霊との間にずれの生じていることは否めない。漢語の「鬼《き》」字には右のほか、神霊、超越者、天地自然の支配者という性質をも表すことがあって、(3) これを受け入れた日本の「鬼=おに」は、こうして複雑な性質を具えるに至ったのである。

日本の「鬼=おに」の性質と映像を、さらに複雑にしたのは仏教文化である。漢訳経典にも「鬼神」「□□鬼」の語が見え、「夜叉(薬叉)」「羅刹」など、漢語の「鬼」、和語の「おに」に類同する存在が多数出現する。それらは、説話、絵画、彫塑像等を通じて享受される機会が多かったから、日本の「おに」観念はいっそう複雑さを増すこととなった。特に、平安時代後期になると、仏教における地獄の罪人を責めさいなむ獄卒が「おに」と呼ばれ、あるいは「鬼」と記述されるようになり、その「鬼」は六道絵などを通じて広く流布したから、整理に難渋する事態が引き起こされ、現在に引き継がれている。

しかし、こうした野蛮で残忍な鬼の映像と齟齬するかのような言説もある。代表的な一つは「目に見えぬ鬼神」(古今和歌集　序)、そしてこれを受けたと見られる「目に見えぬ鬼の顔などのおどろおどろしく作りたる物は」(源氏物語「帚木」)に言われていることである。これもまた古代における通念的な鬼観であった。先に示した伊勢物語第六段においては、女が鬼に食われたといっても、男は鬼の姿を見たわけではない。そのほか、たとえば今昔物語集巻第二十七に登場する鬼で、残虐な死を引き起こし現場に跡を残しながら、ついに姿を見せないものは多い。

こうした姿を見せない鬼を、凡河内躬恒は次のように詠んでいる。

同〔延喜十八〕年つごもりの夜なの陣をみて

おにすらもみやのうちとてみのかさをぬぎてやこよひひとにみゆらん

（西本願寺本躬恒集）

＊正保版本歌仙家集本第二句は「宮このうちと」

詞書に言う通り、大晦の「儺《な》（追儺）」に当たり追いやらわれるべき鬼を詠んだものである。一年中の罪や汚れを負わされて追われ、宮中から内裏の門外へ、都からさらに都城の外へ、ついには畿内から日本の外へと放たれる鬼は、本来姿が見えない存在であった。それが今宵だけは姿を見せるとすれば、蓑笠を脱ぐ時にほかならない。次に掲げる歌とかかわらせると、隠れ蓑笠は鬼の宝物として、それを身につけることによって姿が見えなくなると考えられていたことが知られる。

忍びたる人のもとに遣はしける　　平公誠

隠れ蓑隠れ笠をも得てしがなきたりと人に知られざるべく

（拾遺和歌集巻第十八　雑賀）

蓑や笠というものは単に雨や日射しから身体を保護する道具でなく、異界より訪れる聖なる存在の装束であり、それについての古代的な感覚は民俗社会に長く受け継がれてきた(4)。それゆえ、尊重され歓待される神と、忌避され追放される鬼とは表裏の関係にあったと言わなければならない。

平安時代に「久米路の橋」という言葉は、

中絶えて来る人もなき葛城の久米路の橋は今も危し　（後撰和歌集巻第十三　恋五）

など、和歌には男女の中絶えを意味するものとして詠まれている。それはよく知られた伝説に基づく。いま、三宝絵中巻第二によって示せば、

役行者が「あまたの鬼神」を召して、「葛木山と金峰山とに橋をつくりわたせ」と命ずる。鬼神たちは、「ひるは形みにくし」「よるにかくれてつくりわたさむ」と言って、夜に造っていたところ、行者が腹立ち「形をかくすべからず。すべてはなつくりそ」と、一言主の神を捕らえて「呪をもちて神をしばりて」谷の底に置いた。

仏教に隷従せざるをえなくなった神は、「鬼神」という呼称と醜い容貌を与えられて、否定的に造型される。しかし、本然として神は姿を見せない存在、あるいは姿を持たない存在であった。それは神が夜に活動することとほぼ同義であろう。(5) たとえば、日本書紀巻第五崇神天皇十年、箸墓について、

故、時人《ときのひと》、其の墓を号《なづ》けて箸墓《はしのみはか》と謂ふ。是の墓は、日《ひる》は人作り、夜は神作る。

と伝えられるのは、「久米路の橋」伝承の本来的な姿を示すものと言えよう。すなわち、「目に見えぬ」鬼が次第に恐ろしい姿で想像され、記述されるようになることと対応している。醜く恐ろしいから姿を見せないのでなく、姿が見えないからこそ恐ろしいものとして想像されたのである。

そして、人間社会の秩序の外部に属し、人が生活の営みを休止する夜を選んで活動する鬼に、人間が遭遇してしまうことがあるとすれば、その場所は境界としての門であり、橋であり、その時間帯は夜が明ける少し前、あるいは日が沈んだ少し後の薄明の頃であった。(6)

とはいっても、鬼はけっして人間とかけ離れた存在ではなかった。たとえば、多数の鬼が列をなして夜間横行するという百鬼夜行、その恐ろしい場面。

或ハ目一ツ有ル鬼モ有リ、或ハ角生タルモ有リ、或ハ手数《あま》タ有モ有リ、或ハ足一ツシテ踊ルモ有リ。
（今昔物語集巻第十六第三十二）

大かた、やうやうさまざまなる者ども、赤き色には青き物を着、黒き色には赤き物をたうさきにかき、大かた、目一つある者あり、口なき者など、大かた、いかにも言ふべきにあらぬ者ども、百人ばかりひしめき集まりて
（宇治拾遺物語第三）

ここには、三宝絵上巻第十に「其の形猛く恐ろしくして、頭の髪は焔の如く、口の歯は剣の如し。目を瞋《いか》らかして」と描かれたような典型的な鬼でなく、まことに多様な姿の鬼たちが登場している。多様であるように見えて、同時に気づかされるのは、鬼は人間の身体を基準としてその四肢や器官が少しばかり過剰であるか、不足しているか、そのようなものとして描かれているということである。のみならず、鬼は人語を解する。とすれば、鬼は他のどの動物よりも人間に近い存在であり、あるいは鬼は人間をわずかに逸脱している存在であった。

三　鬼と母

鬼は外部から侵入しては、人間の安寧を脅かす存在であった。そのような鬼は、全身を見せることなく、闇の奥から手をこちら側に差し伸ばして、摑み、引き入れ、引き上げるという行為に、その特徴を示す。今昔物語集巻第二十七第十七、東国から上京して河原の院に宿を借りた夫婦の妻が、夕方建物の奥から差し伸ばされた手に摑まれ、引き

ずりこまれ、吸い殺されるという事件が起きた。部屋の奥には妻の死体のみがあって、殺害者は何者とも知れなかったが、当時の人々は鬼のしわざと考えた。鬼の正体不明性がよく示されている。また、大鏡第二巻、紫宸殿の御帳の陰で藤原忠平の太刀を摑むものがあった。探ってみると「毛はむくむくとおひたる手の、爪ながく刀の刃のやうなる」が触れ、これも鬼であった。鬼は忠平の一喝によって退散するが、この場合も全身を現すことはない。「目に見えぬ」鬼の身体は闇に溶け込み、差し伸ばされる手だけでその恐ろしい形相を暗示させる。これらは、外部の、暗黒の、混沌の中に棲息する鬼が間隙をねらって日常世界の秩序を侵犯し、人間を無秩序の中に引きずりこむ凶暴さに対する不安と恐怖を余すところなく語っているといえよう(7)。

これらに対して、今昔物語集巻第二十七「猟師の母、鬼と成りて子を噉《くら》はむとする語第二十二」は、猟師を摑み引き上げようとした鬼が母親であったという点で趣の異なる恐怖を呼び起こす。

猟師の兄弟が、木の上から下を通る獲物を弓で射るという猟を行っていた。ある闇夜、何者かが手を差し下ろして兄の髻《もとどり》を摑んで引き上げようとする。兄は弟に急を知らせ、弟が声を見当に雁股《かりまた》の矢を放ち、手首から射切ることができた。兄弟が家に帰ると、立ち居もままならぬ老母の住んでいる小屋からうめき声が聞こえる。兄弟が、先ほどの何者かの手を見ると母の手である。小屋の戸を開けると、母が摑みかかろうとするので、手を中に放り込んで戸を閉めた。やがて、母は死んだ。母の手は果たして、手首より切られていた。鬼になって子を食らおうとしたのであった。

山中に棲息し、闇夜に出現し、そして人を食らうべく摑み、引きずり上げるのは、鬼の習性の典型ではある。また、鬼は先に見た通り外なる存在であり、あるいは外に放逐すべき存在であった。ところが、このように、子どもに最も深い愛情を注ぐはずの母が鬼になるというできごと、すなわち親子という最も原初的で最も濃密な人間関係の内部に外部が孕まれていたというところは、この説話を読む者に強い違和感を呼び起こすかもしれない。

しかし、鬼退治譚にはしばしば母の影がちらつく。今昔物語集巻第二十七「近江国の安義の橋の鬼、人を噉ふ語第十三」には次のような説話が載る。近江守に仕えている武士が同僚と賭をして、鬼が出るという噂のある橋を渡ることになる。武士は、出現した鬼の追跡を振り切って逃げおおせる。ところが、家に物怪《もっけ》(8)と呼ばれる変異があり、陰陽師の占いに従い物忌みに入り家に籠もっているところに、母を伴って遠く陸奥に赴いていた弟が訪ねて来る。はじめは入れまいとするが、母の死を告げに来たと聞いて家に招き入れる。じつは、これは報復のために鬼が弟に化けて来たのであった。鬼は、警戒を解かせるために肉親の名を騙ったと合理的に解して十分かもしれない。

一方で、鬼が母の名を騙って報復に来る伝承もある。平家物語(屋代本、百二十句本)「剣巻」、太平記巻第三十二には、渡辺綱の鬼退治譚が載る。綱は一条戻橋で鬼と遭遇し、あるいは鬼が出るとの噂のある大和国の宇多の森に行き、その髻を摑んだ鬼の腕を切り落とす。その後、「剣巻」では綱が物忌みに入り、太平記では鬼の腕を献上された源頼光が物忌みに入る。そこに、それぞれの母が訪ねてくる。綱と頼光はやむなく母を家に入れるが、それは鬼が母に化けて腕を取り戻しに来たのであった。

こうした事例を視野に収めて、浅見和彦は、鬼退治譚について「遠い始源には母に対する懐しい郷愁とおぞましいばかりの嫌悪の気持が未分化のまま存在していたはずである」として、そこには親殺しのテーマが潜んでいると指摘している(9)。

英雄たちが切り落とすのは、いずれも鬼の腕(手)である。先に見たように、それは鬼の邪悪な意志そのものであった。しかし、鬼が母であり母が鬼であったとすれば、その手は抱き、撫で、襁褓《むつき》や食の世話をし、病の時は手当を施し、子を慈しむ心を具現するものにほかならない。そのような慈愛の手にかかわる、未遂の母親殺しの説話が伝わる。

日本霊異記中巻「悪逆なる子、妻を愛《うつくし》び母を殺さむことを謀りて、現報に悪しき死を被《かがふ》る縁第三」、母を伴って防人として筑紫にある男が、武蔵国に残してきた妻を恋う余り、母を殺そうとする。母の喪に服し、役を免れて故郷に帰ろうと考えたのである。男が母を誘いだして刃を向けるや、男の足下の地が裂けて陥る。母は「すなはち起《た》ちて前《すす》み、陥る子の髪を抱き」天を仰いで子の罪の許しを願い、「なほ髪を取り子を留む」るものの、子はついに地の底に陥る。

この説話は、先の猟師の母が鬼となる説話とさまざまの点で対照的に語られている。われわれは、自分を殺そうとした我が子の命をそれでも救いあげようとする母親の姿に、無償の愛情を見いだして安堵したがるかもしれない。しかし、自らを殺そうとした息子の髪を摑んで引き上げようとする手と、我が子を食うために木の上から髻を摑んで引き上げようとする鬼の手とは、一見対照的に見えながら、ともに子に強く執着する母の手であることに変わりはない。すなわち子を摑む母の手は母の心そのものである。右は、やや特殊な操作を経て導き出した読みにはちがいないが、今昔物語集における猟師の母の鬼の説話は、深い真実味を含んでいたといえよう。子を食らおうとして母が鬼になるとは現実にはありそうもないが、心的には体験しうることがらである。

こうして、珍しくも恐ろしいできごとが、単なる事実譚であることを超えて、人間の心の奥深い部分に一閃の光を投げかける力を有することが示されている。

鬼と母とをめぐって、いま一つ見過ごしがたい説話がある。今昔物語集巻第二十七「産女、南山科に行き鬼に値《あ》ひて逃ぐる語第十五」。

あるところに宮仕えをしていた女が、はっきりした夫もなく懐妊した。女には両親も縁者もなく、思い余って山中で密かに産み落とそうと考えていた。産み月になって、女《め》の童《わらわ》一人を伴い、東山に入った。北山科（表題の記載と本文とは相違する）の山荘めく所を見つけ、そこに一人住んでいた白髪の老女の親切な世話で無事に男児を産んだ。捨てるつもりであったが、かわいいので傍らに寝かせ乳を飲ませて、二、三日経った。女が昼寝をしていると、老女が赤子を見て「穴甘気《あなうまげ》、只一口」と言ったのをほのかに聞いた。女は「然レバ、此レハ鬼ニコソ有ケレ。我ハ必ズ被噉《くらはれ》ナム」と考え、老女が昼寝をしている時に、密かに赤子を女の童に背負わせて逃げ出し、京に戻った。子は人に与えて養わせた。

老女の言葉は「一口に食ひてけり」(伊勢物語第六段)という鬼の習性を想起させ、その通り鬼であったならば、「心賢《かしこ》キ」(10)女は命拾いをしたことになる。しかし、土方洋一が説いたように、「親子の生きのびるための葛藤を反映した説話であると考えることができるならば、鬼のような老婆は可愛いわが子を邪魔なものに思う女自身の心を鏡に映した形象であったという解釈が充分に成り立つ(11)」であろう。とすれば、真に命拾いをしたのはむしろ子の方であった。ただし、鬼は女の内面の投影であるとは、近代的な人間観による解釈であるとはいえる(12)。しかし、それは近代人でなければかなわない洞察であろうか。この説話をこのように構成し、このように語った、あるいは記述した者(それが今昔物語集の編者であったとは限らない)は、真相を見抜いていたとしか考えられない。

というのも、老女のつぶやきを耳にして、女が案じたのは「我ハ必ズ被噉ナム」とまず我が身の上であったとして、とっさの際の人間の心の動きを剔抉《てっけつ》している。また、女はこのできごとを「老テ後ニ語」ったとするのは、土方が説くようにこの説話には「深層においては懺悔物語の面影」がうかがわれ、主題が「女の内面における劇的な葛藤とその超克にあることを示唆する」。つまり女は、自己の内面を老女に投影し外化することによって、自己の夜叉性を克服し得たというわけである。

このように、鬼は外部にばかり棲んでいるわけではない。われわれのように分析的ではないかもしれないが、説話は密かに、しかし確かにそのように語っていた。説話を語り聞くことはそういうことであった。ということが言い過

ぎなら、短小な事実譚をもってはじめて語りうる内面を古代人は有していたらしいとは言えよう。(13)

四　人間の内なる龍蛇

先に挙げた崇神紀によれば、昼は人が作り、夜は神が作ったという箸墓には、神の人間界への顕現に関する伝承もそなわっていた。

倭迹迹日百襲姫命《やまとととびももそびめのみこと》は大物主の神の妻となった。神は昼は見えず、夜のみ通って来た。姫は、神の麗しい姿を見たいと訴えた。神は、朝、そなたの櫛笥《くしげ》に入っていようと言った。翌朝姫が櫛笥を見ると、美麗な小蛇が入っていたので、叫び声をあげた。神は、たちまち人の姿になって、そなたは自分に恥を見せたので、自分もまたそなたに恥を見せようと言って、空中を踏んで御諸山《みもろのやま》に登っていった。姫は仰ぎ見て、後悔して急に座した。その時、箸を陰《ほと》に突いて死んだ。姫を葬って築造したのが箸墓である。　（日本書紀巻第五　崇神天皇十年）

神が人間界に出現する時、蛇体を現すことが多い。それは、蛇がただちに神として崇められ、祀られることを意味するものではなく、神霊は蛇体に宿ると、正確に言えば形を持たず目に見えぬ神霊はしばしば蛇体を借りて顕現すると見なされたから、注意深い扱いが求められたのである。

日本霊異記中巻「蟹と蝦《かへる》との命を贖《あか》ひ生《いきもの》を放ちて現報に蟹に助けらるる縁第十二」には、右の崇神紀に語られる神と人との婚姻譚に見られた、神に対する人間のかしこまりの意識が変化して、忌避あるいは嫌悪、恐怖の情意が表れている。蛙を呑もうとしている蛇に向かって、娘が「是の蝦を我れに免《ゆる》せ。多くの帛を略《まひなひ》奉らむ」と言い、なお放そうとしないので、「汝を神として祀らむ」と言い、ついに「吾れ汝が妻と為《な》らむ」と約束してしまう。娘は、しかし、仏教への信仰と以前助けてやった蟹の力によって、難を逃れることができたと語られる。仏教の威力を説くために、神人婚姻譚が利用された跡は歴然としている。

仏教と在来の宗教との関係は、日本霊異記の説話がさまざまに興味深い事例を伝えているが、右のようにそれらが対立的にばかり表現されているわけではない。

上巻「雷の憙《むがしび》を得て子を生ましめ強き力在る縁第三」には、仏教と固有信仰の調和が次のように語られている。敏達天皇の代、農夫の前に雷が墜ち、小子の姿を示す。農夫は雷が天に昇るのを助けてやる。その時、雷は「汝に寄りて子を胎《はら》ましめて報いむ」と言う。農夫には子が生まれ、その子は「頭に蛇を纏《まと》ふこと二遍《めぐり》、首と尾とを後に垂れて」誕生したという。雷神は農夫に憑依し、農夫を介してその妻の胎内に宿り、生まれたのである。つまりその子は雷神の子であった。雷神の子であることのしるしは、頭に纏う蛇体に加えて、童子でありながら膂力《りょりょく》の強いこと、優婆塞として元興寺の田を豊かに実らせたことに示されている。ここには、土着の神が新来の仏法に組み込まれていった歴史が刻まれていると見てよい。

しかしながら、仏教の移入と定着、流布に伴い、蛇をはじめとして動物に対する日本人の視線は変化していった。それは、畜生として六道のなかでも劣った存在として忌避され、おとしめられ、憐れまれるものとなった。

動物への転生譚は、主として唐代の霊験記類に見られる語り方を範型として日本に舞台を移して、日本霊異記、本朝法華験記、今昔物語集等の説話集に多数載録されている。これらには牛や蛇に転生する説話が目に付く。牛への転生は、経典にも中国説話にも載るほか、日本においても牛が人のために荷を負い、車を引くなど苦しみの多い家畜として人の目に触れることが多かったからであろう。

なかに、日本霊異記下巻「強ひて理にあらずして債《もののかひ》を徴《はた》りて多く倍《ま》して取りて現に悪しき死の報を得る縁第二十六」は、慳貪で、酒に水を加えて売り、また二つの秤《はかり》を用いて不正に利を得る行いがあったために、死んで牛となって蘇る女の説話である。棺の蓋が開くと、中にいたのは半人半獣の存在である。

腰より上の方は、既に牛と成る。額に角生《は》え、長四寸ばかりなり。二の手牛の足と作《な》り、爪《つめ》皴《さ》けて牛の足の甲に似たり。腰より下の方は人の形と作る。

こうしたおぞましい姿は、この説話に接する者に強い恐怖感を呼び起こすはずである。概して日本霊異記には、現報のすさまじさ、因果応報の理の厳しさをことさら強調する叙述態度が見られる(14)。

銭に執着した人間が転生することが多いのは龍蛇(15)である。日本霊異記中巻には「慳貪に因《よ》りて大蛇と成る縁第三十八」として、奈良の馬庭山寺の僧が、三十貫の銭を隠し蓄えて死んだために「大きなる毒蛇」の身を受けたと伝える。このように転生譚においては、蛇はしばしば「毒蛇」と表現される。この毒に含意されているのは、人の劣悪な心のありようで、煩悩の根本ともいうべき貪・瞋・痴の三毒である。

此の三毒通《あま》ねく三界一切の煩悩を摂す。一切の煩悩は能く衆生を害す。其れ猶ほ毒蛇の如く、亦毒龍の如し。是の故に喩説に就きて名づけて毒と為す。

（大乗義章巻第五本　大正新修大蔵経四四・五六五頁）

こうした龍蛇観を背景として、道成寺説話も生まれた。これを記載する最も古い本朝法華験記は、女が僧に執着するあまり変身した蛇を「毒蛇」と呼んでいる。その毒蛇は、鐘の中に隠れた僧を、鐘に巻きつき口から吐く炎で焼き殺してしまう。この炎は女の激しい愛欲と怒りのかたちで、経典の字句を借りれば「三毒」としての炎であった。すなわち、

衆生の生老病死憂悲苦悩愚痴闇蔽三毒の火を度し、教化して、阿耨多羅三藐三菩提を得せしめんがためなり。

（法華経　譬喩品第三）

この説話は、能「道成寺」、御伽草子「日高川の草紙」を経て、浄瑠璃、歌舞伎など多様なジャンルにおいて作品化が続けられた。それは物語の展開の巧みさばかりでなく、人間が愛欲の果てに蛇になってしまうという深刻さ、非現実的な展開でありながら人の心に迫る真実味によるであろう。

また、本朝法華験記巻下第九十三、金峰山の転乗法師は生来「恚《ふつ》み憤る心」を有していたという。夢によって、前生は「毒蛇の身」を受けていたが、法華経を聴聞して「毒気を納めて」人の身を得たものの、法華持者となった今も「毒忿の心」があるのは、「毒蛇の習気」であると知ったという。

このように人間が激しい感情によって龍蛇に転生し、あるいは毒蛇が人間に生まれ変わりもするとすれば、人は自らの心と龍蛇とを結びつけ、あるいは自己の内部に棲みついている龍蛇を自覚することになろう(16)。こうした人間観は、畜生に対するまなざしを変化させてゆく。本朝法華験記の道成寺説話、僧を追いかけてきた蛇は、僧の隠れている鐘を全身で巻き込め、尾をもって龍頭《りゅうず》をたたいた。恐れおののく道成寺の僧たちの目の前で、鐘は毒気のために焼けてしまう。蛇については次のように記述される。

毒蛇両の眼より血の涙を出し、堂を出で、頸を挙げ舌を動《はたら》かし、本の方を指して走り去りぬ。

（本朝法華験記巻下第一二九）

血の涙は深く激しい悲しみのあらわれである。愛欲と憤怒に狂う女＝蛇は、一方で畜生である故の苦しみと哀しさを味わっている。本朝法華験記の編者は、これに恐怖や嫌悪の視線を向けるかわりに、人が生きながら畜生となってしまう宿命に寄り添い、人間の内なる畜生性＝貪・瞋・痴を自らのものとして引き受けようとしていると読める(17)。

しかし、龍蛇は神仏の顕現する姿でもあった。本朝神仙伝によれば、越の国を本拠に山岳宗教者として活動していた泰澄は、肥後国阿蘇社の池の上に九頭の龍王の姿を見た。真実の姿を示すようにと言うと、金色の千手観音の姿が現れたという。元亨釈書巻第十八の白山明神条にも、泰澄は白山頂上の池でまったく同じように十一面観音の姿を出現させたという。救済されるものであり、一方で救済する存在でもある龍蛇、その両義的な性格は、本朝法華験記巻下第一一三、今昔物語集巻第十六第六、梅沢本古本説話集下第六十四、宇治拾遺物語第八十七などに載る鷹取救済譚に、深い意味を湛えて精妙に語られている。外部を語りつつ内面を表現する方法は、説話にもそなわっていた、あるいは説話という方法にしてはじめて可能であった。(18)

五　鏡と影

母による子殺しの行為と鬼の問題は、時代が降り、かたちを変えるものの、子返し(間引き)絵馬に描かれている。嬰児殺しを戒めるために描かれ、仏堂社殿に掲げられた絵馬は、北関東から東北地方にかけて多く分布している。いま、その一つの事例を、柳田國男『故郷七十年』(『定本柳田國男集』別巻第三所収)「布川のこと」に少年時代の鮮烈な記憶として再現されたものによって示そう。

約二年間を過した利根川べりの生活を想起する時、(中略)あの川畔に地蔵堂があり、誰が奉納したものか、堂の正面右手に一枚の彩色された絵馬が掛けてあつたことである。／その図柄が、産褥の女が鉢巻を締めて生まれたばかりの嬰児を抑へつけてゐるといふ悲惨なものであつた。障子にその女の影絵が映り、それには角が生えてゐる。その傍に地蔵様が立つて泣いてゐるといふその意味を、私は子供心に理解し、寒いやうな心になつたことを今も憶えてゐる。

この絵馬は、茨城県利根町徳満寺に現存する。茨城県立歴史館等のウェブサイトに掲載される写真では、地蔵菩薩の部分が剝落しているものの、柳田の記憶の通りの図様である。角の生えている母親の影絵とは、傍らにある行燈の灯によって背後の障子に投影されたものである。

子返し絵馬のなかには、顔をそむけて嬰児に手をかける母の姿が描かれ、そむけた側に鏡が置かれ、そこに鬼の顔が映っているという図柄を持つものもある。[19] また、これらと関係深いものとして、子孫繁昌手引草と題して幕末、明治の頃に刊行された数種の類似の絵入り板本が知られている。その絵は「子がゑしのゑづ」と題され、嬰児を抑えつける母の頭の部分に吹き出しがあり、そこに同じく嬰児とそれを抑えつける鬼の姿を描くという構図である。ほかにもまた、同様な絵を具えて育子篇と題される板本等が、寛政(一七八九―一八〇一年)の頃に刊行されているという。[20]

子孫繁昌手引草の「子がゑしのゑづ」絵には、周囲に解説の言葉が書き込まれている。たとえば、

此のをんな。かほはやさしげなれど。わが子をさへころすからは。まして。たにんの子をころすことはなにともおもふまい。さすれば。おにのやうなこゝろにて。かほつきに。にあはぬ。どうよくなをんななり。

とあり、鬼については「子がへしをする人のこゝろのすがた」と説明する。こうした解説を聞かなくとも、絵馬にあって、障子に映る影と鏡に映る影とが女の心を表していることは誰にも一目瞭然であった。一般的には本体に従属するもの、実体にあらざるものとされる影が、絵馬を見る者にこうした理解を暗黙のうちに与えることができたのは、影について日本人がある観念を共有しているからである。

鏡という器物が、それに対するものの姿を映し出す機能を持つことは誰もが知ることであったとしても、古代中世の人々はその働きの不思議さに心を揺さぶられた。

対鏡

(前略)

此愁何以故　此の愁へ何を以ての故ぞ
照得白毛新　照らし得たり白毛の新たなることを
自疑鏡浮翳　自ら疑ふらくは鏡翳《かげ》を浮かぶるかと
（中略）
知不失其真　知りぬ、其の真を失はざることを
（菅家文草巻第四）

ます鏡底なる影にむかひゐて見る時にこそ知らぬ翁にあふ心地すれ
（拾遺和歌集巻第九　雑下　旋頭歌）

鏡を見て、そこに思いがけないものが映っていることに気づく。はじめは鏡の塵かと疑い、あるいは我が目を疑うが、それがまぎれもなく自分の真実の姿であると気づかされる。こうした詩歌は仏教の教理にも通い、古代中世人はそれをしばしば釈教歌に詠む。

涅槃経の如於鏡中見諸色像の心をよめる　俊秀法師
清く澄む心の底を鏡にてやがてぞ映る色も姿も
（千載和歌集巻第十九　釈教歌）

法師功徳品／又如浄明鏡、悉見諸色像、菩薩於浄身、皆見世所有
くもりなきかがみのうちぞはづかしきかがみのかげのくもりなければ
（発心和歌集）

このように、鏡はこれまで気づかなかった自己の真の姿を映し出すものであった。映し出されたものが影にすぎなかったとしても。というより、影は、本体が光を受けてはじめて人に知覚されるものでしかないかのようでいて、本体と等価であり、本体とその本質を分有する。あるいは、影は本体以上にその性質を明瞭に示し、鏡は本体に隠されている真実をあらわにしてしまうのである。

鏡をめぐるこうした観念は漢籍にも語られている。いま、簡便に類書のなかから一例を読み下して示す。

仁壽殿　咸陽宮　仁壽殿写形注の中に見えたり。西京雑記に曰く、高祖初めて咸陽宮に入るに、方鏡有り。広さ四尺九寸、表裏に明有り。人来たりて之に照らせば、則ち倒《さかし》まに見ゆ。手を以て心を掩《おほ》ひて来たれば即ち腸胃五臓歴然として礙《さまたげ》なし、と。（初学記巻二十五　鏡第九）

ほかにもたとえば、冥府の浄玻璃の鏡は、閻魔大王の前に引き出された罪人（死者）の過去の所行を容赦なく映し出すとされた。あるいは逆に未来を映し出す鏡もある。更級日記の作者が僧を代参に立てて長谷寺に奉納した鏡は、代参の夢のなかで作者の未来の姿を映し出していたのであった。後年夫を亡くして悲しみにくれつつ、作者は思い起こし理解する。

初瀬に鏡たてまつりしに、ふしまろび泣きたるかげの見えけむは、これにこそはありけれ。

このような力は水鏡にもそなわっていると考えられていた。たとえば、金刀比羅本平治物語巻上は、信西入道の運命を次のように語る。在俗の時に身支度を整えようとして、盥の水に「寸の頸、剣のさきに懸《かかつ》て空《むなしく》なるといふめんざう［面像］」が映り、この未来の剣難を避けるべく出家したけれども、平治の乱での落命を避けることはできなかった。

このような鏡の働きを、一切のものをそのままの姿で曇りなく映し出す鏡になぞらえて、「大円鏡智」として仏の知恵の比喩とする言説は経論の随所に見える。中国思想も鏡の働きを「無蔵無執　符子に曰く、至人の道也《たるや》、鏡の如し」（初学記）などと、人間の精神の優れたありようにたとえるほか、長寿、歴史、規範、省察、道徳などの概念を表象させることが多い。(21) 日本においては、鏡は祭祀の場で用いられたから濃厚な宗教性を帯びるようになった。すなわちそれは神の依り代であり、ひいては神そのものとして扱われる。斉藤孝は、こうした考え方は仏教にも引き継がれたとして、寺院に奉納され仏殿内に掛けられた鏡は単に荘厳のためではなく、仏身を映し出す意味を有していたとする見通しを導いている。平安時代に入ると鏡面に仏像や神呪を刻した鏡が出現する。[22]

鏡がこのように神仏を宿す機能を有するのは、それが形を持たないものをも映すと考えられていたこと、鏡面に像が映ったことによって鏡に何かがとどまることもありうるという神秘に由来するであろう。たとえば次の一首。

亭子院歌合に　　坂上是則

花の色をうつしとどめよ鏡山春よりのちの影や見ゆると

（拾遺和歌集巻第一　春）

また、

遠き国にまかりける人に、旅の具つかはしける、鏡の箱の裏に書きつけてつかはしける

おほくぼののりよし

身をわくる事の難さにます鏡影許《ばかり》をぞ君にそへつる

（後撰和歌集巻第十九　離別羇旅）

には、贈る鏡に自らの影が残るであろうとの期待がこもる。須磨へ赴くことになった光源氏が都に残す紫上と詠み交わす歌も同じ趣である。

身はかくてさすらへぬとも君があたり去らぬ鏡の影は離れじ

別れても影だにとまるものならば鏡を見てもなぐさめてまし

（源氏物語「須磨」）

しかもこれらにおいて、影は単なる映像ではない。影という言葉の含意の広さと深さには注意を要する。[23]すなわち影は非実体というより、本体の本質的な要素、たとえば心や魂を宿していると考えられた。それは、「身をわくる」歌が、先に掲げた、

おもへども身をし分けねば目に見えぬ心をきみにたぐへてぞやる

（古今和歌集巻第八　離別歌）

とほぼ同じ趣旨であり、影を心に置き換えることさえ可能と見られることからも分かる。これに限らず、光源氏が、

なきかげやいかが見るらむよそへつつながむる月も雲がくれぬる（「須磨」）

に、亡き父帝を「なきかげ」と言うのは「無き姿」そしてつまりは「亡魂」であった。和名類聚抄の「霊」の項に日本書紀における「美太万《みたま》」「美加介《みかげ》」の両訓を掲げるところからも、それは裏付けられる。如上が、映像や影に心、魂、本性を見る古代的な感性の背景である。

六　むすび

平安時代を中心に古代日本人の心性表現の諸相を概観した。

鬼、龍蛇、影は、人間にとって否定的な存在、嫌悪すべき存在、克服すべき存在、放逐すべき存在であり、一方で尊崇すべき存在、神聖な存在、本質的なものを内包する存在であって、神霊や人間の内面と深くかかわるものであった。これらの存在は、そのような意味で人間の心や魂の働きと表現を媒介するものとなっている。鬼、龍蛇、影は漢籍や仏典にもしばしば出現し、中国思想、仏教思想と深いかかわりを有していたから、人間がその内面を表現しようとするに当たり、これらの存在が深い意味を伴って用いられた。

古代においては、漢籍や仏典に学びつつ、心をめぐって思索を深め表現の方法を広げていった。つまり古代の心性表現は、心を発見していく過程であり、古代日本人は言語表現を通じて心を再発見したといってもよい。もちろんそれまでの日本人が単純で、素朴な心の働きしか持たなかったというのではない。彼らは異国の思想や文学を摂取し、

また日本語を文字に書きとどめることを通じて、人間の複雑で微妙な内面を反省的に理解し、これを自覚的に表出する方法を獲得していったのである。漢詩や和歌、仮名日記や物語の諸作品には、そうした様相が明瞭に観察される。これにとどまらず、誰が語り始め、どのように伝えられ、多くは誰が書き留めたかも明らかでない説話にあっても、単純な構成と少ない言葉を通じて含蓄の多い表現を達成している。古代の説話はすべてを説明しようとしない点において、これを聞き読む者にかえって深い意味を直感に働きかけて伝達することができたらしい。

(1)「心の鬼」に関しては、本書第二部第三章「心の鬼の本義」。
(2) この説明は誤って読まれることが多い。「鬼物《きぶつ》は隠れて形を顕すを欲せざる故に、俗に呼びて隠と曰ふ也」と読むべきであろう。
(3) 出石誠彦『支那神話伝説の研究』(中央公論社　一九四三年)「鬼神考——特に鬼の由来とその展開に就いて——」等による。
(4) 折口信夫の「まれ人」論をふまえつつ、臼田甚五郎「蓑をめぐつて」(国学院大学編『古典の新研究　第二』明治書院　一九五四年)が、蓑笠と鬼との関わりについて論じている。
(5) 多田一臣『万葉歌の表現』(明治書院　一九九一年)Ⅱ1「古代人と夜」。
(6) 森正人『今昔物語集の生成』(和泉書院　一九八六年)Ⅳ3「霊鬼と秩序」参照。
(7) このような鬼の性質については、本書第二部第二章「鬼の手——外部の形象」。
(8) 本書第一部第一章「〈もののけ〉と物怪」参照。
(9) 浅見和彦『説話と伝承の中世圏』(若草書房　一九九七年)Ⅳ3「「鬼の母」と「母の鬼」」。

(10) 新日本古典文学大系『今昔物語集　五』(岩波書店　一九九六年)に当初「さかしき」と付訓したのは誤りで、後刷に訂正した。
(11) 土方洋一「封じられた寓意——『今昔』世俗説話一面——」(『国語と国文学』第六四巻第二号　一九八七年二月)。
(12) 「投影同一化」とは、小此木啓吾『フロイト思想のキーワード』(講談社現代新書　二〇〇二年)第三章5の平明な説明を借りれば、「自分の心の中の願望や衝動を自分の中から排出して、相手に投げ入れて投影し、あたかも相手がその願望や衝動を抱いているかのように知覚するという仕組みである」。なお、このような心的機制については、『アンナ・フロイト著作集2　自我と防衛機制』(岩崎学術出版社　一九八二年)に詳細に説かれている。
(13) この部分は、森正人「鬼も内——妖怪退治譚の深層——」(『高校通信／東書　国語』№313　一九九一年六月)の一部と重なる。
(14) 森正人『古代説話集の生成』(笠間書院　二〇一四年)第七章2「唐代仏教説話集の受容と日本的展開」参照。
(15) 龍と蛇とは別種の存在には違いないが、形状や性質の類似によって同類のものとして一括して扱われることが多い。こうした龍蛇観については「龍蛇をめぐる伝承文学」(『台湾日本語文学報』第二六号　二〇〇九年一二月)等参照。
(16) 人間の内面に潜む龍蛇については、森正人「説話の変奏と創作——龍蛇・観音・母性——」(『説話の講座1　説話とは何か』勉誠社　一九九一年)等参照。
(17) こうした本朝法華験記の姿勢については、森正人『場の物語論』(若草書房　二〇一二年)Ⅵ1「仏教説話と場」に論じた。
(18) 本書第三部第一章「聖なる毒蛇／罪ある観音——鷹取救済譚」参照。
(19) 千葉徳爾・大津忠男『間引きと水子——子育てのフォークロア——』(社団法人農山漁村文化協会　一九八三年)等に掲載される。
(20) 本庄栄治郎「育子教諭書について」(『経済論叢』第三三巻第四号　一九三一年一〇月)、同「再び育子教諭書について」

（同第三三巻第六号　一九三一年一二月）参照。

(21)　中国思想における鏡については、小南一郎「鏡をめぐる伝承――中国の場合――」（森浩一編『日本古代文化の探求　鏡』社会思想社　一九七八年）が行き届いている。また、森正人『場の物語論』（若草書房　二〇一二年）Ⅲ2「大鏡の語り手――世継の翁と昔物語――」、同3「大鏡と百錬鏡――範型と題号――」、本書第四部第一章「翁と鏡と物語――大鏡」に展開している。

(22)　日本の寺社における鏡の役割については、斉藤孝「古代の社寺信仰と鏡」（森浩一編『日本古代文化の探求　鏡』社会思想社　一九七八年）等参照。

(23)　影については、犬飼公之『影の古代』（桜楓社　一九九一年）に周到に論じられている。映像の問題については、本書第三部第三章「現在の心と未来の姿――壺中蛇影譚」に展開している。

【付記】

本章の一部は、森正人『心をめぐる古代的表現』（熊本大学大学院社会文化科学研究科　二〇一二年）に述べたところと重なる。該冊子のもとになった講演を本章の草稿により行ったからである。

第一部　〈もののけ〉——霊魂と憑依

第一章　〈もののけ〉と物怪

一　はじめに

怪奇現象、変異現象、超自然的存在とその活動および作用にかかわるいくつかの語を取り上げて、それぞれの成立、語義、表記、用法、それら相互の関係、位相の問題を検討する。これらの語が、辞書、事典類をはじめ、精確に記述されていないからであり、これらの語義や概念が正しく把握されていないために、文学作品あるいは史料等が適切に読み解かれていない場合が少なくないからである。

二　〈もののけ〉の表記

〈もののけ〉という言葉は、古文献に頻出してなじみの多い語である。たとえば次に挙げるのは、語源の問題にも及んで、最も標準的な解説というべきであろう。

もののけ【物怪】《モノ（鬼・霊）のケ（気）の意》人にとりついて悩まし、人を病気にし、時には死に至らせる死霊・生霊の類。修法・加持祈禱などによって調伏する。（『岩波　古語辞典』）

ただし、掲げられた「物怪」なる表記は、「ケ」は「気」であるとする説明と齟齬している。とはいえ、それは現在〈もののけ〉の表記として最も広く通用しているのであって、古くは『大日本国語辞典』(冨山房　一九一五―一九年)、『大辞典』(平凡社　一九三四―三六年)をはじめ、今日に至る多くの辞書が「物怪」「物気」の表記を併掲する。しかし、『大言海』(冨山房　一九三二―三七年)の「鬼祟《モノ》ノ気ノ意、怪ハ借字」とする認定が妥当であるとすれば、やはり「物怪」「物の怪」の表記は避けるべきであろう[1]。

ところが、たとえば『日本国語大辞典』(小学館)も、「もののけ」の項に貞信公記の「物気」の用例のほかに、「終霄風雨無極、似物恠」(小右記　永延元年三月二十九日)を用例の一つに挙げていて、はやくから「物怪」という表記もあったかにみえる。しかしながら、後に検討するように、これは意味用法について十分な吟味を加えない掲出であって、語義の説明と用例とは齟齬している[2]。こうした誤りは、「もののけ」の項に「三代実録にも物怪と見えたり」と説明する倭訓栞、続日本後紀と新猿楽記の用例を挙げる雅言集覧にさかのぼる。近代の辞書の多くが、それらを無批判に継承しているのであるらしい[3]。

じつは、〈もののけ〉と「物怪(モッケ)」とは室町時代においては明瞭に区別されていた。温故知新書には、漢字表記と訓を異にする「鬼気《モノヽケ》(「邪同」と傍書)」と「物怪《モッケ》」の二語を掲げている。文明本節用集にも「鬼気《モノヽケ》(「キキ」と傍書)」と掲げ、伊京集、天正十八年本、饅頭屋本、黒本本、永禄二年本、堯空本、弘治二年本、明応五年本、易林本等の各節用集には「物怪《モッケ》」の語が挙がる。日葡辞書もまた次のように両語を明快に区別している。

Mocqe　不幸な事、あるいは、悪い事や堪え難い事などが思いがけなく起こること。

Mononoqe　魔物に取りつかれた人の体内にいるという悪魔、狐、または、それに類するもの。

(『邦訳日葡辞書』、引用にあたり表記の記号を変えた)

節用集のなかで、〈もののけ〉と「モツケ」とが混乱しているのは、「邪祟《モノヽケ》…(二語省略)…物怪《同》」とする書言字考節用集のみである。また次のような事例もあるが、近世の版本であって、この言葉に対する不正確な理解にもとづいて送り仮名と振り仮名を誤って付したと見るのが妥当であろう。

若人宅《ノ》物佐《ノケ》屡《シハ〳〵》現《シ》悪夢頻《ニ》示《シテ》可《キ》レ蒙《ムル》二諸《ノ》凶害《ヲ》一時　（塩嚢鈔巻第二・三）

これは「物怪《もつけ》」と解すべき用例である。

三　〈もののけ〉についての諸説

〈もののけ〉と「モツケ」の違いを明らかにしなければならない。まず、〈もののけ〉という言葉についていくつかの基本的なことを確かめておきたい。

古代中世において、いわゆる〈もののけ〉を「物の怪」と表記する確かな文献は知られていない。その用例があるかのように見えるのは、近代現代の読者に提供するために本文整定を行うにあたって、仮名書きの原文「もののけ」に誤った漢字を宛てているからにすぎない。たとえば、片仮名宣命体すなわち自立語を漢字で付属語および活用語尾を片仮名で表記する今昔物語集では一貫して「物ノ気」または「物気」と表記される。「け」に、「気」の文字が宛てられているのは、古代中世の人々がこの語をどのように理解し、それにどのような意識を抱いていたかをよく示している。それが「物(霊、鬼など)」の「気」であることはすでに言われているが、折口信夫は、(4)語源と本義と派生語とに注意を払いながら次のように説明している。

怨霊はもののけと言ふ語で表されてゐる。ものは霊魂を意味し(中略)、けは(中略)病気を意味するから、もののけとは、「霊魂の病気」と言ふ事である。しかし、後にはものゝけと言へば、鬼であり、或は精霊である。

また、肥後和男[5]の説明は周到で、当面の問題にかかわるところを摘記すれば、

①霊はもののけの究極原因としての実在であった。なおいえばもののけは霊の一つの作用にほかならない。

②もののけはしばしば怪と書かれ物怪と記されているが、それは本来ではなくかえってけは気であるとすべきであろう。

③本来もののけは単に人間的存在のみにかかわるものではなく、一切の存在について考えられたのであろう。

さらに土橋寛[6]も次のように述べている。

平安朝のモノノケも、「鬼《もの》の気《ケ》」であって、鬼の気が人に作用して病気にするのであり、ケに「怪」の漢字を宛てるのは、語源的には正しくない。

これらのことは、すでに『大言海』の掲げている、

光栄《みつよし》・吉平など召して、物問はせ給ふ。御物のけや、又畏き神の気[7]や、人の呪詛など様々に申せば、「神の気とあらば、御修法などあるべきにあらず。又御物のけなどあるに、まかせたらんもいと恐ろし」など

(栄花物語巻第十二「たまのむらぎく」)

という、まことに適切な用例によって確かめられる。〈もののけ〉は、神ならぬ霊、鬼、精などの劣位の超自然的存在の「け」によって引き起こされる現象であった。なお、その時代に〈もののけ〉という言葉はまだなかったかもしれないけれども、日本霊異記に、

使鬼云、汝病我気故不依近。[使の鬼云はく、汝が病むは我が気なり。故に依り近づかずあれ。]

とあり、これを和文にやわらげた三宝絵に、

鬼の云はく、「汝がやむは我がけなり。ちかくはよらじ。（下略）」
（中巻第二十四縁）

また、三宝絵を承ける今昔物語集に、

鬼ノ云ク、「汝ガ病ハ我等ガ気也。近ハ不可寄ズ。（下略）」
（中巻第十四）

とする通りである。「もの」の「け」に触れるとは、具体的にはどのような状況を言うか。たとえば、一条堀川の橋で百鬼夜行に遭遇してしまった男がいる。
（巻第二十第十九）

鬼四五人許《ばかり》シテ、男ニ唾ヲ吐懸ツツ皆過ヌ。其後、男、不被殺《ころされ》ズ成ヌル事ヲ喜テ、心地違《たが》ヒ、頭《かし》ラ痛ケレドモ念ジテ
（今昔物語集巻第十六第三十二）

鬼たちの悪しき気に近づき触れてしまった男は、右に見る通りその後身体の不調に陥っている、このようなことである。

そして、モノに憑かれて病になるとは、

優婆塞云、有一鬼持椎、打府君侍児之首。時帯刀源教為児童、在余臥内。今指名者此童也。須臾此児熱、頭痛毒悩尤甚。［優婆塞云はく、「一つの鬼の椎《つち》を持てる有りて、府の君の侍児の首を打つ」と。時に帯刀源教児童たり、余の臥したる内に在り。今名を指せるは此の童也。須臾にして此の児熱《あつ》しく、頭痛毒悩すること尤も甚し。］
（政事要略巻第七十所引「善家異記」）

という状態であった。この優婆塞は特別な霊力を具えていて、常人の眼には見えない鬼の姿を見ることができたのであるという。優婆塞が、鬼――「疫鬼」などと呼ばれる存在であろう――のふるまいを逐一説明してみせる。それによれば、鬼は呪具である槌を人の体に振るう。振るうに従って、人は病み苦しむ。これに似た場面は、今昔物語集巻第十六第三十二にもある。鬼に唾を吐きかけられて、他の人の目に姿が見えなくなってしまった男が、牛飼童の姿をした「もの」の手先にされて、姫君の身体を槌で打つ。

童、其《そこ》ニ男ヲ将行《ゐてゆき》テ、小キ槌ヲ取セテ此ノ煩フ姫君ノ傍ニ居《すゑ》ヘテ、頭ヲ打セ腰ヲ打ス。其ノ時ニ、姫君、頭ヲ立テ病ミ迷フ事無限《かぎりな》シ。

疫鬼が槌を持つことは、春日権現験記絵巻に疫鬼が腰に槌を差して家の中を覗きこんでいる様が描かれているところからも、よく知られていたであろうことが分かる。なお、中国六朝時代の捜神記巻第十六にも、鬼(亡霊)が手にした鉄鑿で人の頭を打つと頭痛が引き起こされる例がある。

ただし、肥後が説くように、〈もののけ〉はモノ一般の作用であって必ずしも人の霊魂に限られなかったし、病をのみ意味したわけでもなかった。

南ノ山ニ長《たけ》三尺許《ばかり》ナル五位ノ太リタルガ、時々行《ありき》ケルヲ御子見給テ怪《あやし》ビ給ケルニ、五位ノ行《あり》ク事既ニ度々ニ成ニケレバ、止事無キ陰陽師ヲ召シテ、其ノ祟《たたり》ヲ被問《とはれ》ケレバ、陰陽師「此レハ物ノ気也。但シ、人ノ為ニ害ヲ可成キ者ニハ非ズ」ト占ヒ申ケレバ、「其ノ霊ハ何《いど》コニ有ゾ。亦何ノ精ノ者ニテ有ゾ」ト被問ケレバ、陰陽師、「此レハ銅ノ器ノ精也。宮ノ辰巳ノ角ニ、土ノ中ニ有」ト占ヒ申シタリケレバ

(今昔物語集巻第二十七第六)

五位姿の小男が出現し歩きまわるという怪奇は、銅器の精(今昔物語集では「精」は、非生物ないし植物の精魂を指す)のしわざであった。ここに、「霊」は「物ノ気」の原因、「精」は霊の正体ないし性格、「物ノ気」は精としての霊の作用、

「崇(=祟)」は背後に霊の意志が想定される怪奇、変異という関係が明瞭に示されている。(8)

四　モノとケ

〈もののけ〉はまた「ザケ」あるいは「ジャケ」という語に置きかえられることもあった。

①おとど、「(中略)ここに、たちぬる月のつごもりよりなやみ給へるを、ひごろをもくなりまさりてなん。これかれに物とはせ侍れば、ざけなど申。さぜんなどおこな〔「は」脱カ〕せ侍れど、なを心もとなきを(下略)」

(うつほ物語「国譲　中」)

②「日ごろもかくなむのたまへど、ざけなんどの人の心たぶろかして、かゝる方にてすゝむるやうもはべなるをとて、きゝもいれ侍らぬなり」ときこえたまふ。「ものゝけのおしへにても、それにまけぬとて、あしかるべきことならばこそはゞからめ。(下略)」

(源氏物語「柏木」、『源氏物語大成』による)

＊ざけ→ものゝけ(御物本、国冬本)

③とのもついゐ給て、「まかで侍ぬべし。れいの御じやけのひさしくおこらせ給はざりつるを、恐ろしきわざなりや。山のざすたゞいまさうじにつかはさん」と

(源氏物語「浮舟」、『源氏物語大成』による)

＊御じやけ→御風(陽明文庫本)

これらにいう「ざけ」「じやけ」は「邪気」である。色葉字類抄に、

邪気　霊異分／シヤケ

とあり、高野本平家物語では、

主上御邪気《シャケ》によて大極殿へ行幸かなはざりし故也。（巻第四「還御」）

と表記し付訓する。これは平安時代の記録類に最も一般的に用いられる語であった。

昨夜二品女親王〔承香殿女御〕不使人知蜜（密）親切髪云々、或説云、邪気之所致者。（小右記　天元五年四月九日）

腰病、邪気所為也云々（中略）今間邪気移人頗宜。（権記　長徳四年三月三日）

②において、光源氏の言葉「ざけ」を朱雀院が「ものゝけ」と言い換えているところに知られるように、〈もののけ〉を「邪気」と表記し、「ザケ」ないし「ジャケ」と訓むようになって成立した和製漢語であろうか、あるいは和語の〈もののけ〉に近い意味内容を有する漢語として「邪気」を選んだのであろうか。「ザケ（ジャケ）」の用例は平安朝の仮名文にまれで、女性の普通に用いる言葉ではなかったらしい。仮名文の用例①②③がいずれも男性の発話であるのも偶然ではあるまい。

公家日記を見ると、「物気」の表記は少ない。はやく貞信公記の延喜十九年十一月十六日条に、

五節一人忽煩物気、以他人令舞云々。

とあるものの、小右記には、

種々物気顕露云々。（寛仁四年十月二日）

の一例のみで、大半は「邪気」を用い、まれに「霊気」が用いられる。

僧等相集加持、霊気移人被平復。（寛仁二年閏四月二十四日）

降って十二世紀の殿暦には、「邪気」にまじって「物気」が普通に使われる。

〈もののけ〉は、「もの」の作用であり、その具体的なあらわれとしての病気であり、またそれを引き起こすところの霊そのものへと転義しているが、それらを記録文に記述する時、モノの性格やモノによる作用とのそれぞれの層面が区別されて、「鬼、霊、鬼気、霊気、邪気」などと意識的に書き分けられている。

①所悩自暁頗宜、以光栄朝臣令占勘、云、求食鬼之所致也者、仍今夜令行鬼気祭（小右記　長保元年九月十六日）

②吉平占申云、疫鬼御邪気為祟者（小右記　長和五年六月十九日）

③近曽行東宮更衣〔右大将済時卿女〕修法、猛霊忽出来云、我是九条丞相霊（小右記　正暦四年閏十月十四日）

④二条殿御霊託丞相被示雑事甚多。（権記　長保二年五月十九日）

⑤前典侍為邪霊被狂（中略）、又藤典侍被霊気□之体甚非常也、（中略）其初所云如関白霊、又以〔「似」カ〕二条丞相之詞云々。（権記　長保二年十二月十六日）

⑥有被領得霊物之気者（小右記　寛弘九年六月十六日）

⑦有調状〔「伏」カ〕邪気之声、霊物未去歟（小右記　寛弘九年七月八日）

①②の鬼はともに疫鬼の類であって、また祀る者のない死者の霊魂という中国の鬼の性格も重ねられているようである。先に取り上げた日本霊異記中巻第二十四縁における閻羅王の使者の鬼、今昔物語集巻第十六第三十二において男が一条堀川の橋で出会った鬼と同様、それに接近しあるいは接触することによって人は病になるのであって、鬼とそれに憑かれる人との関係は偶然である。これに対して、霊は固有名詞を持ち霊格とでもいうべきものを具えている点

で、鬼や〈もののけ〉一般と区別される。憑く霊と憑かれる人との間には因縁があり、憑く―憑かれる関係が生ずるには理由がある。「邪気」「霊気」「物気」は〈もののけ〉現象の一般的、包括的な呼称である。その正体を特定できない場合、あるいは特定する必要のない場合に用いられる。⑤「邪霊」、⑥⑦「霊物」という表記――他に「物霊」という語(小右記　長和四年五月二十日)もある――は、その正体が今のところ知られないけれども、固有の霊を特定しうると予想して、あるいはさまざま憑いている「もの」のなかに個性を具えた霊があるとして、選ばれたものか。たとえば、

ものゝけ、いきずたまなどいふもの多く出で来て、さま〲の名のりする中に、人にさらに移らず、たゞ身づからの御身につと添ひたるさまにて、ことにおどろ〲しうわづらはしきこゆることもなけれど、又、片時離るゝおりもなき物ひとつあり。(源氏物語「葵」)

というような状況を言うのであろう。

〈もののけ〉という言葉ないし「邪気」「霊気」「鬼気」という表記がいつ成立したかは明らかでない。先にも掲げたが、

五節一人忽煩物気、以他人令舞云々。(貞信公記　延喜十九年十一月十六日)

は現在知られる最も古い用例である。さらにさかのぼるならば、延喜元(九〇一)年に撰進された三代実録に次のような例がある。

雷電風雨(中略)砂石粉土偏満地上。山野田園無所不降。或処厚二三寸。(中略)陰陽寮占云。鬼気。御霊忿怒成祟。彼国可慎疫癘之患。又国東南将有兵賊之乱。(仁和二年八月四日)

天皇聖体不予。／帝病未損。／令陰陽寮於承明門前。修祭祀攘邪気也。（仁和二年十月四日／五日／九日）

これら「鬼気」「邪気」は霊的な存在が霊力を発して人間に災いをもたらしている状態を表現している。平安時代の仮名文に見えて、心身の不調を意味する〈もののけ〉とは重なるところは少ない。また、たとえば捜神記巻第十八には、老狸の化けた人間について、法師が「君尊侯有大邪気」と指摘して、その正体を見顕す例がある。この「邪気」もまた〈もののけ〉と重なるところは少ない。こうして、〈もののけ〉は漢語の「鬼気」「邪気」を訓読して成立したと断ずるにはためらわれる。まず〈もののけ〉の和語があって、「鬼気」「邪気」の漢語を引き寄せたという関係であろう。

五　「もののさとし」と「物怪」

今昔物語集には、「物ノ気」「物気」のほかに「物怪」という語があらわれる。

①病ニ煩人ノ許《もと》ニ、念珠・独鈷ナドヲ遣タリケレバ、物ノ気現レテ、霊験掲焉ナル事共有ケリ。（巻第十九第一）

②就中ニ御物気ニテ有ケレバ、世ニ験《しる》シ有ト聞ユル僧ヲバ、員《かず》ヲ尽シテ召テ、御加持ヲ参ニ、露其ノ験シ無シ。（巻第二十第四）

③此ノ事ニ依テ、様々ノ物怪有ケレバ、占トスルニ、異国ノ、軍発《いくさおこし》テ可来《くべ》キ由ヲ占セ申ケレバ（巻第十四第四十五）

＊此事ニヨリ新羅ニ様《さまざま》ノサトシス。物問ニ異国ノ兵来ベキ由占申（打聞集第十一）

④其ノ後、家ニ物怪ノ有ケレバ、陰陽師ニ其ノ祟《たたり》ヲ問フニ、「其ノ日、重ク可慎《つつしむべ》シ」ト卜《うらなひ》タリケレバ（巻第二十七第十三）

注釈書の多くは、これらを適切に読み分け正確に語義の違いを説明してはいない。日本古典文学大系は、③について色葉字類抄の「物怪　陰陽部／災異」(モ　畳字)を示して「モツクヱ」と付訓するものの、④は「モノノケ」と訓んで一貫しない。日本古典文学全集は③を「もののけ」、④を「もののさとし」と訓む。新潮日本古典集成は④に「物の怪《さとし》」の本文を立てる。新日本古典文学大系は、③を「もののけ」、④を「もつくゑ」と訓む(なお、③と④とは校注担当者が異なる)。新編日本古典文学全集は、どちらをも「もののさとし」と訓む。見るとおり、①②と③④とは、表記のみならず明らかに意味用法が異なる。「物怪」は凶事の予兆としての変異であり、モノ(精・霊・鬼)の作用やその結果引き起こされる病のことではない。

また、今昔物語集には単に「怪」として、「物怪」と同様の用法を持つ語がある。

⑤「(前略)九ノ日ハ、必ズ、此レ、国ノ為ニ怪ヲ致セルナラム」ト思テ、養由、弓ヲ取テ、箭ヲ矯テ天ニ向テ日ヲ射ルニ、九ノ日ヲ射落シタリ。(中略)九ノ日ヲバ、国ノ怪也ト云事ヲ知ヌ。　(巻第十第十六)

⑥彼ノ□ガ家ニ怪ヲ為シタリケレバ、其時ノ止事無キ陰陽師ニ物ヲ問ニ、極テ重ク可慎キ由ヲ占ヒタリ。其ノ可慎キ日共ヲ書出シテ取セタリケレバ、其日ハ門ヲ強ク差シテ、物忌シテ居タリケルニ　(巻第二十四第十八)

＊此人の家にさとしをしたりければ、その時の陰陽師に物を問ふに、いみじく重くつゝしむべき日どもを書き出でて取らせたりければ、そのまゝに、門を強く鎖して物忌して居たるに　(宇治拾遺物語第一二二)

③と同じ説話が打聞集に載り、「物怪」対する語には「サトシ」と仮名書きされ、⑥と同話の宇治拾遺物語でも「怪」には「さとし」の語が対応する。これらを参照して、「物怪」「怪」をそれぞれ「もののさとし」「さとし」と訓んでもよい。

一方、東松家本大鏡第六巻には、

又、ついでなきことには侍れど、怪と人の申すことどものさせることなくてやみにしは、前一条院の御即位日、大極殿の御装束すとて人々あつまりたるに、高御座の内に、髪つきたるものの頭の、血うちつきたるを見付たりける（中略）さればなでうことかはおはします、よきことにこそありけれ。（巻第四　六〇四）

の「怪」に「クヱ」と付訓する（なお、池田本の本文は「もの丶さとし」）。また、覚一本平家物語巻第五に次のような記事がある。

福原へ都を遷されて後、平家の人々夢見もあしう、つねは心さはぎのみして、変化の物どもおほかりけり。或夜入道のふし給へるところに、ひと間にはばかる程の物の面いできて、のぞきたてまつる。（中略）其外に一の廐にたててとねりあまたつけられ、あさゆふひまなくなでかはれける馬の尾に、一夜のうちにねずみ巣をくひ、子をぞうんだりける。「これただ事にあらず」とて、七人の陰陽師にうらなはせられければ、「おもき御つつしみ」とぞ申しける。

これを目録には「物怪之沙汰」と題を付し、その題に寂光院本は、「もつけ」と付訓し、龍門文庫本は「ふくはらもつけ」と標題する。

類聚名義抄（観智院本）には、

恠〔谷クユ　サトル／アヤシフ　イタハル　禾クヱ〕

と「サトル」の義が掲げられ、万葉集の、

剣太刀身に取り副ふと夢に見つ何の怪そも君に逢はん為

の「怪」に、次点本の元暦校本、金沢本は「サトシ」と付訓している。

仮名文献に「もののさとし」という語は珍しくない。

七月一日、いとおどろおどろしきもののさとししたり。思し驚きてもの問はせ給へば、「中の姫君の御年当たりて、重く慎み給ふべし」となん、あまたの陰陽師、かむがへ申したり。（寝覚物語巻一）

宮の御夢に、怪しう心得ず物恐ろしき様に、打頻り見えさせ給ふを、「いかになりぬべきにか」と、人知れず心細く思し召さるれど「かうこそ」など母宮にも聞えさせ給はで過させ給ふに、殿の内に夥しき物のさとしのあるを、物問はせ給へば、源氏の宮の御年当たらせ給うて、重く慎ませ給ふべき由を、数多《あまた》申したるを、いと恐ろしう思し召し驚きて、様々の御祈りども心異に始めなどせさせ給ふに（狭衣物語巻二）

こうして、今昔物語集の「物怪」「怪」は、それぞれ「もつくゑ」「くゑ」とも「もののさとし」「さとし」とも訓みうることが知られる。

六　公家日記における物怪と怪異と怪

「もののさとし」という言葉は、源氏物語にも用いられている。

①「京にも、この雨風、いとあやしき物のさとしなりとて、仁王会など行はるべしとなむ聞こえはべりし。（下略）」（「明石」）

②その年、おほかた世の中騒がしくて、公ざまにもののさとししげく、のどかならで、天つ空にも、例に違へる月日星の光り見え、雲のたたずまひありとのみ世の人おどろくこと多くて、道々の勘文ども奉れるにも

これらにはそれぞれ次のような注が付される。

①「聞」怪異といふなり。（岷江入楚）／怪異といふ儀也。（湖月抄）

②怪異などなるべし。（岷江入楚）／物怪也。（源氏綱目）

（「薄雲」）

「もののさとし」とは、また「怪異」であるという。これは、覚一本平家物語巻第五の「物怪之沙汰」という題が、屋代本、平松本巻第五目録には、「福原怪異事」、源平盛衰記巻第二十六目録には「福原怪異」とされることと呼応する。

そして、両語は藤原明衡作と推定される二書にあらわれる。

近曽有如怪異事。卜筮之所告、不快。仍昨今閉門蟄居。（雲州往来巻上　第二十二返状）

＊傍訓——クヱ・キ（享禄本）、（右）ケ・イ（左）クワ（書陵部本）、クワイ・イ（寛永板本）

十君夫陰陽先生賀茂道世（中略）推物怪者如指掌。（新猿楽記）

また「怪」「物怪」「怪異」などの語は、平安時代の男性日記にもよく用いられている。

③今明、京法花寺怪物忌、只開東門、頭中将云、一昨日烏入朝干飯方、集御几帳上、通昼御座飛去、是怪異也。式部卿宮曰、村上先帝臨崩御給程、有此怪者。（小右記　寛弘二年十月十五日）

④今日召使持来占方、昨巳時外記物怪、烏入庁内、大臣以下中納言已上座、或咋散椅子茵、或臥（「倒」カ）前机、占、今日壬戌、時加巳（怪日時）、勝光臨申為用、将天后、中天岡騰蛇、終功曹六合、卦遇元首校童迭（「佚」カ）女、推之、怪所巳亥年人有病事歟、期今日以後四十五日内、及明年五六七月、節中戊巳日也、主計頭安倍吉平。（小右記　長和四年九月十六日）

⑤今日左大臣被向宇治(中略)今日逍遥不快、其故者(中略)亦外記物忌、相府御年誠雖不当、彼椅子畳為烏被咋落、又前机仆。
（小右記　長和四年十月十二日）

⑥文室為義来云、一昨子剋一宮御方天井上有投多瓦礫之声、甚奇怪也、承女房仰、即書占方、問遣大炊頭許、占云、五月七日庚辰、時加子(見怪日時)(中略)推之、国家可慎御歟、期怪日以後卅日之内、及来六月十月節中、並丙丁日也(中略)端書、此占文不可及他見、怪体如何、早被奏耳、陰陽頭文高推之、若聞食驚口舌之事歟、主計頭吉平占、卦遇傍茹、推之、無咎、自然所為哉。
（権記　寛弘八年五月九日）

これらを通じて「怪」「怪異」「物怪」は相互に言い換えられる語であったことが分かる。「怪異」については、二中歴「怪異歴」に「狐鳴」「狐屎下」「犬屎下」「犬長嗥」などの事項を挙げて、怪異の起きた日と予想される吉凶の関係などを示している。これらの知識が日常的に参照されたにちがいないけれども、一般には専門の陰陽師に「占方」を書いて届け、陰陽師はその日時と変異の内容などによって「推」し(占い)、その結果を「占文」によって報告するのである。

こうした次第が仮名文献に詳しく記されることはないが、その解釈には有用である。たとえば、先に掲げた狭衣物語、寝覚物語に、「もののさとし」があって占わせると、ある人の「年が当たり重く慎むべきである」という結果が出る、という叙述がある。「年当たる」とは、その人が厄年に当たっていることと注釈書には説明されているが、そういうことではない。④⑤の小右記の記述から明らかに知られる通り、凶事は特定の十二支に生まれた人の上に起きると占われ、ある人がその生まれ年に当たっているという意である。

また、「怪異」という言葉は、平安時代の公家日記には、しばしば「天変」「災変」という語とともに用いられている。

蔵人広業伝綸旨於左府公、内宴可行乎、今年豊稔、而天変怪異相仍（中略）其天災変怪異等〔「不」カ〕息、猶先被行攘災事宜乎、即経奏聞、仰云、（中略）六月以後天変廿九ヶ度、又神社仏寺多有怪異　（小右記　寛弘二年十一月十一日）

又天変怪異頻以呈示　（権記　長保元年十一月二十七日）

天変とは、天体の運行にかかわる異変であり、「変」「変異」とも呼ばれる。

去十六日、々欲入之間、其色如火、月出間其色相同（中略）仍重問奉平宿禰、答云、連日連夜有此事、誠可為変、明日可上奏者　（小右記　寛弘二年二月十八日）

天文道進変異勘文　（権記　長徳元年十月十七日）

また、「怪異」が「物怪」に置き替わった例もある。

以経頼朝臣、按察大納言送明日宣命草、示云、可入事別示天変物怪頻由者　（御堂関白記　寛仁元年二月十三日）

「テンペンクヱイ」「テンペンモツクヱ」と訓まれたはずである。いずれも当時は漢語として意識されていたのであろう。

七　史書類における物怪・怪異・怪

「物怪」「怪異」「怪」などの語は、はじめ史書類に用いられたとおぼしい。凶兆としての、ないし凶事が予想される変異を表す語は、六国史に多種多様である。右のほかには「異」「変異」「災異」「災変」「災疫」「妖祥」「災祥」

「祟怪」など。これらは意味領域が相互に重なり合い、また少しずつ指示対象を異にしているようにもみえるが、そのうちいくつかの語は、令や令義解に淵源することが知られる。

掌、天文、暦、風雲気色、有異密封奏聞事。（職員令　陰陽寮）

若有徴祥災異、陰陽寮奏。（雑令第八）

吉気為徴祥、妖気為災異也。（令義解第十）

「異」「災異」はいわば法律行政用語であった。当然漢語に由来するであろう(9)。

では、「物怪」「怪異」はどうか、なぜ二語が併用されるのか、またそれらの来歴は如何、この問題を考えるために、「物怪」「怪異」を中心に六国史の用例を検討する。

日本書紀の場合、

適是時也、昼暗如夜、已経多日、時人曰、常夜行之也、皇后問紀直祖豊耳曰、是怪何由矣。［是の怪は何の由ぞ。］時有一老父曰、伝聞、如是怪謂阿豆那比《あづなひ》之罪也。（神功皇后摂政元年二月）

科野《しなの》国言、蠅群向西、飛踰巨坂、大十囲許、高至蒼天。或知救軍敗績怪。［或いは救軍の敗績《やぶ》れむ怪といふことを知《さと》る。］（斉明天皇六年是歳条）

などの例が散見する。この「怪」は後世の用法と同一視しうる。続日本紀の、

難波宮鎮怪。庭中有狐頭断絶而無其身。但毛屎等散落頭傍。（天平十三年閏三月十九日）

も同様である。なお「兆」という語を伴わず、変異がそれ自体として記述されることも多い。史家も特別の解釈を加えないけれども、当然それは予兆と解釈さるべく配置された記事であり、筆法である。

日本書紀、続日本紀に「怪異」「物怪」の語は出現しない。「怪異」という語がはじめて現れるのは日本後紀である。

勅。怪異之事。聖人不語。妖言之罪。法制非軽。而諸国信民狂言。言上寔繁。或言及国家。

（弘仁三年九月二十六日　嵯峨天皇）

いかにも、漢学に親しんだ嵯峨天皇らしい勅である――もちろん天皇が直接筆を執ったはずはないけれども。「怪異」という語およびこの思想は、漢籍から学ばれたものであろう。

神物怪疑不可勝言、直使人踣焉洄闇悽愴焉、此天下怪異詭観也。

（文選巻第三十四　枚叔「七発八首」）

「物怪」の語は、続日本後紀にはじめて現れる。続日本後紀には「怪異」と「物怪」の両方が用いられる。

怪異

①有怪異之雲竟天。其端涯在艮坤両角。経二剋程。稍以銷滅。

（承和三年十一月九日）

②東方有声。如伐太鼓。／令七大寺僧卅口於紫宸殿。限三ケ日講仁王経一百巻。以怪異也。

（承和五年七月二十日／二十五日）

③従去七月至今月。河内（中略）等十六国。一一相続言。有物如灰。従天而雨。累日不止。但雖似怪異。無有損害。

（承和五年九月二十九日）

物怪

①亦欲御同殿。殿上所設御座縁辺。忽有物怪。因停降臨。

（承和四年一月十八日）

②物怪見于内裏。柏原山陵為祟。

（承和七年六月五日）

③詔曰、（中略）頃者、在肥後国阿蘇郡神霊池。無故涸減四十丈。又伊豆国ニ有地震之変。乍驚問求レバ。旱疫之

災及兵事可有トト申。自此之外ニモ物怪亦多。依此左右ニ念行ニ。挂畏キ神功皇后ノ護賜ヒ助賜ムニ依テ、無事ク可有ト思食テ　（承和八年五月三日）

④先帝遺誡曰。世間之事。毎有物怪。寄祟先霊。是甚無謂也者。今隋有物怪。令所司卜筮。先霊之祟明于卦兆。（承和十一年八月五日）

⑤鈴印櫃鳴。声如振。膳部八人之履共為鼠嚙。又内印内盤褥為鼠喫乱。／卜食、（中略）宣命曰、（中略）柏原ノ御陵ニ申賜ヘト申ク頃間物怪在ニ依テ。卜求レバ。掛畏キ御陵為祟賜ヘリト申リ。（嘉祥三年三月十二日／十四日）

続日本後紀の場合、「怪異」と「物怪」とはやや指示内容が異なるかもしれない。「怪異」が、職員令の語を借りれば「風雲気色」に関するものであり、「物怪」が多く禁中を中心とする近辺で生じているという傾向が観察されるからである。しかし、三代実録にこの傾向は認められない。なお、文徳実録には「怪異」が二例、「物怪」の用例はない。他は、

有魚虎鳥《かはせみ》飛鳴於東宮樹間。何以書之。記異也。　（嘉祥三年四月六日）

のように、「異」とするのみで、それがサトシやタタリであるかどうかの判断を示さないものが多い。

そこで、三代実録の用例を加えてその傾向を求めると、「物怪」が③⑤などのように多く詔勅や神への告文のなかに用いられている点が注目される。それに、「物怪」の原因が多く神や霊（山陵を含む）の祟りと占われている。他は対処のみを記して原因を示さないけれども、「謝」「攘」という語を伴い、天皇の病があろうと占われ、息災法を修し、薬師経を読むなどの処置がとられている点から、鬼神や霊などの祟りと受け取られたのであろう。このように「物

怪」と「怪異」には若干の差異が観察されるけれども、傾向にとどまる。

　そのことよりも、文徳実録のわずか一例、

　深草山陵ニ奏賜ヘト奏ク。頃年怪異屢示。其由ヲト求ニ　（天安二年三月十二日）

を除いて、宣命体で記された神社と山陵への告文に「怪異」の使用が認められないということが重要であろう。「物怪」「怪異」「怪」の語を含む告文は、続日本紀に二状、文徳実録に一状、三代実録に十一状が収められているが、それぞれの語の使用状況は次の通りである。

	続日本紀	文徳実録	三代実録
物怪	2	0	5
怪異	0	1	0
怪	0	0	6

なお、三代実録の六例の「怪」は、同一の変異についての各社への告文に現れる。これらは、原資料をそのまま転載したと考えられるから、国史のなかの他の記事に先行するはずで、したがって、「物怪」の語の成立の検討に優先的に採用されなければならない。

　そもそも、宣命体文書は誦み上げられるものであって、また仏教語などを除いて漢語でなく和語をもって訓まれたと認められる。「物怪」「怪」も同断であろう。では、それらはどのように訓みうるか。後世の資料に出現する「モノノサトシ」「サトシ」を措いてない。ここから、「物怪」が「モノノサトシ」という和語に宛てるべく案出されたものではなかったかという推定に導かれる。宣命体文書に「怪異」が一例しか出現しないという事実も、右の推定を支えるであろう。なお、「怪異」が漢語であったとしても宣命体文書にあっては、やはり「モノノサトシ」または「サトシ」と誦まれたにちがいない。

八　超越的存在のサトシ

では、「モノノサトシ」という語はどのようにして成立したか、また成立を促した条件は何か。ふたたび続日本後紀以前の文献にさかのぼってみる。

然、此ハ諸聖等天神地祇現給ヒ悟給ニコソ在レ。

（続日本紀　神護景雲三年九月二十五日、詔）

石上ノ大神ニ申給ハク。（中略）比来之間。御体如常不御坐ルニ。大御夢ニ覚シ坐ニ依テ

（日本後紀　延暦二十四年二月十日、詔）

続日本後紀の「物怪」「怪」に先立つないしつながるのが、この動詞の「サトシ」であったと推定される。ほかに、

天下ノ公民ノ作作物ヲ、不成傷神等ハ、我御心ソト悟奉レト、ウケヒ賜キ

（延喜式　祝詞　龍田風神祭）

などがある。また、

御寝之時、覚于御夢曰、修理我宮如天皇之御舎者、御子必真事登波牟。如此覚時、布斗摩邇占相而、求何神之心、爾祟出雲大神之御心。

（古事記中巻　本牟智和気王条）

是夜自祈而寝。夢有天神訓之曰、（中略）天皇祇承夢訓。

（日本書紀巻第三　神武天皇即位前紀　戊午歳九月一日）

などの「覚」「訓」字も「サトシ」と訓みうる。

これらによって、「サトシ」は古くより神の告げ知らせの意に用いられていることが知られる。こうして、「モノノサトシ」とは、神仏、その他正体の明らかでない超自然的存在が人間の振る舞いに怒りや不快を覚えていることを告げ知らせる、あるいは後に大きな災いが起きるであろうことを予告するための変異であった。そして、ことさらに「モノノ」が冠せられたのは、サトス主体は神に限られないということが意識されるようになったからであろう。あるいは、そこで神観念に変質が生じたともいうことができよう。

ただし、「物怪」が和語に由来するとの認定は漢語の側からの検証を必要とする。漢籍に「物怪」の語が見られないわけではない。

是時萇弘以方事周霊王。諸侯莫朝周。周力少。萇弘乃明鬼神事。設射狸首。狸首者諸侯之不来者（除広曰、狸一名不来）。依物怪欲以致諸侯。諸侯不従。（史記　封禅書）

不能無形与声者、物怪是也。（韓愈「原鬼」）

これら「物怪」は、妖術、変化のもの、化け物と解釈されている。それがサトシ、タタリ、凶事の予兆とみなされないことはなかったにしても、日本での使用例と同じくはない。「物怪」の表記は、やはり漢語と無縁に成立したのではないか。

一方、漢籍に「怪」という文字は珍しくない。

安平太守東萊王基、字伯輿、家数有怪、使輅筮之卦成。（捜神記巻第三）

漢武帝為蛇怪／漢武帝太始四年十月、趙有蛇従郭外入、与邑中蛇闘。孝文廟下邑中蛇死。後二年秋、有衛太子事。自趙人江充起。（法苑珠林巻第三十一　妖怪篇、典拠は捜神記）

「怪」のすべてがそうであるというのではないけれども、この種の「怪」は単なる変異というよりは明らかに吉凶の予兆である。「怪」字が「サトシ」と訓まれ、宣命体文書や男性日記において「サトシ」という和語に「怪」の字が宛てられた事情も、ここに明らかであろう。

（1）「ケ」は和語であろう。本居宣長は、「皇国の古言と、漢字の音と、おのづから同じきも、まゝあるなり。けと気、（下略）」（玉勝間四の巻六十二）と説く。

（2）第二版（二〇〇一年）でも訂正されていない。

（3）いわゆる〈もののけ〉と〈物怪〉とが別語であることは、次の諸論文等にも一通り説かれている。
藤尾知子「もののけの系譜」（国語語彙史研究会編『国語語彙史の研究　二』和泉書院　一九八一年）
酒向伸行「平安朝における憑霊現象――もののけの問題を中心として――」（『御影史学論集』七　一九八二年九月、酒向伸行『憑霊信仰の歴史と民俗』［岩田書院　二〇一三年］に収録）
藤原克己「もののけ・御霊」（『国文学　解釈と教材の研究』第三〇巻第一〇号　一九八五年九月）
藤本勝義「憑霊現象の史実と文学――六条御息所の生霊を視座としての考察――」（『国語と国文学』第六六巻第八号　一九八九年八月、藤本勝義『源氏物語の〈物の怪〉　文学と記録の狭間』［笠間書院　一九九四年］に収録）
大野晋編著『古典基礎語の世界　源氏物語のもののあはれ』（角川ソフィア文庫　二〇一二年）
また阿部俊子「源氏物語の「もののけ」（一）」（『国語国文論集』第六号　一九七七年二月）も同趣の見解を含む。一方、山田勝美「「もののけ」原義考」（『上智大学国文学論集』一　一九六八年三月）は、〈もののけ〉は漢語の「物怪」「物気」に由来すると説く。

（4）折口信夫『国文学』第二部第三章「源氏物語」（『折口信夫全集』第一四巻、「もの丶け其他」『全集』第八巻も同趣）。

（5）肥後和男「平安時代における怨霊の思想」（『史林』二四―一　一九三九年、柴田實編『御霊信仰』［雄山閣　一九八四年］に収録）。

（6）土橋寛『日本古代の呪禱と説話　土橋寛論文集下』（塙書房　一九八九年）。

（7）「カミノケ」という語は古くよりあったとみられる。古事記中巻の崇神天皇条に、「神気不起、国安平」とある。この時の「神気」の具体的なあらわれは「疫病」であった。

（8）この事例については、本書第二部第一章「霊鬼――今昔物語集の名指し」参照。

（9）漢書「芸文志」の項に、禎祥変怪二十一巻、人鬼精物六蓄変怪二十一巻（雑占）、十二典災異応十二巻、鍾律災異二十六巻（五行）などの書名が見える。

第二章　〈もののけ〉と霊物——源氏物語の読解に向けて

一　はじめに

〈もののけ〉は作り物語や歴史物語にもしばしば描かれて、人物の言動や内面に深々とした陰翳を与えているばかりでなく、物語の構想を支え、展開を推し進める力ともなっている。そのことから、作り物語、特に源氏物語にあって、〈もののけ〉をめぐる読解と分析は数多く重ねられてきている。

しかし、〈もののけ〉に関する文学的研究は、少数の例外を除いて、もっぱら源氏物語の内部で、あるいはわずかに紫式部集や紫式部日記を中心とする周辺の平仮名文献にもとづいて進められてきた。そのため、ともすれば仮名文学作品同士の相互参照が繰り返されることとなり、〈もののけ〉に対して的確な理解を欠いたまま、作品解釈は自閉的で同語反復的論述に陥りがちであった。

一方、〈もののけ〉は憑きもの現象の一種であるから、宗教史学や民俗学によっても取り扱われてきた。たとえば宗教史学の分野では山折哲雄『日本人の霊魂観　鎮魂と禁欲の精神史』(河出書房新社　一九七六年)、民俗学あるいは文化人類学の分野では小松和彦『憑霊信仰論』(伝統と現代社　一九八二年)がある。これらは、〈もののけ〉現象の原理的、体系的記述をなし得て、大きな成果であったと言えよう。ただし、これらの研究が資料として利用するのはもっぱら平安時代の文学作品である。それらを資料として用いるにあたっては、当然日本古典文学の本文校訂や注釈の成果が参照されることになる。しかし、右に述べたように〈もののけ〉概念とその表現に関する理解が不十分であり、あるいは誤りを含んでいるとすれば、そこに立脚する学術的成果にも危うさがつきまとう。

たとえば、藤本勝義[1]は、源氏物語や栄花物語に記述される〈もののけ〉の大半は実態とかけ離れているばかりか、事実として受け取られがちな栄花物語の描写には、源氏物語の影響が大きいと注意を喚起する。藤本はそこで、史書・記録類から〈もののけ〉の様態を導きだし、作り物語との距離を測り、そこから源氏物語独自の達成を明らかにするという方法によって、大きな成果を上げている。

ただし、実態を反映しているに違いないとしても、〈もののけ〉についての史・資料はそれを記録する者の理解、関心、意図を通して叙述されているのであって、それに特権的な位置を与えることはできない。〈もののけ〉について記述する文献として、僧伝や説話集もまた顧みられるべきではなかったか。それらもまた「実態」を示しているとは言いがたいにしても、作り物語や歴史物語、史書や記録が記述しようとしなかった部分、その筆者に見えなかった部分が捉えられていると見通されるからである。

ここでは、右のような立場に立って、〈もののけ〉を中心とする霊的なものの働きとその表現方法について、基本的な問題を再検討するものである[2]。

二　物の気・邪気・霊気

源氏物語およびそれ以前の十世紀の仮名文学には、〈もののけ〉という言葉が相当数見いだされるが、それらの信頼すべき写本には「もののけ」あるいは「物のけ」と表記される。〈もののけ〉における「け」が「気」であるとは、くりかえし説かれてきた。それを端的に示すのが、今昔物語集の表記である。

①今昔、物ノ気病為《す》ル所有ケリ。（巻第二十七第四十）

②此ノ娘、物ノ気ニ煩テ日来《ひごろ》ニ成ニケレバ、父母、此ヲ嘆キ繚《あつかひ》テ、旁《かたがた》ニ付テ祈禱共ヲ為《せさ》セケレドモ（巻第三十第三）

今昔物語集には、これとよく似た「物怪」という語も用いられている。

③此ノ事ニ依テ、様々ノ物怪有ケレバ、占トスルニ、異国ノ、軍発《いくさおこし》テ可来《くべ》キ由ヲ占セ申ケレバ（巻第十四第四十五）

④其ノ後、家ニ物怪ノ有ケレバ、陰陽師ニ其ノ祟ヲ問フニ、「其ノ日、重ク可慎《つつしむべ》シ」ト卜《うらなひ》タリケレバ、其ノ日ニ成テ、門ヲ差籠《さしこめ》テ堅ク物忌ヲ為ルニ（巻第二十七第十三）

これらに「もののけ」と付訓する注釈もあるが、それは誤りで、「もつくゑ」と読むべきである（「もののさとし」と和語で読むのも誤りではない）。別に「物怪　陰陽部／災異」（色葉字類抄　モ畳字）という語もある通り、大きな凶事、厄災の予兆としての変異の意であって、〈もののけ〉のことではない。

一方、〈もののけ〉は「邪気」とも言い換えられる。

⑤「日ごろもかくなんの給へど、邪気《ざけ》なんどの、人の心たぶろかして、かゝる方にてすゝむるやうもはべなるを、とて聞きも入れはべらぬなり」と聞こえ給。「ものゝけの教へにても、それに負けぬとて、あしかるべきことならばこそ憚らめ、よはりにたる人の限りとてものし給はんことを聞き過ぐさむは、後の悔い心ぐるしうや」との給。（源氏物語「柏木」）

これは、柏木との間の不義の子を出産した女三宮が出家したいと訴えるのを、光源氏は、「邪気」が人の心をたぶらかしてそのような気にさせることもあると聞いているとして、許諾しないのを、朱雀院は、「ものゝけ」の教えであっても、出家は悪いはずのことではないのだから、と娘の意志に沿わせようと説くところ。光源氏の「邪気」を朱雀院が「ものゝけ」と言い換えたことは明らかである。源氏物語ではほかに、

⑥宮、例ならずなやましげにおはすとて、宮たちもみなまいりたまへり。(中略)殿ついゐ給て、「まかで侍りぬべし。れいの御邪気《じゃけ》の久しくおこらせたまはざりつるを、おそろしきわざなりや。山の座主、ただいま請じに遣はさん」と、いそがしげにてたち給ぬ。 (「浮舟」)

と、夕霧の発言に見られる。この語もまた、色葉字類抄に「邪気 霊異分／シャケ」とある通り、漢語あるいは漢語的な表現であった。実際、この語はもっぱら日本漢文あるいは変体漢文(記録体)文献に用いられる。

⑦五条女御当二御産月一、屢悩二邪気一、堀河左大臣請二和尚一修二不動法一、御産平安。 (天台南山無動寺建立和尚伝)

⑧伝聞、昨夜二品女親王〔承香殿女御〕不使人知蜜(密)親切髪云々、或説云、邪気之所致者。又云、年来本意者。 (小右記 天元五年四月九日)

さらに、日本漢文、記録文に用いられる「霊気」という語も、「邪気」「物の気」に相当すると解して誤りではあるまい。

⑨所レ著霊気陳二屈服之詞一 (天台南山無動寺建立和尚伝)

⑩只今御悩頗重者、(中略)心誉僧都駆移霊気於女房、其間御心地宜御云々 (小右記 治安二年五月三十日)

これらを通じて、「物の気」「邪気」「霊気」は同義の語であり、和語と漢語あるいは和製漢語の違いにとどまると見てよい。では、これらの語はどのような意味内容を有するであろうか。これらを仔細に見ると、その指し示すとこ

ろに差異が認められるが、その全体については後節に提示する。いま、①②⑥⑦⑧⑩からは、いずれも病であり、起こるものであり、悩むものという共通の要素が導かれる。ただし、これらは単なる病ではない。原因に特殊な事情があり、したがって、⑥に「おそろしきわざなりや」と夕霧も言う通り、特別な注意を払って対処すべきものであることが知られる。具体的には、作善や僧侶(験者)の祈禱が有効であると考えられていたことが分かる。

そのことは、「物の気」「邪気」「霊気」という事象に対する古代人の認識のあらわれであるところの言葉そのもの、その原義にも示されている。すなわち〈もののけ〉とは、「霊物」の「気」である。神ではなく、正体の明瞭でないところの、人間にとって否定的な存在の発するものであった。「もの」という呼びなしと「邪」という表記とは、「気」の成因に対する、またその作用に対する排斥的待遇を表す。では、「け」は何を表すか。それは「けはひ(気這)」「ひとけ(人気)」「しほけ(潮気)」などの語を構成する要素「け」と同じく、形を有するものでなく、視覚によっては捉えられないが、立ちのぼり漂うものとしてその存在が感じ取られ、しかもそれが及ぶことによって何らかの影響を与えるものであった。

したがって、〈もののけ〉のなかには必ずしも病にかかわらない事例もありうる。今昔物語集巻第二十七第六、東三条殿に式部卿宮が住んでいた頃、南の山に丈《たけ》三尺ほどの五位の姿の者が歩き回るという怪異があった。これを陰陽師は、「此レハ物ノ気也。但シ、人ノ為ニ害ヲ可成キ者ニハ非ズ」と占った。「其ノ霊ハ何《いど》コニ有ゾ」とさらに尋ねたところ、「此レハ銅ノ器ノ精《たま》也。宮ノ辰巳ノ角ニ、土ノ中ニ有」と占い、この言葉に従って調べたところ、「銅《あかがね》ノ提《ひさげ》」が出現した。人の目に見えたという点では特殊な事例であるとしても、これによって、〈もののけ〉にはそれを発現させる本体としての霊が存在すると考えられていたことが明らかである。(3)

三　〈もののけ〉の成因

人が病み患っているとして、ただちにそれが〈もののけ〉であるというわけではない。たとえば、源氏物語「葵」巻には、葵上の病悩を「大殿には御ものゝけめきていたうわづらひたまへば」と語り始める。〈もののけ〉らしく見受けられたということである。それは、〈もののけ〉が単なる病悩ではなく、他と区別されるような徴表があったということにほかならない。すなわち、身体の振動と狂言（脈絡を欠いた意味不明の言葉であろう）にその特徴があると考えられていたらしい。

①病者不聞入、人々消息、所吐狂言、邪気所為云々。（小右記　寛弘二年四月八日）

②加持即平給、其験最明、御身振給、邪気移人、起居漸任御心。（小右記　万寿三年五月九日）

③雪のいみじく降る日、この侍の清めすとて、物の憑きたるやうに震う《ママ》を（梅沢本古本説話集上第四十）

このことは源氏物語「夕顔」巻の記述と符合する。某院で夕顔を急死させてしまった光源氏は、秘密裏に葬送を執り行うが、その帰途「御馬よりすべり下りて、いみじく御心ちまどひ」という有様で、かろうじて二条院にはたどりつくのであった。そのまま二十数日病み臥し、ようやく快復しても、

④ながめがちに音をのみ泣きたまふ。見たてまつり咎むる人もありて、御もゝのけなめりなど言ふもあり。（「夕顔」）

と、光源氏の状態は尋常でなく、〈もののけ〉であろうと見立てる者もあったという。光源氏の受けた身体的及び精神的打撃は大きかった。そのために「音をのみ泣」くという常の光源氏とは異なる姿が見られたのであるが、それは

〈もののけ〉を疑うに十分であったということである。このように、傍から見て人に理解しがたいふるまいが見られる時に、〈もののけ〉として解釈され名指されることになる。前節⑧の二品女親王尊子が自ら髪を切ったという行動について、「邪気の致す所」とする受け止め方も、当時の〈もののけ〉観から自然に導かれることであった。前節⑤源氏物語「柏木」において、女三宮が出家したいと訴えるのは当人の本意ではなく、邪気のたぶらかしによるとする、光源氏の言もまた同じ理解に立脚している。

　このような〈もののけ〉は「真木柱」巻にも描かれる。外に新しく妻(玉鬘)をもうけた鬚黒の大将が、新妻のもとに行こうとするところに、もとからの妻は突如次のようなふるまいに及ぶ。

⑤らうたげに寄り臥し給へりと見るほどに、にはかに起き上がりて、大きなる籠の下なりつる火取をとり寄せて、殿の後ろに寄りて、さと沃《い》かけ給ほど、(中略)うつし心にてかくし給ぞと思はば、又かへり見すべくもあらずあさましけれど、例の御ものゝけの人にうとませむとするわざと、御前なる人々もいとおしう見たてまつる。

(「真木柱」)

この人は、元来「執念《しふね》き御物のけにわづらひ給て、この年ごろ人にも似給はず、うつし心なきおり〳〵」が多かった(「真木柱」)という。北の方のおよそ身分に似合わない行動の激しさ、異常さは、その人本来のものではなくて、〈もののけ〉がそのようにさせている、北の方に妨げをなす何らかの霊的存在(霊物)が、北の方に取りつき、支配し、当人を夫の鬚黒に疎ませようとしむけていると周囲は見ているわけである。

　このような理解は、人間の心身と、人間に「つく(付・憑・託)」ところの「もの(霊物)」との関係に対する観念から導かれる。古代中世の人々は、「もの」とそれが「つく」という状態をどのように思い描いていたか。

⑥御目を御らんぜざりしこそ、いといみじかりしか。(中略)桓算供奉の、御物のけにあらはれて申けるは、「御

くびにのりゐて、左右のはねをうちおほいまうしたるに、うちはぶきうごかすおりに、すこし御らんずるなり」とこそいひ侍けれ。(中略)されば、いとど、山の天狗のしたてまつるとこそ、さまざまに聞こえ侍れ。

(大鏡第一巻　三条院)

三条院の眼病は、王室に恨みのある桓算供奉の死霊が引き起こしたと考えられていた。邪道に堕ちた僧は天狗となると考えられていたから、桓算の霊は天狗と見なされることもあったであろう。比叡山の天狗の所為と取り沙汰されたと述べる後文とも、大きくは齟齬しない。では、院にはなぜこのような症状があらわれるのか。天狗はしばしば鵄《とび》の姿で出現する(今昔物語集、宇治拾遺物語)、あるいは天狗は「頭ならびに身は人のごとくして、その足は鳥に似たり、翅あり」とも、天狗の言に「鵄は我等が乗物なり」ともされた(比良山古人霊託)から、天皇の頸に乗り双の翼をもって眼を覆っていると想像されていたのである。「つく」とは、たとえばこのようなことであり、憑かれることによって人の上に起きる現象が〈もののけ〉と見なされた。

憑き―憑かれる状態について、次のように説明する天狗もいる。

⑦玄鑒ノ弟子ノ僧、或宮原ニ参ジテ御邪気ノ加持ヲ致ス所ニ、加持摂縛セラレテ、天狗人ニ詫シテ、「我食ヲ求ンタメニ宮中ニ参ゼリ。指《さし》テ付キ悩マシ奉ルコトナシ。然レドモ、我ガ悪気ヲ自《おのづか》ラ貴体ニソミテ悩ミ玉フ也。我ガタメニ早ク食ヲ施サバ退出スベシ」ト云フ。

(真言伝巻第四　座主玄鑒)

天狗の発する悪しき気が身体に染むことによって、人は悩むという。この場合は、天狗が意図的に人間の身体に働きかけたのではなく、天狗という存在の有する性質がおのずとそのような結果をもたらしたということになる。

霊的な存在に触れ、あるいは近づいたために病悩するという事例は多い。

⑧男、不被殺《ころされ》ズ成ヌル事ヲ喜テ、心地違《たが》ヒ、頭《かし》ラ痛ケレドモ念ジテ

(今昔物語集巻第十六第三十二)

⑨此湯屋ノ極《いみじ》ク臭クテ、気怖シク思エケレバ、木伐人頭痛ク成テ、湯ヲモ不浴《あみ》ズシテ返ニケリ。

（今昔物語集巻第二十第二）

⑧は、百鬼夜行に遭遇してしまった男が、鬼たちに唾を吐きかけられたのち、ようやく解放された場面。⑨は、樵が山中の湯屋に入ると、中にいた老法師二人に咎められた場面で、老法師は天狗であったと後日思い合わされた。

こうして、光源氏が某院で怪異に巻き込まれた後、重く長く病み臥すこととなったのも、そこで夕顔を取り殺した霊物の悪しき気の影響と見るべきである。

⑩御胸せきあぐる心ちし給ふ。御頭《みぐし》も痛く、身も熱き心ちして、いと苦しくまどはれたまへば

（源氏物語「夕顔」）

ただし、光源氏は、夕顔の急死を「荒れたりし所に住みけんもののわれに見入れけんたよりにかくなりぬること」（「夕顔」）と回想している。原因となった霊物についての光源氏の判断が誤っていないかどうかについては、解釈が分かれている。そして、この廃院での怪異あるいはそこに出現した霊物を、源氏物語本文は「もののけ」と称することはなく、このことには注意を払う必要がある。この怪異自体は「ものにおそはる」という現象であって、〈もののけ〉現象ではない。とはいえ、その後周囲が光源氏の病悩について「御もの丶けなめり」と見立てたのは見当違いではない。廃院で接した霊物の強い気が、その本体は離れても光源氏の身体に悪しき影響を残したのであった。そのことが〈もののけ〉にほかならない(4)。

四　憑く／憑かれる

右に検討したように、〈もののけ〉とは、霊的存在の発する気が人間の心身に働きかけて異状をもたらすことである。これに対して、霊物が明瞭な意図をもって人間に攻撃を加える場合もあった。

以下の三例は〈もののけ〉と呼ばれることはないが、憑く—憑かれる関係を具体的に描き出してみせる。これらも、霊物との接触あるいは接近が人間にどのような結果をもたらすかをよく示している。

①天狗託レ人語曰、（中略）即為二飛鳶一入レ嚢、晩頭到二於右相家中門一、開二其口一使レ到二寝殿一、以レ足踏二右相胸一、称レ有二頓病一、家中大騒、挙レ足下レ足、或活或死。（続本朝往生伝　僧正遍照）

②遥ニ奥ノ方ニ入テ見レバ、姫君病ニ悩ミ煩ヒテ臥タリ。跡・枕ニ女房達居《ゐ》並《なみ》テ此ヲ繚《あつかふ》。童、其《そこ》ニ男ヲ将行《ゐてゆき》テ、小キ槌ヲ取セテ此ノ煩フ姫君ノ傍ニ居《すゑ》ヘテ、頭ヲ打セ腰ヲ打ス。其ノ時ニ、姫君、頭ヲ立テ病ミ迷フ事無限《かぎりな》シ。（今昔物語集巻第十六第三十二）

③寝たりつる夢に、おそろしげなる鬼どもの、我身をとりどりに打《うち》れうじつるに（宇治拾遺物語第一九一）

これらは、霊物が「つく」ことによって人が病み悩む関係を、それぞれの視点から説明し、描写する。①は、天狗がかつて右大臣を病ませたことがあるのを、人に託して告白するもの。天狗は樵を語らい、鳶の姿となって嚢の中に入り、右大臣家に侵入し、右大臣の胸を踏むと、右大臣はたちまち苦しみはじめる。②は、鬼のために姿が人の目には見えなくなってしまった男が、怪しげな牛飼童に命じられて、姫君を打ち凌ずるところ。この時用いられた小槌は鬼の呪具である。鬼が小槌を持つことは、

世間ニハ、小サキツチヲモテ、其ノ物《も》ノ出《いで》コト云テ地ヲ打バ、随《テ》打《ニ》一物出来ト云。（知恩院本倭漢朗詠注）

などと説かれるが、病を引き起こす疫鬼の手にもあることは、はやく善家異記逸文（政事要略）に記されている。すな

わち、三善清行が備中介であった時、疫病が流行し、そこに常人には見えない鬼を見ることができるという優婆塞が来て、「一つの鬼の椎《つち》を持てる有りて、府の君の侍児の首を打つ」と告げるや、その児が激しく病み苦しむということがあったという。また、春日権現験記絵巻第八巻、疫病流行の頃のこと、軒から人家の中を窺っている鬼が描かれ、その鬼の腰には槌が差されている。

これらを通じて、古代の人々の病に対する一つの考え方が、あるいはある種の病の原因についての考え方が明らかとなる。病による身体上の障碍や苦痛は、目に見えぬ霊物が人の体に力を加えることによって生ずるものであった。〈もののけ〉による心身の不調も例外ではない。

②において、男が姫君をさいなんだのは、牛飼童に指示されたからであった。では、男にそれを命じた牛飼童は何者だったのか。今昔物語集は、末尾に次のように明かす。

彼ノ牛飼ハ神ノ眷属ニテナム有ケリ。人ノ語ヒニ依テ此ノ姫君ニ付テ悩マシケル也ケリ。

すると、どこかにこの姫君をよからず思う者がいて、ある神に姫君の身の不幸を祈願した、あるいは陰陽師などを用いて呪詛したところ、神はこれを納受し眷属(あるいは陰陽師の駆使する式神)を遣わして病ませていたという背景があり、男は鬼の唾の呪力によってたまたま姿が見えなくなっていたことから、牛飼童の姿(当然これも人の肉眼には見えない)の眷属の手先にされてしまったというわけである。病を引き起こす霊物は人の目には見えない。見えないものに映像を与える方法として、霊物自身の語り(①②)、夢(③)、霊能者の目(善家異記)を借り用いたのであった。

このように辿ってきて、源氏物語にも右と同じように見えない霊物の働きを描くところがあるのに気づく。それは、六条御息所が葵上をさいなみ、苦しめるくだりである。

④すこしうちまどろみ給夢には、かの姫君とおぼしき人のいときよらにてある所に行きて、とかくひきまさぐり、うつゝにも似ず、猛くいかきひたふる心出で来て、うちかなぐるなど見え給事たび重なりにけり。（「葵」）

これは、御息所の、「物思ひにあくがるなるたましゐは、さもやあらむ、とおぼし知らるゝこともあり」（「葵」）という自覚の具体的記述である。夢のなかのできごととして、肉体を遊離した魂の経験として説明される。御息所にとっては現実の経験でなくとも、「かの姫君」すなわち葵上の心身は甚大な影響を受けていた。この叙述の前に置かれた一文に示される。

⑤大殿には、御ものゝけいたう起こりて、いみじうわづらひ給。（「葵」）

御息所の「ひきまさぐり」「うちかなぐる」というふるまいに応じて、先掲の①続本朝往生伝、②今昔物語集と同じく、遡れば「おり〳〵は胸をせき上げつゝ、いみじう耐へがたげにまどふわざをし給」という状態が生起したのであった。源氏物語には、こうした病悩を、たとえば先掲の宇治拾遺物語第一九一のように、憑かれた葵上に即して語ることはないけれども、何ものかが「我身をとりどりに打れう」ずるということを夢としてみていたのにちがいない。

こうして、「葵」巻における〈もののけ〉表現は、平安時代の一般的な疾病観、霊魂観、霊物の憑依に関する共通の理解の上に成り立っているということが知られる。

五　〈いきずたま〉・生霊

「葵」巻の〈もののけ〉表現は、平安時代の一般的な〈もののけ〉観に立脚しているといっても、その成因が狐や鬼や天狗などではなく、また死者の霊魂でもなかったというところに特徴があった。〈いきずたま〉である。

「葵」巻における六条御息所の〈いきずたま〉の叙述は、源氏物語の創作的要素が大きいと指摘されている。(5) 〈いきずたま〉についての記述は、なるほど記録類には見当たらない。僧伝や説話集類にもまれである。しかし、この言葉そのものは諸資料に載り、そのことを指摘しつつ、源氏物語の位置づけについても適切な説が提出されている。(6) 以下に、改めて〈いきずたま〉の用例を整理したうえで、その性格を明らかにする。

①窮鬼[右訓「ノイキスカタ」、左訓「ノイキスタマ」][人夢魂与レ鬼通。言我心中正憶二此十娘一。忽即夢見レ憎。忽此鬼作二夢誑一レ我。故罵之曰二窮鬼一也。]
（無刊記本遊仙窟、金剛寺本も同様）

②窮鬼　遊仙窟云、窮鬼、師説[伊岐須太萬]
（和名類聚抄）

③窮鬼　イキズタマ
（類聚名義抄）

④窮鬼イキスタマ　生霊同
（色葉字類抄）

⑤名おそろしき物。青淵。（中略）生霊《いきすだま》。（中略）牛鬼。碇。名よりも見るはをそろし。
（枕草子第一四六段）

⑥中将、責めて言ひそゝのかして、蔵人の少将を中の君にあわせ給へば、中納言殿に聞きて、いられ死ぬばかり思ふ。かくせんとて我はあしかりおきしにこそありけれ、とて、いかでか生きずたまにも入りにしがなと手がらみをし入り給ふ。
（落窪物語第二）

⑦前奥州云、佐理卿平生之時、行成卿可レ書三進某所額一之由、蒙二勅命一、不レ被レ奏二先達候之由一、欲二書進一之間、佐理生霊来臨、行成数日病悩云々、予謁二主殿頭公経一之次、語二此事一、公経答云、佐理卿存生之間、按察大納言未曽一度不レ被レ書レ額歟、前中書王隠遁之間、佐理度々依二勅宣一被レ書二無レ止之勅書等一、然間依二小蔵親王生霊一、常以煩給、是奥州僻事也。
（前田家本江談抄七十八）

⑧其ノ人ノ云ク、「近江ノ国ニ御スル女房ノ、生霊ニ入給ヒタルトテ、此ノ殿ノ、日来不例《れいなら》ズ煩ヒ給ツルガ、此ノ暁方ニ、「其ノ生霊現タル気色有」ナド云ツル程ニ、俄ニ失給ヌル也。然ハ、此ク新タニ人ヲバ取リ殺ス物ニコソ有ケレ」ト語ルヲ（下略）

此レヲ思フニ、然ハ、生霊ト云ハ、只魂《たま》ノ入テ為《す》ル事カト思ツルニ、早ウ、現ニ我モ思ユル事ニテ有ニコソ。此ハ、彼ノ民部ノ大夫ガ妻ニシタリケルガ、去ニケレバ、恨ヲ成シテ生霊ニ成テ殺テケル也。

（今昔物語集巻第二十七第二十）

⑨女人ノ一人生霊ニテ有ツルナ。

（比良山古人霊託）

②和名類聚抄以下の辞書に登載される〈いきずたま〉[7]は、遊仙窟の訓によることが明らかである。和名抄のこの訓について、狩谷棭斎の箋注は次のように指摘する。

按伊岐須太萬、又見二源氏物語葵巻及枕冊子一、今俗所レ謂生霊是也、窮鬼蓋謂二無レ所レ帰之鬼一、則以充二伊岐須太萬一非レ是。

しかし、仮名文学に現れる「いきずたま」がどのようなもので、なぜそう呼ばれるのか明らかでないなかで、右の論断はいささか性急ではないか。「樹(神)　コタマ」「木魅　コタマ」「稲魂　ウケノミタマ(中略)ウカノミタマ」「水―(精)　(ミヅ)ノタマ」(以上、類聚名義抄。補正して掲出)などと同様、「スタマ」も非動物に宿る霊魂の一種であろう。ただ、この語は、和名類聚抄、類聚名義抄、色葉字類抄に載るのみで、平安時代以前の実際の用例がないうえに、「タマ」の性格を規定するはずの「ス」がいかなる意味を持つかも明らかでない。わずかに「イキ」という要素によって、また実際の用法から推して、それが生きている人間に由来するらしいことが知られる。

⑥は、男君道頼のしうちに対して、中納言の北の方つまり落窪の姫君の継母が怒り、口惜しがるところ。本文に乱

れもあるらしく、十分読み解けないけれども、「生きずたまに入る」という表現が用いられる。これは決まった表現であったらしく、⑧今昔物語集にも用いられている。「生霊として入る」ということで、憎し、妬しと思う相手に取りつくことと解して誤らない。その場合、「入る」とは相手の邸内に入ることか、それとも身体に入ることか、定かでないが後者であろう。いずれにしても、〈いきずたま〉とは、心中の強く深い思いによって身体から霊魂が遊離し、敵対する人のもとに赴き、霊的な力をもって相手に働きかけることであった。

その場合、⑥落窪物語によれば、〈いきずたま〉を差し向けることは当人の意志によってかなうことであると考えられていたらしくもみえる。しかし、⑧今昔物語集によれば、〈いきずたま〉は一般に魂の主の自覚なしに生起し活動すると考えられている。その経緯が次のように語られる。東に下ろうとしている男が一人の女に民部大夫の家を尋ねられ、案内してやる。女は感謝し、近江の自分の家を訪ねるよう勧めて、門の前で「俄ニ掻消ツ失ヌ」（「消ツ」の次に「様ニ」が脱か）。しばらくたって、その家では死人が出た様子、聞くと生霊に取り殺されたとのことであった。男が旅の途次近江の女の家に立ち寄ると、女は先夜の礼を述べ、贈り物などをする。「生霊ト云ハ、（中略）現ニ我モ思ユル事ニテ有ニコソ」と説話を結ぶのは、〈いきずたま〉となった当人もまた、そのことに自覚を持つものであったのだと、異例の事態に対する語り手の慨嘆である。このことは、逆に〈いきずたま〉は「只魂ノ入テ為ル事」という通念があったことを意味する。すなわち〈いきずたま〉を生起させる魂は、当人の意志や意識を離れて活動するという理解があったらしい。このことは、魂と心に対する古代人の認識から外れることはない。(8)

このような〈いきずたま〉観は、源氏物語「葵」巻における六条御息所の〈いきずたま〉発現の状況とも対応する。六条御息所もまた、夢と現の境で魂の遊離を体験するのであって、〈いきずたま〉をその主が統御することはむずかしい。

六　〈いきずたま〉と〈もののけ〉

〈もののけ〉および〈いきずたま〉について、右のようにおおよその概念規定を終えたところで、ではこの二つはどのような関係にあるのか。このことに注意を向けることが、同時に〈もののけ〉概念を明瞭にするはずである。

源氏物語に〈いきずたま〉の語は二例ある。

①ものゝけ、いきずたまなどいふもの多く出で来て、さまぐ\の名のりする中に、人にさらに移らず、たゞ身づからの御身につと添ひたるさまにて、ことにおどろぐ\しうわづらはしきこゆることもなけれど、又、片時離るゝおりもなき物ひとつあり。いみじき験者どもにも従はず、しうねきけしきおぼろけのものにあらず、と見えたり。（「葵」）

②大殿には、御ものゝけいたう起こりて、いみじうわづらひ給。この御いきずたま、故父おとどの御霊など言ふものありと聞き給につけて（「葵」）

①には、「ものゝけ」と「いきずたま」が並列的に置かれる。ところが、なぜか②には「御ものゝけ」の原因として「この御いきずたま」と「故父おとどの御霊」とが並列的に取り上げられる。また、「御」を付された②と「御」のそなわらない①との違いはどこにあるか。

②の〈もののけ〉は、大殿において起こっているものとして、葵上の心身の症状を指すのであって、「御」が添えられたのである。その原因とされる「いきずたま」と「霊」に付く「御」は六条御息所とその亡き父大臣に由来するのであって、敬意をもって遇されているのである。

一方、①において、「もの〻け」と「いきずたま」とは、「出で来て」「名のりする」ものであった。では、これらが出で来て名のるとはどのようなことであろうか。

③近曽行東宮更衣(右大将済時卿女)修法、猛霊忽出来云、我是九条丞相霊　(小右記　正暦四年閏十月十四日)

④郁芳門院御悩ノ事アリ。(中略)同五月ニ又ナヤミアリ。是三井ノ頼豪ツキナヤマシ奉ル所也。四日隆明又参ジテ加持シ奉ル。宮ノ霊、頼豪アラハレテ問答ノ事アリ。　(真言伝巻第六　大僧正隆明)

⑤今七日延べさせ給へるに、こたびぞいとけ恐ろしげなる声したるもの〻け出で来たる。　(栄花物語巻第十二「たまのむらぎく」)

〈もののけ〉は修法によって出現する。といっても、それが実体ある姿を現すわけではない。取りついている霊物が、直接病者の口を借りてあるいは「物付き」(霊物を駆り移す霊媒で後世には「よりまし」とも呼ばれた)の口を借りて、声により言葉により名のり始めるのである。

とすれば、①の「もの〻け」「いきずたま」とは、③④の「霊」に相当する。この場合は、人の心身に現象しているところの〈もののけ〉ではなく、それを引き起こしている本体の謂である。こうして、①の「もの〻け」は、人の心身の不調を意味する②の「もの〻け」とは、同じ語であって異なる範疇に属する。

具体的な用例にあって、〈もののけ〉という言葉が現象を指しているか、その本体を指しているかは、文脈によっておおむね弁別可能である。ただし、そのいずれを指しているかが、常に必ず明瞭であるわけではない。第三節⑤に引用した、鬚黒の大将の北の方を悩ませる「例の御もの〻け」には「御」が付くところから、北の方に生じた現象を指すかのようで、「うとませむとする」という動詞に受けられる点で、その本体としての霊物のようにも聞こえる。

阿部俊子は、源氏物語において「もののけ」という語に「御」がそなわるか否かについて検討し、次のように結論

づけた。(9)

それぞれの人の苦悩する有様として述べる時のみは「御もののけ」、災いをもたらす原因、正体についてのべる時、又一般論としてとり上げる時は「もののけ」と言っているこの認定はおおむね首肯されるけれども、右に見た通り、「御」の有無を現象と本体を分ける指標とはしがたいのであって、そのことは、現象か、本体かを厳密に区別しつつ表現がなされているわけではないことを示すものである。現象とその原因との差異もあいまいなまま、連続的に把握するのが古代人の認識方法であった。

七　むすび

以上の検討を経て、〈もののけ〉に対しては次のような定義を与えることができる。

〈もののけ〉とは「物の気」である。第一に、神ならぬ物すなわち劣位の超自然的存在（人の霊魂、鬼、天狗、狐など特定の動物の霊魂）が発する気《け》（視覚、触覚ではとらえられないが、立ちのぼり、あるいは漂う性質を有する）のこと。第二に、人間に憑依しあるいは接近した超自然的存在が気を発して人間に作用することによって引き起こされる心身の不調という現象。第三に、これが転じて、人の心身を不調に至らせる気を発する原因としての超自然的存在。

これをふまえて、古代人が〈もののけ〉をどのように受けとめ、これにどのように対処しようとしたか、そしてそれらにどのような表現を与えているか、これらの残された課題については次章以下に譲る。

（1）藤本勝義『源氏物語の〈物の怪〉　文学と記録の狭間』（笠間書院　一九九四年）「序」。

（2）本章は、本書第一部第一章「〈もののけ〉と物怪」、第三章「〈もののけ〉現象と対処をめぐる言語表現」、第五章「紫式部集の〈もののけ〉表現」、第二部第一章「霊鬼——今昔物語集の名指し」と相関連する。また『源氏物語と〈もののけ〉』（熊本大学ブックレット　熊本日日新聞社　二〇〇九年五月）の基礎となっている。

（3）今昔物語集巻第二十七第十九にもう一例、油瓶の姿の「物ノ気」が載る。この〈もののけ〉は人を取り殺したと語られる。これら霊あるいは精など怪異を引き起こすものと発現した怪奇現象との関係については、本書第二部第一章「霊鬼——今昔物語集の名指し」。

（4）本書第一部第六章「源氏物語「夕顔」巻某院の怪——それは〈もののけ〉ではない」参照。

（5）前掲注（1）藤本勝義『源氏物語の〈物の怪〉　文学と記録の狭間』。

（6）今井上『源氏物語　表現の理路』（笠間書院　二〇〇八年）Ⅲ二「平安朝の遊離魂現象と源氏物語——葵巻の虚と実」。

（7）この語について「イキズタマ」「イキスタマ」の二様の読みがなされる。いま類聚名義抄によることとする。

（8）古代における魂のありかたについては、西郷信綱『増補　詩の発生』（未来社　一九六四年）「源氏物語の「もののけ」について」。また、特に魂と心の関係については多田一臣「魂と心と物の怪と——古代文学の一側面——」（『美夫君志』第六四号　二〇〇二年四月）に論じられていて、源氏物語の〈もののけ〉に及ぶ。なお、この論文は多田一臣『古代文学の世界像』（岩波書店　二〇一三年）Ⅰ第二章「魂と心と物の怪と」に収録された。

（9）阿部俊子「源氏物語の「もののけ」その二」（『国語国文論集』第七号　一九七八年三月）。また、阿部俊子「「宿世」と「物のけ」」（『国文学　解釈と鑑賞』第四五巻第五号　一九八〇年五月）にも。

第三章　〈もののけ〉現象と対処をめぐる言語表現

一　はじめに――宇治拾遺物語の一説話から

〈もののけ〉という現象はどのようなものとして認識され、それらにどのような言語表現が与えられていたか。また、人間は〈もののけ〉にどのように対処してきたか、そしてその営為にどのような意味と表現を与えているか。〈もののけ〉が古代貴族社会に相当の位置を占め、文学の中でも重要な役割を果たす場合があって、特定の仮名文学については細かい読みが加えられているけれども、右のような基本的な問題に対してはかえって的確な理解が及んでいない。

たとえば、次に掲げるのは〈もののけ〉の発動と調伏の場を具体的に記述してある説話で、たびたび校訂注釈がなされたが、かつて正しく読まれたことがなかった。引用は冒頭と末尾のみ、中程は［　］に要約。

むかし、①物のけわづらひし所に②物のけわたしし程に、③ものゝけ物付につきていふやう、おのれはたゝりの④ものゝけにても侍らず、うかれてまかりとをりつる狐なり。［狐がしとぎをほしがるので、狐の憑いた物付きに与える。物付きは少しばかり口にし、家族のためにと、しとぎを紙に包んで腰に挟むと、それは胸もとに移動する。］かくて、おひ給へ、まかりなんと験者にいへば、をへ〳〵といへば、立あがりて、たうれふしぬ。しばしばかりありて、やがておきあがりたるに、ふところなる物さらになし。うせにけるこそふしぎなれ。

（宇治拾遺物語第五十三　狐人ニ付テシトギ食事《くふ》[1]）

ここには、〈もののけ〉という言葉が四例用いられている。第一番目の①「物のけ」について、諸注は次のようにおおむね同じ趣の説明を加えている。

死霊・生霊その他怪物の霊など、人にとりついて悩ますわけのわからないもの。（日本古典文学大系）

人にとりついて悩ます霊。死霊や生霊など。（新潮日本古典集成）

「物の怪」は、人間にとり憑いて祟り悩まし、場合によっては命を奪う鬼神・妖怪や人間の生霊・死霊などの総称。（新編日本古典文学全集）

人にとりついて心身を悩ますもの。生霊・死霊・妖怪などの類。（新日本古典文学大系）

これらの記述は、②「物のけ」、③④「ものゝけ」の説明として成り立つかも知れない（といっても十分ではない）が、①に対しては不適切である。①と②③④とは、厳密にいえば意味内容を同じくしない。

①の「物のけ」は一種の病であり、「もの」すなわち神ならぬ鬼・霊・精など劣位の超自然的存在の作用によって引き起こされる心身の不調の謂である。人間にとって好ましからざる正体不明の存在が「け（気）」を発し、人間に及ぶことによって生ずる症状であり、それが〈もののけ〉すなわち「物の気」の原義的用法である。②③④はこれの派生義で、〈もののけ〉現象の成因、人に近付き取りつくなどして「物の気」症状を引き起こす本体としての「もの」すなわち人の霊魂、鬼や天狗などの妖怪、自然物あるいは器物の精、ある種の動物の霊に該当する。[2] ただし、付け加えておかなければならないが、右の二つの語義は連続的であって、截然と分かれるわけではない。文脈によってはいずれとも決めがたい用例が見られる。

右に見たような不精確な説明は、宇治拾遺物語の注釈にとどまらず、種々の古典文学の注釈や辞書・事典の類に見られる。

さらに、説話の後半で〈もののけ〉が退散する場面、験者が発する「をへ〳〵」という言葉についての説明にも問題がある。諸注釈が「追へ、追へ」と表記するのはよいとして、新編日本古典文学全集は「去れ、去れ」と現代語を当てる。おそらく、「物付き」に憑いている〈もののけ〉の原因としての狐に向かって、験者が呼びかけた言葉と解したものであろう。しかし、「追ふ」を「去る」と言い換えてよいものだろうか。それでも、このように解釈でき、解釈しなければならないとすれば、当然注釈をもってその理由を説明すべきところであるが、それはない。この不可解な現代語訳は、日本古典文学全集、完訳日本の古典にすでに見える。他の注釈はといえば、どれも説明を加えていない。その結果、明らかな誤りを犯さずにすんでいるけれども、この箇所を読み解きえなかったことが示されている。

「をへ〳〵」はやはり「追え、追え」であろう。これをこのように適切に解釈するためには、この言葉が誰に向かってどのような意図をもって発せられたのかを押さえなければならない(3)。

そのためには、〈もののけ〉調伏が誰によって、どのような手続きでなされるのか、〈もののけ〉現象とそれへの対処およびその順序自体とともに、それらをどのような言葉で表すのか、すなわち〈もののけ〉語彙ともいうべきものを明らかにする必要がある。

二　〈もののけ〉の発動から退散までの概観

〈もののけ〉がどのような現象として認知され、またその成因がどのような存在として認定され、誰によってどのような方法で調伏されていたか、その発症から退散に至るまでどのような手だてが講じられていたか。これらのことについては、古典文学の注釈作業を通して一通り理解され、日本宗教史学、文化人類学または日本民俗学の分野でも検討や整理がなされている。(4) しかし、〈もののけ〉に関する諸現象やそれに対処する人間の営為がどのように言表されているかについては、それほど注意を向けられることがなかった。宗教史学や文化人類学あるいは民俗学では、憑き物現象それ自体、あるいは日本人の霊魂とその働きに対する観念にもっぱら関心が向けられるのであって、それらをどのように表現していたかは二義的な問題と見なされたらしい。しかし、言語表現こそ日本人が〈もののけ〉に対してどのような観念を抱いてきたかを最も明瞭に示しているはずである。

〈もののけ〉概念は、憑依現象ばかりでなく、その調伏の方法、解消の過程を逐うことによって明瞭になる。調伏儀礼の方法と過程については、先掲の小松和彦(5)によって類型化され整理されている。また、酒向伸行(6)の一連の論文は、僧伝と説話集に対する的確な読解に基づき、病者、〈もののけ〉、験者の関係を具体的に描き出して、裨益するところが大きい。これらの研究は、調伏にあずかる験者の役割、特に験者とそれが駆使する護法(童子)とに注目し、その機能を明快に説明した点において、いずれも、〈もののけ〉に関する史・資料読解の基礎となりうるものであった。

しかしながら、その成果は古典文学研究に十分には受けとめられなかった。それは、源氏物語、紫式部日記、栄花物語など、多くは女性の筆による仮名文学には、枕草子(能因本第二十二段、第三一九段)を除いて、験者は登場しても、護法に言及するものがほとんどなかったからである。もっぱらこれらの資料に基づいて〈もののけ〉を扱うかぎり、護法の存在は視野の外に置かれる。したがって、たとえば紫式部集における、〈もののけ〉調伏の場面を描いた絵を説明する次のような詞書を解釈するのは困難であった。

絵に、物のけつきたる女のみにくきかたかきたる後に、鬼になりたるもとの妻を小法師のしばりたるかたかきて、男は経読みて、物のけせめたるところを見てこの絵に描かれている、鬼(前妻の死霊)を縛っている小法師こそ護法である。平安貴族の漢文日記にまで調査の手を拡げて参照されることの多い藤本勝義[7]の研究も、紫式部の〈もののけ〉観を明らかにするとして、右の詞書と歌を取り上げながら、小法師に言及するところはない。小松の成果を参照しながら、文学研究の観点からこの小法師が護法童子であるとして、この絵が描き出しているものにおおむね適切な説明を与えたのは、宗雪修三[8]であった。こうして、〈もののけ〉の発現とその調伏の全体像を視野に収めなければ、個別資料の的確な理解から遠ざかってしまう。

そこで、このような状況を踏まえ、ここでは小松・酒向の成果を受けて、改めて〈もののけ〉関連資料の調査を行い明らかにしえたところをまず整理しておく。すなわち、人に心身の不調が生じ、それが〈もののけ〉として認定されるところから、宗教者によって調伏され、その原因となっていた霊物が追放されるまでの一連の展開をたどりつつ、〈もののけ〉に対して人間の側の手だてがどのように講じられるかを、大まかに一般化して示す。ここで特に意を用いたのは、〈もののけ〉に関する諸現象がどのような言葉で説明され、それに対処する人間の言動がどのように表現されているかを示すことであった。また、複数の表現がある場合は、これを併記する方法で示した。

1　人に心身の不調が起こり、原因が「物の気(霊気／邪気)」である場合、その時病者には、「物(霊／鬼／天狗／精)」が憑き、さまざまの方法で苦しめている。

2　病気の理由や原因を知るために、陰陽師に「ものを問はせ」、陰陽師は「占ひ」をする。

3　病が「物の気」と判断された時には、験者が招かれる。また、験者が病の原因を判断する場合もある。

4a　験者が読経、加持・護身すると「護法」が病者に「つく(憑／付／著／託)」。護法は、病者に憑いている「物(霊／鬼／天狗／精)」を「縛《ばく》」し、譴責・攻撃する。すると、病者には、震撼、叫喚、跳躍など不随意的な運動が見られる。

4b　験者は、病者に憑いている霊物を、「物付き／つき人／よりまし」に「駆り移す／渡す」。護法は、移された霊を呪縛し、譴責・攻撃する。すると、物付きには震撼、叫喚などの不随意的な運動が見られる。

5　「物の気」が「あらはれ」て、すなわち霊物は屈服して正体を明かし、悔い詫び、これを護法が追放すれば、病者は平常に復する。

以下、これに沿って必要な資料を挙げながら各階梯の具体的な内容を明らかにするとともに、右の整理の観点が適切であることを論証する。

三　〈もののけ〉発症と見立て

〈もののけ〉は人の心身の不調である。症状としての〈もののけ〉は、「おこる」と言い、「なやむ」「わづらふ」と表現する。

中宮御邪気令発給、頗以危急也。（中右記　承徳二年十月三十日）

頼宗室及産期而被悩邪気、出自堀河院。（小右記　万寿二年八月二十七日）

物のけにいたう悩めば（能因本枕草子第三一九段）

大殿には、御もの丶けいたう起こりて、いみじうわづらひ給。（源氏物語「葵」）

その症状を引き起こしている霊物としての〈もののけ〉について、霊物の病者に対する関係を「つく」ととらえる。

鬼の源児に著《つ》きたるは、祭を得たる後、歓喜すること極まり無し。即ち賀夜郡の大領賀陽豊仲の家に赴く。是の日源児の病癒ゆ。（政治要略巻第七十所引「善家異記」、読み下し）

絵に、物のけつきたる女のみにくきかたかきたる　（紫式部集）

天狗人ニ託シテ、「我食ヲ求ンタメニ宮中ニ参ゼリ。指テ付キ悩マシ奉ルコトナシ。（下略）」　（真言伝巻第四　座主玄鑑）

では、その「つく」状態はどのように思い描かれていたか。善家異記において、肉眼では見えない霊物を見ることができるという優婆塞の説明によれば、一鬼が椎《つち》を持って源児の首を打ち、ために源児は発熱し頭痛が起きてはなはだ苦しんでいたという。なお、これとよく似た場面が今昔物語集巻第十六第三十二に描かれている。そこでは神の眷属の手先にされた男（人の目に見えなくなっている）が、眷属に指示されて槌をもって姫君の体を打つのである。神の眷属が「人ノ語ヒニ依テ此ノ姫君ニ付テ悩マシケル也ケリ」と説明されている。また、藤原忠実のあまり深刻でなかった病の折りのできごとが次のように語られる。

仰せて云はく、「吾、発心地《おこり》して少し宜しくなりたりし時、小さき狐のうつくしげなるが肩の上にありと見ゆ。また、背に大きなる狐はひかかる。また、我が目の下《もと》も狐の目の様になりて覚えしかば、人どもしばしあきれて、後には咲《わら》ひなどしき。（下略）」と。　（富家語　一九一）

このように、霊力ある存在が人の身体に密着し、あるいは力を加えることを「つく」と言い、それによって、人は病悩し、その人らしさを失い、憑いている霊物の性質を示すことになると考えられていた。

こうして、〈もののけ〉は人の心身に生ずる異状であるが、心身に異状が起きたからといって、それがただちに〈もののけ〉であるというわけではない。〈もののけ〉に特徴的な症状は、その人の常とは異なる言動であり、さらにしばしば病者の身体に引き起こされる震撼と口から発せられる狂言であった。(9) しかし、それだけで〈もののけ〉であるかどうかを見きわめるのは容易ではなかった。

栄花物語巻第十二「たまのむらぎく」に、藤原頼通が病を得たことが語られる。

かかる程に、如何しけん、大将殿日頃御心地いと悩ましうおぼさる。御風などにやとて、御湯茹でさせ給ひ、朴《ほほ》きこしめし、「御読経の僧ども番かかず仕まつるべく」など宣はせ、明尊阿闍梨夜ごとに夜居《よゐ》仕うまつりなどするに、御心地さらにおこたらせ給《たまふ》さまならず、いとど重らせ給ふ。光栄・吉平など召して、物問はせ給ふ。御物のけや、又畏き神の気や、人の呪詛など様々に申せば、「神の気とあらば、御修法などあるべきにあらず。又御物のけなどあるに、まかせたらんもいと恐ろし」など、様々おぼし乱るるほどに、ただ御祭・祓などぞ頻りなる。

病の原因は容易に明らかにならなかった。医術による療治、僧の読経も効験なく、優れた陰陽師たちを召して「物問はせ」た、つまり占いをさせたところ、その結果も一様ではなかった。このように人の経験や知識で量りがたいできごとがあれば、陰陽師の占いにゆだねるのであるが、そのことを和文では「物を問ふ」「物問はす」と決まった表現をする。

ものなど問はせ給へど、さして聞こえあつることもなし。　（源氏物語「葵」）

此人の家にさとしをしたりければ、その時の陰陽師に物を問ふに　（宇治拾遺物語第一二二）

頼通の場合は陰陽師の占いの技量に問題があったというわけではなく、原因が複合的であったらしい。それは珍しいことではなかった。次に掲げる通り、小右記の場合、陰陽師の占いの結果からは「疫気(流行病)」に〈もののけ〉が加わっている状態と判断されていて、源氏物語「若紫」巻の場合、光源氏にはわらわ病みのほかに〈もののけ〉も加わっていると、験者(大徳)が判断している。

仍令占之、疫気之上、御邪気加祟所奉致云々　（小右記　長和四年七月二十三日）

大徳「御物のけなど加はれるさまにおはしましけるを、こよひはなを静かに加持などまいりて、出でさせ給へ」

と申す。　（源氏物語「若紫」）

流行病に〈もののけ〉が加わることは少なくなかったようであるが、病人の周辺の者たちおよび験者が困惑し、対処に苦慮したのは、〈もののけ〉に見えてそうでない場合であった。

万寿二（一〇二五）年八月三日、藤原道長の娘で尚侍の嬉子が春宮敦良親王の御子を出産した。子は無事に産まれたものの、この時嬉子は赤斑瘡に罹患していた。小右記の記すところによれば、験者に加持を行わせるかどうか、判断は容易でなかったという。

仍有被占、吉平云、不宜、守道云、吉也、禅閤存可加持心、被勘当吉平、然而諸僧不能加持、依怖神気云々、禅閤先加持、其後諸僧加持、調伏邪気、禅閤放詞云々、加持不快事也、偏祈神明可期平産歟　（万寿二年八月五日）

安倍吉平と賀茂守道の二人の陰陽師の意見は分かれた（ただし、小右記には「後聞、吉平申可被加持由云々」と注記する）。禅閤すなわち寛仁三（一〇一九）年に出家して今は法名を行観と名乗る道長は加持すべしとの意向であったけれども、諸僧は逡巡した。それは、病が神の祟りや咎めに起因しているのではないかと怖れたためである。しかし、道長が加持を始め、諸僧もこれに続いたという。小右記の筆者藤原実資は、神明に祈るべきで、験者の加持に頼るべきではなかったと批判している。諸僧が怖れたように、嬉子には〈もののけ〉でなく「神気」（なお『大日本古記録』は「神」字に「邪カ」と傍書するが、不適切）が憑いていたと見ているからである。

病因が正しく見立てられないと、適切に対処できない。対策を講じても効果はない。そのような事例が春日権現験記絵巻第三巻に載る。知足院藤原忠実が病を得た。一乗寺僧正増誉が加持を勧め、いったんは快方に向かったけれども、再発した。再び召された増誉が、忠実の目の色を見て、自らの不覚と称して判断の誤りを陳じた。

とをくのきておほきにかしこまりて申すやう、「増誉がふかく申すはかりなし。験者と申すは、まづ病相をしる也。生霊死霊のたゝりをも見、大神小神の所為をもわきまへてこそ加持護念すべきに、をろかにしてさとらざりける。（中略）たかき大神のかけり給ふなるべし。つたなき身をもて加持したてまつりける事もとも恐あり」と申す。

春日明神を深く信仰している者に忠実が懲罰を加えたために、明神が祟りをなしていたのであった。このような「大神」に対して人間が加持の力を向ける行為は非礼に当たると考えられていた。頼通と嬉子の場合も、「神の気」によるとも占われていたから、加持に頼るわけにはいかなかったのである。栄花物語によれば、頼通については神への陳謝を表す祭祀と、汚れや災いを除くための祓えを試みるにとどめた。

次は、祓えにとどまらず、加持が行われた事例である。

依御悩参一宮、先奉仕御祓、有邪霊気、仍去夜慶円御加持、聖全亦候、晩景大僧正被参御加持之間、御坐、自明日可有修法之由被仰、仍仰于明肇律師（権記　長保五年八月二十九日）

一宮の病に対してまず祓えを行ったが、〈もののけ〉と見なされたために、前夜に慶円が加持を行っているというのである。「仍(よりて)」という接続詞に、「邪霊気」とそれへの対処としての「加持」の関係が明瞭に説明されている。[10]この場合、しかし「加持」だけでは心もとないという判断が下され、いちだんと本格的な「修法」が行われることになったもののようである。栄花物語巻第十二「たまのむらぎく」にも、頼通の病に対してはついに五壇法が行われることになったと記す。

四　験者の法力

では、験者は仏教の力を霊物にどのように向け、その力はどのようなしくみで効果を発揮することができるか。諸資料によれば、病者に憑依している霊物に直接働きかける方法(4a)と、霊物を一旦霊媒に移して、それに働きかける方法(4b)とがあったと知られる。

次に掲げるのは4aの方式と見なされる。

六条皇后、御薬の事有り。召しに依り御加持に参る。三箇日居処を動かず。永く眠食を忘る。四日の暁、皇后声を挙げて叫喚す。身を屈して宛転す。御殿大きに震ふ。殆《ほとほ》と塡倒せんと欲す。此の間霊狐形を現す。

(天台南山無動寺建立和尚伝、読み下し)

宮は寝殿の母屋に臥給、いと苦しげなる御声時々御簾の外に聞こゆ。和尚、纔《わづか》に其御声を聞きて、高声に加持し奉る。(中略)しばしあれば、宮、紅の御衣二計《ばかり》にをしつつまれて、鞠のごとく簾中よりころび出させ給て、和尚の前の簀子に投置奉る。(中略)ただ簀子にて、宮を四五尺上げて、打奉る。(中略)四五度計打奉て、投入々々祈ければ、もとのごとく内へ投入つ。

(宇治拾遺物語第一九三)

験者は験力を用いて、つまり直接手を下すことなく、霊物が取りつき苦しんでいる病者の身体を移動させ、投げ上げ、転倒させ、回転させる。もちろん病者の肉体を痛めることに目的があるのではなく、病者に憑依している霊物を責めたてているのである。そうすることによって、霊物が離脱すると考えられていたことは、天台南山無動寺建立和尚伝で、六条皇后に憑いていた霊狐が姿を現したとすることによって知られる。

では、加持によって病者の身体が上下し、回転しているとき、病者をそのようにさせているものは何か。それを説明しているのが次の事例である。

法花経ヲ誦スルニ、未ダ一品ニ不及ザル程ニ、護法病人ニ付テ、屛風ヲ投越テ、持経者ノ前ニシテ、一二百反《へん》

許《ばかり》打逼《うちせめ》テ、投入ツ。其ノ後、病忽ニ止テ、聊《いささか》ニ苦キ所無シ。（今昔物語集巻第十二第三十五）

験者の誦経により護法が病者に付くのである。このように験者の駆使する護法のことは、僧伝や説話集にしばしば記述される。

十三歳にして独り稲荷山の深き谷に入り、難行苦行すること、人に知らしめず。その間、仕者護法、形を隠して花を摘み、化人天童、互ひに来たり水を汲む。（大法師浄蔵伝、読み下し）

二人ノ童不離《はなれ》ズシテ昼夜ニ奉仕ス。（中略）其後、其ノ二人ノ童ヲ尋ヌルニ、遂ニ誰ト不知デ止ヌ。護法ノ奉仕シ給ヒケル也トナム人疑ヒケル。（今昔物語集巻第十三第二十三）

護法は、右の今昔物語集のようにしばしば童子の姿で出現するが、大法師浄蔵伝のように隠形で奉仕することも多い。たとえば、

家女悲泣す。其の故を問ふ。答へて云はく、妾が夫の腹中脹満すること三年、辛苦して遂に以て亡没し、已に三日を経たり、と。法師殊に矜哀を成し、立ち乍ら加持し蘇生せしむる間、護法をして其の腹を践《ふ》ま教《し》む。汚穢の物を迸出せしむるに、臭香室に満つ。（大法師浄蔵伝、読み下し）

験者が加持すると、護法が病者の腹を踏んだとするが、この場合護法の姿は人の肉眼に見えているわけではない。これら護法こそ、験者の加持に応じて仏法の力を具体化する存在であった。このような人間の身体の動き、特に当人の意志とかかわらない不随意的な動きは、験者の駆使する目に見えない護法が、病者に付き、病者の肉体に力を加えていることによると考えられていた。護法が付いたとされる状態を目にすることは多かったのであろう。「護法ノ付タル物ノ様ニ振ヒテ」（今昔物語集巻第十九第九）、「護法などの付たるやうに、をどり上がりをどり上がり、忿《いか》られけれども」（平治物語巻上　源氏勢汰への事）など、譬喩表現に用いられる。

このようにして加持が行われる場面は、源氏物語にも描かれている。外に新しい妻をもうけた鬚黒の大将の北の方は、出かけようとする夫に衝動的に火取りの灰を浴びせかけるなど、尋常でないふるまいを見せる。それは、〈もののけ〉のためであるとされた。

夜半《よなか》になりぬれど、僧など召して加持参り騒ぐ。よばひののしり給ふ声など、思ひうとみ給はんにことわりなり。夜一夜《よひとよ》、打たれ引かれ泣き惑ひ明かし給ひて　（「真木柱」）

北の方の騒ぎ立てる声は霊物がそうさせるもの、「打たれ引かれ」とは験者の験力によるものとして、僧の駆使する目に見えぬ護法が北の方に働きかけていると考えられていたのである。ただし、実際は、第六節に述べるように病者の肉体に直接力が加えられたこともあったらしく、これもそうであろうか。

五　護法の縛

このように、護法が付くことによって病者は身体の自由を奪われ、験者の意のままに扱われるのであるが、その状態を「縛」「呪(咒)縛」のほか「摂(接)縛」(拾遺往生伝巻中第一・浄蔵、真言伝巻第四・玄鑒)、「繫縛」(真言伝巻第五・智観、同巻第六・良真、同巻第七・行尊)、「擒縛」(大法師浄蔵伝)などという言葉で表現する。

和尚、(中略)遥かに廂簷《ひさし》に坐して咒を誦《よ》む。未だ幾《いくば》くならず、其の霊を咒縛す。彼此《かしこここ》雷同す。(中略)暫くして擲《な》げ出だす。几帳の上より衆人の中を過《よぎ》り度《わた》り、飛ぶが如く和尚の前に到る。躄《いざ》り踊り昇り降る。高声に叫び喚ばふ。和尚本の処に還るべき由宣ひ行ふ。亦飛ぶが如く帳の裏《うち》に還る。数剋の後、其の声漸く下り、著《つ》く所の霊気屈服の詞を陳《の》ぶ。　(天台南山無動寺建立和尚伝、読み下し)

冷泉天皇邪気ノ御事アテ、数年ヲ経玉ヘリ。僧正参ジテ護身結界ス。天皇大《おほき》ニ怒テ剣ヲ抜テ、僧正ヲ斬《きらむ》トシ玉フ。僧正恐レテ南階ノ下ニ逃下ル。然《しかる》ニ堂上ニ留ル所ノ三衣匣《はこ》、護法是ヲ守ル。天皇コノ匣ノ下ニシテ自ラ縛セラレ玉フ事数百反《へん》

（真言伝巻第五　僧正慈忍）(11)

護法によって縛せられているのは、病者であるとともに、厳密にいえばそれに憑いている霊である。霊物が病者に憑いて離れないのであるから、霊に働きかければ、その力は病者にも及ぶわけである。霊も護法も目に見えないから、人の目には、病者の震撼、転倒、回転する様のみが映っている。その目に見えない世界を絵に描きあらわしたのが、紫式部集の詞書に言う「鬼になりたるもとの妻を小法師のしばりたるかた」であった。また、堀河の大臣基経が〈もののけ〉ではないが病に苦しんでいる時に、ある僧の仁王経読誦の力によって癒えたとする説話が宇治拾遺物語第一九一に載る。(12)経の力を基経自身が夢によって知る場面を次のように語る。

寝たりつる夢に、おそろしげなる鬼どもの、我身をとりどりに打《うち》れうじつるに、びんづら結ひたる童子の、すはえ持たるが、中門の方より入来て、すはえして、此鬼どもを打ちはらへば、鬼どもみな逃散りぬ。「何ぞの童のかくはするぞ」と問ひしかば、「極楽寺のそれがしが、かくわづらはせ給ふ事、いみじう嘆申て、年来読み奉る仁王経を、今朝より中門のわきにさぶらひて、他念なく読み奉りて祈申侍る。その経の護法の、かく病ませ奉る悪鬼どもを追払侍る也」と申と見て、夢さめてより、心地のかひのごふやうによければ

経や陀羅尼の力の作用は人の目に見えるものではない。そこで、発病とその治癒の過程を、〈もののけ〉の原因としての霊物すなわち鬼が人の肉体に攻撃を加え、その鬼を護法が追放する夢として、具象化し視覚化したのである。信貴山縁起絵巻・延喜加持の巻で、命蓮が護法を遣わして天皇の病が癒える場面、夢うつつの中に剣の護法が出現するのも同じ趣である。

きとまどろませたまふともなきに、きら〳〵とあるもののみえさせたまへば、いかなる人にかとてごらんずれば、そのひじりのいひけむけんのごほうなめりとおぼしめすより、おほむ心ちさは〳〵とならせたまひて

病者は、護法の出現を幻視することによって、快復を自覚する。なお、絵巻の画面には空中を疾駆する剣の護法、清涼殿のあたりの空中に佇立する護法が描かれるけれども、これらは人の目には見えていない。画家は、肉眼にはとらえられないものを、病悩し快復する天皇の視点(意識)を借りて描いて見せたのであった。

「護法が付く」とは、霊物の憑依している病者に対して、霊物に対抗しうる護法を呼び出し、差し向けることであった。その時験者は、経を読み印を結び真言を唱えるだけでなく法具を利用する。枕草子に次のような一節がある。

験者のもののけ調ずとて、いみじうしたりがほに、独鈷や数珠などもたせ、蟬の声しぼりいだしてよみゐたれど、いささかさりげもなく、護法もつかねば、(中略)「さらにつかず。たちね」とて、数珠とり返して、「あないと験なしや」とうちいひて(中略)あくびおのれよりうちして　(第二十二段)[13]

独鈷や数珠が護法を付けるための具であることは明らかであるが、これらがそのように機能する背景は、僧伝や説話集の記述から知られる。

病ニ煩《わづらふ》人ノ許《もと》ニ念珠・独鈷ナド遣タリケレバ、物ノ気現レテ、霊験掲焉ナル事共有ケリ。　(今昔物語集巻第十九第一)

法師、誓約ノ参籠出難キニ依テ身ノ代ニ独古ヲ奉ル。独古ニ隋テ護法来テ一時ニ摩縁ヲ降伏シテ　(真言伝巻第五　浄蔵律師)

これらの法具そのものが病を癒す力を持つというよりは、法具に付いている護法の働きによると考えられていたらしい。法具は護法を呼び寄せ、取りつかせ、作用させる媒体であった。

六　霊物を人に駆り移す

験者が験力を直接病者に向ける加持の方法に対して、病を引き起こしている霊物を病者から一旦他の人に移して、これに護法を付けて、霊物の追却を図るという方法がある。平安時代中期以降は、これが一般的になっていったようである。

たとえば、藤原道長に関して小右記に次のような記事がある。

大殿御心地宜坐云々。邪気所為云々。乍御身被打手足給云々。（小右記　寛仁三年正月十八日）

邪気調伏のために病人の手足に直接力が加えられたというが、「御身乍ら」[14]とことさら記述するところに、そのような方法が異例なものとなっていたことを示す。

験者は、もっぱら〈もののけ〉を駆り移す方法によって調伏するようになっていく。管見の範囲では、小右記の永祚元(九八九)年の事例が最も古い。

小児日者悩煩、(中略)仍招証空・住源師等令加持、駈託邪気、頗得平気（小右記　永祚元年七月二十三日）

これには、何(誰)に駆り移したとも書かれないが、人であり、具体的には女房や女の童《めわらわ》などであった。

済求・叡増両師駈移霊気於両女（小右記　正暦元年七月十日）

心誉僧都駆移霊気於女房（小右記　治安二年五月三十日）

法師、一寄女を以て件の霊を狩り度《わた》し、一旦擒縛す。（大法師浄蔵伝）

記録類ではその具体的な方法や状況は明らかでないが、霊物を別人に駆り移し、移した霊物を調伏する場面が栄花物語に記述されている。出産したばかりの藤原教通の妻に〈もののけ〉が発症し、霊物が妻の口を通して語るのを教通は傍目をはばかって、人に移させる。

例はさもなきに、御自らもののけただ出で来に出くれば、いとかたはらいたしとおぼしめして、「猶人に移さばや」と宣はすれど、そこらの僧心を合せてののしり、加持参りて、こと人に移せど、猶御心地同じやうなれば、集りて加持参る程に、例もつきならひたる女房に、小松の僧都現れて　（巻第二十一「後くゐの大将」）

移ったものの、妻の症状は軽快しない。それが女房に移って霊物は正体を現わす。小松の僧都であった。

このように発症している当人から霊物を他者に憑依し直すことを、「うつす(移)」「わたす(渡)」「かり(駆・狩)うつす」「かりわたす」と表現する。それもまた護法を駆使することによってなされた。能因本枕草子第三一九段には、その様子が具体的に記述されている。

物のけにいたう悩めば、移すべき人とて、大きやかなる童、髪などのうるはしき、すずしの単衣鮮やかなる袴長く、ゐざり出でて、横様にたてる三尺の几帳の前にゐたれば、外様にひねりのきて、いと細うにほやかなる独鈷を取らせて、おおと目うちひさぎて読む陀羅尼もいと尊し。顕証の女房あまたゐてつとまもらへたり。久しくもあらで震ひ出でぬれば、もとの心失ひて、行ふままに従ひ給へる護法もげに尊し。(中略)皆尊がりて集まりたるも、例の心ならばいかに惑はん、みづからは苦しからぬことなど知りながら、いみじう侘《わび》嘆きたるさまの心苦しきを、つき人の知り人などはらうたくおぼえて、几帳のもと近くゐて衣引き繕ひなどする。かかるほどによろしとて御湯など北面に取り次ぐほどを、(中略)申の時にぞいみじうことわり言はせなどして許して、几帳の内にとこそ思ひつれ、あさましうも出でにけるかな、いかなることありつらむ、いと恥づかしがりて髪を振りかけてすべり入りぬれば、しばし留めて、加持少しして、いかに、さはやかになり給へりやとてうち笑みたるも恥かしげなり。(15)

験者によって、女の童に〈もののけ〉が移され、調伏がなされ、病者はおおむね平癒したというできごとが、験者と女の童を中心に描かれる。この時も重要な働きをなすのが護法である。右の傍線部の「行ふままに従ひ給へる護法」とは、験者の指示に従って護法が病者に憑依している「もの」と対決するということである。なお、同じ箇所は、三巻本に「一本」として付載される章段(第二十三段)には、「おこなふままに従ひ給へる仏の御心も、いとたふとしとみゆ」とある。験者に仏が従うと読めるが、それは仏と僧の関係からいって不自然である。能因本によるべきであろう。また、この女の童に「震ひ出でぬれば」と変化が生ずるのは、先に見た通り、護法の付いたことを示すものである。〈もののけ〉を駆り移される一種の霊媒は、女性に務めさせるのが一般的であった。(16) 今のところ、確実に男性と認められる事例を見いだせない。こうした霊媒に十一世紀頃にはまだ安定した呼び方はなかったらしい。(17) 大法師浄蔵伝には「寄女」、枕草子には「移すべき人」「つき人」(能因本第三一九段)、讃岐典侍日記には「ものつく者」などとある。やや下って、今昔物語集に「物託《ものつき》」(巻第二十六第四)、今鏡に「物つき」(「みこたち第八　源氏の宮す所」)、宇治拾遺物語に「物付」(第五十三)、源平盛衰記に「物付」(巻十　中宮御産)などとあるように「ものつき」が広く用いられるようになった。現在は「よりまし」という言葉を用いるのが普通であるが、この言葉は平家物語(延慶本第二本「五　建礼門院御懐妊事」、覚一本巻第三「御産」)などに至ってようやく一般化するようになる。管見の限りでは、

よりべのみづ(中略)又物つきをよりましと云も同心也。　(袖中抄第四)

とあって、平安時代極末に一般に用いられるようになったと認められる。

なお、〈もののけ〉の原因となっている霊物を他の人に駆り移し、護法を付ける修法は、密教の「阿尾奢《あびしゃ》法」と関わりがあると説明されることが多い(18)。「阿尾奢」とは「入り込む」という意のサンスクリットで、童男童女に聖者を入りこませて未来を予言させる法のことである。相応が実修したことが天台南山無動寺建立和尚伝に載る。その時は松尾明神が童子に憑依し、天皇が堀河左大臣に問わせて「数事」に「明決」を得たとされる。霊物を霊媒に駆り移し、霊媒の口を通してその正体や存念を語らせる調伏法と似ていないでもない。〈もののけ〉調伏法自体については、当該分野の専門的な検討に委ねればよいのであるが、あえて口をさしはさむならば、むしろこれには日本古来の神降ろしの儀礼が継承され、参考にされているのではないか。

七　〈もののけ〉の退散

霊物の悪しき気や振る舞いを排除するために、験者が法力をもって病者に働きかける。効験が現れると、病者に変化が見られる。病者が跳ね上がり、飛び出し、打たれる時、それはすでに見た通り、病者自身が苛まれているわけではなく、憑いている霊物が呪縛され責められているのである。これに耐えかねた霊物は敗北を認める。

亦僧延禅の童子久しく鬼狂に悩めり。延禅申し請ふ。食を施して之に与ふ。童子自ら縛せられて云はく、我は是神狐なり。護法に責められて、遁るる方を知らず。今より以後は永く以て去らん、と。数年の病、一日に損じ平げり。
（後拾遺往生伝上三　入道二品親王師明）

娟子内親王、後朱雀院ノ王女ナリ。霊病コハクシテ心身恒ニ悩ミ玉フ。僧正祈念スルニ、三日ノ後夜半ニヲホヒニ嗄《さけ》ンデ云、悲哉、我ヲ助ヨ、助ヨト。侍女驚テ問奉ル。内親王ノ玉ハク、龍蛇剣ヲハキテ我頂上ニアリ、童子縄ヲ取テ我手ヲシバルト。人々燈ヲカヽゲテミルニ敢テ人ナシ。翼《(ママ)》日ニ邪気永ク去ヌ。

（真言伝巻第五　僧正智観）

神狐を縛しているという「護法」、縄をもって内親王の手を縛っているという「童子」こそ、験者の意を受けて法力を体し、病者に取りついている霊物を責める存在にほかならない[19]。延禅の童子や娟子内親王の口から呪縛を解いてほしいと訴える言葉が発せられるが、これは病者自身の言葉ではなくて、憑依している霊物が許しを請うているのである。

こうした関係は、物付きに駆り移された霊物が敗北を認める場合も同様である。

今昔、物ノ気病為《す》ル所有ケリ。物託《ものつき》ノ女ニ、物託テ云ク、「己ハ狐也。祟《たたり》ヲ成シテ来レルニハ非《あら》ズ。只、此ル所ニハ自然《おのづか》ラ食物散《ちり》ボフ物ゾカシト思テ、指臨テ侍ルヲ、此ク被召籠《めしこめられ》テ侍ル也」ト云テ

（今昔物語集巻第二十七第四十）

玄鑒ノ弟子ノ僧、或宮原ニ参ジテ御邪気ノ加持ヲ致ス所ニ、加持摂縛セラレテ、天狗人ニ詫シテ、「我食ヲ求ンタメニ宮中ニ参ゼリ。指《さし》テ付キ悩マシ奉ルコトナシ。然レドモ、我ガ悪気ヲ自《おのづか》ラ貴体ニソミテ悩ミ玉フ也。我ガタメニ早ク食ヲ施サバ退出スベシ」ト云フ。

（真言伝巻第四　座主玄鑒）

右に見る通り、護法の攻撃を受けた霊物が敗北を認めた時には、正体を明かし、憑依した理由を説明し、そして苦痛を訴え、法力に屈服したことを認め、呪縛からの解放を懇願する。能因本枕草子第三一九段、「（ものつきの女童の口を通して、つまりは霊物に）いみじうことわり言はせなどして」（日本古典文学全集）がこれに該当する。したがって、〈もののけ〉調伏に当たり、何より重要なことは憑いている霊物の正体を明らかにすることであった。このように、病者

あるいは物付きの口を通して霊物が正体を明かすことを「顕露」「あらはる（顕・現）」「あらはす」「いでく（出来）」と表現する。

主上御目、冷泉院御邪気所為云々、託女房顕露、多所申之事云々、移人之間御目明云々
（小右記　長和四年五月四日）

近曽行東宮更衣（右大将済時卿女）修法、猛霊忽出来云、我是九条丞相霊
（小右記　正暦四年閏十月十四日）

勅有テ僧正ヲ召テ其霊ヲ伏セシム。実因ガ霊忽ニ顕ル。
（真言伝巻第五　大僧正智静）

霊忽ニ出来テ云、我ハ是九条丞相ノ霊也。
（同右）

御もののけども出で来てののしる。大殿にも出で来る例の御もののけとぞいふなる。
（栄花物語巻第十二「たまのむらぎく」）

正体が明らかになれば、おのずと病者に憑依した理由も明らかになる。験者がもてあますのは、名乗ろうとしない〈もののけ〉である。源氏物語における六条御息所の生霊の事例によって、そのことはよく知られていよう。

もの〻け、いきずたまなどいふもの多く出で来て、さま〴〵の名のりする中に、人にさらに移らず、たゞ身づからの御身につと添ひたるさまにて、ことにおどろ〳〵しうわづらはしきこゆることもなけれど、又、片時離る〻おりもなき物ひとつあり。いみじき験者どもにも従はず、しうねきけしきおぼろけのものにあらず、と見えたり。
（「葵」）

験者たちは、結局この〈もののけ〉を駆り移すことはできない。しかし、〈もののけ〉は病者の葵上の口を通して光源氏に正体をほのめかし、自らの苦衷を訴える。光源氏は六条御息所であると直感し、「たしかにの給へ」と問いただす。依然として霊物は名乗らないものの、光源氏の応対によっていくらか〈もののけ〉が鎮まった間に、葵上は出産を

果たす。これによって、攻撃ばかりでなく慰撫もまた〈もののけ〉への対処法であったことを示唆する。〈もののけ〉に対する慰撫が語られているのは、栄花物語巻第十二「たまのむらぎく」で、藤原頼通を苦しめた〈もののけ〉の正体は容易に明らかにならなかったが、頼通の舅の故具平親王であると分かって、道長がかしこまる態度を示し、事情を説明する。これによって、〈もののけ〉は退散するのである。

しかし、これまで見た通り一般的な調伏は、験者の法力によって病者に憑いた霊物あるいは物付きに駆り移された霊物を責め、懲らし、追放するという方法でなされた。そして、その場合も、験者は護法を駆使すると考えられていた。

僧正の参られざる前に、かの人の護法払へば逃げ候ひ了んぬ。（富家語　一三六）

これをふまえて、本論文の始めに取り上げた宇治拾遺物語第五十三に視点を戻すこととしたい。物付きに憑いている狐は、験者に向かって「おひ給へ、まかりなん（私を追ってください、退散しましょう）」と言う。これに応じて験者が「をへ〳〵」と命じたのは、狐に対してではない。狐の霊を呪縛している護法にそのように指示したのであった。

（1）　吉田幸一編著『宇治大納言物語　伊達本　古典聚英3』（古典文庫　一九八五年）により、濁点と句読点を施した。

（2）　〈もののけ〉概念については本書第一部第一章「〈もののけ〉と物怪」、第二章「〈もののけ〉と霊物——源氏物語の読解に向けて」等参照。

（3）　最近この部分に適切な解釈を示す論文が発表された。小山聡子「鎌倉時代前期における病気治療——憑座への憑依を中心として――」(『明月記研究』一三号　二〇一二年一月)である。なお、この論文は、小山聡子『親鸞の信仰と呪術――病気治療と臨終行儀――』(吉川弘文館　二〇一三年)第一章二「病気治療における憑座と憑依」として収録された。本章では、あえて末尾に説明することとする。

(4)　山折哲雄『日本人の霊魂観　鎮魂と禁欲の精神史』(河出書房新社　一九七六年)第三章「憑霊と除祓――「憑く・憑ける・憑けられる」の三元構造」、小松和彦『憑霊信仰論』(伝統と現代社　一九八二年)「護法信仰論覚書――治療儀礼における「物怪」と「護法」」など。

(5)　前掲注(4)小松和彦『憑霊信仰論』「護法信仰論覚書――治療儀礼における「物怪」と「護法」」。

(6)　酒向伸行「平安朝における憑霊現象――もののけの問題を中心として――」(『御影史学論集』七　一九八二年九月)、「平安朝の憑祈禱――智証門流との関係を中心として――」(『御影史学論集』八　一九八三年一〇月)、「憑霊信仰と治病――咒護から咒縛へ――」(『生活文化史』第一〇号　一九八六年九月)、「疫神信仰の成立――八、九世紀における霊的世界観――」(鳥越憲三郎博士古稀記念会編『村構造と他界観』雄山閣　一九八六年)、「憑依する狐――平安朝の事例を中心として――」(『御影史学論集』二六　二〇〇一年一〇月)等。これらは酒向伸行『憑霊信仰の歴史と民俗』(岩田書院　二〇一三年)にまとめられた。

(7)　藤本勝義『源氏物語の〈物の怪〉　文学と記録の狭間』(笠間書院　一九九四年)第一章「源氏物語の物の怪――生霊をめぐって――」。

(8)　宗雪修三「『紫式部集』を読む――物怪と「こほふし」をめぐって」(名古屋経済大学／市邨学園短期大学『人文科学論集』第四一号　一九八七年一二月)。なお、この論文を踏まえて、森正人「紫式部集の物の気表現」(『中古文学』第六五号　二〇〇〇年六月)が発表された。本書第一部第五章「紫式部集の〈もののけ〉表現」として収載。

(9)　本書第一部第二章「〈もののけ〉と霊物――源氏物語の読解に向けて」参照。

(10)　「有邪霊気」という表現は、権記の長徳四(九九八)年三月二一日にも「病者甚不覚之中有邪霊之気」と用いられる。病人の意識が混濁し朦朧としているうちにも、邪悪な霊物が作用している模様が見られることをいうのであろう。仮名文にいう「御もの丶けめきて」(源氏物語「葵」)と同じ趣と見られる。

(11) この記事は続本朝往生伝・慈忍条、今鏡「ふぢなみの中　みかさの松」にも載る。

(12) 同じ説話が今昔物語集巻第十四第三十五、梅沢本古本説話集下第五十二、真言伝巻第二・四「仁王経之事」に載る。

(13) 新日本古典文学大系により、一部表記を改めた。この場面で法具を持たされた相手が、病者自身であるか、後述する霊媒であるかは不明。なお、この部分について、松本昭彦「験者のあくび――『枕草子』「すさまじきもの」段小考――」(『三重大学教育学部研究紀要　自然科学・人文科学・社会科学・教育科学』第六〇巻　二〇〇九年三月)に、あくびに着目した読解がなされている。

(14) 〈もののけ〉調伏に関して、この表現は「従今日入道殿乍御身霊気顕露被調伏、今朝頗宜坐」(小右記　寛仁三年六月三日)にも見られる。

(15) 田中重太郎『校本枕冊子』(古典文庫　一九五六年)により、読みやすくするために表記を整えた。なお、この段については森正人「枕草子一本第二十三段「松の木立高き」における〈もののけ〉調伏」(『日本文学』第六五巻第一号　二〇一六年一月)にやや詳しく検討した。

(16) 餓鬼草紙(東京国立博物館本)には出産を終えたばかりの場面があり、隣室で無事の出産を告げられて喜悦する僧の姿と、その手前に髪と衣を乱した女の後ろ姿が描かれている。その後ろ姿の女こそ〈もののけ〉を駆り移された霊媒にほかならない。

(17) 霊媒の呼称については、森正人「紫式部日記の「をき人」は「つき人」か」(『むらさき』第三七輯　二〇〇〇年一二月)参照。

(18) 阿尾奢法の詳細および憑祈禱との関係については、小林信彦「アーヴェーシャと阿尾奢、そしてアビシャ／バク――〝仏教東漸〟と言われていることの実態――」(『国際文化論集』第三一号　二〇〇四年一二月)、小田悦代「「阿尾奢法」と

「憑祈禱」――東密における理解を中心に――」(『御影史学論集』三三　二〇〇八年一〇月)、同『呪縛・護法・阿尾奢法――説話にみる僧の験力――』(岩田書院　二〇一六年)、小山聡子「憑祈禱の成立と阿尾奢法――平安中期以降における病気治療との関わりを中心として――」(『親鸞の水脈』第五号　二〇〇九年三月)に詳細な検討がなされている。

(19)　護法童子に関しては小山聡子『護法童子信仰の研究』(自照社出版　二〇〇三年)参照。

【追記】

小山聡子『親鸞の信仰と呪術――病気治療と臨終行儀――』(吉川弘文館　二〇一三年)が公刊され、第一章「病気治療と臨終行儀」には、前掲注(18)論文に論じられたことを含めて詳細な検討がなされている。また、上野勝之『夢とモノノケの精神史　平安貴族の信仰世界』(京都大学学術出版会　二〇一三年)が公刊された。その第二章「ヨリマシ加持の登場――その成立と起源」にも行き届いた整理がなされている。

第四章　〈もののけ〉の憑依をめぐる心象と表現

一　はじめに

〈もののけ〉は古代中世社会に広く見られた憑霊現象の一種で、文学作品にもしばしば取り上げられる。歴史物語や説話集の随所に登場するほか、源氏物語や寝覚物語では物語展開上重要な役割が与えられていることもあって、〈もののけ〉を中心にすえての作品の読解には相当の蓄積がある。しかしながら、そもそも〈もののけ〉とは何か、厳密に言えば古代中世人は〈もののけ〉をどのようなものとして捉えていたかという点になると、文学研究者の理解は不精確であり、安直に近代的な人間観を押し当てる傾向も見受けられる。そこで、本章は、霊的存在がどのようにして人間に働きかけて影響を及ぼすと考えられていたかという問題をめぐって、各種資料に基づき表現の型について整理し傾向を分析する。いま、その見通しを述べると次の通りである。

霊物と人の身体との関係は一般に「つく(付・附・着・著・託・詫)」と表現されて、おおむね古代においては接して離れぬ状態として思い描かれていた。しかも、霊物は背面にあるいは背後から「つく」と考えられていたらしい。中世に入ると、「つく」と並んで、霊物が人間に「いる(入)」と表現されることも珍しくない。霊物と人間の関係についての捉え方に変化が生じたことを示唆する。ただし、古代においても、「いきずたま(生霊)」は人間に「入る」

と考えられていたと解釈しうる表現がある。「タマ(魂)」は人間の身体を出入りするものであった。

二　「つく」霊物

〈もののけ〉とは、簡潔に言えば第一にモノ(霊的存在)の発する悪しきケ(気)であり、第二にそれによって引き起こされる心身の不調であり、第三にそれの原因たる霊的存在そのものである。[1]〈もののけ〉の性状を明らかにするために、まずそれが発動する場における人間との関わり、人間に対する働きかけあるいは人間による〈もののけ〉への働きかけを表す言葉を、主として仮名文資料(大和物語、うつほ物語、枕草子、源氏物語、紫式部日記、栄花物語、寝覚物語、大鏡、讃岐典侍日記)から集めて整理してみる。

Ⅰ　人を主体とする表現

〈もののけ〉―にわづらふ(患・煩)／―に悩む／―に向かふ／―に与《あづか》る／―(を)調ず／―をあらはす／―に引き倒さる／―を駆り移す／【参考】邪気―を病む

Ⅱ　霊的存在を主体とする表現

〈もののけ〉―に出づ／―に現《あらは》る

Ⅲ　〈もののけ〉を主体とする表現

〈もののけ〉―入り来／―参る／―おこる(起・発)／―つく／―しむ(染・沁)／―取りつく／―寄りつく／―取り入る(他動詞)／―添ふ／―引き入る(他動詞)／―す(為)／―言ふ／―申す／―所《ところ》う(得)／―思はす／―うとます／―さまたぐ／―心乱る(他動詞)／―出づ／―出で来／―乱れ出づ／―現る／―名のる／―名のりす／―の

のしる／―ねたがりまどふ／―ねたみののしる／―動く／―離る／―去る／―移る／―たゆむ(他動詞)／―平らぐ(自動詞)

人が「〈もののけ〉にわづらふ」「〈もののけ〉に悩む」ことは「〈もののけ〉おこる」ことであり、それは人に「〈もののけ〉がつく」ことによって引き起こされるという関係である。仮名文では、〈もののけ〉はしばしば人に「つく」あるいはそれに類する語で表現される。

①かかるほどに、大将殿の宮あこ君、もののけつきていたくわづらふ。　（うつほ物語「吹上　下」）

②ものゝけ、いきずたまなどいふもの多く出で来て、さま〴〵の名のりする中に、人にさらに移らず、たゞ身づからの御身につと添ひたるさまにて　（源氏物語「葵」）

③　絵に、物のけつきたる女のみにくきかたかきたる後に、鬼になりたるもとの妻を小法師のしばりたるかたかきて、男は経読みて、物のけせめたるところを見て

亡き人にかごとはかけてわづらふもおのが心の鬼にやはあらぬ

返し

ことわりや君が心の闇なれば鬼のかげとはしるく見ゆらむ　（紫式部集）

この「つく」という状態を、霊物が病者の身体に入り込むと説明する研究がある。小松和彦『憑霊信仰論』(伝統と現代社　一九八二年)などで、文学研究の分野でもそのように記述するものが少なくない。

このことに関して、酒向伸行『憑霊信仰の歴史と民俗』(岩田書院　二〇一三年)第一章第一節には、憑入と憑着とを次のように区別して説明する。

「憑入」とは、『霊異記』では「託《くる》ふ」と表現され、「もの」や神が直接人間の体に入り込むというタイプの憑霊

現象をいい、「憑着」とは、人間の外部に存在する「もの」が人間になんらかの影響を与えるというタイプの憑霊現象をいう。

酒向は、同書の「はしがき」に、佐々木宏幹『憑霊とシャーマン　宗教人類学ノート』(東京大学出版会　一九八三年)「はしがき」の、

憑霊とは、霊的存在または力が人間その他に入りこみ、あるいは外側から影響して、当事者その他に聖なる変化を生じさせると信じられている現象である

という定義を引いており、これを踏まえ、さらに理論的に整理したものといえよう。

しかし、一方で佐々木宏幹はその後も霊的存在の憑依について、観察に基づき、諸説を勘案して理論的な検討を続け、これを三型に分けている。その最終的結論の最も簡明な説明は次の通りである。(2)

1　憑入…霊(力)が人物の中に入り込んで、人物が霊自体として言動する場合
2　憑着…霊(力)が人物の身体の全体または部分にへばり着き、人物をコントロールする場合
3　憑感…霊(力)が人物の外側から、人物にさまざまな影響を与える場合

先に示した酒向の整理は、佐々木の「と信じられている」という留保をいささか軽視しているように見える。また佐々木自身も、憑かれている人物に観察される様相からやや短絡的に人物と霊(力)との関係を導き出している。そもそも霊的存在の「憑入」も「憑着」も「憑感」も直接的客観的に観察しうる現象ではない。これらは、霊に憑依されている当事者、これへの対処を図る周囲の者、調伏に与る宗教者の知覚や認知や判断に依存するものだからである。

たとえば、酒向は、「憑入」の事例として日本霊異記に見える「託鬼」という表現を取り上げ、これが同書の訓釈「託　クルヘル」(中巻第三十四縁)、「託　クルヒテ」(下巻第三十六縁)に基づき「ものにくるふ」と読まれ、人の精神的

錯乱を伴う場合を表現しているとして、それは正体不明の霊的存在が「憑入」していることを示すと説く。

しかし、「ものにくるふ」とは霊物が憑依し、憑かれた人がそのために狂乱している様を言うのであって、霊物が体内に入っているかどうかにまでは言い及んでいない。「ものにくるふ」とは、うつほ物語などの仮名文にも用いられ、今昔物語集には「物ニ狂フ」(巻第二十七第十三)と表記される。一方、「託」字を「くるふ」と読む例は日本霊異記の訓釈のほかには知られず、「託」には「つく」の訓を当てるのが一般的である(新撰字鏡、類聚名義抄、色葉字類抄)(3)。次のような用例がある。

①宮司ニ神託《つき》テ宣ハク、「我レ、今日ヨリ後(下略)」。（今昔物語集巻第二十六第七）

②糸物狂ハシキ態《わざ》哉。定テ物託《つか》セ給ヒニケリ。（今昔物語集巻第二十六第十二）

こうして、日本霊異記の「託鬼」も「鬼《もの》」が憑依したことを表現しているにすぎない。ここに「つく」という語が用いられているからには、霊物が人間の肉体に接して離れない状態として把握されているということになろう。

それは、他の日本漢文資料についても同様である。モノは「つく」と表現され、「つく」には「附」「着」「著」「託」字が用いられる。

①蛇霊著附妻、悲涙宣受苦相、我先生好作悪業（本朝法華験記巻上第二十九）

②霊託人云、我住是寺定読師康仙也。（本朝法華験記巻上第三十七）

③天狗託人語曰（続本朝往生伝　僧正遍照）

また、漢字片仮名交じり文の場合、サ変動詞として用いられることもある。

④又霊物人ニ詫シテ一法ヲウケン事ヲノゾム。（真言伝巻第七　高弁上人）

古代にあっては、〈もののけ〉現象に関して霊物が人間の身体に入り込んでいる状態として表現する確実な事例は管見に入らない。本来、モノに限らずカミもタマも神霊の類は肉眼には捉えられないのであるから、身体に入り込むとして思い描かれることが当時皆無であったとまでは言えないけれども、右に見た通りモノは病者の身体に接して離れない状態と基本的には考えられていたらしい。「つく」に限らず、霊物の人間への働きかけは、次のように「よる(寄・拠)」「かかる(懸・掛)」「のる(乗・載)」とも表現され、接近、接触あるいは付着の範囲である。

①弁幾《いくばく》モ無クテ病付テ、日来ヲ経テ遂ニ失ニケリ。其ノ女寄タルニヤトゾ。（今昔物語集巻第三十一第七）

②顕神明之憑談、此云二歌牟鵝可梨《かむがかり》一（日本書紀巻第一）

③乗円律師が童(中略)俄に狂ひ出たり。「われ十禅師権現のりゐさせ給へり。(下略)」。（平家物語巻第二「一行阿闍梨之沙汰」）

付け加えれば、験者が病人から〈もののけ〉を一時的に駆り移す霊媒の称からも右と同様の説明ができる。霊媒の呼称はさまざまである。最も一般的な呼称は「ものつき」で、「物託」(今昔物語集巻第二十七第四十)、「物付」(山槐記・治承二年十一月十二日、宇治拾遺物語第五十三)などと漢字表記されることもある。ほかに「寄女」(大法師浄蔵伝、「よりめ」と読むのであろう)、「つき人」(能因本枕草子第三一九段)、あるいは「よりまし」(平家物語巻第三「御産」など)という称もある。これらの霊媒は、霊物が憑依して、霊物に成りかわってその自らの正体や病者を苦しめる理由を述べるのである。それでも「よる」「つく」系の語で呼ばれているのであって、霊物が霊媒の身体に入り込んでいることを示すような呼称ではない。

三　背面に付く「もの」

モノが人に「つく」場合、人とモノの関係は、前節に示した紫式部集の詞書「物のけつきたる女の(中略)後に、鬼になりたるもとの妻を(中略)しばりたるかた」のように、「もの」は人の背面に「つく」、あるいは背後から「つく」と考えられていたらしい。

①御目を御らんぜざりしこそ、いといみじかりしか。(中略)桓算供奉の、御物のけにあらはれて申けるは、「御くびにのりゐて、左右のはねをうちおほいまうしたるに、うちはぶきうごかすおりに、すこし御らんずるなり」とこそいひ侍けれ。(中略)されば、いとど、山の天狗のしたてまつるとこそ、さまざまに聞こえ侍れ。(大鏡第一巻　三条院)

②仰せて云はく、「吾、発心地《おこり》して少し宜しくなりたりし時、小さき狐のうつくしげなるが肩の上にありと見ゆ。また、背に大きなる狐はひかかる。また、我が目の下《もと》も狐の目の様になりて覚えしかば、人どもしばしあきれて、後には咲《わら》ひなどしき。その後は見えず。また別に祈られざりき」と。(富家語　一九二)

これは、背が霊的な存在を受け入れる部位、あるいは霊的な存在が通過する部位と考えられていることと関係するであろう。佐々木宏幹(4)は、鹿児島県奄美大島の成巫儀礼の場における憑霊の瞬間について次のように紹介している。

彼女(引用者注：コガミすなわち新ユタ)が神がかり状態になる寸前にオヤガミは、一陣の冷風が勢いよく背中から脇腹を突き抜け、新ユタめがけて突進してゆく感じがするという。

また、櫻井徳太郎(5)は、柏常秋『沖永良部島民俗誌』(凌霄文庫刊行会　一九五四年)や葬送習俗に関する報告を参照しながら、次のように述べる。

そこで、マブイが肉体から離脱するためにおこる「死」を防止するために、いろいろな呪法が考案されてくる。たとえば、幼児の着衣にかならず背守をつけたり、背縫の綻びた衣服を着用することを固く禁忌する。それはマブイがその部分から脱出するとの信仰が古くから行われているために、それを禁遏する手段として遥か以前から執られてきた呪術的慣行であった。

そして、霊的な存在が人の背中に付くという表現は、村上春樹の小説にもたびたび見られる。たとえば、初期の短編小説「貧乏な叔母さんの話」(『新潮』一九八〇年一二月号)、小説を書こうとしている「僕」の心を「貧乏な叔母さん」なるもの(観念、言葉)が捉える。それは、次のようにいつまでも「僕」にとりついている。

彼女は漂白された影のように僕の背中にぴたりと貼りついているだけだった。

背中がこのような部位であるという身体感覚は、今なお日本人に残っているらしい。

四　霊物のふるまい

古代社会にあって、〈もののけ〉現象は、霊物あるいはその気《け》が人間に「つく」すなわち接近、接触、付着して離れないことによって生起する心身の異状と考えられていた。たとえば次の例は〈もののけ〉とは称されていないが、人間の目には姿が見えなくなってしまった男が、牛飼童に命ぜられて姫君を打ちさいなむところである。

奥ノ方ニ入テ見レバ、姫君病ニ悩ミ煩ヒテ臥タリ。跡・枕ニ女房達居並《ゐなみ》テ此ヲ繚《あつかふ》。童、其《そこ》ニ男ヲ将行《ゐてゆき》テ、小キ槌ヲ取セテ此ノ煩フ姫君ノ傍ニ居《すゑ》ヘテ、頭ヲ打セ腰ヲ打ス。其ノ時ニ、姫君、頭ヲ立テ病ミ迷フ事無限《かぎりな》シ。

（今昔物語集巻第十六第三十二）

この童（牛飼）について今昔物語集は次のように説明する。

彼ノ牛飼ハ神ノ眷属ニテナム有ケリ。人ノ語ヒニ依テ此ノ姫君ニ付テ悩マシケル也ケリ。

すなわち、この姫君を恨む者があって、どこかの神に姫君の不幸を祈願したか、陰陽師などに依頼して呪詛したか、神が眷属（牛飼童）を遣わして憑りつかせ、命じられた眷属は、姿の見えなくなってしまった男に指示して姫君を打たせたという事情が知られる。この牛飼のふるまいが「姫君ニ付テ」と表現されている。「つく」という概念は単なる接近、接触にとどまらず「悩ミ煩」わせ「病ミ迷」わせるなど人間に影響を及ぼす一連の行為を含むことは明らかであろう。その後、験者が請ぜられ不動尊の火界の呪を唱えると、牛飼の手先にされてしまった男の衣服に火が付き燃え上がり、姿が現れたという。

このようにモノが「つく」ことによって人が悩み煩うということは、目に見えぬ霊物が人の身体に力を加えていると思い描かれていた。その霊物の姿は鬼として想像され、表現されることが多い。ただし、鬼は「目に見えぬ」（源氏物語「帚木」）存在である。目に見えぬ霊物が人に付く様は、古くは政事要略巻第七十所引の善家異記（三善清行撰述）に見える。そこには、病者を椎《つち》で打って苦しめている鬼を氏神と見られる丈夫が追い払ったと記される。この情景は、常人には見えない鬼の姿を見ることができるという霊能者の証言を通じて説明されている。同様のことは、後世の説話集に験者が護法を駆使して霊物を調伏する記述として見える。

寝たりつる夢に、おそろしげなる鬼どもの、我身をとりどりに打《うち》れうじつるに、びんづら結ひたる童子の、すはえ持たるが、中門の方より入来て、すはえして、此鬼どもを打ちはらへば、鬼どもみな逃散りぬ。「何ぞの童のかくはするぞ」と問ひしかば、「極楽寺のそれがしが(中略)年来読み奉る仁王経を(中略)他念なく読み奉て祈申侍る。その経の護法の、かく病ませ奉る悪鬼どもを追払侍る也」と申と見て　(宇治拾遺物語第一九一)

このように、目に見えぬ霊物が病者に力を振るうという映像を援用したのが源氏物語の〈もののけ〉表現であった。

おぼしつづくれば、身ひとつのうき嘆きよりほかに、人をあしかれなど思ふ心もなけれど、物思ひにあくがるなるたましゐは、さもやあらむとおぼし知らるることもあり。(中略)人の思ひ消ち、なきものにもてなすさまなりし御禊《みそぎ》の後、一ふしにおぼし浮かれにし心静まりがたうおぼさるるけにや、すこしうちまどろみ給夢には、かの姫君とおぼしき人のいときよらにてある所に行きて、とかくひきまさぐり、うつゝにも似ず、猛くいかきひたふる心出で来て、うちかなぐるなど見え給事たび重なりにけり。　(「葵」)

ただし、霊物は人間の身体に直に接することなく邪悪な気を及ぼすことも可能であった。たとえば、

樋口ノ斉宮《ママ》[後三条院皇女]数月邪気ニ煩ヒ玉フ。僧正加持シ奉ルニ、霊物守護ノ人ニカハリ渡ル。(中略)僧正ノ云ク、若天井ノ上ニアラバ定テ此霊物也。　(真言伝巻第七　大僧正行尊)

霊物は天井の上にありながら、邪悪な気を及ぼして人を病み悩ますことができるのである。

五　侵入する霊物——「いきずたまに入る」

霊物が「つく」とは、右に示した通り、接触、付着、接近により悪しき気を及ぼすことであった。〈もののけ〉である場合、このほかに病者の普段の性格や本来の意志とは無関係に、しばしばそれに反するかたちでその言動を左右す

ることもあった。佐々木、酒向のいわゆる「憑入」である。その場合は、霊物が病者の体内に侵入していると考えられていたのかどうか。そのことを明瞭に示すような資料は見当たらない。管見によれば、次の例がそのようにも解釈しうる。

中将、責めて言ひそゝのかして、蔵人の少将を中の君にあわせ給へば、中納言殿に聞きて、いられ死ぬばかり思ふ。かくせんとて我はあしかりおきしにこそありけれ、とて、いかでか生きずたまにも入りにしがなと手がらみをし入り給ふ。

（落窪物語第二）

「いきずたまに入る」とは、「いきずたま(生霊)として入る」ということであろう。ではどこに入るのか。これについて、新日本古典文学大系は、脚注に「どうかして生霊(いきりょう)になってでも(大将邸に)侵入してしまいたい。取り憑いてやるぞ、ということ」として、恨みに思う相手の家に侵入するという意での「入る」と解している。たしかに、霊物は外部から侵入する性質を有する。

「なやましげにこそ見ゆれ。いまめかしき御有さまの程にあくがれたまうて、夜深き御月めでに、格子も上げられたれば、例のもののけの入り来たるなめり」など、いと若くおかしき顔してかこち給へば、うち笑ひて、「あやしのもののけのしるべや。まろ格子上げずは、道なくて、げにえ入り来ざらまし。(中略)」とて

（源氏物語「横笛」）

家ノ門ハ被閉《とぢられ》タリケルニ、此ノ油瓶、其ノ門ノ許《もと》ニ踊リ至テ、戸ハ閉タレバ、鎰《かぎ》ノ穴ノ有ヨリ入ラム入ラムト、度々踊リ上リケルニ、無期ニ否踊《え》リ上リ不得《え》デ有ケル程ニ、遂ニ踊リ上リ付テ、鎰ノ穴ヨリ入ニケリ。(中略)大臣、「有ツル油瓶ハ、然レバコソ、物ノ気ニテ有ケル也ケリ。其レガ鎰ノ穴ヨリ入ヌレバ、殺シテケル也ケリ」トゾ思給ケル。

（今昔物語集巻第二十七第十九）

ところが、落窪物語と同じく「生霊に入る」という表現がほかにもある。

其ノ人ノ云ク、「近江ノ国ニ御スル女房ノ、生霊ニ入給ヒタルトテ、此ノ殿ノ、日来不例《れいなら》ズ煩ヒ給ツルガ、此ノ暁方ニ、「其ノ生霊現タル気色有」ナド云ツル程ニ、俄ニ失給ヌル也。然ハ、此ク新タニ人ヲバ取リ殺ス物ニコソ有ケレ」ト語ルヲ　（今昔物語集巻第二十七第二十）

夜中に東に旅立とうとする男が、女に民部大夫某の家を尋ねられて門まで案内すると、女は近江の者と名のり門の前で突然姿を消した。家の中では人が死んだ模様で、その家の者に尋ねると事情が明らかになる。近江の女房が生霊として民部大夫を取り殺したのであった。旅の男が近江の女の家を訪ねると、女から謝礼があった。

民部大夫を日頃悩ましていた生霊と、その夜中に取り殺した生霊とは同じ近江の女房によると見なされるが、しかし生霊はその夜まで民部大夫の家を知らなかったことになる。それ以前の生霊は、ではどのようにして「生霊に入って」民部大夫を苦しめることができたのか。一見つじつまが合わないかのようであるが、その夜の生霊と以前の生霊とは同じ女に由来しながら、性格が異なるとみるほかない。高見寛孝[6]は民俗資料を参照しつつ次のように説明する。

物部村の生霊に対するふたつの観念の内、前者すなわち「人間の霊魂」をアニマ的存在だとすれば、後者の「人間の邪悪な感情・気持」はマナ的存在と考えることができる。そうすると、先に見た『今昔物語集』に記された女の生霊の内、後に登場する青い服を着て男に道を尋ねた存在は明らかに自我を有しているのであるからアニマ的存在であった。それに対して、先に夫に取り憑いていた生霊はマナ的存在であったのではなかろうか。

ただし、今昔物語集は次のように述べている。

此レヲ思フニ、然ハ、生霊ト云ハ、只魂《たま》ノ入テ為《す》ル事カト思ツルニ、早ウ、現ニ我モ思ユル事ニテ有ニコソ。此ハ、彼ノ民部ノ大夫ガ妻ニシタリケルガ、去ニケレバ、恨ヲ成シテ生霊ニ成テ殺テケル也。　（巻第二十七第二十）

これによれば、生霊は魂の「入る」ものでもあるとして捉えられていたことが知られる。右の「為ル」とは霊が相手に心身の不調あるいは死をもたらす行為を指すはずで、直前の「入テ」が単に邸内にあるいは部屋に入ることとは考えがたい。邸内や部屋に入るだけでは目指す相手に影響を与えることはできないのである。ここは生霊(魂)が具体的に人を苦しめ悩ます働きについて述べているところであるから、生霊にあっては魂が身体に入るという意に解すべきであろう。(7) 魂が人の身体を出入りすることは、うつほ物語「俊陰」巻における仲忠少年が、自らを喰おうとする熊に向かって言う「口なくては、いづこよりか魂《たま》通はむ」という言葉に明らかである。

また、今昔物語集には高見が言うように二種の生霊があるとまでは述べていない。生霊の発動に際して「只魂ノ入テ為ル」という一般的な場合と「我モ思ユル」という特殊な場合とがあるという理解であろう。すなわち魂は通常当人の意識と無関係に作用するが、旅人に道を尋ねた時のように当人の自覚を伴ってあるいは意志を持って作用することもあると。言い換えれば、魂が人の中に入るだけでは、普通はそのことが魂の主に自覚されることはない。

このような生霊の発動のしかたは、源氏物語「葵」巻における六条御息所の生霊の描かれ方と符合する。六条御息所は、祭の行列見物の折に光源氏の正妻の葵上方から車を押しのけられて屈辱を味わったことが契機となって、起き臥し煩い「御心地も浮きたる」ように覚える。一方、葵上は〈もののけ〉を患う。前節に掲げた通り、原因は六条御息所の生霊、亡き父大臣の霊などと言う者があると聞くにつけて、六条御息所は「人をあしかれ」と思う心はないが、そういうことがあるかも知れないと自覚することもあった。すなわち、まどろんで、かの葵上と思しき人のところに行き、引きまさぐり、打ちかなぐると夢に見ることが度重なったというのである。

この一連の叙述をたどると、生霊は、一般的には当人の意志や自覚によって発動するものではないとする認識が基底にあると認められよう。しかし、「うつし心ならず」(源氏物語)と「現ニ」(今昔物語集)の差異はあるにしても、ともに生霊の発動を「おぼえ」「思ユル」ことが記される。生きている人が魂の遊離を自覚しあるいは意志することは、希ではあってもないことではなかった。

六 「付く」から「入る」へ

魂は口などを通して人の身体の内外を通うものと考えられていたことは先に見た通りである。ただし、それが古来不変の考え方であり、万人の共通理解であったとまでは言えない。一例を示そう。

今昔物語集巻第二十「讃岐国女行冥途其魂還付他身語第十八」は、閻魔王に召された讃岐国鵜足郡の女が娑婆に返されたものの、その間にすでに遺骸が焼かれてしまったために、魂がもとの身体に戻ることができなくなり、同姓同名の山田郡の女の遺体を得て甦るという説話である。その事情が次のように記述されている。

①然バ、女、女ノ魂、身《み》無シテ返入ル事不能《あたは》ズシテ、返テ閻魔王ニ申サク、「我被返《かへされ》タリト云《いふ》トモ、体失《むくろうせ》テ寄付《よりつく》所無シ」ト。

②此ニ依テ、鵜足郡ノ女ノ魂、山田ノ郡ノ女ノ身ニ入ヌ。活《よみがへり》テ云ク、「此我ガ家ニハ非ズ。我ガ家ハ鵜足ノ郡ニ有リ」ト。

鵜足郡の女の魂は、「返り入る」ための身体を得てそれに「入る」ことによって甦ることができたという。魂は右のように身体に入るものであった。ただし、鵜足郡の女は身体に「寄付《よりつく》」とも説明しているし、説話の標題にも「還《かへり》付《つく》」と表現している。肉体と魂との結合を「付く」と表現することと「入る」と表現することとの間にはどのような違いがあるのか。

実はこの説話は日本霊異記中巻第二十五縁に基づき、漢字片仮名交じり文に直したものである。右の部分は日本霊異記では次のように記述されていた。

①更還愁於閻羅王白失体無依[また還りて閻羅王に愁へて白《まう》さく、「体を失ひて依るところ無し」とまうす]

②因為鵜垂郡衣女之身而甦、即言、此非我家、々々有鵜垂郡[因りて鵜垂郡の衣女の身と為りて甦《よみがへ》る。即ち言はく、「此れ我が家に非ず。我が家は鵜垂郡に有り」といふ]

これと対照すれば、今昔物語集に魂が「返入ル」「身ニ入ヌ」とされているのは、編者が独自に解釈を加えながら補足的に表現したものであったことが分かる。

日本霊異記のこの説話には「魂」という言葉も「入る」という言葉も用いられない。日本霊異記にはこれのほか、蘇生譚、転生譚が多数採録されているが、それらにも魂が身体を「出づ」あるいは身体に「入る」という表現は一例も見当たらない。そのことは、日本古来の霊魂観、心身観とかかわるであろう。すなわち日本霊異記が、人間を肉体と霊魂とに二分するのでなく一体的に捉える考え方にたってこのできごとを記述しているのに対して、今昔物語集は肉体を霊魂の器として捉えているために、魂が「返入ル」「身ニ入ヌ」という表現が選択されたのである。日本霊異記が人間を霊肉一体の存在と捉える古層の思想(8)を保っているのに対して、今昔物語集は後代的な考え方に立脚しているとみなされる。(9)こうして、〈もののけ〉に関して、霊的存在が人の身体に「入る」とする表現が僅少であるのも、そのような捉え方が後代的であることによるであろう。

（1）　〈もののけ〉の語義と性格については本書第一部第一章「〈もののけ〉と物怪」、第二章「〈もののけ〉と霊物――源氏物語の読解に向けて」等のほか、以下の拙論を参照されたい。
『源氏物語と〈もののけ〉』(熊本大学ブックレット　熊本日日新聞社　二〇〇九年五月)
「枕草子一本第二十三段「松の木立高き」における〈もののけ〉調伏」(『日本文学』第六五巻第一号　二〇一六年一月)

(2) 佐々木宏幹『シャーマニズム――エクスタシーと憑霊の文化――』(中公新書　一九八〇年)、同『シャーマニズムの人類学』(弘文堂　一九八四年)、同『聖と呪力　日本宗教の人類学序説』(青弓社　一九八九年)。引用は『聖と呪力　日本宗教の人類学序説』「憑入・憑着・憑感」。

(3) 「託」字の古代における受容と用法については、藤崎祐二「上代における「託」の訓に関する一考察」(『語文研究』第一一六号　二〇一三年一二月)、同「上代文献における「託」と「憑」の分布」(『文献探求』第五二号　二〇一四年三月)。

(4) 佐々木宏幹『憑霊とシャーマン　宗教人類学ノート』(東京大学出版会　一九八三年)「はしがき」。

(5) 櫻井徳太郎『日本のシャマニズム　下巻』(吉川弘文館　一九七七年)第八章「民間巫俗と死霊観」、第三節「魂よばいと死霊観」。

(6) 高見寛孝『巫女・シャーマンと神道文化　日中の比較と地域民俗誌の視角から』(岩田書院　二〇一四年)第三章「生霊信仰と脱魂文化」。

(7) 新日本古典文学大系『今昔物語集　五』(岩波書店　一九九六年)の脚注には「人に外から霊魂が入り込みとりつくというとらえ方」とし、森正人「〈もののけ〉考――源氏物語読解に向けて――」(三田村雅子・河添房江編『源氏物語をいま読み解く3　夢と物の怪の源氏物語』翰林書房　二〇一〇年)には「相手の邸内に入ることか、それとも身体に入ることか、定かでない」としたが、身体に入ることであろう。

(8) 出雲路修『説話集の世界』(岩波書店　一九八八年)第二部三「「よみがへり」考」参照。

(9) 本書第五部第二章「死と冥界の表象」参照。また、同じ説話を収録する宝物集と比較すれば、身体と霊魂の関係に関する古代と中世の違いはさらに顕著である。

第五章　紫式部集の〈もののけ〉表現

一　はじめに

紫式部集に、〈もののけ〉(1)を調伏している場面を描いた絵に関して、紫式部とある人が歌を詠み交わしている。その歌は、紫式部の〈もののけ〉観、思考方法あるいは精神構造をよく語っているとしてたびたび言及され、また源氏物語の読解分析に援用されることも少なくない。しかし、この歌と詞書とは、いまだ適切な解釈が与えられていない。ここに、その解釈を提示し、あわせて〈もののけ〉の発動と調伏の実際およびそれを表現する言葉について一般的な検討を行い、作り物語、歴史物語、説話の解読に資すべく、〈もののけ〉語彙の整理をめざすものである。

二　諸説の整理

問題の贈答は次の通りである。(2)

絵に、物のけつきたる女のみにくきかたかきたる後に、鬼になりたるもとの妻を小法師のしばりたるかたかきて、男は経読みて、物のけせめたるところを見て

亡き人にかごとはかけてわづらふもおのが心の鬼にやはあらぬ

返し

ことわりや君が心の闇なれば鬼のかげとはしるく見ゆらむ

まず、詞書すなわち紫式部の詠歌の契機となった〈もののけ〉とその調伏の様を描いた絵柄の解釈が定まっていない。これまでいくつかの解釈が提出されているなかで、標準的なものは次の通りである。

A　物の怪のついたみにくい女の姿を描いた背後に、鬼の姿になった先妻を、小法師が縛っているさまを描いて(3)

しかし、これは詞書を現代語に置き換えただけで、解釈というほどのものではない。したがって、そのかぎりでは明らかな誤りを犯さずにすんでいるけれども、この詞書に臨む正しい態度とはいえない。死んだ先妻が鬼になっているとはどういうことか、それは女に〈もののけ〉がついていることとどのような関係にあるか、鬼となった旧妻を小法師が縛っているとはどういうことか、それは男が経を読んでいることとどのように関係するのか、こうした絵柄の意味するところに踏みこんでいないからであり、その結果この詞書の持つ問題性を見えにくくし、面白さを損ねているからである。この場合は、字義通り調伏の場に亡き妻が実体ある鬼となって出現し、それを小法師が縛っているというのであろうか。そのことに不審を抱くとき、岡一男(4)などによる以下のような解釈が出てくる。

B　小法師が、その怨霊をよりましに駆り移して、それを縛つて、男が経を読んで、その怨霊をせめてゐる

清水好子(5)の解釈では、もっとにぎやかな画面になっている。

C　物の怪が憑いて病悩する女の背後に、死んだ先妻が鬼になって現れている。その物の怪を駆り移した憑坐を

小法師が縛っている。夫はお経を読んで、一心に物の怪退散を祈っている

縛られているのは、死者ないし死霊あるいは鬼ではなく、じつはそれが駆り移されたよりましであると。しかし、詞書本文に就けば鬼になった先妻を縛っているとあるから、一読して詞書と齟齬し、そこから逸脱した解釈であると知られる。

このように、問題は「鬼になりたるもとの妻を小法師のしばりたるかた」の意味および他の人物との位置関係に集中する。そういうなかで、重松信弘(6)は、詞書をAのような現代語に直したうえで、旧妻の鬼を縛っている図を、そこには単にできごとができごととして描かれているのではなくて、ある意味がこめられていると読む。

D　小法師が鬼になっている先妻を縛るというのは、法師が加持して、物の怪を責めている意味を表す。

この説明で十分とはいえないけれども、絵柄が象徴性を帯びていると見るのは正しい。そのことをいっそう明快に指摘しているのが高橋亨(7)である。高橋は、〈もののけ〉調伏の過程について、山折哲雄(8)および小松和彦(9)の研究の参照を促したあと、ついでにきわめて簡略に次のように指摘することによって、この画面についての妥当な解釈の方向を示した。

E　「小法師」は護法童子である。

そして、宗雪修三(10)は、鬼が縛られている場面を、男による今の妻の〈もののけ〉調伏というできごととは位相が違うとして、次のように解釈している。

F　女の体内(あるいは心中)で行われている護法と物怪の格闘を影像化、図解したものであった。

宗雪は、従来の説を見直して詳細かつ具体的な検討を経て、詞書、和歌双方について耳を傾けるべき解釈を提起していたにもかかわらず、顧みられていない。以下は、この説を敷衍補正していくことになるが、それにあたり、小松や山折の成果を参照することはいうまでもない。ただ、その前にここに改めて、紫式部集の詞書を解釈するのに適切な用例に基づき、古代人の〈もののけ〉観と、「物つき」[11]「つき人」[12]と呼ばれる霊媒に駆り移さない調伏の方式を一般化して提示することとする。それというのも、山折と小松が、霊媒を用いる〈もののけ〉調伏の方式について分析し、またもっぱら霊魂観と〈もののけ〉の発動および調伏の実態に関心を向けているからである。しかも、資料に用いられた文献の従来の訓詁注釈が、これらの研究を逆に制約していると見受けられるからである。文献資料の校訂や注釈にたずさわる我々には、その現象と営為をどのような言葉でどのように記述するかについて検討する責務が課せられている。

三　〈もののけ〉とはいかなる現象か

古代人にとって、〈もののけ〉はどのようなものとして考えられ、どのような手順によって調伏されていたか、その発動から追放に至る諸段階を一般化してたどり、それをどのような言葉で言い表すかを示しつつ、その段階に相当する具体例を資料として掲げる。

1　人に心身の不調が起こり、原因が「物の気(霊気／邪気)」である場合、その時病者には「物(霊／鬼／天狗

／精）」がついていて、さまざまの方法で苦しめる。

於レ是優婆塞云、「有二一鬼持レ椎、打二府君侍児之首一」。（中略）須臾此児熱、頭痛毒悩尤甚。

（政事要略巻第七十所引「善家異記」）

これは、鬼（もの・き）の姿を見ることができるという特殊な能力を具えた優婆塞によって、発病の現場で説明されたものであって、他の人の目には、鬼が椎を持って侍童の首を打つ様は見えない。

2　病気の理由や原因を知るために、陰陽師に「ものを問」い、陰陽師は「占ひ」をする。

3　「物の気」と判断された時に、験者が招かれる。また病の原因を験者が判断する場合もある。

4　験者が読経、加持すると、「護法」が病者に「つく」。護法は、病者についていた「物」を呪力で「呪縛」し、投げ上げ投げ出すなど懲らしめる。すると、病者には叫喚、震撼、転倒など不随意的な運動が見られる。

①和尚謙下不レ上二殿中一、遥坐二廂簷一而誦レ咒。未レ幾咒二縛其霊一。（中略）暫而擲出。自二几帳上一（中略）如レ飛到二於和尚之前一。躄踊昇降。高声叫喚。和尚宣下行可レ還二本処一由上。亦如レ飛還二於帳裏一。

（天台南山無動寺建立和尚伝）

②霊病コハクシテ心身恒ニ悩ミ玉フ。僧正祈念スルニ、三日ノ後夜半ニヲホヒニ嗄《さけ》ンデ云、悲哉、我ヲ助ヨ、助ヨト。侍女驚テ問奉ル。内親王ノノ玉ハク、龍蛇剣ヲハキテ我頂上ニアリ、童子縄ヲ取テ我手ヲシバルト。人々燈ヲカ、ゲテミルニ敢テ人ナシ。翼（ママ）日ニ邪気永ク去ヌ。

（真言伝巻第五　僧正智観）

①では、傍らの人の目には、病人の跳び上がったり叫んだりする異常な行動のみが映っている。しかし、それは、護法が病人について、先に取りついていた霊を呪縛しているのだと理解されているはずである。②の場合、「我ヲ助ヨ」と叫び、「童子縄ヲ取テ我手ヲシバル」と訴えるのは、内親王自身ではなく、内親王に憑依し

ている霊である。目に見えない世界に棲む霊が、やはり目に見えない護法童子に縛られているというのは、法力の働きを具象化したものである。

5 「物の気」が「あらはれ」て、つまり「物」は屈伏して正体を明かし、悔い詫び、これを護法が追放して、病は癒える。

童子自ラ縛セラレテ詫シテ云、「我ハ神狐也。護法ノ為ニセメラレテ術ナシ。今ヨリ後永ク去リヌ」ト云。数年ノ病一時ニ怠リヌ。

（真言伝巻第六　性信）

〈もののけ〉の発動から退散に至る過程を一般化して整理したところをふまえて、紫式部集の詞書を解釈する用意が整った。

「物のけつきたる」とは、人に霊、鬼、天狗、精などの劣位の超自然的存在「もの」が取りつき、あるいは近づいて、そのために心身不調の状態が生じていることをいう。〈もののけ〉は、本来劣位の超自然的存在すなわち「もの」の発する霊的な力の作用であり、それが原因となって人の心身に生じている現象を意味する。やがて、その現象を引き起こす本体たる「もの」自体を呼ぶようにもなった。紫式部集のここも、女が霊物に取りつかれて〈もののけ〉が現象している状態と見なされる。「みにくきかた」とは、霊物の悪しき気の作用を受けて病悩し、あるいは霊に支配されてその人本来のふるまい、表情、言葉を失ってしまっている様をいう。

ついで、「男は経読みて、物のけせめたる」は、〈もののけ〉調伏のための営みである。普通調伏は験者の手にゆだねられたが、この絵には験者は描かれていなかったらしい。ここは男一人と二人の妻の心的葛藤を直截かつ簡明に表すべく、単純化した構図を選んだのであろう。〈もののけ〉のついた女の背後にいる「鬼になりたるもとの妻」が、〈もののけ〉の原因たる「もの」である。そして、それは亡き妻の死霊であると知られる。「小法師のしばりたる」とは、その死霊を法力で圧倒している様を映像化したものであることは明らかであろう。男の読む経が小法師の姿を取る護法を呼び寄せ、仏法の力を具現する護法によって、死霊が呪縛されているということを表現している。

こうしてここには、〈もののけ〉をわずらう女があり、夫がその原因たる「もの」を調伏しようとしている現実世界のできごとと、護法が霊物を呪縛しているという通常は人の眼に見えない世界とが、同じ画面に描かれているわけである。異次元同図法と呼んでよい。

こうして、宗雪説の妥当性が確かめられた。しかし、ここでこの繫縛図の位置づけについて修正を施しておかなければならない。まず、この異次元のできごとを女の体内で起こっているとするのは、小松和彦の説明に引きずられたゆえのゆきすぎである。霊物は必ずしも人の体内に入り込むわけではない。また、この図を、わずらう女の「心中劇」と解するのも適切ではない。これは法力の働きを具象化したものであるが、「鬼」としての旧妻の霊も、護法童子のふるまいも肉眼にはとらえられないできごとであって、現在見えない世界でどのようなことが起こっているかを想像し解釈し、そして図解したものである。言い換えれば、鬼を見ることのできた呪術師の眼を借りて見ているのであった。

ただしここで、本来人の眼には見えないできごとを現実的な空間に割り込ませて描き出し、しかもそれを見えない世界であると理解させるような絵画の技法が、またそれをそのように理解しうるような成熟した鑑賞眼が当時あったかどうかが問題となろう。同時代資料によってこれを証明することはむずかしいけれども、やや時代が降って、たとえば、信貴山縁起絵巻・延喜加持の巻に、信貴山から清涼殿に馳せ下って来た剣の護法童子が描かれているのが、それに相当しよう。絵巻の詞章によれば、護法童子は、それを遣わした命蓮によって「夢にも幻にも」見えるであろうと予告され、病の床にある天皇に夢うつつの状態で「きら〱とあるもの」として、定かには見えなかったと記述されている。画家は現実には見えないはずの童子を描き、絵の鑑賞者は見えないものを見る特殊な眼を与えられているのである。また、餓鬼草紙には、人間のまわりで食を求める餓鬼たちが描かれているが、その絵を見る者には、餓鬼の姿が画中の人々の眼には映っていないということが了解されるようになっている。

こうして、紫式部集の詞書にいう絵も、ここに示したような解釈を成り立たせるように描かれていたと推測される。

四　「亡き人に」歌の解釈

続いて、「亡き人に」の歌の解釈に移る。通説的解釈は次の通りである。

A　今の妻が〈もののけ〉にとりつかれているのを、男は、亡くなったもとの妻の死霊のせいにして、困惑苦慮しているが、本当は自分の心の鬼のなせるわざではないのか

これに対して、西郷信綱[13]による、

B　亡妻のせいにして、女は物の怪に悩んでいるが、実は男じしんの心の鬼のしわざではないか

という解釈があり、また、

C　彼奴の怨霊だなんて、死んだ人に咎を被せて煩つてゐるのも、実は自分の良心の呵責(心の鬼)にすぎないであらう

と、わずらう主体と「おの」の指すものを明示的に説かない解釈[14]もある。

まず、Bの解釈に就くとすれば、この歌はまったくの腰折となるから、採用しがたい。ついで、Aの解釈の問題点

は、宗雪が指摘するように、平安時代の文献で、〈もののけ〉が発動している時にわずらうのは、何よりも〈もののけ〉につかれている当人であると一般的に記述されていることである。

①大殿には、御もの丶けいたう起こりて、いみじうわづらひ給。（源氏物語「葵」）

②御息所物のけにいたうわづらひ給ひて（源氏物語「夕霧」）

など、源氏物語のなかには「物のけ」と「わづらふ」の語の結ぶ例が六例ある。ほかに、

③御物のけにて時々悩ませ給ふこともありつれど（源氏物語「若菜上」）

と、「悩む」の語を伴うこともある。

「わづらふ」は程度のはなはだしいことを表す語を伴うことが多く、現在発症している状態を表現している。「悩む」は全体的、概括的に表現し、「煩ふ」は現場的、現象的に表現する傾向が見てとれる。もちろん、当人のほかに周囲の者の困惑も叙述されないわけではない。

④御物のけ一つさらに動かず、やむごとなき験者ども、めづらかなりともて悩む。（源氏物語「葵」）

しかし、験者が〈もののけ〉を調伏しあぐねている様を「わづらふ」の語で表す例は見当たらない。

こうして、この歌は宗雪修三の説くように、

D「亡き人に託言はかけてわづらふ」主体も、物怪に病悩する女（現在の妻）その人（中略）「おのが心の鬼」も、（中略）現在の妻の疑心暗鬼、良心の呵責（下略）

という方向で解釈すべきであろう。

今の妻は、亡き前妻の死霊に憑かれているとして苦しんでいる。髪や装束を乱し、表情を歪め、その口から亡き前妻のものとおぼしい恨み言が発せられたりしているのであろう。しかし、それは前妻の死霊のせいとかこつけているのであって、本当は、病者自身の「心の鬼」のなせるわざではないかと評したのである。これがこの歌の主意であろう。ただし、この解釈をとるとしても、夫がまた自らの「心の鬼」において、今の妻の姿に亡き妻の恨みを見て、読経によって亡妻の霊を鎮めようと困惑苦慮しているという意を読み取ることを排除するものではない。〈もののけ〉とは、わずらう当人と周囲の人々および験者とがいわば共同でつきとめ、あるいは心当たりを思いめぐらすなかで作り上げられる疑惑や臆測や確信にほかならなかったからである。

しかし、それにしてもなぜかくも長い間「おのが心の鬼」を夫の心の鬼と解する説が支持されてきたのであろうか。それは、「心の鬼」という言葉が誤って理解されているからである。そのことは、返しの歌の解釈を通して述べることになるであろう。

五　「ことわりや」歌の解釈

「亡き人に」に応える返しの歌を誰が詠んだかについては、紫式部の侍女、夫宣孝、女友達などが想定されているが、それは決めがたくもあり、決めなければ解釈できないわけでもない。ただ、この贈答を画中の人物になりかわっての紫式部の自問自答と解する、木村正中、前田敬子の案[15]が提出されている。その場合、「ことわりや」歌の「君が心」は画中の夫の心を指すことになる。ただし、木村の案は鈴木日出男による紹介であり、前田の論文も具体的な根拠を示しての説明を持たない。自問自答と読み替えるべき理由も見当たらないし、歌意の誤解に基づいているとおぼしいので、取り上げての批判は省略する。そこで、現在示されている通説的解釈は次の通りである。

A　まさにその通り。あなたつまり紫式部の心が思い乱れてまるで闇なので、〈もののけ〉は心の鬼の影であるとはっきり見えるのでしょうね

これに対して、「君」を画中の夫とする竹内美千代などの説(16)がある。

B　「君が心」は絵の男の心をさす

宗雪はAとBのどちらの説も正しいとする。しかし、Bは明らかな誤読である。この歌は、初句に「ことわりや」と置き、紫式部の歌に詠まれた内容を強くうべなっている。式部の歌の主意は、〈もののけ〉をわずらっている妻が実は自らの心の鬼に悩まされているというのであるから、「君が心」を夫の心と解してしまうと、贈答に齟齬が生じてしまう。かりに、夫も「心の鬼」にとらわれているのだからという主張を容れたとしても、その解釈は成り立たない。なぜならば、画中の人物たちは〈もののけ〉の原因を亡き妻の霊であると思いこんでいる、つまり自らの「心の鬼」故とは気づいていないからである。気づいていない当事者に、〈もののけ〉が「心の鬼の影であるとはっきり見える」はずがない。この場合の「見ゆ」とは単に何かが見えるということではなくて、見てそれと判断される意を表していることに注意を怠ってはならない。こうして、Bの解釈は「亡き人に」の歌との関係において全体として矛盾する。

こうした誤読が生じるのは、おそらく「心の鬼」と「心の闇」という言葉の意味内容およびこの二つの言葉どうしの関係について、十分な吟味がなされていないからであろう。その点から、Aも過不足ない解釈であるとはいいがたい。また、さかのぼって、「亡き人に」の歌の「おのが心」を夫のものと見る通説的解釈の誤りも、実はこれに起因する。これまで「心の鬼」という言葉は、疑心暗鬼とか、良心の呵責とかの現代語に置き換えて理解されてきた。そ

うした理解にたつ時、「亡き人に」の歌の「おのが心」を夫の心とする解釈を誘導しやすいということである。しかし、右のような現代語をもって「心の鬼」という言葉を理解するのは適切でない。「心の鬼」の本義については別に詳細に検討することとし(17)、今はこの贈答を解釈するのに必要な問題にとどめる。

「心の鬼」とは、心のなかの見えない部分、内奥にこもって見えない心、おし隠して人に見せない心の意である。たとえば、次の用例はそうした意味内容をよく表している典型的な例である。

年ごとに人はやらへど目に見えぬ心の鬼はゆく方もなし　（書陵部蔵賀茂保憲女集　一三〇）

わがためにうときけしきのつくからにまづは心の鬼も見えけり　（一条摂政御集　三七）

「目に見えぬ鬼神」（古今和歌集　序）、「目に見えぬ鬼の顔」（源氏物語「帚木」）とある通り、鬼とは目に見えない存在である。それと同じく、「心の鬼」も見えないものであるからこそ、それが見えぬとも逆に見えたとも歌われることになる。賀茂保憲女集の「心の鬼」は自らの心、一条摂政御集は、女が相手の男の隠そうとしている不実な心を言い当てたもの。

このような本義に従って「ことわりや」歌の下の句を解釈すれば、〈もののけ〉は、ひた隠しにして見えないはずの今の妻の「心の鬼」であると、君すなわち紫式部にははっきり見えているのであろうの意となる。この時、「鬼のかげ」とは鬼の姿であり、かつ形のない鬼より投射される影である。ではなぜ見えるのか。それが第二、第三句「君が心の闇なれば」に歌われる。「心の闇」とは、たとえば次の例によって知られるように、心が深い悲しみや悩みにとらわれ、正しく観察、判断する力が失われている状態をいう。

筑紫に下り侍りけるに、明石といふ所にてよみ侍りける　　帥前内大臣

物思ふ心の闇し暗ければあかしの浦もかひなかりけり　（後拾遺和歌集巻第九　羇旅）

また次の例のように、「心の闇」は煩悩とか、無明などの仏教語と重なる。

愚かなる心の闇にまどひつつ憂き世にめぐる我が身つらしな　（増基法師集）

こうして、紫式部集にあって、「心の闇」は「鬼」あるいは「心の鬼」と面白く結ぶことになる。すなわち、心が闇に閉ざされて理知が働いていないにもかかわらず、〈もののけ〉は「心の鬼」故に発動したとはっきり見てとっている、それというのも、「心の鬼」は心の奥に潜み隠れて普通は目に見えない存在であって、心に闇を抱いている紫式部こそが鬼を明瞭に認知することができるからで、すなわち迷妄こそ理知であるという皮肉な関係がとらえられているのである。返しの歌を詠んだ人も相当の手練であったと見える。

ここでふたたび、紫式部の「亡き人に」の歌に立ち戻りたい。この歌は、〈もののけ〉を外から取りつく霊物の作用ではなく、当人の深く潜められた心から生起するとしていて、それは当時にあっては独自の〈もののけ〉解釈であるといえよう。同時にここには、鬼というものは実在しない、人の心の惑乱の所産であるという中国の一つの「鬼(き)」観念(18)の摂取の形跡も認められる。

以上の検討を経て、「心の鬼」という言葉は、心の底に深く蔵めて見せない部分というにとどまらず、賀茂保憲女集の「年ごとに」歌に詠まれるように、我が心でありながら混沌として得体が知れず統御の埒外にあるもの、それゆえ鬼と呼ばれるほかないものであった。この言葉は、自らの心を内省的にとらえようとするところに生まれ、そして成熟していった。「鬼」という語に触発、喚起されての、自らの心のしくみと働きへの凝視、それが導いた〈もののけ〉解釈であった。

（1）〈もののけ〉を「物の怪」「物怪」とする表記が広く行われてきたが、不適切である。本書第一部第一章「〈もののけ〉と物怪」。
（2）引用は、南波浩『紫式部集の研究　校異篇　伝本研究篇』（笠間書院　一九七二年）の定家本系校定本文により、一部本文と表記を改めた。古本系とは若干の異同はあるが、解釈上大きな問題は生じない。
（3）山本利達『紫式部日記　紫式部集』（新潮日本古典集成　一九八〇年）。そのほか、南波浩『紫式部集全評釈』（笠間書院一九八三年）、新日本古典文学大系『土佐日記　蜻蛉日記　紫式部日記　更級日記』（岩波書店　一九八九年）「付紫式部集」（伊藤博校注）、山本利達「紫式部集と源氏物語」（『源氏物語講座４』勉誠社　一九九二年）、藤本勝義『源氏物語の〈物の怪〉　文学と記録の狭間』（笠間書院　一九九四年）、田中貴子『百鬼夜行の見える都市』（新曜社　一九九四年）、山本淳子「『紫式部集』の方法（下）」（『国語国文』第六五巻第一一号　一九九六年一一月）なども同趣。山本淳子の論文は、後に『紫式部集論』（和泉書院　二〇〇五年）に収録。
（4）岡一男『源氏物語の基礎的研究――紫式部の生涯と作品――』（東京堂　一九五四年）第一部四「紫式部の寡居生活」。そのほか、竹内美千代『紫式部集評釈』（桜楓社　一九六九年／改訂版　一九七六年）、「紫式部集全歌評釈」（『国文学　解釈と教材の研究』第二七巻第一四号　一九八二年一〇月、鈴木日出男執筆）も同趣。
（5）清水好子『紫式部』（岩波新書　一九七三年）。稲賀敬二『源氏の作者　紫式部』（新典社　一九八二年）も同趣。
（6）重松信弘『紫式部と源氏物語』（風間書房　一九八三年）第四章第二節「身辺雑詠」。
（7）高橋亨「王朝文学と憑霊の系譜　ことばのシャーマニズム」（『国文学　解釈と教材の研究』第二九巻第一〇号　一九八四年八月）。
（8）山折哲雄『日本人の霊魂観　鎮魂と禁欲の精神史』（河出書房新社　一九七六年）。

(9)　小松和彦『憑霊信仰論』(伝統と現代社　一九八二年)。
(10)　宗雪修三「『紫式部集』を読む――物怪と「こほふし」をめぐって」(名古屋経済大学／市邨学園短期大学『人文科学論集』第四一号　一九八七年一二月)。以下、本章に引用する宗雪の説はこの論文による。なお、宗雪からの私信によれば、小法師を護法童子と見なす見解は、名古屋大学における演習で宗雪が発表したものであったという。
(11)　今昔物語集巻第二十七第四十および宇治拾遺物語第五十三。
(12)　能因本枕草子第三一九段。ただし、前田家本には「つきたる人」、同じ段の別の箇所には「移すべき人」とあって、確かな例とはいいがたい。また、讃岐典侍日記には「ものつく者」とあって、呼称は平安時代後期まで確立していなかったことがうかがえる。なお、「よりまし」という語の和文資料における初例は、管見によれば文治二(一一八六)、三年頃の成立かとされる袖中抄。
(13)　西郷信綱「源氏物語における夢と物の怪」(南波浩編『王朝物語とその周辺』笠間書院　一九八二年)、同『源氏物語を読むために』(平凡社　一九八三年)第五章「夢と物の怪」。
(14)　注(4)に掲げる岡一男の著。
(15)　注(4)に掲げる鈴木日出男執筆の評釈に紹介された木村正中の案、および前田敬子「『紫式部集』絵をめぐる歌群と『源氏物語』夕顔の巻」(『国語国文学』第三六号　一九九七年三月)。
(16)　注(4)に掲げる竹内美千代の評釈。そのほか、木船重昭『紫式部集の解釈と論考』(笠間書院　一九八一年)、注(6)に掲げる重松信弘の著。
(17)　本書第二部第三章「心の鬼の本義」。
(18)　「凡天地之間有⌐鬼、(中略)皆人思念存想之所⌐致也」(論衡　訂鬼篇)など。ただし、この鬼観念が「心の鬼」という語の成立にかかわっているわけではない。また、こうした鬼観念と「心の鬼」とが結ぶ事例は他に見られない。

【付記】
本論文は、一九九九年五月に開催された平成十一年度中古文学会春季大会(大東文化大学)での口頭発表を経てまとめられた。会場で有益な質問、意見、助言をいただいたことに感謝申し上げる。

【追記】
1　〈もののけ〉の発動から追放に至る諸段階を一般化してたどり、それをどのような言葉で言い表すかについては、本書第一部第三章「〈もののけ〉現象と対処をめぐる言語表現」。

2　徳原茂実『紫式部集の新解釈』(和泉書院　二〇〇八年)第七章「ことわりや君が心の闇なれば」に、諸論文を検討してこの詞書および贈答について解釈を提示している。詞書については、宗雪・森説が参照されて本章の結論と一致する。ただし、返歌の「心の闇」に関して藤原兼輔の「人の親の心は闇にあらねども子を思ふ道にまどひぬるかな」(後撰和歌集巻第十五雑一)を踏まえているとして、「あなたの心が子ゆえの「闇」に迷っていらっしゃるから、それで「闇」にはつきものの「鬼」の姿が、あなたの目にはっきりと見えるのでしょう」と解釈するところが独自である。しかし、「心の闇」をこのように限定したのでは、男女の愛情のもつれを評した「亡き人に」歌に対する返歌にはそぐわない。笹川博司「紫式部集注釈(二〇)」(『大阪大谷国文』第四二号　二〇一二年三月)も「必然性は低」いと批判する。ただし、笹川は、「ことわりや」歌の解釈については本章に批判した旧説の一説Bを採用する。なお、この注釈は笹川博司『紫式部集全釈』(風間書房　二〇一四年)にまとめられた。

第六章　源氏物語「夕顔」巻某院の怪——それは〈もののけ〉ではない

一　はじめに

古代中世文学に描かれる〈もののけ〉について、それが発動する、言い換えれば人間に対して働きかけるという現象はどのように理解され、想像され、表現されていたかを検討することを目的とする。特に人間と「モノ(霊、鬼、精などの超自然的存在)」との関係をめぐる文化人類学、宗教史学、民俗学の領域における研究成果を踏まえつつ、日本語日本文学研究の領域における研究成果と研究動向を検証し、これまでの作品解釈の誤りを正し不備を補うとともに、今後の読解と分析の基礎を整備しようとするものである。

読解に当たっては、いまだ共通認識の得られていない〈もののけ〉とは何か、何が〈もののけ〉であるかについて改めて整理し確認する。そのうえで、「夕顔」巻における某院の怪異に関する「物におそはる」なる表現と、この事件の後に光源氏にもたらされた心身の異状に関する周囲の「御ものゝけなめり」という見立て、および両者の関係に検討を加える。この検討の結果は、源氏物語の読解にも若干ながら寄与するであろう。

二　文学の分野における〈もののけ〉の研究状況

日本文学研究の分野で〈もののけ〉にかかわる問題は、これまでどのように検討されてきたか。試みに、国文学研究資料館の「国文学論文目録データベース　国文学関係論文（大正元年—平成二十四年）の目録データベース」によって、キーワードを入力して論文を検索し（二〇一四年十一月八日閲覧）、論文題目に「もののけ」類の次のような六種の語を含む論文について整理集計を行った。

もののけ　六一編（一九五七年以降、うち源氏物語対象の論文四一編）
モノノケ　五編（一九九一年以降、うち源氏物語対象の論文　一編）
物の気　三編（一九二五年以降、うち源氏物語対象の論文　二編）
物気　一編（二〇一二年）
物の怪　七一編（一九五八年以降、うち源氏物語対象の論文五二編）
物怪　五四編（一九六四年以降、「物の気」の意と見なされるうちで源氏物語対象の論文一一編）

〈もののけ〉に関する日本文学的研究あるいは〈もののけ〉の関わる文学についての研究が、源氏物語を軸に進められてきたことは一目瞭然であろう。全一九五編のうち一〇七編が源氏物語を中心に据えたものである。

しかし、論文の題目に用いる「もののけ」の表記を一瞥するだけで、源氏物語研究者の多くは〈もののけ〉に対して十分な理解を持っていないことが知られる。「物怪」および「物の怪」の表記は不適切であり、個々の論文について検討してもその〈もののけ〉把握には誤りも多い。源氏物語研究ばかりでなく、その他の日本文学研究の分野でもそれほど事情は変わらない。

古典文学研究者は、もっぱらいわゆる文学作品を中心とした資料に基づいて〈もののけ〉を把握してきた。すなわち、それは〈もののけ〉研究というより、正確には〈もののけ〉に注目しての、あるいは〈もののけ〉を通しての作品の分析であったから、結局のところ物語・仮名日記類の範囲での検討にとどまっていた。そこから一歩踏み出したのが藤本勝義で、『源氏物語の「物の怪」――平安朝文学と記録の狭間――』（青山学院女子短期大学学芸懇話会　一九九一年、『源氏物語の〈物の怪〉　文学と記録の狭間』と改題して笠間書院より一九九四年刊）にまとめられた成果は一つの画期をなした。これには公家日記が活用されて、貴族社会における〈もののけ〉理解が記述され、仮名文学の読解に新しい視点を用意することができた。しかしながら、日本古典文学研究以外の分野で進められてきた研究の成果はほとんど藤本の視野に入っていなかった。また、研究資料として有用であったはずの僧伝と説話集は活用されることなく、依然として限定的な視野からの取り扱いにとどまったと言わなければならない。

一方、説話研究、説話集研究の分野では、南里みち子『怨霊と修験の説話』（ぺりかん社　一九九六年）が関連する問題を扱うほかは、ほとんど研究の蓄積はない。鬼、天狗などの妖怪あるいは幽霊に関する研究のおびただしさと比べて、その寥々たる様は尋常ではない。〈もののけ〉は説話のあまり重要とは言いがたい素材の一つではあっても、説話研究、説話集研究を進展させる観点とは考えられてこなかったということであろう。しかし、こうした偏りこそが逆にこれまでの説話研究、説話集研究の問題点を照らし出していると言ってもよい。すなわち、〈もののけ〉を視野の外に置くことによって、妖怪や怪異の説話の扱いに欠落を引き起こさなかったかどうか、説話と説話集の研究を浅いところに留めなかったかどうか。言い換えれば、説話および説話集研究は〈もののけ〉を調伏する験者にもっぱら関心を向けて、〈もののけ〉を生み出す人と人との関係、〈もののけ〉を生起させる心的構造や〈もののけ〉に反応する人間の内的世界に無関心すぎたと言わざるをえない。

そうした点に関しては、たしかに源氏物語研究が、〈もののけ〉を発動させた六条御息所を中心に据えて〈もののけ〉の発生する機制、〈もののけ〉の内実に深く踏み込んでいた。そのことを通じて源氏物語の〈もののけ〉表現を、あるいは紫式部の〈もののけ〉解釈に見られる精神性を高く評価し、ひいては源氏物語そのものの価値を確認するということが繰り返されてきた。しかし、論者達は〈もののけ〉概念を精確に把握していたわけではなかったから、終始危うい基盤に立脚しての論述ではあった。言い換えれば、論者達の言う〈もののけ〉は源氏物語の〈もののけ〉であって、〈もののけ〉の側から源氏物語を相対化する視点を持つことはできなかったのである。もとより源氏物語は〈もののけ〉研究のための資料ではない。かといって、源氏物語研究が〈もののけ〉研究の成果から自由であるわけでもない。

三　宗教史学・精神史学・日本語日本文学の分野における近年の動向

一方、民俗学、宗教史学、文化人類学の領域では〈もののけ〉が憑霊研究あるいはシャーマニズム研究の一環として扱われ、相当の研究成果の蓄積がある。そして、近年は日本史学の分野の研究も加わって、左記のような研究書の刊行が相次ぎ、大きく研究を進展させることとなった。これらによって、〈もののけ〉研究の到達点がどこにあるかを知ることができる。

小山聡子『親鸞の信仰と呪術――病気治療と臨終行儀――』(吉川弘文館　二〇一三年)
酒向伸行『憑霊信仰の歴史と民俗』(岩田書院　二〇一三年)
上野勝之『夢とモノノケの精神史　平安貴族の信仰世界』(京都大学学術出版会　二〇一三年)

小田悦代『呪縛・護法・阿尾奢法――説話にみる僧の験力――』(岩田書院　二〇一六年)

こうしたなかで、日本語日本文学研究分野として取り組まなければならなかったのは、〈もののけ〉という現象に対する古代人の理解とこれをめぐる言語表現についてである。〈もののけ〉とは何であったか、厳密には〈もののけ〉をどのような現象あるいはどのような存在と見ていたか、〈もののけ〉に対して人間はどのように対処したか、またそれらの現象と行為に対してどのような表現を与えていたかについて基礎的な検討が不十分であった。検討に当たって考慮しなければならないことは、そのための資料として物語・仮名日記類、公家日記類に加えて僧伝・説話集類を活用することである。これらの資料は、それぞれ記述者とその関心や知識、著述の目的、文体を異にするのであって、これらを併せ用いて補い、また照合することで正確な〈もののけ〉理解に至ることが期待されたのであった。そして、そこから導かれたのは〈もののけ〉語彙の体系である。(1)

ただし、物語・仮名日記類、公家日記類、僧伝・説話集類という三種の〈もののけ〉資料は、記述者、記述の対象と範囲、記述の目的、記述の視点が異なるために、それぞれに特徴がある。たとえば、〈もののけ〉調伏に当たり重要な役割を果たすと考えられていた「護法」については、僧伝・説話集類にはごく当たり前に記述されるが、物語・仮名日記類、公家日記類には言及されることがない。わずかに紫式部集の詞書、枕草子第二十二段「すさまじきもの」および同一本第二十三段「松の木立たかき」(新日本古典文学大系)に見えるばかりである。このような位相差に配慮を怠らないことが、資料の的確な解釈に結びつく。また、種々の資料を併せ用いることが的確な〈もののけ〉理解を保証するであろう。

なお、近年は宗教史学の領域で醍醐寺座主の成賢によって作成された作法集のうちの験者作法などを用いて、〈もののけ〉調伏の方法を明らかにする研究が行われている。こうした動向は、日本文学研究者の視野にはまったく入っていない。この種の事相書類からはさらに〈もののけ〉関連記事が発掘される可能性があり、研究の拡大と深化が期待される。こうして今後は、諸領域で進められてきた〈もののけ〉研究の成果を各領域で共有し、それぞれの観点から整理点検し、今後の研究の方向と研究の方法について共同で検討を始めるべきである。

四　〈もののけ〉とは何か

〈もののけ〉という事象に対しては現在もなお正確な理解が行われていない。日本語日本文学研究者が古典文学の注釈書や辞典あるいは事典に的確な説明を施していないために、混乱はいつまでも残ってしまう。それを論うことはさしひかえて、ここに改めて〈もののけ〉とは何かについて私見を提示しておく。

〈もののけ〉とは「物の気」である。第一に、神ならぬ物すなわち劣位の超自然的存在（人の霊魂、鬼、天狗、狐など特定の動物の霊魂）が発する気《け》（視覚、触覚ではとらえられないが、立ちのぼり、あるいは漂う性質を有する）のこと。第二に、人間に憑依しあるいは接近・接触した超自然的存在の発する気が人間に作用することによって引き起こされる心身の不調という現象。第三に、これが転じて、人の心身を不調に至らせる気を発する原因としての超自然的存在。

〈もののけ〉が「気（け）」であることは、たとえば次のような用例に明らかである。

①夜昼添ひさぶらひて、他人々をば、御あたりにも寄せず、大納言殿の上をば、「御物のけの、かくのみしみたまひつる御あたりに」と言ひなし、御乳母どもも、ゆゆしとて、いみじく制し申せば　（寝覚物語巻二）

②玄鑑ノ弟子ノ僧、或宮原ニ参ジテ御邪気ノ加持ヲ致ス所ニ、加持摂縛セラレテ、天狗、人ニ託シテ、「我食ヲ

求ンタメニ、宮中ニ参ゼリ。指《さし》テ付キ悩マシ奉ルコトナシ。然レドモ我ガ悪気ヲ自ラ貴体ニソミテ悩ミ玉フ也。

（真言伝巻第四　座主玄鑒）

①は病み臥している中の君の懐妊を隠すために、〈もののけ〉と言い立てて姉の大君（大納言殿の上）をも近づけまいとする場面である。「しみたまひ」とは中の君の身体とその居所に霊物の「気」が深く染《し》み付いていると言いなしているのである。②にも、ある貴人の邪気（もののけ）は、近づいた天狗の悪しき気が身体に染《そ》むことによって引き起こされたものであると説明している。これらによって、〈もののけ〉とは霊物の目に見えない気であり、水や煙や匂いのように人の身体に付着あるいは浸透することによって影響を与えると思い描かれていたことが知られる。したがって、①を「御もののけがこのように始終ついている」（『寝覚物語全釈』。日本古典文学大系頭注、新編日本古典文学全集現代語訳もおおむね同様）、「御物怪がこんなにしがみついている」（『校註　夜半の寝覚』）などと解釈しては、〈もののけ〉の性質を捉えそこね、「しみ」の語感を読み外してしまう。

そして、〈もののけ〉が、霊物の悪しき気によって引き起こされる心身の不調であることは、たとえば次の用例がよく示している。

③中興の近江の介がむすめ、もののけにわづらひて、浄蔵大徳を験者にしけるほどに

（大和物語第一〇五段）

④大殿には、御ものゝけいたう起こりて、いみじうわづらひ給。

（源氏物語「葵」）

これらの用例は、霊物あるいはその気によって引き起こされる病あるいはその症状を指すとみてよい。ただし、③は「霊物の気」という原義を残しているであろう。

こうした用法から、人に接近あるいは接触して悪しき気を発し、心身の不調を引き起こす霊的存在自体を〈もののけ〉と称するようになる。

⑤御もののけのねたみののしる声などのむくつけさよ。（紫式部日記）

⑥御心あやまちも、ただ御物のけのしたてまつりぬるにこそはははべめりしか。（大鏡第三巻　伊尹）

これらは、意志を持ち行為し人に働きかける存在として記述されている。⑤の場合は〈もののけ〉そのものでなく、〈もののけ〉を駆り移された物付き(霊媒)の口を借りて叫び声をあげているのであるが、そのようにさせている霊的存在を主体として記述している。こうして、〈もののけ〉はまた悪しき気を発し、人に心身の不調と異状を引き起こす原因としての霊物そのものでもある。

こうした三つの用法は画然と分かれるのでなく、実際の用例がいずれに当たるかあいまいであることが多いのは、言葉というものの性質として当然のことである。

五　何が〈もののけ〉か──「夕顔」巻の変事

〈もののけ〉とは何かをさらに明瞭にするために、源氏物語「夕顔」巻において某院で夕顔の君が取り殺されてしまったという怪異を取り上げる。その事件は、光源氏には次のように「物におそはる」「物にけどらる」として把握されている。

①よひ過ぐるほど、すこし寝入り給へるに、御枕上にいとおかしげなる女いて、「をのがいとめでたしと見たてまつるをば尋ね思ほさで、かくことなることなき人をいておはしてときめかし給こそいとめざましくつらけれ」とて、この御かたはらの人をかきをこさむとす、と見給。物におそはるる心ちしておどろき給へれば、火も消えにけり。うたておぼさるれば、太刀を引き抜きて、うちをき給て、右近を起こし給。これもおそろしと

思たるさまにてまいり寄れり。　（「夕顔」）

②いといたく若びたる人にて、物にけどられぬるなめりとせむ方なき心ちし給。　（「夕顔」）

③このをとこを召して、「ここに、いとあやしう、物におそはれたる人のなやましげなるを、「ただいま惟光の朝臣の宿る所にまかりて、急ぎまいるべきよし言へ」と仰せよ。（中略）」などもののたまふやうなれど　（「夕顔」）

源氏物語の研究者の大多数は、右の事件を〈もののけ〉現象として理解し、それを引き起こしたものの正体は何かをめぐっておおよそ三説――廃院の妖怪説、六条御息所（またはその侍女）の生霊説、妖怪と生霊との交錯説に分かれる――を立てて論争が続けられ、またその作品構成上の意味や叙述の方法をめぐって検討が重ねられてきた。しかし、この現象は〈もののけ〉ではない。光源氏自身はこれを〈もののけ〉とは把握してはいないし、源氏物語の語り手もまた〈もののけ〉とは述べていない。

この事件は、源氏物語本文に二度にわたって記述されている通り、「物におそはる」という現象によって引き起こされたのである。まず、この語の語義と用法を明らかにしうる用例を掲げる。

ⓐ内外なる人の心ども、物におそはるるやうにて、あひ戦はむ心もなかりけり。　（竹取物語）

ⓑ彼ノ寝タリツル五位侍、物ニ被圧《おそはれ》タル人ノ様ニ、二三度許《ばかり》ウメキテ　（今昔物語集巻第二十七第十八）

ⓒ夢　魘《モノニオソハル、コト》　（香薬鈔）(2)

ⓓ魘　モノニオソハル　悪夢也／睡中―也又上加卒字　（色葉字類抄）

ⓔ河陽県の后、つゆもまどろめば、いみじうなやみわづらひ給ふとのみ見えつつ、襲はれ襲はれして、常よりも面影に見え給ひつつ　（浜松中納言物語第四）

ⓕVosouare, ruru, eta　ヲソワレ、ルル、レタ(魘はれ、るる、れた)例、Yumeni vosouaruru.(夢に魘はるる)眠っていて胸苦しさを感ずる、あるいは、うなされる。▼Mononi～; Vosoi, sô（『邦訳日葡辞書』(3)）

用例はさほど多くないけれども、「物におそはる」とはⓐ竹取物語に譬喩表現として用いられるほどに一般的なことであった。そして、ⓑ今昔物語集の用例、ⓒ香薬鈔の表記、ⓓ色葉字類抄およびⓕ日葡辞書の説明から、「物におそはる」とは睡眠中の経験で、悪夢を見たり、胸苦しさを覚えてうなされる現象であることは明らかである。ⓔ浜松中納言物語の「おそはる」も同様と見られる。その悪夢や胸苦しさは「もの」すなわち何らかの霊物によってもたらされるにしても、目が覚めてしまえば解消してしまうのであって、霊的存在によって引き起こされると考えられていた他の事象とは明瞭に区別される。

「夕顔」巻の廃院の怪は〈もののけ〉ではなかった。久慈きみ代(4)など一部の論者は、この事件を〈もののけ〉とは呼ばない慎重な態度を持しているが、しかし、この怪異を引き起こしたものが何であるかの議論の過程で、これは〈もののけ〉ではないと断ぜられたことはない。廃院の怪を〈もののけ〉と見なすことによって、源氏物語理解をめぐる議論に混乱を引き起こし、あるいは少なくとも議論の帰趨に悪影響を与えたと言わざるをえない。また、この事件を〈もののけ〉と見なすことによって、日本文学研究の領域における〈もののけ〉把握に歪みをもたらしたであろうことも否定しがたい。

なお、竹取物語の用例も「何か恐ろしいものにおびやかされ、声も出ず手足も動かず、心の惑うような状態」(三谷栄一『竹取物語評解』有精堂　一九五六年)という説明でおおむね十分であるはずのところを、近年は「物の怪におそわれるような」(新編日本古典文学全集現代語訳)、「物の怪にでもとり憑かれたような感じで」(新日本古典文学大系脚注)と方向違いの解釈が行われるようになった。臆測すれば、この言葉の用法を十分に吟味しないまま源氏物語「夕顔」巻の用例を参照し、この言葉への誤った理解をここに導き入れたからであろう。

なお付言しておく。「物におそはるる」についての『竹取物語評解』の「心の惑うような」という解釈は適切でない。これは源氏物語「夕顔」巻の②「物にけどられぬる」をも加えた説明ではないか。この語は源氏物語にはもう一つ「何か、物にけどられにける人にこそ」(「手習」)という例があって、霊物によって正気を奪われた状態を言う。「物におそはる」と同義ではない。

古代人の「もの(霊物)」とその働きに関する理解や想像力、その事象に対する表現を粗雑に扱ってはならない。

六　その後の光源氏――それが〈もののけ〉

某院で出現した霊物は光源氏に恨めしさを訴えつつ、今光源氏が深く心を寄せている夕顔の君にその霊力は向けられた。光源氏はこれに気丈にも対処したものの、その後は心身の不調が続いた。

①御胸せきあぐる心ちし給。御頭《みぐし》も痛く、身も熱き心ちして、いと苦しくまどはれたまへば　(「夕顔」)

②ながめがちに音をのみ泣きたまふ。見たてまつり咎むる人もありて、御ものゝけなめりなど言ふもあり。　(「夕顔」)

某院での怪異の余波である。常と異なる光源氏の様子から、②「御もののけのように見受けられる」という周囲の者達の見立ては見当違いではない。あの折に接近した霊物の悪しき気が光源氏に作用して、心身に不調を引き起こしているのであって、これこそ典型的な〈もののけ〉である。ただし、この反応をとらえて、さかのぼって某院の怪そのものを〈もののけ〉と呼びなすのは当たらない。

「夕顔」巻に続く「若紫」巻で、わらわ病みを患う光源氏は、北山の聖(大徳)の加持を受ける。発作はひとまず沈静したが、聖は光源氏の帰洛を次のように引き止める。

③大徳「御物のけなど加はれるさまにおはしましけるを、こよひはなを静かに加持などまいりて、出でさせ給へ」と申す。（「若紫」）

「夕顔」巻から直接連続はしないが、聖が「物のけが加わっている」と指摘するのは、なおも某院の霊物の影響を言うとみなすのが自然である。〈もののけ〉か否かは、陰陽師の占いや験者の判断に待たねばならなかった。

（1）本書第一部第一章―第五章として収録したもののほか、次の拙論がある。
『源氏物語と〈もののけ〉』(熊本大学ブックレット　熊本日日新聞社　二〇〇九年五月)
「枕草子一本第二十三段「松の木立高き」における〈もののけ〉調伏」(『日本文学』第六五巻第一号　二〇一六年一月)

（2）大矢透『仮名遣及仮名字体沿革史料』二七より。訓は左訓。

（3）引用にあたり一部表記の記号を変えた。なお、日葡辞書には別にMononi vosouaruru(物に魘はるる)の語も立項する。

（4）久慈きみ代「夢から遠い女君六条御息所の「もののけ」――『源氏物語』の「夢」「もののけ」「もの」の境界について――」(『駒澤国文』第四二輯　二〇〇五年二月)。

【付記】

本論文は二〇一五年四月二十五日に大妻女子大学で開催された説話文学会例会シンポジウム「モノノケの宗教・歴史・文学」において「モノノケの憑依をめぐる心象と表現」と題して発表したもののうち、おおむね前半に当たる。このシンポジゥムで発表を行った上野勝之氏、シンポジウムを企画し司会を兼ねて発表を行った小山聡子氏には打ち合わせの段階から種々の御教示を得た。またシンポジウムの会場で御質問、御意見を頂いた諸氏にはここに記して謝意を表したい。なお、私の発表の後半は『説話文学研究』第五一号に掲載され、本書第一部第四章「〈もののけ〉の憑依をめぐる心象と表現」として収録した。

【追記】

本章は当初掲載誌の事情により、第二節、第三節を省略して掲載した。本書に収録するに当たり、元に戻した。

第二部　鬼

――外部と内界

第一章　霊鬼——今昔物語集の名指し

一　はじめに——霊鬼への視点

ふだん人の目に見えないもの、それらは日常の亀裂から不意に姿を現し、人に甚大な影響を与え、あるいはささやかな悪戯をしては向こう側に去って行く。彼らや彼らの棲む世界は見えないけれども、古代社会にあっても単なる混沌として想像されているわけではない。異界のものたちには索引が付けられ、彼ら同士の関係や人間世界との関連をかなり正確にたどることができるようになっている。

そうした索引の一つが、今昔物語集の「本朝付霊鬼」と題された巻第二十七であった。そこには四十五の説話をもって当時の超自然的存在が集大成されている。諸説話は、登場する超自然的存在の性質によって分類され同類のものがおおむね群をなして配列されている。

第一—四	霊	第五—六	精
第七—九	鬼	第十—三十一	鬼および霊
第三十二—三十三	狐	第三十四—三十六	野猪
第三十七—四十一	狐	第四十二	迷ハシ神

第四十三　　産女　　　第四十四　　狐
第四十五　　山神

「霊」は人間の霊魂、「精」は無生物の霊魂、「鬼」は人を襲う獰猛な妖怪、「狐」と「野猪」は人をたぶらかす動物、それに用例も少なくて性質も明瞭でない「神」と、おおむね五つに分類されている。ただし、見る通り分類とそれに基づく編成は必ずしも一貫していない。それは、説話の登場人物たちも今昔物語集の編者も、怪奇現象を引き起こしたものの正体を特定しえなかった場合が少なくないこと、正体は異なってもその働きが類似する説話同士をまとめる方針を持っていたことによる。たとえば、第三十二―三十三の説話群は「狐ナドノ所為」と推測されるものの、定かではないから、第三十七―四十一の狐の説話群とは離れて配置される。第四十二と第四十三とは、標題にそれぞれ「迷神」「産女」と呼ばれているが、狐のしわざではないかとする疑いを付け加えている。第三十七―四十一の次に配されるゆえんである。

このように怪奇の原因と超自然的存在の正体とを厳密に認定し、それに基づいて整斉たる編成を行おうとすればするほど、配列の実際は流動的にならざるをえない。しかし、巻第二十七が、超自然的存在を網羅し分類編成することを目的の一つとしていたことは確かであろう。ベルナール・フランクは、「無知な者が曝されている幾多の超自然的災厄や、又同時に、個々の場合に臨んで執るべき態度を教える、極めて一貫した内容の法規集」と見なした(1)。すなわち、この巻は、人間が怪奇に遭遇しないためにはどのようなことを心がければよいか、不運にも遭遇した場合にどのようにふるまえばよいかという、実用的な知識を集成してある。人はまず、個々の超自然的存在の性格を熟知しなければならないし、怪奇現象の正体を見きわめなければならない。たとえば、鬼は人を食うが、野猪や狐は人をたぶらかしたり驚かせたりするだけであるから、鬼に対しては人の住んでいない建物などに足を踏み入れないよう心がけ、霊力を持つ動物に対しては冷静で勇気ある行動が要求される。また、霊や鬼神に対して道理を説く方法も有効であった（巻第二十七第二、第三十一）。

怪奇の因を見きわめ、超自然的存在の正体を明らかにすることは、それに直接与る宗教者たちにとりわけ重要であった。たとえば春日権現験記絵巻第三巻、藤原忠実の病に増誉が召されて加持し、病は一旦は癒えた。しかしすぐに再発したので、再び召された時に、増誉は忠実の目をよく見て、遠く退いて次のように慨嘆した。

験者と申すは、まづ病相をしる也。生霊死霊のたゝりをも見、大神小神の所為をもわきまへてこそ加持護念すべきに、をろかにしてさとらざりける。返す返すあさましきこと也。たかき大神のかけり給ふなるべし。

春日の神の祟りであったという。こういう場合、仏教の加持は無効であるばかりか、神に対して非礼にあたるのである。たとえばまた、源氏物語「手習」巻、横川の僧都一行が、気を失って木の根元に臥している浮舟を発見し、法師の一人がこれに向かって激しく問い質す。

鬼か、神か、狐か、木霊《こたま》か、かばかりの天の下の験者のおはしますにはえ隠れたてまつらじ。名のりたまへ。名のりたまへ。

これを少しさかのぼった場面には、法師の「狐の変化したる、憎し。見あらはさむ」とか、宿守の男の「狐は、さこそは人をおびやかせど、ことにもあらぬ奴」という発言がある。

そして、正体を見顕すことがそれの制圧を意味するとすれば、今昔物語集による、怪奇の原因を見きわめ超自然的存在を特定していく言語表現、そしてそれに基づいて説話を分類配列する編纂の営みこそ、目に見えない世界を統御し、混沌に秩序を付与する試みであった(2)。

怪奇とそれを引き起こすものに対して名辞を与えることが重要な意味を持っていたとすれば、そうした事象を記述した文献に臨む時、それぞれの名辞の表す概念および概念同士の関係にことに注意が払われなければならない。以下は、こうした観点にたって今昔物語集の一つの説話の読解を試み、あわせてその作業を通じて怪奇と超自然的存在をめぐる言語表現に一般的な検討を加えようとするものである。(3)

二　東三条殿の怪

ここに取り上げるのは、巻第二十七「東三条銅精、成人形被掘出語[東三条の銅の精、人の形と成りて掘り出さるる語]第六」(以下、本説話と呼ぶ)。必要な部分については原文を引きつつ展開をたどることにする。

式部卿宮の重明親王の住む東三条の南の山を、「長《たけ》三尺許《ばかり》ナル五位ノ太リタル」が歩きまわるということが重なった。親王は、陰陽師を召して「其ノ祟《たたり》(4)ヲ被問《とはれ》ケレバ」、「此レハ物ノ気也。但シ、人ノ為ニ害ヲ可成キ者ニハ非ズ」と占った。親王が、「其ノ霊ハ何《いど》コニ有ゾ。亦何ノ精ノ者ニテ有ゾ」と尋ねたところ、陰陽師は、「此レハ銅ノ器ノ精也。宮ノ辰巳ノ角ニ、土ノ中ニ有」と占い、はたしてその所から五斗納ほどの銅《あかがね》の提《ひさげ》が掘り出された。その後は五位が歩きまわるという怪奇はなくなった。

東三条殿は、藤原良房以下代々藤氏嫡流に伝領されているが、一時期は重明親王の邸であった。藤原忠平の後、兼通の伝領するまでの期間であったと考えられている。(5)平安時代後期には、格式の高い邸第として摂関家の晴の儀に用いられるようになり、いわば藤原氏の繁栄を象徴する舞台であっただけに、かつてそこに住んだ重明親王にまつわる不遇の印象と結びついて、本説話も生まれ伝えられたのであろう。親王は醍醐天皇の第四皇子、李部王記の著者としても知られ管弦にも造詣が深かった。別の伝承によれば、親王はその東三条の邸の中に日輪が入る夢を見たけれども、格別の吉事は起きず、後に藤原兼家が伝領して、孫にあたる一条天皇がその邸で誕生したという(古事談第六－二)。また、家の南面に金鳳が来て舞うという夢を見て即位を期待したけれども実現せず、兼家が伝領して後に一条天皇が鳳輦に乗ってその邸から出たともいう(中外抄上－八十七、古事談第六－二)。重明親王に即位の可能性があったか否かはともかく、後代の重明親王観である。(6)

なお、今昔物語集巻第二十七第三によれば、同じく醍醐天皇の皇子で臣籍に降った源高明の住んでいた桃園邸の寝殿の辰巳の柱の節穴から、夜になると児《ちご》の手が出て招くという怪奇が繰り返されたという。これも、主が安和の変で失脚するという不吉な未来を暗示するできごとであったとして語り出されたのであろう。

東三条殿の怪奇は、南の山で「長三尺許ナル五位ノ太リタル」が時々歩きまわるという現象であった。五位とは五位の装束を着けた者の意で、五位の袍は緋色である。その色は、後に掘り出される銅の提の性質を示していたことになるが、緋の喚起するものはそれにとどまらない。巻第二十七第四の、赤い単衣が空中を飛ぶ怪奇に関して、新潮日本古典集成『今昔物語集　本朝世俗部三』の「説話的世界のひろがり」が、多くの事例を拾って周到に論じているように、朱、緋など赤色は呪力を感じさせる色であった。今昔物語集巻第二十七第三十にも、夜中に「長五寸許ナル五位共ノ、日ノ装束シタル」ものの行列が通るという怪事が載り、巻第十六第十六には、蛇が「五位ノ姿ナル人」(依拠資料の本朝法華験記にも「五位形人」と記述される)に姿を変えて女のもとを訪れたと語られる。このように五位の姿は異界から来訪する者の表徴であった。

いま一つ注目すべきは、五位の背丈が通常の人間に比して低いことである。この説話の前に置かれた第五には、冷泉院の池に棲む「水ノ精《たま》」が「長《たけ》三尺許ナル小翁」の姿で夜な夜な出現して悪戯を繰り返していたと語られる。沙石集巻第八－十七にも、「勢《せい》小キ男ノ、物ノ精ナムドノヤウナル」という記述がある。これは人間のことであるが背丈の低いことをもって「精」になぞらえられている。これらの事例によって、無生物の霊は小さな姿で出現すると考えられていたこと、小さな姿は異界性を帯びた存在と見なされていたことが知られる。

三　祟りを問う

五位姿のものが出現するという変事に対して、親王は「陰陽師ヲ召シテ、其ノ祟ヲ被問ケレバ」という方法で対処しようとした。では、祟りを問うとはどのようなことか。まず、祟りの具体的な様相を見ておく。

①其ノ人、手ニ病御ス。其崇占フニ、祖《おや》ノ御時ノ法事ヲ断タル祟ト云リ。（今昔物語集巻第十二第三）

②人ノ娘（中略）唖ニテゾ有ケレバ、父母（中略）「神ノ祟カ、若《もし》ハ霊ノ為ルカ」ナド疑テ、仏神ニ祈請シ、貴キ僧ヲ呼テ祈ラセケレドモ（今昔物語集巻第十六第二十二）

③今昔、物ノ気病為ル所有ケリ。物託《ものつき》ノ女ニ、物託テ云ク、「己ハ狐也。祟ヲ成シテ来レルニハ非ズ。（下略）」（今昔物語集巻第二十七第四十）

祟りという現象は、①③のような病気、②のような身体の障碍など、人間にとっての災いや苦痛であり、場合によっては死がもたらされることである。祟りを引き起こすものは神、鬼、霊などの超自然的存在、また狐、野猪、蛇などの霊力ある動物で、人間のふるまいに対する怒りや不快の表明であった。仏や菩薩が祟りをなすという考え方は古代にはない。①が一見そうであるかのようであるが、祟ったのは亡親の霊あるいは仏法を守る護法善神と解すべきであろう。これらに対して、本説話の場合、その怪奇自体がただちに親王や親王家に対する災いとなっているようには見えない。そこで、「祟ヲ問フ」という表現を求めると、次のような用例が得られる。

④家ニ物怪《もつくゑ》ノ有ケレバ、陰陽師ニ其ノ祟ヲ問フニ、「其ノ日、重ク可慎《つつしむべ》シ」ト占《うらなひ》タリケレバ
（今昔物語集巻第二十七第十三）

「物怪」があり、陰陽師に占わせると、災いが予想されるため慎まなければならないという結果が出るという展開は、今昔物語集に事例が多く、それは次のように記述されるのが普通である。

⑤家ニ怪《さとし》ヲシタリケレバ、陰陽師ニ其吉凶ヲ問フニ、トテ云ク「病事可有《あるべし》。重ク可慎《つつしむべし》。悪ク犯セバ命被奪《うばはれ》ナントス」ト。
（今昔物語集巻第二十六第十二）

すなわち、④の「其ノ祟ヲ問フ」は、⑤「其吉凶ヲ問フ」という表現と対応するから、「物怪」の吉凶を占うことであると一応理解される。では、占われる「物怪」とは何か。

⑥今日召使持来占方、昨巳時外記物怪、烏入庁内、大臣以下中納言已上座、或咋散椅子茵、或臥前机、占、今日壬戌、時加巳〔怪日時〕、勝光臨申為用、将天后、中天罡騰蛇、終功曹六合、卦遇元首校童迭女、推之、怪所巳亥年人有病事歟、期今日以後四十五日内、及明年五六七月、節中戊巳日也、主計頭安倍吉平。
（小右記　長和四年九月十六日）

ここには、外記の庁舎に烏が入りこんで大臣公卿の椅子を食い散らし、あるいは机を倒すという異変があったとして、これを「物怪」と称し、そのことを占わせた。陰陽師安倍吉平の占文には、この変事を「怪《くゑ》」と呼び、占いを「推」（「すいす」あるいは「おす」）と称している。つまり「物怪」も「怪」も、凶事の予兆としての変事である。「物怪」「怪」は、また「怪異《くゑい》」と呼び替えられ、和文には「もののさとし」と言い表される。

⑦頭中将云、一昨日烏入朝干飯方、集御几帳上、通昼御座飛去、是怪異也。式部卿宮曰、村上先帝臨崩御給程、有此怪者。
（小右記　寛弘二年十月十五日）

⑧七月一日、いとおどろおどろしきもののさとししたり。思し驚きてもの問はせ給へば、「中の姫君の御年当たりて、重く慎み給ふべし」となん、あまたの陰陽師、かむがへ申したり。（寝覚物語巻一）

この時、⑧の「中の姫君の御年当たりて」という記述は、中の姫君が厄年に当たっていると解釈されている（日本古典文学大系、新編日本古典文学全集等）が、誤りである。⑥の「巳亥年の人、病事あるか」によって知られるように、十二支のうち特定の生まれ年の人の上に災厄が降りかかるであろうと占いの結果が出ることで、この場合も、中の姫君が、慎むべしと占いに出た生まれ年に当たっているという意味である。

四　物怪と祟り

以上を通じて、怪奇現象に対する認定と対処には一定の方式のあったことが窺われる。これを霊の視点をも交えて詳細に記述した事例があるので検討しておく。

今昔物語集巻第五第十九。人間に助けられた亀、蛇、狐の三匹の動物が、無実の罪によって国王に捕らえられて獄中にある恩人を助け出すために、策をめぐらす。天竺を舞台としているけれども、叙述はほとんど日本化されている。

まず狐が千万の仲間を集めて王宮で鳴き立てる。狐が鳴くのは物怪、怪異の典型である。二中歴の「怪異歴」には、「狐鳴」の項目を第一に立て、以下「子日／卅日北家人死／又訴訟／又見血流」などと、変事の起きる日と後にもたらされるであろう災いを列挙してある。具体的な事例としては日本霊異記下巻第三十八縁、延暦十六年四、五月の頃、夜な夜な編者景戒の室で狐が鳴いたのをはじめ狐による種々の異変があって、その年の十二月十七日に景戒の息子が死んだという。また、日記類にも次のように「狐鳴」の「怪異」の記事がよく見られる。

大内記敦光〔藤原〕作宣命、是下社狐鳴怪異御卜所指被謝申也。　（中右記　長治二年九月十三日）

今昔物語集に戻ると、国王は、狐鳴に驚き「占師ニ其ノ吉凶ヲ問」い、占師は、国王の姫君が「重ク可慎給キ由ヲ占」う。その後、蛇と亀とが「姫君ヲ重ク病スル態《わざ》」をする。姫君の病は重篤で、今は限りという状態になり、国王がこれを「何ノ祟リゾ」と問えば、占師は「罪無キ人ヲ非道ニ獄ニ被居《すゑら》レタル祟也」と占う。そこで、獄中に無実の者がいるかと尋ねて、動物たちの恩人のことが知れて釈放される。姫君の病気のその後にはふれないが、たちまち快癒したことは説くまでもなかったのであろう。

右の事例を含めて、異変とそれへの対処は次のように整理することができる。

1　「物怪／怪／怪異／さとし／もののさとし」が生起する。
2　陰陽師などの宗教者に「吉凶を問ふ／もの問ふ」。
3　陰陽師などの宗教者は「占ふ／推す／かんがふ」。
4　「慎み／物忌み」により災厄を避ける、または「祟り」が発現する。
5　人間は行いを改め、あるいは神や霊などの超越者に謝し、「祟り」の原因を除き、災厄を回避または解消する。

以上をふまえると、本説話の「南ノ山ニ長三尺許ナル五位ノ太リタルガ、時々行《あり》」くという現象は、「物怪」と解してもよさそうである。しかし、今昔物語集はそのようには記述しなかった。後文に見る通り、吉凶の前兆ではないからである。前兆ではなかったから、陰陽師に異変を占わせる場合に今昔物語集が最も普通に用いる「吉凶ヲ問フ」という表現を選ばず、「祟ヲ被問ケレバ」と記述したものと認められる。ここに「物怪」と「祟り」との間には単純でない関係のあることが分かる。

続日本後紀によれば、嘉祥三年三月十二日にさまざまの異変があった。

鈴印櫃鳴。声如振。膳部八人之履共為鼠囓。又内印内盤褥為鼠喫乱。

占いによってそれが柏原の御陵の祟りであると知れたので、三月十四日に御陵に対して謝罪の宣命を読みあげさせたという。その宣命の一部である。

柏原ノ御陵ニ申賜ヘト申ク頃間物怪在ニ依テ。卜求レバ。掛畏キ御陵為祟賜ヘリト申リ。[7]

宣命では、異変が「物怪」と称され、その原因は「祟」と認定されている。このように、異変は災いの単なる予兆ではなく、超自然的存在の不快の表明であり、放置すればさらに大きな災厄がもたらされるであろうという警告であった。不快の表明、災厄の警告であるゆえに、変事は物怪であり、それは神霊の類の祟りと受け取られたのであった。このように物怪が祟りと連続的であり、あるいは重なるゆえに、前節の④のように「家ニ物怪ノ有ケレバ、陰陽師ニ其ノ祟ヲ問フ」という表現も成り立つわけである。

では、本説話にあって、この怪奇について「物怪」とも「怪異」とも呼ばれていないにもかかわらず、重明親王はなぜ「其ノ祟」を問うたのか、あるいはなぜそのような表現が成立したのか。親王は、はじめこの変事を物怪であり何かの祟りと受けとめて、その原因を明らかにし、もたらされるかも知れない災厄を避ける手立てを講じようと、陰陽師に占いをさせたのである。「其ノ祟ヲ被問ケレバ」ということの趣意はそのようなことであった。しかし、この変事は物怪ではなかった。

五　物ノ気

陰陽師は東三条殿の変事を「此レハ物ノ気也」と判断した。〈もののけ〉とは、「もの(霊、鬼、精、動物など)」という劣位の超自然的存在の作用が目に見えない「気」として発せられ外に及ぶ現象で、これにふれると人は心身の不調を来す。「け」については、漢語の「気」を字音で「キ」または「ケ」と読んで国語化した語とする説もあるが、(8)はやく本居宣長が「皇国の古言と、漢字の音と、おのづから同じきも、まゝあるなり。けと気、(下略)」(玉勝間四の巻六十二)と説いたように、和語であろう。その「け」を発する本体の「もの」について、ここに「劣位の超自然的存在」と規定したのは、「神の気」という言葉があるからである。古事記中巻、崇神天皇条、この天皇の時代に「役病《えやみ》」が流行して人民が死に絶えようとした時、大物主の神が天皇の夢に現れて次のように告げた。

是は我が御心そ。故、意富多々泥古《おほたたねこ》を以て我が前を祭らしめば、神の気も起こらず、国も亦、安らけく平けくあらむ。

「神の気」とは、大物主の神の祟りとして起きた疫病のことである。この言葉は平安時代にも用いられている。栄花物語巻第十二「たまのむらぎく」に藤原頼通が重病にかかったことが記される。

光栄・吉平など召して、物問はせ給ふ。御物のけや、又畏き神の気や、人の呪詛など様々に申せば、「神の気とあらば、御修法などあるべきにあらず。又御物のけなどあるに、まかせたらんもいと恐ろし」など、様々おぼし乱るるほどに、ただ御祭・祓などぞ頻りなる。

こうして、〈もののけ〉とは、神ならぬ霊格の劣った超自然的存在の引き起こす現象であった。そして、平安時代は

「もの」によって引き起こされる心身の不調を意味することが多いが、さらに語義が転化して、人に取りついて不調をもたらす「もの」の本体を指すようにもなる。

先の、栄花物語の頼通の病をめぐる叙述。

泣く泣く寿量品を読ませ給ふに、大将殿うちみじろき給ひて、うちあざ笑はせ給ふ。殿いよいよ涙を流して読み入りておはします。御前ちかく候ふ女房の、日頃かかることもなかりつるにぞ、御物のけ移りぬる。いとけだかくやむごとなき御有様にて、いみじう泣く。僧たち皆しめりて聞きさぶらふに、大将殿に御湯など参らせ給ひて、上の御前ただ稚児のやうに抱き奉らせ給ひて、いみじとおぼしめしたること限りなし。御物のけ、殿の御前を「近く寄り給へ」と申せば、寄らせ給へれば、「己は世に侍りし折、いと痴れたりなどは人におぼえずなん侍りし。(中略)」とのたまはするに、「故中務の宮の御けはひなりけり」と心得させ給ひて

大将(頼通)に取りついて悩ませていたものが、女房に移って殿の御前(道長)に語りかける。故中務の宮(具平親王)の霊であった。それが「物のけ」と呼ばれている。右は、〈もののけ〉発現の標準的な場面と言ってよい。

しかし、本説話の「物ノ気」は病でもなければ、霊でもない。一見特殊な用法のようであるが、本義とさほど隔たっているわけではない。今昔物語集巻第二十七「鬼、現油瓶形殺人語第十九」に類例がある。小野宮の右大臣藤原実資が、道を油瓶の跳びはねて行くのに気づいて「物ノ気」ではないかと推測し、後にその油瓶が侵入した家で死人が出たことを確かめる説話である。

車ノ前ニ、少サキ油瓶ノ踊ツヽ行ケレバ、大臣此レヲ見テ、「糸怪キ事カナ。此ハ何物ニカ有ラム。此ハ物ノ気ナドニコソハ有メレ」ト思給テ(中略)此ノ油瓶、其ノ門ノ許《も》ニ踊リ至テ(中略)遂ニ踊リ上リ付テ、鎰《かぎ》ノ穴ヨリ入ニケリ。(中略)「彼ノ家ニハ若キ娘ノ候ケルガ、日来煩テ、此ノ昼方既ニ失候ニケリ」ト云ケレバ、大臣、

「有ツル油瓶ハ、然レバコソ、物ノ気ニテ有ケル也ケリ。其レガ鎰ノ穴ヨリ入ヌレバ、殺シテケル也ケリ」トゾ思給ケル。

ただし、この説話にはやや解しがたいところがある。第一に、標題には油瓶の正体を「鬼」と称しているが、説話本文にはそのようには記述されていない。説話の末尾に「此レヲ思フニ、怨《あた》ヲ恨ケルニコソハ有ラメ」として、死霊あるいは生霊であったかのような書きぶりである。なお、これに続く第二十には生霊が人を取り殺す説話を配する。とはいうものの、鬼ならば変身能力を有することが知られるから、ここもそのように呼ぶのはむしろ自然ではある。第二に、今昔物語集本文は、「其レヲ見給ケム大臣モ、糸只人ニハ不御《おはせ》ザリケリ」と記すのみで具体的には述べていないが、油瓶が跳ねる怪奇は賢人の右大臣実資にのみ見えたのであって、(9) これを「此ル物ノ気ハ、様々ノ物ノ形ト現ジテ有ル也ケリ」と今昔物語集が一般化するのは行き過ぎであろう。こうしたところに不審が残るけれども、鬼であれ霊であれ、本来は目に見えない存在が、油瓶の跳ねる姿として賢人の目には映ったのである。ただし、その姿は霊そのものではない。霊的なものの働き、つまり今昔物語集に言う通り「物ノ気」にほかならない。

この例を参照すれば、巻第二十七第六の五位の姿のものが歩きまわるという怪奇現象を「物ノ気」と占ったのは理解しやすい。五位姿はある超自然的存在の霊的な力の作用であって、この場合はある特別な理由で人の目に映じたと見なされる。

六　霊と精

「物ノ気」であるという陰陽師の占いの結果を受けて、重明親王はさらに尋ねる。「其ノ霊ハ何コニ有ゾ。亦何ノ精ノ者ニテ有ゾ」。第一の問いは〈もののけ〉を引き起こす本体のいる場所、第二の問いはその本体の性質についてである。

第一の問いには〈もののけ〉とその本体との関係が明瞭にとらえられている。親王も、〈もののけ〉は超自然的存在そのものではなくて、超自然的存在の力の作用であり、したがって、〈もののけ〉の現象する場に本体が存在するとは限らないという認識に立脚している。事実、〈もののけ〉の成因であった銅の提は、怪奇現象の起きた南の山ではなくて、邸宅の辰巳の角の土の中から出現する。また親王は、〈もののけ〉を引き起こしたものを「霊」と呼んでいる。「霊」とはどのようなものであるのか。今昔物語集における「霊」は、多くが死者の霊魂の意である。特に不慮に命を落とし、また恨みを抱いて死に、この世に執着を残している霊魂を指す。巻第二十七のなかから示せば、

①雷落懸テ、其ノ男ヲモ馬ヲモ蹴割《くゑさき》殺シテケリ。然テ、其ノ男ヤガテ霊ニ成ニケリ。（巻第二十七第一）

②或所膳部、見善雄伴大納言霊語（巻第二十七第十一　標題）

③此ノ産女ト云ハ、（中略）「女ノ、子生ムトテ死タルガ、霊ニ成タル」ト云フ人モ有リトナム語リ伝ヘタルトヤ。（巻第二十七第四十三）

また「悪霊」（巻第十一第六、巻第十二第三十六、巻第十三第四十四、巻第十六第二十二、巻第十九第十九、巻第二十四第二十）という語も多いが、これは人に取りつきあるいは災いをもたらす性質を明示し強調するものである。

一方で、今昔物語集には死者の霊魂とは性質を異にする「霊」も登場する。

④震旦定林寺善明、転読法花経伏霊／一ノ生タル者ヲ見ルニ、狸ニ似タリ。長サ数尺許《ばかり》也。犬ノ穴ヨリ出ヌ。其ノ時ニ王遁ガ妻ノ病癒ヌ。（巻第七第十六）

⑤木ノ節ノ穴ヨリ小サキ児ノ手ヲ指出テ、人ヲ招ク事（下略）／定テ者ノ霊ナドノ為ルニコソハ有ケメ。

⑥此レハ狐ナドノ云タル事ニハ非ジ。物ノ霊ナドノ、此ノ歌ヲ微妙《めでた》キ歌カナト思初テケルガ、花ヲ見ル毎ニ、常ニ此ク長《なが》メケルナメリ。　（巻第二十七第三）

⑦狐ノ□タリケルニヤ。亦、物ノ霊ニヤ有ケム。　（巻第二十七第二十八）

⑧其ノ家ニ、本ヨリ霊有ケルヲ不知《しら》デ、皆寝ニケリ。　（巻第二十七第二十九）

④で標題に「霊」と呼ばれたものは、説話本文によれば動物らしいが、名前は記されていない。本体が姿を現したのか、それとも何かの変化であったのか、いずれにしても正体が知られないということである。したがって、この場合は「霊」と称するほかはなかったということである。⑤―⑧も同様で、「霊」と呼ばれているからといって、死者の霊魂というわけではないらしい。正体の知られない超自然的存在、神や動物ではない何かの霊魂、それが広義の「霊」である。こうして、「霊」は超自然的存在の汎称でもあった。本説話の用法もこれに該当する。

なお、今昔物語集には「者ノ霊」（巻第二十七第二、第三）、「物ノ霊」（巻第二十七第二十八、第二十九）の二様に表記される語がある。これらが、書き分けられているとすれば、「者」と「物」の一般的な用法および本説話の銅の提について「物ノ精」と称する点を勘案して、「者ノ霊」は人間に由来し、「物ノ霊」は人間以外の存在に由来すると理解してよいであろう。

親王の「何ノ精ノ者」かという問いは、陰陽師の「物ノ気也。但シ、人ノ為ニ害ヲ可成キ者ニハ非ズ」という認定に基づいて、この怪奇現象を引き起こしている霊の性質についてある程度の想定を含みつつ発せられている。すなわち、怪奇の正体についてまず汎称をもって「霊」ととらえ、ただし「鬼」や「悪霊」ではあるまいとの判断に立って、「何ノ精ノ者」かという問いかけが成立するのであろう。「精」は、怪異現象を引き起こしている「霊」のさらに具体的な性格、あるいは超自然的存在としての「霊」が下位区分されたものである。

陰陽師は、「銅ノ器ノ精」と答えている。「精」とは何か。今昔物語集巻第二十七で、明瞭に「精」と名指されているのは、本説話のほか、第五の、邸内の池のほとりから「長三尺許ナル小翁」の姿で出現し、盥の水の中に入って姿を消す「水ノ精」だけである。他の巻には、

国王ノ后、夏暑サニ不堪《たへ》ズシテ、常ニ鉄ノ柱ヲ抱キ給フ。而ル間、后懐妊シテ産セリ。見レバ、鉄ノ精ヲ生タリ。
（巻第九第四十四）

とあり、この「鉄ノ精」は、人の形に変化したりはしないけれども、後に剣に造りなされて霊異を示すから、鉄の本性、換言すれば鉄の有する性質の凝集したものと見なされる。これら三例の「精」はいずれも無生物の霊力の根源という性質を持っている。類聚名義抄に「水―(精)（ミヅ）ノタマ」（補正して掲出）とあるから、「たま」という読みを与えればよい。「たま」と言えば、「木共皆久ク成テ、樹神モ住スベシ」（巻第二十七第三十一）という例があり、表記にこそ「精」を用いないが、「樹神（和名古太萬）」（和名類聚抄）、「樹(神)　コタマ」（類聚名義抄）によって、「水ノ精」「銅ノ器ノ精」と同類の超自然的存在であることが知られる。今昔物語集は、こうして人の霊魂を「霊」字で、植物と無生物の霊魂を「精」字で表記する方針を有していた。ただし、例外と見えるものは巻第三十一第九で、夫婦が互いに離れた地で同じ夢を見る説話について、

此レハ、互ニ同様ニ不審《いぶか》シト思ヘバ、此ク見ルニヤ有ラム。亦、精ノ見エケルニヤ有ラム。

という評言のなかの「精」は人間の魂を指すと解するほかはない。従来、類聚名義抄を拠りどころとして「たましひ」と読まれてきたが、これもやはり「たま」と読むべきであろう。なぜなら、今昔物語集は「たましひ」には一貫

して「魂」字を宛てるからである。巻第三十一第九にのみ「精」字を選んだのは「たま」と読ませるためであり、さらにこれが遊離する霊魂であるからではなかろうか。たとえば、

思ひあまり出でにしたまのあるならむ夜深く見えばたま結びせよ　（伊勢物語第一一〇段）

もの思へば沢の蛍も我が身よりあくがれ出づるたまかとぞ見る　（後拾遺和歌集巻第二十　雑六　和泉式部）

と、ものを深く思うあまり身体から離れてさまよう霊魂は通常「たま」と呼ばれる。

東三条殿の南の山で怪奇現象を引き起こしていたものの本体は、陰陽師の占った通り土中から掘り起こされた。銅の提であった。今昔物語集は、銅の提の精がなぜ人の姿で歩きまわっていたのかを説明しない。わずかに「糸惜シキ事也」という批評を書き添えるばかりである。字義通りに受け取って、銅の提に対する同情と解されているけれども、不審を禁じがたい。「糸怖シキ事也」の誤りではあるまいか。仮名表記を介して誤読あるいは誤写が引き起こされたものであろう。

本説話は、古い器物が変化して怪奇現象を引き起こすという観念に基づいているであろう。和名類聚抄には、

魑魅〔和名須太萬《すたま》〕鬼類也、野王云魑魅老物精也。

と掲げる。太平広記の巻第三六八―三七三には「精怪」の部を設けて、古い器物の引き起こす怪奇現象の事例を多数挙げる。古い器物が変化するという観念は中国から移入されたものであろう。

七　むすび

今昔物語集の一説話を取り上げ、これを中心に超自然的存在とそれが引き起こす怪奇現象およびそれに対する人間の対処をたどることを通して、古代日本人が怪奇とそれに関連する事態をどのように認知し、どのように呼び表し、どのように記述するかを検討した。文献の性格によって和語、漢語の違いはあるけれども、いたって安定した呼称と記述の体系を持っていることが明らかになったであろう。もし、超自然的存在と怪奇現象に対する認識や表現が不正確であったり、対処が不適切であったりすれば、個人の運命や社会の状況に甚大な影響が引き起こされるからである。今昔物語集に限らず、超自然的存在と怪奇現象はそのような環境で言い表され、記述されていた。文献資料もそのようなものとして取り扱われなければならない。

(1)　ベルナール・フランク「超自然的判決例集――『今昔物語集』霊鬼ノ巻についての覚書――」(『文学』第二三巻第四号　一九五五年四月、梅原成四訳)。
(2)　森正人『今昔物語集の生成』(和泉書院　一九八六年)Ⅳ3「霊鬼と秩序」。
(3)　本章は、本書第一部第一章「〈もののけ〉と物怪」と相関連する。
(4)　今昔物語集は「祟」を「崇」字で通用させる。以下の今昔物語集の引用も原文のままとする。
(5)　朧谷寿他編『平安京の邸第』(望稜舎　一九八七年)第四章「東三條殿」(太田静六執筆)。

（6）重明親王とその夢をめぐる伝承については、浅見和彦『説話と伝承の中世圏』（若草書房　一九九七年）Ⅱ1「古事談のなりたち」参照。

（7）宣命の原文における双行に小書きする字音仮名は片仮名に直した。

（8）佐藤喜代治『一語の辞典　気』（三省堂　一九九六年）。

（9）このような趣旨の説話として、紀長谷雄が霊人を見て「身ノ乍ラモ止事無ク」思った（今昔物語集巻第二十四第一）、陰陽師賀茂保憲が幼い頃すでに鬼神を見る能力を具えていた（今昔物語集巻第二十四第十五）などの例がある。また扶桑略記巻第二十二の仁和五年正月十八日条には、鬼を見る陰陽師が登場する。超自然的存在あるいはその働きを見ることは、特別な力を具えた者にしてはじめて可能であった。

第二章　鬼の手——外部の形象

一　はじめに——妖怪とは何か

妖怪とは何かと、こと新しく問う必要もないのかもしれない。はやく柳田國男『妖怪談義』(『定本柳田國男集』第四巻所収)に幽霊との対比を通して与えた明快な定義がある。いわく、妖怪はたいてい出現する場所が決まっていて、そこにやって来る不特定多数の相手に働きかける。幽霊とは、思い知らせたい特定の相手を目指して出現し、一旦狙われたら逃げても逃げても追いかけてくる。そして、妖怪は多くは宵と暁の薄明かりに出現し、幽霊は丑三つ時に現れる。

河原の院を舞台として今昔物語集に語られた二つの怪奇は、まさしく右に定義された通りに発現し終息した。

然テ、院ノ住セ給ケル時ニ、夜半許ニ、西ノ台ノ塗籠ヲ開テ、人ノソヨメキテ参ル気色ノ有ケレバ、院、見遣セ給ケルニ、日ノ装束直シクシタル人ノ、太刀帯テ笏取畏リテ、二間許去キテ居タリケルヲ、院、「彼ハ何ニ人ゾ」ト問セ給ケレバ、「此ノ家ノ主ニ候フ翁也」ト申ケレバ、院、「融ノ大臣カ」ト問セ給ケレバ、「然ニ候フ」ト申スニ、院、「其レハ何ゾ」ト問ハセ給ヘバ、「家ニ候ヘバ住候フニ、此ク御マセバ忝ク所セク思給フル也。何ガ可仕キ」ト申セバ、院、「其レハ、糸異様ノ事也。我レハ人ノ家ヲヤハ押取テ居タル。大臣ノ子孫ノ得サセタレバコソ住メ、者ノ霊也ト云ヘドモ、事ノ理ヲモ不知ズ、何デ此ハ云ゾ」ト高ヤカニ仰セ給ケレバ、霊掻消ツ様ニ失ニケリ。　（巻第二十七第二）

川原ノ院ノ人モ無カリケルヲ、事ノ縁有テ、其ノ預ノ者ニ語ヒテ、借ケレバ（中略）夕暮方ニ、其ノ居タリケル後ノ方ニ有ケル妻戸ヲ、俄ニ内ヨリ押開ケレバ、内ニ人ノ有テ開ルナメリト思フ程ニ、何ニトモ不思エヌ物ノ、急ト手ヲ指出テ、此ノ宿タル妻ヲ取テ、妻戸ノ内ニ引入ツレバ、夫驚キ騒テ引留メムト為レドモ、程モ無ク引入ツレバ、怱寄テ妻戸ヲ引開ムト引ケドモ、程無ク閉ツレバ、不開ズ成ヌ。（中略）火ヲ燃シテ内ニ入テ求メケレバ、其ノ妻ヲ何ニシタルニカ有ケム、疵モ無クテ、□トシテ、棹ノ有ケルニ打懸テナム、殺シテ置タリケル。鬼ノ吸殺テケルナメリトゾ、人々口々ニ云ヒ合タリケレドモ、甲斐無クテ止ニケリ。　（巻第二十七第十七）

巻第二十七第二の説話で「夜半許」に出現したものは、河原の院の旧主すなわち源融の「霊」であり、第十七の、「夕暮方」に出現し人を吸い殺したものは「鬼」であろうと取り沙汰された。夫婦が襲われたのは、鬼の棲む危険な場所にたまたま宿を取り、危険な時間帯に居あわせたからである。これに対して、融の亡霊には、現在の河原の院の主宇多上皇にこそ訴えたいことがあった。今昔物語集によれば、みずからが丹精こめて造営し今もその主と思っている邸宅に、宇多の院が住むことは耐えがたかったというのである。[1]

これらの説話を収録する今昔物語集巻第二十七は「本朝付霊鬼」と題される。この標題のほかに大部の今昔物語集のどこにも「霊鬼」という言葉はなく、意味内容は判然としないが、[2]ここは「霊と鬼」の意であろう。この巻に語られる超自然的存在を代表させて付けられた標題と見なされる。今昔物語集巻第二十七は、生起した怪奇の原因つまり超自然的存在の正体が何であるかを指標として説話を分類し、配列する巻である。それらは、死者の霊魂としての霊、水や銅など非生物の精霊で人の姿で出現する精《たま》、変化の能力を持ち人を襲う獰猛な鬼、人をたぶらかし脅かす動物

（狐、野猪）、それに神（「迷ハシ神」および「山神」）のおおよそ五種に分けられ、この分類を踏まえつつ、同類の説話がほぼ群をなして編成されている。(3)

ただし、今昔物語集巻第二十七にあっては、怪奇の原因とその正体による説話の分類が滞りなく行われたわけではなかったらしい。今昔物語集の説話群の編成はいささか一貫性を欠いている。それは、怪奇現象を引き起こしたものの正体が明らかにならないという顛末をそなえた説話が少なくないこと、つまり怪奇説話通有の性格に由来する。しかし、それでも今昔物語集は、怪奇の正体が何であるかに終始拘泥し、その姿勢を説話配列ばかりでなく、個々の説話の表現にも示し続けた。次のような事例がある。標題に「左京属邦利延、値迷神語第四十二」として、邦利延《くにのとしのぶ》が石清水の行幸に供奉して行列とはぐれてしまい道に迷った事件に関して、当人は「九条ノ程ヨリ迷ハシ神ノ託《つき》テ、将狂《ゐて》ハシテ行《あり》カセケルナメリ」と考え、地の文にも「然レバ、迷ハシ神ニ値《あひ》ヌルハ希有ノ事也」としつつ、続けてすぐに語り手は「狐ナドノ為ルニヤ有ラム」と推測し直している。編者は当事者の推測に疑いの目を向けているわけで、結局読者にも原因は分からない。

怪異の正体をいかに認定するかが重要であるのは、今昔物語集の編者にとってばかりではない。我々が古代や中世または近世の妖怪や幽霊を取り上げて論ずる時にも、その呼称に十分に注意を払わなければならない。たとえば、先の今昔物語集巻第二十七第十七に出現した妖怪は「鬼」と呼ばれているが、この鬼なる概念は、漢籍の「鬼《き》」や仏典における種々の鬼神や「羅刹」「夜叉」とは異なり、また日本の近世、近代の「オニ」とも必ずしも同じくない。たとえば、百鬼夜行絵巻（真珠庵本に代表される）と呼ばれている絵巻のなかに登場する妖怪は、器物の変化であって、いわゆる「オニ」ではない。(4)今昔物語集の分類からすれば「精」の範疇に入るべきものである。器物など無生物の怪異の説話は、中国ではたとえば太平広記巻第三六八―三七三に「精怪」として分類収載される。

また、さかのぼって万葉集に見える「鬼」字の訓は一般に「モノ」であって「オニ」ではない。奈良時代には、まだ「オニ」という言葉は成立していないと見られる。またたとえば、「幽霊」という言葉は本来広く死者の霊魂の意であって、これが、非業の死を遂げて成仏できないまま恨めしいと思う相手の前に出現する存在に限って用いられるようになるのは、室町時代以降であろう。こうした変化は、単に言葉だけの問題ではない。それぞれの時代の超自然的存在と怪奇に対する観念の問題、ひいては世界観の問題である。

今、右のようなことがらを念頭に置きつつ、平安時代から鎌倉時代の人々の妖怪に対する観念とその表現の問題を扱うことにしたい。

二　超自然的存在の認定と対処

妖怪の問題は、一言で言えば内と外の問題である。人間が外部をいかに分節化して、それらにどのような名称を付与するか、たとえば今昔物語集が巻第二十七の編纂を通じて試みたように、超自然的存在や怪奇に対して、どのような呼称を与え、それらをどのように位置づけ関連づけるかという課題は、逆に人間とその世界をどのように認識するのかという問題とも不可分である。

超自然的存在および怪奇に対する認定は、人間のそれらへの適切な対処方法すなわち陳謝、謹慎、恭順、慰撫、敬遠、脅迫、叱責、調伏、追放などの選択とかかわって重要である。人がそれにどのように対処するかは、その怪奇の原因や人間界に働きかけてきた超自然的存在の正体が何であるか、またその意図がどこにあるかによって決まってくることで、したがって、こうした存在に関与する宗教者は、何よりその見きわめを行わなければならない。たとえば春日権現験記絵巻第三巻では、藤原忠実の病に召されて加持を行った増誉に次のように語らせている。

験者と申すは、まづ病相をしる也。生霊死霊のたゝりをも見、大神小神の所為をもわきまへてこそ加持護念すべきに、をろかにしてさとらざりける。

この時忠実は春日明神の篤信者に「召し籠め」の懲罰を加えていて、病はそれに対する春日権現のさとしであった。増誉はそのことに気づき、自分の行った加持が神に対して非礼であったと恐懼しているところである。

病に対する加持祈禱の現場では、病者に取りついた「モノ」の正体が何であるか常に注意深く追及された。源氏物語「手習」巻で、家からさまよい出て我を失い呆然の境にある浮舟が横川の僧都一行に発見される。僧たちのなかの「ものおぢせぬ法師」が近づいて次のように鋭く言葉をかける。

鬼か、神か、狐か、木霊《こたま》か、かばかりの天の下の験者のおはしますにはえ隠れたてまつらじ。名のりたまへ。名のりたまへ。

これは、姿は人とは見えるものの得体の知れない存在に対して、またそれに取りついているかと懸念される正体不明の霊的存在に向かって発せられた言葉で、相手に名乗らせたら、験者は勝利したも同然なのである。

一方、みずから調伏や祓えは行わなくとも、「モノ」の正体を見ることができ、その対処方法を教えて、病人を快方に導く宗教者もいた。

先君、貞観二年に出でて淡路の守たり。四年に至りて、忽ちに疾病し危篤なり。時に一老媼有りて、阿波の国より来たりて云はく、「能く鬼を見て人の死生を知る」と。時に先妣、媼を引きて病に侍せしむ。媼云はく、「裸なる鬼の椎《つち》を持てる有りて、府の君の臥したまふ処に向かふ。是に於いて丈夫一人怒りて此の鬼を追却す。此くの如くすること、一日一夜に五六度なり。此の丈夫即ち府の君の氏神に似たり。須らく能く此の氏神を祈るべし」

と。是に於いて先考、言ふが如く氏神を祈禱す。媼亦云はく、「丈夫は裸なる鬼を追ひて阿波の鳴渡を過ぎせしむること、既に畢りぬ」と。此の日先考平復して安和たり。　（政事要略巻第七十所引「善家異記」、読み下し）

肉眼には見えない鬼を見ることのできる特別な眼をそなえている霊能者が、病の原因となっている疫鬼のふるまいを逐一告げ知らせ、病人の守護神たる氏神に祈ることを指示する。その言葉に従い、氏神の力を借りて疫鬼を追放し、病人は命をとりとめることができたという。このように、普通の人の眼には見えない超自然的存在の姿を見ることができるならば、それだけですぐれた霊能者であった。今昔物語集巻第二十四第十五には、賀茂保憲が十歳ほどの童で、まだ陰陽道を学ばないうちから鬼神を見ることができたとして、その天稟を語る説話もある。

疫神であれ、狐などの霊獣であれ、死霊や生霊であれ、病人に憑いて悩ませているものの正体が何であるかを知りえたならば、人間は対策を講ずることができる。厄介なのは正体を明らかにできない〈もののけ〉であった。源氏物語「葵」巻には、出産をひかえた葵上に取りついている「執念《しふね》き」〈もののけ〉が「物つき（よりまし）」に移らず、名乗らないために、験者が調伏しあぐねている様が記される。

もの〻け、いきずたまなどいふもの多く出で来て、さま〴〵の名のりする中に、人にさらに移らず、たゞ身づからの御身につと添ひたるさまにて、ことにおどろ〳〵しうわづらはしきこゆることもなけれど、又、片時離るゝおりもなき物ひとつあり。

葵上にひたと憑いているこの〈もののけ〉を、験者たちは法力によって駆り移し調伏追放することは最後までできない。〈もののけ〉は、わずかに葵上の口を通して「大将（光源氏）に聞こゆべきことあり」と告げ、光源氏にのみ六条御息所であることをほのめかして訴える。その隙に葵上はかろうじて出産のみは終えたけれども、後日結局これに取り殺されてしまうことになる。〈もののけ〉の正体を知ることができるならば、それがなぜ取りついているのか、どのような

悲しみや怒り、願望や期待を抱いているのかが明らかになり、人間の側は対策を講ずることができるというわけである。(5)

三　超自然的存在の呼称と形象

右のようなことがらを背景として、怪奇や超自然的存在について、その原因と正体を指し示し、同定・命名し、分類・整理することは重要であった。妖怪や幽霊の目録化がしばしば行われるゆえんである。その目録化に、説話集の理念あるいは世界観が端的に表れる。たとえば、今昔物語集にあって天狗の説話は仏法部に、鬼の説話は世俗部に配置される。今昔物語集における天狗の基本的性格は反仏法的存在で、仏法に対抗しては常に敗北を強いられる。そのような意味で、天狗は仏法に敵対することによって、裏側から三宝の権威を確認し宣揚する存在にほかならない。したがって天狗譚は、「巻第二十　本朝付仏法」と題される本朝編仏法部の最末尾巻に置かれることになる。(6)

ところが、古今著聞集にあっては、天狗と鬼とはともに「変化第二十七」に部類されている。それは両説話集の編纂原理が異なるためで、つまり二つの説話集の世界観が異なるからである。今昔物語集は、空間を指標として天竺／震旦／本朝の三編に大区分を行い、三編をそれぞれさらに仏法／世俗に二区分する。これに対して、古今著聞集は天竺と震旦に相当する編を有せず、本朝のみであり、仏法は「釈教」と命名され、「神祇第一」「政道忠臣第二」「公事第四」のように部類された第二に置かれる。古今著聞集は、全体が貴族の知識の体系であり、「釈教」すなわち仏法も右のように範疇化された知識の一部にすぎない。仏法／世俗と区分する理念を持たない古今著聞集にあっては、天狗と鬼とを区別する理由がないということである。

このようなかで今昔物語集に面白い事例がある。染殿の后が「物ノ気」を患い、験力は並びないと評判の高い大和の金剛山の聖人が請ぜられる。加持を行うや、取りついていた狐を調伏しおおせて、后の病は一両日のうちに治まった。ところが、この聖人が后の姿をかいま見て恋慕愛欲の念にとらわれてしまい、「我忽ニ死テ鬼ト成テ、此后ノ世ニ在《まし》マサム時ニ、本意ノ如ク陸《むつ》〔睦〕ビム」と深く思い、飢え死にした。

其後忽ニ鬼ト成ヌ。其形、身裸ニシテ、頭ハ禿也。長《た》ケ八尺許《ばかり》ニシテ、膚ノ黒キ事漆ヲ塗レルガ如シ。目ハ鋺《かなまり》ヲ入タルガ如クシテ、口広ク開テ、剣ノ如クナル歯生タリ。上下ニ牙ヲ食ヒ出シタリ。赤キ裕衣《たふさぎ》ヲ掻テ、槌ヲ腰ニ差シタリ。

（巻第二十　染殿后、為天宮被嬈乱語第七）

この妖怪を今昔物語集の目録には「天狗」、説話の標題には「天宮《てんぐ》」と表記する。ところが、本文には「鬼」と記述し、右の通り描写される姿も紛れもない鬼である。この明らかな齟齬には理由があった。聖人の生まれ変わっての後身は、今昔物語集の立場からは天狗として分類すべき存在であったということである。というのも、天狗の基本的性格は反仏法的存在であって、それでいながら姿はしばしば僧形を示す。そもそも、学識が高く験力も優れていると世間から認められ、またそのように自負している、しかし道心を欠いた僧が死後堕ちるのが天狗道であった。今昔物語集が、この説話を「霊鬼」と題される世俗部の巻第二十七でなく仏法部の巻第二十に置いたのも、これを天狗譚として提示しようとしたことを意味する。聖人の転生したこの「天狗」に限っては誰もなす術を知らず、三宝の力を誇示することはできなかったけれども。そして、説話本文では「鬼」、そして一か所だけ「鬼魂」と記述して、表現の整備もなされなかったけれども。

こうした怪異の正体や超自然的存在の読み替えは、しばしば説話集間で生じることであった。たとえば、身体にさまざまの異状を持つ肥後の国の尼は、しかし深遠な知をそなえて、猿聖と呼ばれていた。これを誹り苦しめた僧たちが死の報いを受けるという説話が日本霊異記に載る。僧たちが罰をこうむる場面を読み下して示す。

時に託磨郡の国分寺の僧と、また豊前国の宇佐の郡の矢羽田《やはた》の大神寺の僧と二人、彼の尼を嫌《そね》みて言はく、「汝は是れ外道なり」といひて、嘲《ゐつらか》し呰《あざけ》りて嬲《なぶ》る。神人空より降り、桙《ほこ》を以て僧を棠《つ》かむとす。僧恐り叫びて終《つひ》に死ぬ。（下巻第十九縁）

この説話は三宝絵に引用され、次のように仮名文に訳された。

あやしき人そらより来たりて、手をもて二人の僧を摑む。僧いくばくならずして、ともに死ぬ。（中巻第四）

日本霊異記の「神人」とは護法善神を指すのであろう。そして、これを右のように「あやしき人」と置き換えるのはさして奇異ではないが、それが手をもって僧を摑み殺したと書き換えられた。尼を誹り蔑む者たちに対する直接的で厳しい咎めを与えることとし、これを通して三宝を蔑如する罪の重さを強調する意図があったのであろう。

この説話は、さらに本朝法華験記に引用された。そして、三宝絵の仮名文は再び変体漢文に翻訳されることになった。読み下しにして示す。

時に空中より鬼神、手を下す。その形体を見ず。両りの僧の頭面鼻口を摑み割《さ》く。其の僧幾ばくならずして死におはりぬ。（巻下第九十八）

本朝法華験記では「鬼神」と呼び換えられ、その称にふさわしくいっそう詳細で具体的な記述が与えられることになった。その本体は見えず、差し伸ばされた手の残虐な働きは、鬼に対する当時の人々の共通の恐怖感に依拠している。「鬼神」という呼称がこうした形象を付与することになった背景であり、あるいは逆に空中から差し伸ばした手の激烈な働きが「鬼神」という呼称を選ばせたとも言える。手の働きこそは鬼の本性を端的に示すものであった。大鏡にも、野蛮で不気味な手の描写を通して鬼の恐ろしさが語られている。

南殿の御帳の後ろのほど通らせ給ふに、ものの気配して、御太刀の石突きを捉へたりければ、いとあやしくてさぐらせ給ふに、毛はむくむくとおひたる手の、爪ながく刀の刃のやうなるに、「鬼なりけり」と、いと恐ろしくおぼしけれど、臆したる様見えじとて念ぜさせ給ひて、「公の勅宣うけたまはりて定に参る人捉ふるは、何者ぞ。ゆるさずは悪しかりなむ」とて、御太刀を引き抜きて、彼が手を捉へさせ給へりければ、まどひてうち放ちてこそ、丑寅の隅ざまにまかりにけれ。（第二巻）

この鬼は豪胆な藤原忠平の言葉に圧倒されて退散するが、ついにその本体を現すことはない。

そして、第一節に掲げた通り、今昔物語集巻第二十七第十七にも、河原の院に宿った夫婦のうち妻が妻戸の奥から差し伸ばされた何者かの手に摑まれ、引きずり込まれ、吸い殺された事件を語っていたが、そこでも妖怪の姿は誰も見ていない。それが鬼のしわざとされたのは、あとに残された無残な死と、その妖怪の姿は誰にも見られなかったというそのこと自体によるのである。「目に見えぬ鬼神」（古今和歌集　序）、「目に見えぬ鬼の顔」（源氏物語「帚木」）、これが平安時代の鬼の通念であった。そのような目に見えぬ鬼に対する恐怖は、闇の奥から差し伸ばされる手によって表現されている。

四　恐怖と異界

鬼に対して人間がおぼえる不安と恐怖は、摑み、引き上げ、引きずり込む手の形象を通して表現され、そうした形象は、鬼の棲息する空間、あるいは出没する時と場所とも不可分である。それは、妖怪のはらむ問題が、内と外、光と闇との関係に収斂することを意味する。

渡辺綱による鬼退治は、能と御伽草子の「羅生門」によって著名である。鬼退治の舞台は羅城門に設定されている。それは、羅城門や朱雀門に鬼が棲息し、あるいは出没するという、平安時代から鎌倉時代にかけて繰り返し語られた伝承を継承しつつ、中世らしい英雄による鬼退治譚であった。

都の南門あるいは大内裏の正門に鬼が棲息する、あるいは出没すると語られることは多い。大江匡房は、本朝神仙伝に都良香の詩人としての卓越した技倆を示す説話を記している。

昔詩を作りて曰く、気霽風櫛新柳髪、と。人、此の句を誦して朱雀門の前を過《よ》ぎるに、楼上に鬼有りて大きに之を感嘆す。（都良香、読み下し）

ところが、大江匡房の談話を筆録した江談抄（類聚本巻第四－二十）では、感嘆の声を発したのは羅城門の鬼であったと語られている。この説話は、「やまと歌は（中略）力をも入れずして天地を動かし、目に見えぬ鬼神をもあはれと思はせ」（古今和歌集　序）の具体化にほかならないが、江談抄に「楼上に声有りて曰はく、あはれと云々」とされて、この記述から鬼は姿を見せなかったことが読み取れるようになっている。

門に棲む鬼の教養の程については、今昔物語集の説話にも語られる。いま、必要な一部を原文で、他を要約しながら掲げる。

今昔、村上天皇ノ御代ニ、玄象《ぐゑんじやう》ト云フ琵琶俄ニ失ニケリ。此ハ世ノ伝ハリ物ニテ、極《いみじ》キ公財《おほやけのたから》ニテ有ルヲ、此失ヌレバ天皇極テ歎カセ給テ、（中略）「此レハ人ノ盗ミタルニヤ有ラム。但シ、人盗取ラバ、可持《たもつべ》キ様無《やうなき》事ナレバ、天皇ヲ不吉ラ思《よからずおもひ》奉《たてまつ》ル者世ニ有テ、「取テ損ジ失《うしなひ》タルナメリ」トゾ被疑《うたがはれ》ケル。[源博雅が内裏で玄象の音色を聞く。博雅は音をたどって羅城門に至る。門の上の層から聞こえるので、声をかける。] 其時ニ弾止《ひきやみ》テ、天井ヨリ下ル、物有リ。怖シクテ立去《たちのき》テ見レバ、玄象ニ縄ヲ付テ下シタリ。［博雅は玄象を持ち帰る。］天皇極ク感ゼサセ給テ、「鬼ノ取タリケル也」トナム被仰《おほせられ》ケル。

（巻第二十四第二十四）

天皇の宝物である琵琶の名器が何者かに盗まれたのを、楽の名手源博雅が羅城門にあると探し当て鬼から取り戻したという。ここには、公を始めとする人間世界の秩序に対抗しようとして結局はその威力に屈服する鬼の基本的性格が、またそのこととかかわって目に見えぬ存在であるという特性が鮮やかに造型されている。類話の江談抄（類聚本巻第三－五十八）でも、鬼は、「朱雀門の楼上より頸《くび》に縄を付けて漸く降ろす」という、姿を見られることのない方法で琵琶を返した。

このように、朱雀門あるいは羅城門に鬼が棲むとはどのようなことであろうか。一つは門の楼上が特別な空間であることを意味する。通常人間が立ち入ることのない住居の天井の上などと同じく、楼の上は神霊の宿る聖なる空間であった。門の楼上が威力ある鬼神の棲み処として選ばれるのは自然である。

一方、屋代本、百二十句本平家物語の「剣巻」のように、渡辺綱は一条戻橋の上で鬼と遭遇することになっているものもある。この説話の構成を整理すれば次の通りである。

Ⅰ①怨み深い女が生きながら鬼となって人を取るので、夕刻になると、京中の人が門を堅く閉ざして出歩かなくなる。

②源頼光が、髯切という太刀を持たせて箕田の源次綱を使者に遣わす。綱が一条戻橋まで来ると、橋詰に美女がいる。頼まれて、馬に乗せて行く。

③女は鬼に変身して、綱の髻を摑んで乾の方を指して飛ぶ。

④綱は名刀の髯切で鬼の腕を切り落とし、鬼は愛宕山の方に飛び去る。

Ⅱ①綱は鬼の腕を頼光に見せる。
②頼光が安倍晴明に占わせると、綱には七日間の物忌みが必要と占う。
③第六日の夜、渡辺から養母が訪ねてきて、綱は慎みを破る。
④養母は鬼の本体を現し、腕を取り返して去る。

今昔物語集巻第十六第三十二にも、一条堀川の橋つまり戻橋で百鬼夜行と遭遇し、鬼に唾を吐きかけられたために姿の見えなくなってしまった男が、観音の計らいによりもとに戻ることができたという霊験譚が載る。戻橋はそういう場所であり、さまざまの不思議がまつわりついていることはよく知られている。そして、妖怪と出会うのは戻橋に限られるわけでなく、今昔物語集巻第二十七第十三には、鬼が出るとの噂がある近江国安義の橋を渡れるかどうか仲間と賭をした武士の説話が載る。武士は、鬼に追われながらも橋を渡りきることができたものの、後日物忌みの最中に弟に化けた鬼をそうとは知らず家に招き入れてしまい、結局食い殺されてしまう。細部の違いを除けば、右の「剣巻」、御伽草子および能の「羅生門」の構成と一致する。

このように、鬼退治譚あるいは鬼との遭遇譚は類型的に語られ書かれていることが知られるが、すると、橋と門は鬼と人とが出会う場所として説話の構成上同じ機能を有しているということができる。橋と門とが同じ機能を果たしうるのは、それがこちら側と向こう側、内と外との境界に置かれ、二つの世界をつなぎ、必要に応じて遮断する役割を持っているからである。要するに鬼は境界に棲息する、あるいは出没する。とりもなおさず、鬼とは異界の存在である。その内実は、人間社会の向こう側にあって、こちら側の秩序を侵犯しようと機会を窺っている存在、あるいは人間社会の罪や汚れを背負わせて外に追却すべき存在である。

そうした存在が境界において人間とかかわりを持とうと働きかけてくる時、それはこちら側に差し伸ばされる手をもってなされる。その不気味な手とは、正体の定かでない、本体は闇に溶けて見えないモノの邪悪な意志の形象化であった。手こそは、一般に知られているような、たとえば「おどろおどろしく作りたる物」としての「鬼の顔」(源氏物語「帚木」)などより、はるかに本質的である。「目に見えぬ」(古今和歌集・序、源氏物語「帚木」)存在であるからこそ、鬼は恐ろしい。

興味深いことに、恐ろしい手を通して、姿の見えない、正体の明らかでないその主の獰猛さや邪悪さを語る説話は、現代ヨーロッパ社会にも見られる。車に乗せてほしいと頼まれた相手の手にふと目をやって、隠している野蛮性や相手の恐ろしい意図に気づくという型である。二十世紀末のドイツで若者を中心に語られていた世間話を収集し、分析した『悪魔のほくろ』(R・W・ブレードニヒ編　池田香代子ほか訳　白水社　一九九二年)には、「もげた手首」と名付けられた次の事例が載る。

同僚の遠い知り合いが、さびしい夜道に車を走らせていると、路上にヒッチハイカーが立っていたので、車をとめた。ヒッチハイカーが車に近づき、いましも乗り込もうとしたとき、手にはめたメリケンサックが目にとまった。ドライバーはアクセルを踏んで逃げたが、なにかが車にぶつかるドスンという鈍い音が聞こえた。警察に通報するため、彼はもよりの集落に車を走らせた。車を調べてみると、後方のサイドガラスが割れていて、もげた手首がメリケンサックもそのままにころんと転がっていた。

類話は多いという。該書は、右のほかに、デパートの駐車場でバスに乗り遅れたというお婆さんを車に乗せてやろうとした若い女が、お婆さんの手が毛むくじゃらであることに気づき、危うく難を逃れたという話も載せる。編者のブレードニヒは、馬車に乗せてやろうとしたお婆さんの手が毛むくじゃらであることに御者が気づき、その正体を察知した、という同じ型の話が十九世紀の欧米の文献に載ることを指摘し、この種の世間話は「伝統的な民間伝説の世界との多くの接点がある。現代へと舞台を移し、小道具を差し換えることによって、伝統的な素材は簡単に現代風にアレンジされる」と述べている。のみならず、渡辺綱の鬼退治譚を知っている我々は、外部に対する不安と異人に対する恐怖の表現は東西に共通していると説き進めることもできる。

これら現代の世間話で注目されるのは、乗用車にかかわって見知らぬ他者との出会いが語られていることである。現代社会における交通の発達が、これまでよりはるかに広範囲かつ迅速に人間の移動を可能にし、昔ながらの村や町の境は失われ、つまり家の中以外のどこもが異境であるような状況が、こうした他者とかかわることに対する不安の土壌であるといえよう。そして、現代社会の構成員に共通に抱かれる不安がこうした世間話の生成と流通を支えている。

五　説話を読むこと

妖怪の説話を語り、書くことは、内と外、こちら側と向こう側との境界を明示すること、外部から破壊されかかった秩序の回復をことほぎ、秩序の中心がどこにあるかを再確認することであった。能および御伽草子の「羅生門」然り、「酒呑童子」然り。現代の世間話もまたそうであろう。しかしながら、次のような太平記巻第三十二の説話を読むと、右の秩序感覚は混乱するのではなかろうか。

大和国宇多郡に大きな森があり、夜な夜な「妖者《ばけもの》」が出て往来の人、家畜を取って食うというできごとが起きて、源頼光は渡辺綱に退治を命じる。現れた妖怪は綱の髻を摑んで引き上げる。綱はその腕を切り落とす。腕は頼光に献上されるが、異変が起きて、頼光は七日間の物忌みに入る。七日目の夜、妖怪は、頼光の母に化けて腕を取り戻しに来るが、結局退治される。

今昔物語集巻第二十七第十三、平家物語「剣巻」の構成によく似ている。相違するのは鬼と人間の出会う場所である。森の中は、橋や門のような境界ではない。このことは何を意味するか。人間の手によって森が切り拓かれ、そこに人里から一筋の道が延びて人や家畜が往来するようになる。森の元々の主と文明を運ぶ人間とは鋭く対立することになろう。森に拓かれた道とは、人間が未開、混沌に差し伸ばした光とも言いうる。そして、差し伸ばされてくる手が向こう側にいる相手の意志の先端であるとすれば、森の中を人や家畜が通る道は、森に棲む者たちにとって文明という闇の向こうから破壊のために差し伸ばされた残虐な手にほかならない。

こうして、古代や中世の妖怪の説話を読むことは、人間について考えることであり、文明を省みることである。そして、その読みは、秩序と混沌とが際どく反転する場に身をさらすものでなければならない。

（1）　陽成天皇が退位するに際して、融は、陣の座の議において「ちかき皇胤をたづねば、融らも侍るは」とみずから皇位を望む発言をしたけれども、藤原基経に退けられ、その時、位に就いたのが光孝天皇であった（大鏡第二巻）。光孝天皇の即位に伴い、皇太子となったのが後の宇多上皇である。このことを背景に置いて、類話の江談抄（前田家本八十五）の「汝存生の時臣下たり。我は天子たり。何ぞ漫りに此の言を出すや」という宇多上皇の融の霊に対する発言を読めば、この説話を語り―聞く関心の今一つが、皇位継承をめぐる確執にあったと知られよう。また今昔物語集においても、融が正装し宇多上皇から二間ほど退いて座るところにも、君臣の歴然たる格差が示されている。源融と河原の院をめぐる史実と伝承については、ベルナール・フランク『風流と鬼　平安の光と闇』（仏蘭久淳子他訳　平凡社　一九九八年）「風流――河原院の光陰――」参照。

(2)「霊鬼」の語は、諸橋轍次『大漢和辞典』に「不思議なおに」の意で登載され、日本霊異記上巻第三縁には「死者の霊が鬼と化して現れたもの」の意で用いられるが、今昔物語集巻第二十七の標題としては相応しない。本朝法華験記巻下第一二五における「若霊鬼祟歟」が同じ用法であろう。

(3) 今昔物語集巻第二十七の怪異とその分類および説話編成については、森正人『今昔物語集の生成』(和泉書院　一九八六年)Ⅳ3「霊鬼と秩序」、本書第二部第一章「霊鬼――今昔物語集の名指し」。

(4) これら種々の「鬼」的存在は、地獄の獄卒も加わり融合して次第に複雑なオニ像をかたちづくっていく。

(5)〈もののけ〉については本書第一部の諸章参照。

(6) 今昔物語集における天狗については、前掲注(3)森正人『今昔物語集の生成』Ⅳ2「天狗と仏法」参照。

【追記】

本章のもとになった論文は、二〇〇一年九月二十二日に聖徳大学で行われた説話文学会のシンポジウム「説話世界の妖怪と悪霊祓い師」における報告を経てまとめられた。

第三章　心の鬼の本義

一　はじめに

鬼（おに）と呼ばれる存在は、今日では節分の夜に呪力があると考えられている穀物を投げつけられて退散する災厄の象徴、あるいは地獄の閻魔大王の命を受けて罪ある亡者を責めさいなむ獄卒として知られている。そして、赤、青、黒などのいかつい体軀に褌を着け、刃のような爪、蓬髪の頭にまがまがしい角、つり上がって睨む目、大きな口、そこから生えている鋭い牙と、あらゆる恐ろしくおぞましいものを取り集めた姿をもって想像され形象されてきている。平安時代にあっても、冷酷で残虐な妖怪であった。

ところが、そういう鬼がほかならぬ人の心のうちに棲むという観念が生まれる。「心の鬼」という言葉が出現するのである。この言葉は、十世紀後半の仮名文にはじめて現れ、早くから歌にも詠みこまれ、作り物語にも多用されながら、鎌倉時代以降はまれにしか姿を見せなくなる。いわば王朝仮名文学と消長を共にした語であった。そして、この言葉には、文脈上「疑心暗鬼」とか、「良心の呵責」あるいは「気が咎める」とかの現代語が相当するように見えるところから、漫然とそのような語として理解されてきた。

しかし、この言葉の成立の背景や語義は明らかになっているとはいいがたい。田中貴子(1)による本格的な検討がなされるまでは、一、二[2]を除いて、古典注釈の場でそのつど簡単に処理されるか、研究論文のなかでも吟味を加えられることなく、論述に援用されるにとどまっていた。そして、現在もほとんど事情は変わっていない。

田中がまず検討したのは、漢語の「疑心暗鬼」との関係である。この説については、つとに大槻文彦『大言海』が、「こころのおに」の項に「己ガ思做シニテ、物恐シク思フコト。闇鬼」と語義を説明し、列子の林希逸の注『列子鬳斎口義』の「疑心生闇鬼」、天台軌範の「心迷生闇鬼」などを掲げている[3]。これまでの古典注釈は、これに直接間接にならってきたとおぼしい。しかし、林希逸注の成立伝来の時期と[4]、日本で「心の鬼」という言葉が用いられるようになる時期とを勘案すれば、「疑心暗鬼」が「心の鬼」の成立に関与することはなかったであろうと、田中貴子は推定する。天台軌範は、諸橋轍次『大漢和辞典』の「暗鬼」の項にも用例として掲げられているが、確認できない。漢語由来の語ではないとする推定は結果として肯われるであろう。ただ、林希逸の注に「諺曰」として掲げられていること、後述するようにこの諺に類想の記述が他の漢籍に見えることについては、なお顧慮すべきであろう。

論述の便宜のために、「心の鬼」という言葉が一般にどのように理解され、整理されてきているか、比較的詳細な記述をそなえている『角川古語大辞典』を掲げておく。一部表記を改めた。

こころのおに【心鬼】名　常識的な善悪正邪の判断よりももっと深い、本能的、反射的、瞬間的にひらめく考えや、胸にこたえる痛切な思いにいう。

①心の中にひそんでいる邪心。「心のおには、もしこゝ近き所に障りありて、帰されてにやあらんと思ふに」〔蜻蛉・下〕「われはかく思ふとも、さすがなる心のおにそひ」〔浜松・五〕「なを思ひは胸にせまり、こゝろの鬼《おに》骨を砕き、火宅のくるしみも今ぞと」〔一代男・五・四〕②良心の呵責《かしゃく》。心の中に生じてみずからを責める心を、地獄の鬼にたとえていう。「しのびて見給ひて、ほのめかし給へるけしきを、心のおににしるく見給ひて、さればよと

おぼすも」〔源氏・葵〕「魂は身を責むる心の鬼となり変り」〔謡・船橋〕 ③鬼のような心。ひねくれ根性。「番作が僻《ひがみ》たる、心の鬼を譲り受けたる、渠が気質は汝もしれり」〔八犬伝三・二一〕

この辞典の特徴は本義を掲げている点で、それは次のような多屋頼俊(5)の説に依拠したと認められる。

「心の鬼」とは、心のなかにあって咎めるあるもの、ギクッとこたえるあるもの、オヤッと驚くあるものを指す語であって、それは常識的な善悪正邪の判断よりも、もっと深い、本能的な心のひらめきを指す語である。

ただし、語義の整理分類と説明は、結局旧来の考え方を踏襲しているためにさほど特色ある記述とはなっていないし、三つの語義と本義との関係も釈然としない。

じつは、田中貴子もこの辞典を参照しているのだが、③の用法は近世のものであるとして考察の対象外とし、結論としては①を原義、②を派生義と認定し、本義の説明については黙殺している。田中の説はおおよそ次のようにたどることができる。

1　「心の鬼」の原義は、人間のよこしまな心のありようを形象化したもの。「心の鬼」とは、人の心の中に邪悪な部分を意識し、それを鬼になぞらえるという精神作用である。

2　唯識論による心に対する認識の方法が世俗に広がり、また十二因縁説が絵画を媒介として煩悩＝鬼というイメージとして示されたことが、「心の鬼」という表現を生み出す一つの要因となった。

3　邪悪な心をそれとして認識し、鬼として形象化するという方向を取るようになり、源氏物語にあっては、「心の鬼」は次第に心の中の他者へと変化してゆく。

4　追儺の儀礼で、次第に鬼を目に見えるものへと変化させる傾向が生まれ、そうした芸能における鬼の姿と文芸の表現とは相互にかかわる。

5　地獄絵等の獄卒としての鬼が、「心の鬼」の語に投影し、枕草子の例は、邪心そのものから人を責めるものという派生義の生まれる過渡的な例である。

「心の鬼」についてこれまでになされた最も詳細な記述であって、以下は田中説を視野に収めつつ論述されることになろう。

二　身を責むる鬼と恐ろしき鬼

はじめに鎌倉時代以降の用例について検討することにする。用例も多くなく、分析もたやすいと見通されるからである。

『角川古語大辞典』には、「良心の呵責。心の中に生じてみずからを責める心を、地獄の鬼にたとえていう」ものとして、能の「船橋」の用例が挙がっている。類似の例は「歌占」「水無瀬」の二曲にも見いだされる。

さらば沈みも果てずして、魂は身を責むる、心の鬼となり変はり、なほ恋ひ草の事繁く、邪淫の思ひに焦がれ行く、船橋も古き物語り　（船橋）

地獄の苦しみは無量なり、餓鬼の苦しみも無辺なり、畜生修羅の悲しみは、われらにいかで勝るべき、身より出だせる咎なれば、心の鬼の身を責めて、かやうに苦をば受くるなり。（歌占）

苦は受くれども、忘るる隙なきは、娑婆に残る妄執愛着、恋慕の妨ぐる、心の鬼の身を責めて　（水無瀬）

いずれも、「身を責む」という語と結び、地獄の鬼としての獄卒に見立てた表現である。しかし、これを『角川古語大辞典』のように「良心の呵責」などと説明するのは誤りである。「船橋」の引用部分にも「恋ひ草」「邪淫の思ひ」

の語があり、また曲の終わりにも、

執心の鬼となつて、共に三途の川橋の、橋柱に立てられて、悪龍の気色に変はり、程なく生死娑婆の妄執、邪淫の悪鬼となつて、われと身を責め苦患に沈むを

と明瞭に執心、煩悩を鬼と呼びなしているからである。「水無瀬」の場合もこれと同様と見なされる。「歌占」の「心の鬼」は、今なお残る執心を意味しないけれども、「心の鬼」を獄卒としての地獄の鬼になぞらえるところは変らない。その鬼は、ほかならぬ過去の我が身の咎、みずからの前世の所業であるとする。地獄の獄卒は責められる己と無縁な鬼ではないという、次のような発想にもとづくものであろう。

泥梨、地ノ底ニ非ズ、己ガ悪念ノ心地ニアリ。弥陀、疎キ仏ニイマサズ、自ガ本有ノ真性ニアリ。獄卒、シラヌ鬼ニ非ズ、己ガ所感ノ業因ニアリ。（海道記）

このように、地獄の獄卒としての鬼に重ね合わせて用いられる「心の鬼」という語は、執心、煩悩、あるいは過去世の業因の換喩であって、良心の呵責とか、気が咎めるとかの意ではない。このことは、能の諸例と、平安時代の用例たとえば『角川古語大辞典』が掲げる源氏物語の「葵」巻の用例とを同一の用法と認定することを躊躇させるであろう。

鎌倉時代以後の「心の鬼」の用例には、いま一つの系列が認められる。

①　同（隠居百首）　　同（民部卿為家卿）

とにかくに心の鬼は日にそへておそろしき世にふるぞかなしき

（夫木和歌抄巻第三十六　雑部十八　一七一八八）

②こなたの主、「今宵はいと寂しくもの恐ろしき心地するに、ここに臥し給へ」とて、我が方へも帰らずなりぬ。

あなむつかしと覚ゆれど、せめて心の鬼も恐ろしければ、「帰りなん」とも言はで、臥しぬ。　（うたたね）

③常に御使に参らせらるたにも、[6]日頃よりも、心の鬼とかやもせん方なき心地するに、いまだ初夜もまだしきほどに、真言のことにつけて、御不審どもを記し申さるる折紙を持ちて参りたるに　（とはずがたり巻三）

これらは、①②のように、「恐ろし」という語と結ぶところに特徴があると認められ、そこにこの語を解釈する手掛かりも求められよう。

①の例はみずからの心のありようを詠んでいると見られるが、具体的な意味内容を読み取ることはできない。②は、恋に思い悩む主人公(作者)がひそかに剃髪を決意し、今夜いよいよ実行に移そうとしている場面である。ところが、こちらの部屋の主が「ここにやすみなさい」と言うものだから、自分の部屋に帰るわけにはいかなくなった。主の勧めを煩わしく思うものの、自分の部屋に帰ると言いだせなくなったのである。言いだせなくなった理由を、「心の鬼も恐ろしければ」と説明する。これを、無断で髪を切ることに気が咎めてと解釈するのは、旧来の「心の鬼」の理解になずんだ誤りであろう。何より、主の勧めに対しての、直前に置かれる「むつかし」という感情と齟齬する。主人公が部屋に帰らなかったのは、みずから髪を切ることについて気が咎めて躊躇したり、思いとどまったりしたからではなかった。あくまで部屋に帰ると言えば、主に察知され――じつは主もうすうす勘づいていたのであろう――止められてしまうと考えたからである。さとられないように、つまり決意を確かに実行するために、あえて留まったと解釈すべきであった。「心の鬼―恐ろし」とは、秘している心中を知られるのを恐れる心理である。

右のように解釈することについて、文脈上の理由のほかに根拠が要求されよう。それは中世の源氏物語の注に得られる。

源氏物語に多く用いられる「心の鬼」については、河海抄が次のように説いている。

心のおにも　わがあやまちの事を人や知るらんと恐ろしくおぼゆるを思ふ心也。鬼とは恐ろしき心也。（河海抄　葵）

宮の御心のをにに　心の鬼とは心に恐ろしく思ふ事なり。（花鳥余情　紅葉賀）

心に恐るる事あるを云ふ也。（湖月抄　紅葉賀）

こうした理解は、と、後世の注釈にもおおむね受け継がれている。(7)鬼を恐ろしい存在と見て、心のなかで恐ろしく思うことを「心の鬼」とする理解である。この理解が、先の『うたたね』の用法と一致することは明白である。『うたたね』が王朝物語風日記として書かれていること、その作者は源氏物語の読者であったことからして当然のことであろう。

やはり源氏物語の読者であった人の手になり、作り物語の趣向や表現を借りて書かれた『とはずがたり』についても、同じ解釈を適用できるのではないか。③の場面は、有明の月との密通を後深草院に知られてしまい、そのことを院はしかし咎めることなく、むしろ、有明の月の深い執着からくる恨みを忘れさせるようにせよと、院自身が二人に密会の機会を作ってやるところ。院が、真言のことに関する質問の折紙を二条に持たせて、有明の月のもとに遣わしたのである。ここも一般に良心の呵責と解されて、一見それらしく読めるけれども、従いがたい。二条は、有明の月との情交をめぐり、高僧の女犯にかかわっていること、有明の月の愛執が尋常でないこと、関係が世間に漏れはしないかということにつき、常々「恐ろし」という思いを抱いていた。そして、これまでは相手方から強く迫られてのものであったが、この日は院の意向を受けてのこととはいえ、二条の方から近づいていくという点で、「日頃よりも」「心の鬼」すなわち内心恐ろしく思う気持ちがつのるというのであろう。後文にも、「いかに漏るべき名にかと、恐ろしながら」と、関係が世間に知られはしないかと、恐れる記述がある。こうして、この例も源氏物語の「心の鬼」についての中世の注釈を援用して適切に説明できる。

ただし、急いで、付け加えておかなければならないが、以上の考察の結果は、源氏物語そのほかの平安時代の「心の鬼」が、秘密にしていることを人に知られるのではと内心恐れるという義であるかどうかとは別問題である。

三　心に鬼を作る

「心の鬼」の右のような用法は、「心の鬼を作る」「心に鬼を作る」という慣用的な表現とも関係する。

①　同じ所なる童を見る人の、もの言ふついでに、かひなるすいいを取りたれば、こひにおこせたると聞きて

我にこそ心の鬼はつくれども誰にあひてかたまとしるらん　（輔親集　八四）

②あひ見ても心の鬼を作りてや今朝しも人の隠れ蓑着る　（為忠家初度百首　後朝隠恋　六二一　源仲正）

③是に付ても、たばか(っ)て陸にあげてぞうたんずらんと、心に鬼をつく(っ)て、左右なくちかづかず。　（古活字本保元物語巻下）

③は以下に説明するような場面である。大島に流された源為朝に謀叛の心があるとされ、後白河院が討っ手を差し向けた。これを知って、為朝は自害をする。しかし、討っ手は、為朝の姿が見えないので、上陸させておびき寄せて討つのであろうと考えて、かえって近づくことができないというのである。その心理を説明するのが、「心に鬼をつく(っ)て」という表現で、心中に畏怖、警戒あるいは疑念を抱いてという意で用いられているように見える。

②は、長承三(一一三四)年に行われたと見られる百首歌で、人目を忍ぶ男女の関係にかかわって詠まれている。女

の立場からの歌であろう。鬼の縁で、身につければ姿が見えなくなるという鬼の宝物である隠れ蓑の語が詠み合わされる。一夜を共にしての今朝、あの人は鬼の隠れ蓑を着るように姿を見られまいとしている。その理由を、心の鬼を作ってのことであろうかと推測したのである。「心の鬼を作りて」とは、具体的にはこの恋を隠そうとし、この関係が世間に知られることを恐れているということであろう。

①は歌句と詞書の本文に不審があって、明解を得ないけれども、「我にこそ心の鬼はつくれども」は、あなたはこの私にひそかに疑いの目を向けるけれども、という意であろう。[8] この例は、大中臣輔親（九五四―一〇三八年）の歌で格別に古く、内心ひそかに恐れるという用法でなく、後に提示する本義をもって説明できるはずである。

これらのほかにやや特殊な資料のなかで用いられたものがある。「僧義豪申文」と称される一通の書簡（東大寺文書四ノ三六、平安遺文二五二九）で、天養元（一一四四）年に、僧義豪から今小路威儀師に差し出されたものである。

魚網絶久候之間、御消息冷淡、可令免覧御了〔「耳」カ〕

御帰向之由承之候、雖須参訟於心事、依一旦愚見、作心於鬼、恐申候者也、無御不情者、尤大望候、抑所令申候ハ先日為沙汰所召之小東庄尊勝院律師任牒状并代々別当三綱等連署之下文、又時高府生所帯田文案〔一紙〕、如数可返給候、近日検注使沙汰頻御之間、大切可見事候也、御要猶可候者、後可召御歟、田文八枚ハ先給候了、其残事ニ候、誠恐謹言、

五月十七日僧義豪申文

威儀師殿

用件は荘園関係の文書を一旦返却してほしいとの依頼で、「作心於鬼」は「心に鬼を作りて」と読めるのではないか。そうであれば、この前後は次のように解釈される。

御帰向の由承り候ふ。須く心事を参訟すべしと雖も、一旦の愚見に依りて、心に鬼を作りて、恐れ申し候ふ者也。御不情無くは、尤も大望に候ふ。［貴方様はお帰りになったと承っています。本来なら直接参上して心に思うところを申し述べるべきですが、一時の私の考えによって、失礼に当たらぬかと内心恐れつつ本状をもって申し上げます。御不快にお思いにならなければ、まことに幸いに存じます。］

ここの、「心に鬼を作る」は、心のうちに思っていることを知られるのを恐れるというよりは、ひそかに恐れや不安を抱く心中をいうものであろう。

このように、十二世紀以降、「心に(の)鬼を作る」という表現が心中ひそかに恐れや不安を抱くという意味で用いられるようになっている。こうした用法と、中世の源氏物語注釈における「心の鬼」理解および院政期―鎌倉時代における用例とは、鬼を恐ろしいものとする観念に立脚し、「恐る」「恐ろし」の語と結ぶ点で、共通の基盤を有しているといえよう。

四　冥府の使者と獄卒

鎌倉時代以降の「心の鬼」には、煩悩や執心、あるいは過去世の業因を獄卒としての地獄の鬼になぞらえる用法と、心中にひそかに恐れ思うことを恐ろしい鬼になぞらえる用法とがあることを明らかにした。この二系列の用法は相互に無関係なのであろうか、それとも起源を同じくして意味が分化したのであろうか。

この問題設定は、『角川古語大辞典』の②「心の中に生じてみずからを責める心を、地獄の鬼にたとえていう」用法を、平安時代の例に認めることができるかどうかを検証することであり、また田中貴子の、地獄絵等の獄卒としての鬼が、「心の鬼」の語に投影して、人を責めるものという派生義が生まれるという認定が正しいかどうかを検証することである。

田中は、獄卒としての鬼の像が「心の鬼」の語に投影したであろうと推定する背景として、この言葉をはぐくんだ女性を中心とする貴族階層に、地獄の映像が絵画や説経の文句を通して受け入れられていったことを指摘する。そして、十一世紀に活動した弁乳母の次のような歌と詞書を示して、その具体的事例としている。

絵に、死出の山に鬼に追はれて女の泣きて越えし

造り来し罪をともにて知る人もなくなく越ゆる死出の山かな　（弁乳母集　七二）

田中は、これによって当時は獄卒を「おに」と呼び、鬼と見なしていたとして、こうした罪人を責めるものとしての地獄の鬼が、心のなかの他者として自立のきざしを見せていた「心の鬼」と結びついていったのであろう、枕草子にすでに人を責めるものという派生義が生まれつつあると説き進める。

しかし、こうした認定の前提には錯誤がある。西暦一〇〇〇年頃に、地獄の獄卒を「鬼（おに）」と称することは基本的にない。

まず、日本の地獄観の源流をなす往生要集に就けば、たとえば「有十八獄卒、頭如羅刹、口如夜叉」（巻上大文第一第一―八阿鼻地獄）と、獄卒と称され、それが羅刹のごとく夜叉のごとしと形容されることはあるものの、単に羅刹とか夜叉と呼ばれることはなく、まして単に鬼と呼ばれることもない。その大文第一の第一のなかの全用例は、「獄卒」二〇例、「閻羅人」五例、「獄鬼」一例となっている。往生要集において「鬼」といえば餓鬼のことである。こうした呼称の様相は、往生要集が諸仏典の記載を取り集めて統合しつつ漢文で記述されたからであって、一般の呼称はまた別であろうとの反論が出るかもしれない。ところが、若い高貴な女性の仏教入門書として書かれた三宝絵にも、

荒き使に追はれ暗き道に向かふ時には、獄卒云はく、「汝、人の身を得て道を行はず成りにき。宝の山に入りて手を空しくして還るが如し。自らの怠りなれば誰をかは怨みむ」と云いつつ、責め打つ時、悔い悲しぶともかひもなし。（序）

として、死者を冥府に追う者は「使」、責め打つ者は「獄卒」と称される。

また、天仁三（一一一〇）年二月二十八日より三百日の間、さる内親王を願主として営まれた法華経を講釈する法会の説法でもそうであった。毒意という悪人が地獄に落ちるはずのところを、わずかの善行によって救われて蘇る説話（源泉は中国の法華伝記）が語られている。

毒イ、三日トイフニシヌ。閻魔ノツカヒ三人、一人ハ鉄ノアミヲカツグ。アミノメヨリカヽルホノホアツクタヘガタシ。一人ハ、ワガタマシヒイレタルフクロヲヒサゲタリ。今一人ハ、鉄ノバウヲサヽゲテ閻魔王ノ門前ニイデ、、罪サダムルトコロニキテイタリ、（中略）閻魔王、「カレハ論ナク無間獄ヘキテマカレ」トサダムルホドニ、東ノ方ヨリ仏光ヲ放テ来リ給テ、「此毒イヲバ我ニユルセ」トノタマフニ、獄卒オドロキテ、……［毒意は蘇る］……毒イ、地獄ニヲツベカリツル、阿防羅刹ノオモハク、燃鉄火湯ノタヘガタサヲオモフニ、……［呆然と過ごす］……父母ノオモフヤウ、「我ガ子ノ気色ニハサラニニズ。コレハヨシナキ鬼神ノ心ノ入リカハレルナリ」トテ（百座法談聞書抄　三月一日）

ここでは、地獄の獄卒ないし阿防羅刹は鬼と呼ばれることはなく、また人に取りつく鬼神とも区別される。そして、獄卒は閻魔王の使とも別なのであろう。ただし、仏教の地獄観と道教の冥府観とが結合し、また融合しているために、地獄の獄卒と冥府の使者との関係が必ずしも明瞭でない。先の三宝絵序文でも、亡者を追う使と責め打つ獄卒とを同じ存在が務めているのか、別々の者が務めているのか曖昧である。しかし、このように役割によって呼び分けてあること自体が重要であろう。そして、注目されるのは冥府の使者ならば「鬼」と称されることである。日本霊異記には、死者を召す冥府の使者が次のように呼ばれている。

閻魔王闕召於楢磐嶋之往使／使鬼／鬼　（中巻第二十四縁）

奈良時代以前に「おに」という語の存在は確認できないから、これらの「鬼」は、「キ」または「モノ」と読んでおくのが穏当であろう。しかし、これを引用する三宝絵には、

えむら王の宮のならのいはしまをめしにゆくつかひ／つかひのお〔二〕／おに
（関戸家旧蔵・名古屋市立博物館蔵本　中巻第十四）

と記述される。冥府の使者を「鬼(おに)」と呼ぶのは中国文献の踏襲である。次に示すのは、死すべき人を騎馬の冥官が召しに来た場面である。

三騎ノ人幷ニ歩卒数十人出来ヌ。皆兵杖ヲ擎《ささげ》テ□寺ニ入テ、遥ニ安仁ガ仏堂ノ中ニ坐セシヲ見テ、「速ニ出ヨ」ト喚《よば》フ。安仁不答ズシテ仏ヲ念ジ奉ル事無限シ。使ノ鬼、不近付ズシテ
（今昔物語集巻第九第二十九）

冥官は「使ノ鬼」と呼ばれ、依拠資料の冥報記巻下第十二の「鬼」の称の継承である。この説話にとどまらず、冥報記に登場する冥官は「鬼」と呼ばれる。彼らは生前は人であって、死者となった今は冥府の官吏としてその任に就いているのである。日本霊異記の「鬼」、三宝絵の「おに」もそれに相当する。こうして、弁乳母集の絵において、女を死出の山に追う「おに」は冥府の使者であって獄卒ではない。これを獄卒が「おに」と呼ばれた事例とすることはできないのである。

ところが、次のような場合はどうか。

遥ナル山ノ中ニ至テ、鉄ノ城ヲ見ル。「此レハ、何ナル所ニカ有ラム」ト思フ程ニ、一ノ鬼出来レリ。其ノ形チ恐キコト無限シ。蓮円鬼ニ問テ云ク、「此ハ何ナル所ゾ。汝ハ誰ゾ」ト。鬼ノ云ク、「此ハ此レ、地獄也。我ハ獄率也」ト。（中略）獄率ノ云ク、（中略）獄率桙ヲ取、釜ノ中ニ指入レテ

（今昔物語集巻第十九第二十八）

右の例に就けば、地獄の獄卒がたしかに「鬼」と呼ばれているように見える。しかし、この事例こそ、獄卒が一般的には鬼と呼ばれていなかったことをむしろはっきり示すものとなっている。蓮円の前に現れた存在は、まず何よりも形相の恐ろしさによって鬼と見なされたわけである。鬼とは、その外貌に注目した呼称であった。そして、それが獄卒であると認知されて後は、二度と鬼とは呼ばれない。こうして、獄卒と鬼とは等号で結ばれる関係にはない。獄卒はその形相によってある種の鬼ではあっても、鬼は獄卒ではない。

獄卒がほとんど無条件に「鬼」と呼ばれるようになるのは、平安時代極末以降である。管見に入ったうちで最も古いのは次の例である。

など思ひ続くるほどに、宮の亮の、内の御方の番に候ひけるとて入り来て、例のあだごともまどしきことも、さまざまをかしきやうに言ひて、（中略）はては恐ろしき物語どもをしておどされしかば、（中略）聞かじとて、

寝て後に心に思ふこと、

あだごとにただ言ふ人の物語それだに心まどひぬるかな

鬼をげに見ぬだにいたくおそろしきに後の世をこそ思ひ知りぬれ

（建礼門院右京大夫集　一九四、一九五）

ほかに、

あの世にて鬼に面踏まれん事こそ、悲しくあぢきなけれ。

（閑居友上十四）

ただし、中世になっても「獄卒」という語が「鬼」に取って代わられるというわけではない。獄卒の語も鬼の語も使用され、一つの作品のなかで、たとえば六道めぐりを語る『富士の人穴草子』などでも、両語が併用されている。

こうして、平安時代において「おに」という語からただちに地獄の獄卒が想起されることはなかった。したがって、平安時代に、「心の鬼」の語に獄卒としての鬼の映像が投影することはありえず、当然、獄卒としての鬼が罪人を責めるように人を責めるという義を派生させることもありえない。獄卒としての鬼を「心の鬼」に重ね合わせる用法を、能以前に見いだすことはできない。

五　鬼神に横道なきものを

「心の鬼」という語が、心のあるありかた、心のある働きかたを表しているとして、そうしたありかたや働きかたを鬼に見立て、なぞらえたとするならば、「心の鬼」の意味内容を理解するためには、鬼というものが当時どのような存在として観念されていたかを明らかにする必要がある、ということになる。

そこで、もし「心の鬼」が「心の中にひそんでいる邪心」（『角川古語大辞典』）、「よこしまな心のありよう」「邪悪な心の動き」（田中貴子）であるとすれば、それは、鬼というものがよこしまな存在であるとする観念に基づいていることになる。しかし、そのように見なされるのは、酒呑童子ならずとも不本意であろう。

たしかに、鬼は恐ろしい形相の獰猛な妖怪ではある。しかし、それは邪悪であることとは違う。たしかに、「悪鬼」とか「邪鬼」という言葉もある。だからといって、鬼一般が邪悪であるというわけではない。むしろ、中世には「鬼神はよこしまなし」（徒然草第二〇七段）、「鬼神に横道なし」（能「大江山」「鐘馗」。類句は能「野守」「泰山府君」、御伽草子

「酒呑童子」にも）と言われていた。これらは中世の言説ではあるが、同じ趣の記述は平安時代にも見える。

然様ノ鬼神ハ、横様ノ非道ノ道ヲバ不行ヌ也。（今昔物語集巻第二十七第二十三）

実ノ鬼神ト云フ者ハ、道理ヲ知テ不曲ネバコソ怖シケレ。（今昔物語集巻第二十七第三十一）

こうした鬼神観は、たとえば次のような記述とも関連するであろう。

さりとも鬼なども我をば見ゆるしてん（源氏物語「夕顔」）

さるさまのすきごとをし給ふとも、人のもどくべきさまもし給はず、鬼神も罪ゆるしつべく（源氏物語「夕霧」）

そして、これらは中国の次のような鬼神観を受容したものと見なされる。

鬼神害盈而福謙。（易経　謙）

行不用巫祝、鬼神弗敢祟、山川弗敢禍、可謂至貴矣。（淮南子第九　主術訓）

こうした中国的鬼神像ははやく日本にも受け入れられ定着していた。

如聞、時政違乖、民心愁怨。天地告譴、鬼神見異。（続日本紀巻第十　聖武天皇　神亀四年二月二十一日）

世論定応責臣実賓、鬼瞰必不許臣虚受。（本朝文粋巻第五　為富小路右大臣辞職第一表　菅三品）

このように鬼神は天地や山川と並んで、個人の言動や国家・社会のありかたについて監視し、警告を発し、懲罰を加える存在であった。(9)

こうして、鬼を邪悪な存在と見て、邪悪な心を言い表すべく「心の鬼」という語を生み出したとする説は成立しがたい。そして、いまだ一度も説かれたことはないけれども、こうした人を咎める存在としての鬼神が、「心の鬼」という言葉の成立する背景となっているのであろうか。もし、「心の鬼」が「気が咎めること」「良心の呵責」とかの義を有しているとすれば、その可能性は残るかもしれないが。後に検証するであろう。

「心の鬼」の語の成立と語義に関するいま一つ有力な説は、疑心暗鬼との関連である。すでに田中貴子が指摘しているように、「疑心暗鬼」の語を載せる列子注の成立伝来の時期が「心の鬼」の語の成立以後であるからには、この説はしりぞけられる。しかし、これが諺であることを勘案すると、疑心暗鬼と同じ観念や類似の言説が作用したとも見られる。たとえば、増田繁夫は『枕草子』(和泉古典叢書　一九八七年)に「心の鬼」について、

人々がどう思うか、ありもしないことをとあれこれ考えて。「諺言心生暗鬼(引用者注：「心」の前に「疑」字脱か)」(列子鬳斎口義・巻下説符)と似た表現(玉かつま三)。「良心の咎」ではない。

と説き、別の論文[10]でも、

もっともこの語は宋以前の文献を挙げ得ないので、「心の鬼」はこの漢語の和語化したものだ、とまではいえないが、宣長のいうごとく当時の「心の鬼」の用例と近いのである。

として、源氏物語の十五例ばかりもすべて疑心暗鬼で説明できると主張する。

じつは、「疑心暗鬼」という言葉の伝来こそ遅かったけれども、鬼というものの出現ないしその知覚が心の迷妄の所産であるとする考え方は、古来の中国思想および仏教思想にも見えるところであり、増田の主張する疑心暗鬼説の成立する余地がまったく残っていないわけではない。

①凡、観㆑物、有㆑疑中心不㆑定、則外物不㆑清。吾慮不㆑清、則未㆑可㆑定㆓然否㆒也。(中略)夏首之南有㆑人焉、曰㆓涓蜀梁㆒。其為人也、愚而善畏。明月而宵行、俯見㆓其影㆒、以㆓為伏鬼㆒也、卬視㆓其髪㆒、以㆓為立魅㆒也。

(荀子巻第十五　解蔽篇第二一)

②怯者夜見㆓立表㆒、以㆓為鬼㆒也、見㆓寝石㆒、以㆓為虎㆒也。懼揜《おほへバ》㆓其気㆒也。

(淮南子第十三　氾論訓)

③凡天地之間有レ鬼、非二人死精神為一レ之也、皆人思念存想之所レ致也。（中略）人病則憂懼、憂懼則鬼出。（論衡　訂鬼篇）

また、華厳経や唯識学でもこれに似た教義を説く。宋高僧伝巻第四「唐新羅国義湘伝」に、想念が作りだした鬼の怪が記されている。(11)

④新羅の僧の義湘が、唐の仏教を学ぶために元暁法師とともに旅立った。途中で激しい雨にあって路傍の「土龕」で一夜を過ごした。翌朝目を覚ましてみると、そこは「墳墓」で傍らに骸骨があった。雨が激しくて、さらに一夜そこに留まらざるをえなかった。すると、「夜之未レ央、俄有二鬼物一、為レ怪。暁公歎曰、前之寓宿謂二土龕一而且安。此夜留宵託二鬼郷一而多レ祟。則知心生故種種法生。心滅故龕墳不二。又三界唯心万法唯識。心外無レ法。胡用二別求一。我不レ入レ唐」。こうして、元暁は道を引き返した。

意識によって現象（外物／法）ないしその知覚は規定されるのであって、人の心のありかたが鬼を見てしまうのだと説く①②④と、そもそも鬼というものはこの世に存在しないのであって、それが実存するかのごとくであるのは、憂いや恐れなどの人の思念の働きによると説く③とは、趣旨が異なる。その差異は今は措いて、疑心暗鬼の語はこれらを源流とすると見てよい。

では、鬼は心の所産とするこれらの考えかたが「心の鬼」という言葉を生んだのであろうか。やはりこれらと「心の鬼」の語の成立とを関連づけることはできないであろう。というのも、古代日本において鬼というものを実存しないもの、実体のないもの、心の迷妄が映し出す幻影とする観念が一般化していた形跡がないからである。(12)ただし、この説も語義の検討を通じて明らかにすべきであろう。

六　目に見えぬ鬼

「心の鬼」の語の成立と語義に関していくつかの方向から検討を加えてきた。心のありかたあるいは働きかたを、鬼という邪悪な存在になぞらえたとする説明、亡者を責め咎める地獄の鬼としての獄卒になぞらえたとする説明、疑心暗鬼ないしそれと同趣の考えかたに基づくとする説明、超越者としての鬼神が人間の言動を監視し譴責するという考えかたに基づくとする視点、これらは成立する余地がまったくないか、あるいはその可能性がほとんどないというべきであろう。

右の検討をふまえて、以下は、具体的な用例から語義を帰納するという方法をとらず、あえて演繹的に本義を導き出し、これを具体的に適用して矛盾や齟齬のないことを確かめるという方法を選ぶことにする。

平安時代にあって、鬼とは死者ないしその霊魂、先祖の霊、威力のある超越者、冥府の使者、人をも食う形貌恐ろしい妖怪、災厄や疾病の因など多様な面を具えている。しかし、何よりも目に見えぬということが鬼の本性であった。平安時代における鬼に対する一般的な観念は、次のような言葉に集約されるであろう。

鬼(中略)〔和名於爾〕、或説云隠字〔音於尓訛也〕鬼物隠而不レ欲レ顕レ形故俗呼曰レ隠也。人死魂神也(下略)

(和名類聚抄)

ここに挙げられるような或る説が、語源説として正しいかどうかは別の問題である。ただ、この説の立脚している、隠れて姿を見せない、人の目に見えないというところに鬼の本性があるという考え方は、当時の通念であったと認められる。それは中国における「鬼(き)」および「鬼神」も具有する性質であった。

鬼神無レ形者、不軼二於前一。　（韓非子　外儲説左上第三十二）

鬼神無二形体一。　（白虎通　災変）

鬼神之貌、不レ著二於目一。　（淮南子巻十七　説林訓）

そして、鬼神（おにかみ）、鬼（おに）が目に見えないとは誰もが知ることであった。

力をも入れずして天地を動かし、目に見えぬ鬼神をもあはれと思はせ、男女の仲をも和らげ、猛き武人の心をも慰むるは、歌なり。　（古今和歌集　序）

目に見えぬ鬼の顔などのおどろおどろしく作りたる物は、心にまかせてひときは目おどろかして、実には似ざらめどさてありぬべし。　（源氏物語「帚木」）

古今和歌集の序を具体化してみせたような説話が、大江匡房の言葉を記した江談抄巻第四－二十にある。

気霽風梳新柳髪　氷消浪洗旧苔鬚〔内宴。春暖。都良香〕

故老伝云、彼此騎馬人、月夜過二羅城門一、誦二此句一、楼上有レ声曰、阿波礼《あはれ》云々。文之神妙自感二鬼神一也。

騎馬の人たちが月夜に羅城門の下をよぎりながら、都良香の詩句を朗誦したところ、門の楼の上から「あはれ」と感嘆する声が聞こえた。この句のすばらしさが門に棲む鬼神を感動させたのであるという。大江匡房の本朝神仙伝には、場所を朱雀門とする異伝が載る。この説話で注意されるのは、鬼が賞嘆の言葉を発してもその姿を見せない点である。門に棲む鬼神といえば、琵琶の名器玄上（玄象）を盗んだという説話もあった。

玄上昔失了。不レ知二在所一。仍公家為レ求二得件琵琶一、被レ修二法七日一之間、従二朱雀門楼上一、頸付レ縄漸降云々。是則朱雀門鬼盗取也。而依二修法之力一所レ顕也云々。　（江談抄巻第三－五十八）

今昔物語集巻第二十四第二十四、古今著聞集巻第二十七（五九五）、絲竹口伝と類話は多いが、いずれの場合も、琵琶の頸に縄をつけて楼上から降ろすという奇妙な方法で返還されている。これもまた、鬼が姿を見せたくなかったからである。目に見えぬという性質の具体化である。

先に「心に(の)鬼を作る」の用法を検討したなかに、隠れ蓑を詠みこんでいる歌があったが、それも鬼の本性を意識してのことであった。次のような歌も知られている。

しはすのつごもりの夜、儺の鬼を

鬼すらも都の内と蓑笠を脱ぎてや今宵人に見ゆらん　（躬恒集　二九九）

鬼は普段隠れ蓑と隠れ笠を着けているから、人に姿を見られることはない。また、次のような歌が詠まれたのも、鬼の性質に関係する。

陸奥国名取の郡黒塚といふ所に重之がいもうとあまたありと聞きて言ひ遣はしける　兼盛

陸奥の安達の原の黒塚に鬼こもれりと聞くはまことか　（拾遺和歌集巻第九　雑下）[13]

ここにいう鬼は、もとより重之の姉妹たちの隠喩である。深窓にあって世に知られていないから、塚に隠れ籠もって姿を見せない鬼になぞらえたのである。

そして、深窓の女人と鬼の取り合わせとしては、堤中納言物語の一篇「虫めづる姫君」における姫の言葉が想起される。

さすがに親たちにもさし向かひ給はず、「鬼と女とは人に見えぬぞよき」と、案じ給へり。

この言葉は当時の俗諺というより、「案じ給へり」とあるからには姫君の警句であろう。鬼と女というかけ離れた存在に「人に見えぬ」という共通点を見いだしたもので、女も鬼も、隠れひそんで人に姿を見られない、人と面を合わ

せないところにその本来性があり、それが望ましいという趣旨であろう。(14)

以上を通じて、平安時代に、鬼とは隠れ籠もるもの、姿を見せないもの、目に見えないものと考えられていたことが知られる。これを鬼の本性と見なすならば、「心の鬼」とは心のなかの見えない部分、深く内におさめて隠す心、知られたくない心の奥底という意になるのではなかろうか。実際、「心の鬼」を「目に見えぬ」ものと表現した例もある。

年ごとに人はやらへど目に見えぬ心の鬼はゆく方もなし　（書陵部蔵賀茂保憲女集　一三〇）

七　最初期の四例

「心の鬼」が、隠して人に見せない心という意であるとして、それを実際の用例に適用できるかどうかが次の問題である。

「心の鬼」で古いと見られるのは次の三例である。

暗う家に帰りて、うち寝たるほどに、門いちはやくたたく。胸うちつぶれてさめたれば、思ひのほかにさなりけり。心の鬼は、もし、ここ近き所にさはりありて、帰されてにやあらんと思ふに、人はさりげなけれど、うちとけずこそ思ひ明かしけれ。　（かげろふ日記下　天禄三年閏二月十日）

この女いかなることをか言ひたりけん、「心の鬼に」と、この翁の言ひたりければ、

わがためにうときけしきのつくからにまづは心の鬼も見えけり　（一条摂政御集　三七）

かげろふ日記の例は、疑心暗鬼とか邪推などと解釈されることが多かった。夜遅く、思いもかけず兼家の訪れがあった。この近くの別の通い所に行ったものの、そちらで何か支障があって帰されたために、ここに来たのではないかと疑っている。では、これは作者のよこしまな心による疑念すなわち邪推であるのか、あるいは疑心暗鬼すなわち根拠のないそら疑いであるのか。もしそうであるとすれば、こうした疑いを抱いたのは誤っていたと、執筆の現在気づいて、みずからの心を批判的に記述していることになろう。しかし、それはこの日記の筆致ではない。それに、その行動に神経を尖らせざるをえない夫を持つ作者が、当時こうした疑念を抱くのはむしろ自然な状況であった。これが邪推であったか否かは執筆時点でも分からないことである。邪推とか、あらぬ疑いという意を汲み取るのは、無理であろう。今西祐一郎『蜻蛉日記』(岩波文庫　一九九六年)の、「心中ひそかに思い、あるいは疑うこと」を妥当な解釈とすべきで、ここはひそかに思うにとどめ、夫に対してその疑念を隠したというのである。心中におさめて見せなかった心、それが「心の鬼」である。「心の鬼」とは抱いた心の内実ではなくて、心の抱き方が問題なのである。じつは、こうした解釈がはじめて提出されたわけではない。はやく『かげろふの日記解環』が次のような注を施していた。

オニハ鬼也。云イダサズ心ニオモフ也。アラハナルハ陽ナレバカクレタルハ陰也。オニハオンノ声ヲタヾチニオサヘテ訓ジタル也。

同時に、読み落としてはならないところは、〈心の鬼は―思ふに〉という、主語―述語の呼応関係である。心中に隠れひそむ鬼が夫の行動に疑念を抱いたという表現は、「心の鬼」というものを、我が心中に棲むもう一人の我、我が心ならぬもう一つの心として意識し観念していたことを示している。

つづいて、一条摂政御集、詞書と歌の二例とも、疑心暗鬼と解釈されている。平安文学輪読会『一条摂政御集注釈』(塙書房　一九六七年)に、詞書を、女の方から男の心を疑うようなことを言ってきたのに対して、男が、それはお前の気のせいだ、そんなことはないよと言い返したものであろう。

と解釈し、歌を、

私に対して薄情な気配が見えたものですから、私はすぐさま疑心暗鬼の気持ちになったのです。

と現代語に直している。新日本古典文学大系『平安私家集』（岩波書店　一九九四年）もほぼ同様である。しかし、かりに「心の鬼」が疑心暗鬼の意であるとして、「見えけり」という表現を「気持ちになった」とか「思いに駆られた」（新日本古典文学大系）と言い換えられるものであろうか。心の鬼が「見えた」というのはどういうことか、誰に見えたというのか、厳密に解釈すべきところを、「心の鬼」は詠み手の女の疑心暗鬼であると先に決めて、それに合わせて現代語を押し当てたもののようである。しかも、この歌がこのようにしか解釈されないとすれば、相手の「心の鬼に」という返答をなぞったにとどまり、男に対する女の歌としての機知が見られない。歌に詠まれた「心の鬼」は、相手の男の心のことであろう。すなわち、

あなたが私に対してほのかによそよそしい様子を見せたので、何より先にあなたの心の鬼すなわち見えないはずの心、隠して知られたくない心、つまり私と疎遠になりたいと思っている心が見えたことだ。

と解釈すべきであろう。詞書における「心の鬼」という言葉が、どのような状況で発せられたかは分からない。女がどのようなことを言ったか分からないというのであるから、不明ということにしておくべきであろう。ただ、女のある発言に応じて男の口から「心の鬼」という言葉が出た。その言葉を捉えて、女は、相手のかすかな態度の変化、表情の動きに、隠そうとしても見えてしまう心変りを読み取って、鋭く追及する歌を詠んだのである。

右の三例に、心中に生じて我と我が身を咎め責める心、あるいは良心の呵責等の意を読み取ることはできない。可能性を残しておいた、天地山川と並んで人間の言動を監視し、警告し、懲罰するところの中国的鬼神観も、「心の鬼」の成立には直接かかわっていないことは、ここに確実となった。

枕草子第一二八段「故殿の御ために」(新日本古典文学大系)の「心の鬼」も、比較的古い用例であるだけに、踏みこんだ検討が必要である。

清少納言が、頭中将斉信に「これほど長い間懇意にしてきた同士だから、もっと親しくなってほしい」と言い寄られて、これをいなす発言に現れる。

さらなり。難かるべきことにもあらぬを、さもあらむ後には、え褒め奉らざらむが口惜しきなり。上の御前などにても、役とあづかりて褒め聞こゆるに、いかでか。ただおぼせかし、かたはらいたく、心の鬼出できて、言ひにくくなり侍りなん。

この例については、先に取り上げた通り、増田繁夫『枕草子』(和泉古典叢書　一九八七年)が、疑心暗鬼に類するとして「人々がどう思うか、ありもしないことをとあれこれ考えて」と注し、田中貴子が、

恋人をことさらほめたい気持ちと、恋ゆえひいきする自分を責めるものの両方を兼ねた表現であって、邪心そのものという「心の鬼」の原義から「人を責めるもの」という派生的な意味が生まれる過渡的な例と見られる。

と解釈するほかは、気が咎めて、良心の呵責でと解釈するのが春曙抄以来の通説となっている。

増田の「人々がどう思うか、ありもしないことをとあれこれ考えて」という注は、やや判然としないところがあるが、人々の疑心暗鬼、すなわち周りが清少納言に対して、あるいは清少納言と斉信との関係に対してあらぬ疑いを向けるのではないかと気に病むということであろう。しかし、この解釈には矛盾がある。なぜなら、清少納言と斉信と

が特別親しい間柄となって後は、斉信のことを褒めにくくなるだろうというわけだから、人々の思うことは決して「ありもしないこと」ではない。念のために文脈を確認しておこう。清少納言が斉信を褒めにくくなるのは、他の人の思わくが気になるからということに尽きる。その具体的な理由は、右の引用部分に続く、斉信の「特別親しい間柄にある人を褒める類もあるではないか」という反問に対する、

それが憎からずおぼえばこそあらめ、男も女も、けぢかき人思ひ、方ひき、褒め、人のいささか悪しきことなど言へば、腹立ちなどするがわびしうおぼゆるなり。

という説明に知られる。つまり、親しい関係にある人を褒める様は傍から見て好ましく映らないと。こうした懸念があるからこそ、特別な関係になってしまうと斉信については言いにくくなるというのである。

一方、田中が「恋人をことさらほめたい気持ち」を「邪心」と置き換えたのは、誤ったみずからの原義説との折り合いをつけようとした無理な解釈である。「自分を責める」という意を読み取る点は通説の範囲に収まる。では、良心の呵責とか、自分を責めるものという解釈は成立するであろうか。この場合も、清少納言の言動を律するのが自己の内なる規範や倫理ではなくて、他者の思わくへの配慮であることを思えば、たちどころにしりぞけることができる。「心の鬼出できて」を修飾する「かたはらいたく」という語は、何より他者の視線を気にしていることを如実に語っている。

では、清少納言の「心の鬼」とは何か。斉信と特別親しい間柄になると、当然ほかの誰よりも特別に思う気持が生まれてくる。その思いは、しかし宮廷にあっては隠しておくべき「心の鬼」である。そこで、斉信について述べるとなれば、人目にもいかがと思われるほど、斉信に対する格別の思い＝「心の鬼」が出てきて格別に褒めたくなるであろうが、それは他の人に好ましく思われないと思うと、褒めにくくなってしまうというのである。ここに、心の鬼を

「出できて」と表現していることは注目される。それが普段は隠れているもの、隠しておくべきものであることを示すものである。[15]こうして、枕草子の用例も、すでに確認した語義の範囲を逸脱するものではない。

八　源氏物語の密通と心の鬼

「心の鬼」という言葉が最も多く用いられているのは源氏物語で、十五例を数える。源氏物語の用法についても、ある場合には良心の呵責、ある場合には疑心暗鬼という解釈を当てるにとどまり、ほとんど立ち入った検討は行われていない。以下、源氏物語にあっても、「心の鬼」が隠して見せない心の奥底の意であることを、二例について確認したい。取り上げる一つは、源氏物語の最初の用例で、藤壺の宮が光源氏との密通によって皇子を産み、その皇子がまるで光源氏を写し取ったかのようであることに、思い悩むところである。

宮の御心の鬼に、いと苦しく、人の見奉るも、あやしかりつるほどのあやまりを、まさに人の思ひ咎めじや、さらぬはかなきことをだに、疵を求むる世に、いかなる名のつひに漏り出づべきにか、とおぼしつづくるに、身のみぞいと心うき。　（「紅葉賀」）

すべての注釈が良心の呵責と解釈しているなかで増田繁夫[16]は、これも疑心暗鬼の意であるとしている。

右の場合、藤壺は密通とその結果の皇子の誕生に良心の痛みを覚えてはいない。もちろんそれを「あやまり」とする認識はあるものの、心を苦しめているのは、密通が露顕することへの恐れである。「心の鬼」が倫理的範疇でないとは、はやく多屋頼俊の指摘したところであり、増田も強調する通りである。また、今西祐一郎[17]が論じたように、源氏物語にあって、密通をめぐって当事者たちは「おほけなし」「おそろし」という情意語によってみずからのふるまいを意識するだけで、罪の認識と懺悔を欠落させているという姿とも、右は呼応する。では、藤壺の「心の鬼」は、疑心暗鬼すなわちそら疑いか。そうではない。藤壺の恐懼は、実際にありうる密通の露顕という事態に対するきわめて具体的かつ切実なものであった。一方の当事者である光源氏も、皇子は光源氏によく似ているという桐壺帝の言葉を聞いて、「面の色変はる心地」がしたとある。藤壺の恐れと不安は、口にすることはおろか、そぶりにも見せてはならないものであった。こうして、この「心の鬼」も、誰にも知られることなく心の底でひそかに思うありかたをいうと解釈される。源氏物語では「心の鬼」という語形で、これに「思ふ」「おぼす」「おぼゆ」の動詞が続く用法が最も多いのは、その語義からして当然であろう。

柏木と女三宮との密通に関しても、「心の鬼」の語は用いられている。密通が光源氏の知るところとなり、痛烈な皮肉と視線をあびせられた柏木は、病の床に就く。死の遠くないことを知って、夕霧に「忍びがたきことを」めんめんと訴える。しかし、密通の事実は伏せられたまま光源氏の勘気をこうむったことだけが述べられ、今はそれのみが心残りであると、とりなしを依頼する。夕霧は、柏木の女三宮への恋心が続いているのかと「思ひ合はすることども」はあるが、これといって確かな推測も及ばないまま、次のように答える。

いかなる御心の鬼にかは。さらにさやうなる御けしきもなく、かく重り給へるよしをも、聞き驚き嘆きたまふこと、限りなうこそ口惜しがり申し給ふめりしか。など、かくおぼすことあるにては、今まで残い給ひつらん。こなたかなたあきらめ申すべかりけるものを。いまは言ふかひなしや。（「柏木」）

ここも疑心暗鬼あるいは気の咎めという言葉を使って解釈されている。たとえば、

①どんな疑心暗鬼なのでしょう。（玉上琢彌『源氏物語評釈』）

②疑心暗鬼だと言ってきかせようとする。（新日本古典文学大系）

③「心の鬼」は、ここでは、疑心暗鬼、の意。／何にそう気がとがめていらっしゃるのか。（日本古典文学全集）

④何を気をまわして、そんなことをお考えなのでしょう。「心の鬼」は気の咎め。（新潮日本古典集成）

⑤何に気を咎めておられるのか。「心の鬼」は良心の呵責。（新編日本古典文学全集）

疑心暗鬼と気の咎めと、二つの解釈が対立している事例である。①は、柏木の恐れ悩んでいることが思い過ごしであると説いたことになり、④⑤は気の咎めを覚える必要はないと説いたことになる。また、③は、頭注での語義の説明は①②と同じ立場にたち、現代語訳には④⑤の説を採用して、齟齬があるようにも見える。

これらを見わたすと、どちらを選んでも一応自然に続くかのようである。しかし、その解釈が導かれる道筋や根拠を示さない②を別にして、これらのすべての解釈は語法上の無理に立脚している。それは、諸説が「いかなる御心の鬼にかは」を疑問を表す文として扱っていることで、「かは」とあるからにはここは反語と解するのが自然であろう。[18]語法を無視した無理な解釈をしなければならないのは、まず場面と文脈を読み取り、その予断と、これまたあらかじめ用意されている「心の鬼」理解とを適合させようとしたからであろう。

この「心の鬼」は光源氏のそれであろう。すなわち、

いかなる御心の鬼にかは、さおぼすらむ。

であって、

光源氏のどのような御心の奥底に、あなたを許しがたいと思う御気持がありましょうか、そのようなことは断じてありません。

という意である。このように解して、続く光源氏が柏木の病を心配し嘆いているという叙述にも自然につながる。こ

こに、「心の鬼」という言葉が用いられたのは、光源氏が隠して誰にも見せない心の奥底でも、柏木を許しがたいなどと思ってはいないと、強調するためであった(19)。

ここには二例を取り上げたにすぎないが、源氏物語にこうした解釈をうけつけないものは一例もない。もちろん、疑心暗鬼、気の咎めという現代語が相当するかに見える例はあるが、それは「心の鬼」にひそかに思うことがらが、他に対して憚りのあるものであることによる。また、中世には「心の鬼」は恐ろしく思う心と理解されていた。「心の鬼」が人に隠したい心であるからには、それを知られることを恐れるという気分が伴うのは自然のことであろう。しかし、それは源氏物語以前の「心の鬼」の意味ではない。ニュアンスにすぎない。

なお、中世の源氏物語注釈のなかで、河海抄の影響下にない説、鎌倉時代の用法とは無縁な説が一つあったことを付け加えておきたい。

うちにも御心のをにに　　主上、僧都の語り申せしのちは源をかたじけなくし給ふ故に深くつつみ給ふ也。

（細流抄　朝顔）

九　心の鬼の陰影

「心の鬼」が、隠して見せない心であるとして、そこにあえて「鬼」という言葉が選ばれた意味を、そしてその結果この言葉が帯びることになった独特の陰影をなおざりにしてはならない。たとえば、枕草子では、「出できて」と「心の鬼」を実体化し、客体化して表現している。そこには、「心の鬼」は我が心でありながら、思いのままにならぬもの、どこかうとうとしい何ものかであるという気分が纏綿しているように見える。

歌意が明瞭とはいいがたいが、次のような例がある。

鏡を借るに、「影をだに見せじ」など言ひたる人に
ます鏡見え隠れする面影は心の鬼といづれまされり
（能因法師集　四七）

能因がある人（女であろうか）から鏡を借りようとしたが、相手は「影さえも見せたくない」と言った。川村晃生『能因集注釈』（貴重本刊行会　一九九二年）が例歌を挙げて指摘するように、鏡は持ち主の影を映すと考えられていた。つまり、鏡は貸したくないというのである。直接自分の姿はおろか、鏡に映る影さえも見せたくないと言っているのであろう。能因の歌は、そういう相手に向けて詠まれた。この「心の鬼」が、疑心暗鬼であるとか、気の咎めであるとする理解にたつと、たちまち一首全体の解釈に窮することになる。この歌は次のように解釈すべきであろう。

ます鏡に見え隠れするあなたの面影は、あなたの心の鬼――影さえも見せたくないので鏡は貸したくないという返事から推し量れるような、隠して見せようとしない心の恐ろしさ、醜さ――と、いずれがまさっているだろうか。

「心の鬼」は本来は見えないものとして、「見え隠れ」する面影と比べられたのである。つまり、見えない方の「心の鬼」がまさっているのではないかと。夕霧が夫婦のいさかいのなかで妻の雲居雁に向かって言う、「御心こそ鬼よりけにもおはすれ」（源氏物語「夕霧」）と趣が似る。この歌にいう「心の鬼」は、単に隠して見せない心ではない。人に隠さずにはいられない恐ろしい心、あるいは隠しているゆえに恐ろしいに違いない心という意を響かせる。「心の鬼」が、「おに」という語を含む以上、そうした内実を手繰り寄せるであろう。「おに」とは、目に見えぬものであるとともに、おどろおどろしく、荒々しく、恐ろしい存在であった。鬼というものをそのような存在として見る視線は、「心の鬼」という言葉にも向けられずにはおかない。すると、「心の鬼」という言葉は、「恐ろし」あるいはそれに相

当するような感情を添えて、また「恐ろし」あるいはそれに相当する対象と結び付けて発せられるようになる。それはほとんど必然の方向であった。

そして、このように「心の鬼」が人の心のなかの特に否定的な部分あるいは働きを指しているのは、浜松中納言物語第五の例である。

我はかく思ふとも、さすがなる心の鬼添ひ、まことのけ近き契りの方に心寄りはてて、「あらぬ、そぞろなる人ぞ」など教へたてられんこそ、いみじく口惜しう心憂かるべけれ。

男君が深く心を寄せていた吉野の姫君が盗まれた。どのような状態になっていても、男君は自分が迎え取って世話してやろうと思うものの、当の姫君がどのように変ってしまっているかが気がかりである。姫君は自分に信頼を寄せてくれるはずであっても、やはり「心の鬼」が加わって、男女の実の契りを結んだ相手になびいてしまって、「中納言はまったく無縁な人ですよ」などと教えこまれてしまうのが残念、という文脈で、この「心の鬼」は、男君にとって姫君の心の好ましくない働きをいう。日本古典文学大系『篁物語　平中物語　浜松中納言物語』(岩波書店　一九六四年)の補注が、「ここでは通常の心のほかに、うらに隠れている、人間のもう一つのよからぬ心を意味するのであろう」とするのは文脈にもかなない、従うべき解釈であった。

また、「心の鬼」の語が源氏物語に次いで多く、五例を数えるのは寝覚物語である。そのうちの二例に、

「見咎めたまふ人もや」と、我が心の鬼に恐ろしくわりなければ、伏目にのみおぼされて、人々の見たてまつりたまふをいと苦しくおぼさる。(巻一)

我も、げに、この君の見えたまはぬはおぼつかなく思ひならひにしを、身の心憂く恥づかしくなりにし後より、心の鬼にそら恐ろしく恥づかしくのみおぼえて(巻一)

と、「恐ろし」という表現を伴っている。

しかし、これらの数例によって、内心恐ろしく思う、心中を知られることを恐れるという派生義が確立しているとまではいいがたい。いずれも深く隠している、人に見せない心という本義は失われていないと判断される。ただ、これらが否定的な心のありかた、働きかたを指していうところから、醜く恐ろしいというニュアンスを持ち、内心を知られることを恐れる感情を伴うのである。そして、これらを経て「心に(の)鬼を作る」という表現が内心ひそかに恐れる意を表すようになり、鎌倉時代以降は、「心の鬼」が心中ひそかに恐れる意に転義してゆくことになる。寝覚物語の用例は、その変化の始点に当たるか、途上にあるのであろう。

いま一方の側から指摘しておかなければならないのは、十二世紀前半の為忠家初度百首、僧義豪中文の用例をもって「心の鬼」の転義が完了したわけではないということである。たとえば、

隠れ蓑うき名を隠すかたもなし心に鬼を作る身なれど　（新撰和歌六帖第五帖「みの」一八五一）

という藤原家良(一一九二—一二六四年)の歌[20]は、

心に鬼つまり秘密を作ってしまった身ではあるが、その鬼の宝物で姿を隠すことができるという隠れ蓑をもってしても、自分の憂き評判を隠すことはできない。

という意であろう。この「心に鬼を作る」という表現は、なお原義を保存していると認められる。変化はゆるやかであり、長い過渡期があったということである。

このように論じ来たって残された問題がある。なぜ心と鬼とが結び付いて「心の鬼」という言葉が成立したか、そしてこの言葉はほかの類似の表現とどのように関係し、この言葉でしか表現できないどのような意味領域を持っているのであろうか。

十　心という鬼

平安時代には、心のなかのある部分あるいは心のある働きを表す語が、ほかにもいくつかある。たとえば、「心の奥」「心の底」「心の隈」、これらも外からは窺いにくい人の心の内を言う。

しのぶ山しのびに越えん道もがな人の心の奥も見るべく
（古今和歌六帖第二　山　八六六）[21]

ただいとなまめかしう恥づかしげに、心の奥多かりげなるけはひの、人に似ぬなりけり。
（源氏物語「匂宮」）

もてなしなどけしきばみ恥づかしく、心の底ゆかしきさまして、そこはかとなくあてになまめかしく見ゆ。
（源氏物語「若菜下」）

竹河のはしうち出でしひとふしに深き心のそこは知りきや
（源氏物語「竹河」）

見る通り、「心の奥」も「心の底」も、うわべでない心の中枢部分を言い、思慮や志の深さや人柄の奥ゆかしさなど、概して心の肯定的な働きを指す言葉であった。それは、外目にははっきりとは表れないものの、しいて隠すべき心、隠したいと思っている心ではない。そこに、「心の鬼」との間に明瞭な意味領域の違いがある。

「心の鬼」に似るのが「心の隈」である。

思ふて人の心のくまごとにたち隠れつつ見るよしもがな
（古今和歌集巻第十九　誹諧歌）

忍びて通ひ侍りける人、「今帰りて」など頼めおきて、公の使に伊勢の国にまかりて帰りまうで来て、久しうとはずはべりければ　　少将内侍

人謀る心のくまは汚くて清き渚をいかで過ぎけん　（後撰和歌集巻第十三　恋五）

男の、隔つることもなく語らはんなど言ひ契りて、いかが思ほえけん、ひとまには隠れ遊びもしつべくなんと言ひて侍りければ　　和泉式部

いづくにか来ても隠れむ隔てたる心のくまのあらばこそあらめ　（後拾遺和歌集巻第十六　雑二）

いとうたてある御心のくまかな。よからずもの聞こえ知らする人ぞあるべき。（源氏物語「夕霧」）

「心の隈」とは、心の陰になって見えない部分を言う。そして、しばしば「謀る」「汚し」「隔て」「うたてある」などの否定的な言葉を伴って、心の否定的なありかたや部分を指す点で、肯定的ないし中立的な「心の奥」「心の底」と対照的である。「心の鬼」に近い。「心の鬼」は、先に成立していた「心の隈」の役割を継承するように成立したと想定することができる。

しかし、単なる継承でなかったことは、十一世紀以降も「心の隈」と「心の鬼」が併存していること、この二つの語の機能が異なることから明らかであろう。両者はどう違うのか。その第一は、「心の隈」が心のなかに本来そなわっているものとして扱われるのに対して、「心の鬼」は「出で来」（枕草子）、「添ふ」（源氏物語「蜻蛉」、浜松中納言物語）、また「作る」ことのできるものとして、ある働きを持つと考えられている点である。第二に、「心の隈」は他者の心の働きについて言うのが一般的であるのに対して、「心の鬼」はみずからの心の働きとして表現することが少なくない点である。もちろん、みずからに関して「心の隈」を用いないというわけではない。和泉式部の「いづくにか」は自分の心について詠んだものであるが、そこではしかし、「心の隈」などないと述べている。

　こうして、「心の隈」と「心の鬼」との間には明らかな断絶があり、飛躍がある。「心の鬼」はみずからの心に内省的な視線を向けるところに成立した言葉であった。それは心のなかにもう一つの心を発見することであった。もう一つの心は、我が心でありながら思いのままにならないものであった。そうした統御の埒外にある存在、「心の闇」や「心の隈」にひそみ、混沌として、その正体が見えがたく知られがたい存在であるが故に、それは鬼と呼ばれるほかなかったのであろう。そうした言葉の持つ響きや匂いは、比較的早い時期に属する賀茂保憲女集の歌が最もよく表している。今一度掲げよう。

　　年ごとに人はやらへど目に見えぬ心の鬼はゆく方もなし

この歌は、十二月晦日に行う追儺において追いやられる災厄の鬼とかかわらせて、我が「心の鬼」を歌っている。我が心の奥にひそんで目に見えぬ鬼は、追い払おうと努めても行く所もないので、心が「ゆく」すなわち心が晴々して満たされることもない。その鬼は、紛れもなく自分の心なのであるからと、満たされぬみずからの心を我ならぬものとして凝視し対象化し、それでもやはり我が心にほかならないと、心のなかにわだかまるもう一つの心があることに深い嘆声を漏らしたものであった。そして、この歌は、なぜ心という言葉と鬼という言葉とが結び付いたかを示唆している。

　じつは、心と鬼の二つはともに目に見えないという共通点をそなえている。

　　東の方へまかりける人に、よみて遣はしける　　伊香子淳行

　おもへども身をし分けねば目に見えぬ心をきみにたぐへてぞやる　（古今和歌集巻第八　離別歌）

とすれば、「心の鬼」とはほとんど心そのものであった。「心の鬼」とは心という鬼であった。

十一　結び

多くの紙数を費やしたこの論述は、それほど複雑な問題を扱ったわけではない。数百年にわたる用例を視野に収めつつ、長い期間多くの注釈の積み重ねられてきた文学作品を主たる資料とするなかで、資料自体の吟味を行いつつ諸説の整理検証を慎重に進めなければならなかったということである。また、課題の性質上、論述も周辺の諸問題に及び、多岐にわたり、屈折を余儀なくされたので、要旨を示しておきたい。

1　みずからの心に内省的な視線を向ける王朝人は、心の奥にもう一つの心、我が心でありながら混沌として親しめない心、隠しておきたい心を見つめ、それを目に見えぬ鬼、隠れ籠もる鬼になぞらえて「心の鬼」と名づけた。十世紀後半の仮名文の世界で用いられるようになった。

2　「心の鬼」は否定的な心のありかた、働きを指して言うことが多く、またそれを知られることを恐れたから、しばしば「恐ろし」という語と結んだ。そこから十二世紀前半には、秘密にしていることを恐れる、あるいは内心にひそかに恐れを抱くという意味を派生させた。その背景として、一般に鬼は目に見えぬ存在であるとともに、恐ろしい存在と見る視線が、「心の鬼」という語にも向けられるようになったことがある。

3　秘密にしていることを知られるのを恐れる、あるいは内心にひそかに恐れるという用法は、源氏物語の読者の手になった鎌倉時代の仮名日記にも見られ、そうした理解は、南北朝以降室町時代までの源氏物語の注釈にも適用された。

4　一方で、室町時代には、能に「心の鬼」を地獄の鬼としての獄卒と重ね合わせ、煩悩、執心、過去世の所行たる鬼が我が身を責めるという修辞が用いられた。

(1) 田中貴子「「心の鬼」考」(『池坊短期大学紀要』第二二号　一九九二年三月)および『百鬼夜行の見える都市』(新曜社　一九九四年)。以下、田中貴子説の引用は後者による。

(2) 多屋頼俊「光源氏と朧月夜尚侍」(『国語と国文学』第三五巻第八号　一九五八年八月、同『源氏物語の研究』[法蔵館　一九九二年]に収録)、南波浩『紫式部集全評釈』(笠間書院　一九八三年)にやや詳しい言及がなされている。

(3) 本居宣長の玉勝間三の巻(三十七)に、「心の鬼」が列子の林希逸注の「疑心生闇鬼」と類似すると指摘し、雅言集覧の「心のおに」の項にも林希逸注は引かれている。ただし、『列子鬳斎口義』(万治二年板本)によれば「暗鬼」に作る。

(4) 林希逸は宋の端平年間(一二三四―三七年)の進士(宋元学案)である。その列子注は元版の将来品が伝存し、南北朝期の五山版があると、住吉朋彦「不二和尚岐陽方秀の学績――儒道二教に於ける――」(『書陵部紀要』第四七号　一九九五年)に指摘されている。

(5) 前掲注(2)多屋頼俊「光源氏と朧月夜尚侍」。引用は『源氏物語の研究』による。

(6) 原本は「まいらせらるたにも」に作る。「参らせらるるだにも」あるいは「参らせらるるにも」の誤りかとされている。

(7) 今日「心の鬼」について広く行われている理解、良心の呵責とか、気の咎めとかは、中世には行われていた形跡がない。北村季吟の「心の鬼とは心のあやまりを我と恥おもふやうの心也」(枕草子春曙抄　巻の七)あたりから、近代の理解につながるものが出現するようである。

(8) 解釈の試みを記しておく。詞書は、ある所の女の童と契りを交わしている男が、語らいの機会に、その腕に付けていた「すいい」(陽明文庫本の「すいく」に従うならば、護身のために「随求陀羅尼」を書きつけた紙の類か、あるいは「すす」

の誤写で数珠か）をひそかに取った。女の童は、輔親が取ったと思い込んで返してほしいと使いを寄越して来たという事情のようである。歌は、それに対する弁明として詠まれている。

（9）なお、「鬼神」と「鬼」との相違に注意を払うべきではないかというもっともな疑問も出されるであろう。しかし、漢語において両者を峻別することは困難である。日本語における「きしん」と「おにかみ」は漢語由来の語であることを強く意識して用いられ、概してその威力ある様や肯定的な側面を表現しているように見える。ただし、「鬼神」と「鬼」で明瞭な使い分けがあるとまでは言えない。

（10）増田繁夫「古代的世界に生きる光源氏」（『国文学　解釈と教材の研究』第三八巻第一一号　一九九三年一〇月）。

（11）この一段を含んで義湘伝は、鎌倉時代の華厳縁起絵巻に描かれる。また宝物集巻第六、雑談集巻之第四に、塚穴に泊りあわせた二人の旅人が、互いに相手を鬼と思いこんで暗闇のなかで取り組み争うが、朝になって錯覚に気づくという説話を、無明の鬼と真如実相とが一つであることの譬喩として引く。今昔物語集巻第二十八第四十四は笑話に仕立てられているが類話。

（12）ただし、〈もののけ〉の発動が「心の鬼」ゆえんであると詠む、「亡き人にかごとはかけてわづらふもおのが心の鬼にやはあらぬ」（紫式部集　四十四）がある。しかし、これは紫式部による一回的ないし個性的な〈もののけ〉解釈と鬼観念であって、これを「心の鬼」の語の成立や語義とただちに結びつけることはできない。この歌および詞書の解釈については、「紫式部集の物の気表現」（『中古文学』第六五号　二〇〇〇年六月）に提示した。本書第一部第五章「紫式部集の〈もののけ〉表現」。

（13）大和物語第五十八段にも載る。

（14）この言葉に関しては、大倉比呂志「「虫めづる姫君」の「鬼と女とは、人に見えぬぞよき」試解」（『解釈』第四〇巻第五号　一九九四年五月）が、特に取り上げて検討している。それによれば、鬼は得体の知れないもの、外形上恐ろしいものという観念があるから、「外形から物を判断すべきではなく、物の本質を正確に把握すべきだという姫君の主張」が語られているると解釈している。紹介にとどめる。

(15)　ここでは、「出で来」を隠れていたものが姿を現す意と解したが、これまでなかったものが発生するとも解しうる。しかし、「かたはらいたく」という修飾語との関係を考慮してこのように読む。

(16)　前掲注(10)増田繁夫「古代的世界に生きる光源氏」。

(17)　今西祐一郎『源氏物語覚書』(岩波書店　一九九八年)「罪意識のかたち」「懺悔なき人々」。

(18)　『源氏物語大成』によれば、「おにこか」と異文を持つ本がある。河内本系の伝二条為氏筆本、別本の御物本、保坂本、国冬本である。

(19)　なお、この「心の鬼」を柏木のそれとする解釈も論理的にはありうる。その場合は「いかなる御心の鬼にかは、さおぼすべき」であって、「どのような心の底で、そのようにお考えになってよいものでしょうか、そのようなことはけっして考えるべきではありません」ということになろうか。しかし、この解釈は採用しがたい。相手の心について「心の鬼」という時は、そうした心のありかたや働きを非難する視点から言表するのが通例である。憔悴しきった柏木にかけてやる言葉としてふさわしくない。

(20)　同じ歌が、第五句を「作る身なれば」として夫木和歌抄巻第三十二雑部十四「かくれみの」一五一七六に載る。逆接か、順接かは、新撰和歌六帖でも本によって異同があるようである。

(21)　伊勢物語第十五段にも載る。

【追記】

1　増田繁夫は、「古代的世界に生きる光源氏」(『国文学　解釈と教材の研究』第三八巻第一一号　一九九三年一〇月)で、源氏物語の十五例ばかりも疑心暗鬼で説明できると主張していた。さらに、「光源氏の古代性と近代性——内面性の深化の問題——」(『源氏物語研究集成　第一巻』風間書房　一九九八年六月)に、梁朝傅大士頌金剛経(大正新修大蔵経第八五巻)に見える「心疑生闇鬼　眼病見空花」の存在を指摘し、「この語やこうした思想が仏書によりわが国に伝えられていた可能性は大きい」とし、「心の鬼」は疑心暗鬼で解せると再説する。後者の論文を見落としていたのでここに記すが、梁朝傅大士頌金剛経の用例の指摘も、「心の鬼」の本義についての結論に影響を与えない。

2　大中臣輔親集を取り上げ、その詞書「すいい」について、前掲注(8)に、「すいい」が陽明文庫本のように「すいく」ならば随求陀羅尼を書きつけた紙の類か、「すす」の誤写であれば数珠か、と試解を示しておいた。これは誤りで、「すいく」は「随求の玉」のこととする、河野小百合「「心の鬼」と「随求経」――輔親集の歌をめぐって平安和歌における仏典の影響――」(『愛媛国文研究』第五一号　二〇〇一年一二月)に従うべきである。河野によれば、随求の玉は、「玉に一字ずつ陀羅尼の文字を入れ、数珠のように腕にかけるなどして身に付けておくものではないか」という。

3　長瀬由美「『源氏物語』と中国文学史との交錯――不可知なるものへの語りの方法――」(日向一雅編『源氏物語　重層する歴史の諸相』竹林舎　二〇〇六年)は、私の「心の鬼」の説に触れつつ、『紫式部集』『源氏物語』作者に関しては中国思想との接触は無視しえず、「心の鬼」なる語は、漢学の素養のある用法とそのずれを含む可能性を考慮する必要があるのではないか」と指摘する。紫式部の用法に独自の要素あるいは響きのあることについては同感である。

4　大野晋編『古典基礎語辞典』(角川学芸出版　二〇一一年)の「おに」の項に、「《「心の鬼」の形で》人の心に宿る、怖ろしい、他者に知られたくない思い、隠しておきたい心の動きなどをいう。「心に鬼を作る」ともいい、自責の念にかられる意」と説明する。

5　赤間恵都子「「心の鬼」の解釈について――王朝文学の心情表現――」(『十文字国文』第一八号　二〇一二年三月)、佐藤雅代「「心の鬼」考――歌ことばとしての一側面――」(『文芸研究』第一二六号　二〇一五年三月)、山口康子「「心の鬼」続貂」(『新村出記念財団設立三十五周年記念論文集』臨川書店　二〇一六年五月)が発表され、本章に収録した論文が提示した本義に関する結論を是としている。

6　杉浦和子「源氏物語における「心の鬼」――「人を責める鬼」から「己を責める鬼」の物語へ――」(『上智大学文化交渉

学研究』第一号　二〇一三年)は、源氏物語ほか多数の「心の鬼」の用例を検討してその「意味」を明らかにしようとしているが、用例ごとに当該人物の抱いていると推察される感情を読み取り、これを「心の鬼」という語の「意味」と見なす誤りに陥り、従来の混乱の轍を踏んでいる。

7　今川了俊の難太平記下二十一に「疑ヒ思召ト内々承及シカバ、九州ニ身一人海賊船ヲ以テ遣サルベシニテ有シ事ナリ。若流捨ラレ申スベキ御方便カト心ノ鬼アリシニ合テ」という用例がある。自分(了俊)に謀反の心があると将軍から疑われている状況での、了俊の心中についての記述である。長谷川端(文責)「『難太平記』下巻」(『中京大学文学部紀要』第四二巻第二号　二〇〇八年三月)は、補注2に詳細な検討を行い、「「若流捨ラレ申スベキ御方便カト」疑う不安な心をはっきり外に出す事を憚りながらも、ある種の本音を示す表現とは考えられないであろうか。また、了俊の「源氏物語」への関心の深さをうかがい知る表現ともみられるのではないか」という理解は適切であると認められる。内心ひそかに恐れるという中世的用法であり、中世の源氏物語解釈とも一致する。さらに、小川剛生『足利義満　公武に君臨した室町将軍』(中公新書　二〇一二年)第七章にも、このような「心の鬼」の用法を踏まえて、難太平記と応永の乱における了俊の言動が詳細に読み解かれている。

第四章　門と車と心と鬼をめぐる贈答歌——基俊集と康資王母集

一　はじめに

藤原基俊が仏を供養して説法の座を設け、それを康資王母(四条宮筑前、伯母《はくのはは》)がひそかに聴聞したことがあったという。その折、二人の間で歌の贈答のなされたことが、両人の歌集によって知られる。

仏供養したてまつりしに、四条宮の筑前の君、忍びて聴聞すと聞きて、車に言ひ入れはべりける

ただ一つ門のほかには立てれども鬼籠もりたる車なりけり　　(基俊集　八八)

基俊の家の説経聞きはべりしに、車に言ひ遣はしはべりし

ただ一つ門のほかには立てれども鬼籠もりたる車なりけり

返し

御法こそこの車には籠もれるに心の鬼は我となのるか　　(康資王母集　一二八、一二九)

このできごとが、いつのことであったかは分からない。橋本不美男『院政期の歌壇史研究』(武蔵野書院　一九六六年)第三章「堀河院歌壇と基俊・俊頼」に、嘉承元(一一〇六)年以前のこととしているのは、康資王母の活動期間をも

とに推定したものであろう。康資王母の家集によれば、長治三(一一〇六)年三月頃、再度大宰権帥に任ぜられた大江匡房に祝いの歌を贈っていて、それが動静を知りうる最後と見られるからである。しかし、その上限を知ることはできない。

この贈答には「鬼」「心の鬼」という言葉が用いられているところから、批評家や研究者の注意を引くところがあったと見えて、馬場あき子『鬼の研究』(三一書房　一九七一年)、田中貴子『百鬼夜行の見える都市』(新曜社　一九九四年)に取り上げられて論評されている。馬場によれば、基俊は筑前の君のかもす静かな気品を敏感にとらえて「鬼」と呼びかけたとして、

唯一つ、身分をかくすように打ちやつして立っている牛車は、一見心やすげに見えながら、乗っているのはなかなか手ごわい名流の女房で、矜持も高く、うっかり手出しはできませんという一首のなかには、名高い筑前の君の聴聞を歓迎する喜びの気持ちが第一にあるが、それとともに〈鬼〉という呼びかけに反応する女の心をみようとする挑発も含まれている。

という。田中は、さらに次のように説き進める。

人間の罪障を認識し後世を願う仏事法会という場であるからこそ、人々の脳裏には邪悪な心や罪人を責める獄卒の鬼のイメージがことさらに漂っていただろうし、筑前の歌の「心の鬼」もそのような時空間と密接に結び付いて現れた表現だったと思えてならないのである。

しかし、馬場の批評は康資王母集の存在を見落としたまま、基俊集の一首にもとづくものであり、田中の批評も、「心の鬼」に対する不確かな理解に立脚している点で不安の残るものと言わざるをえない。

また、滝沢貞夫『基俊集全釈』(私家集全釈叢書5　風間書房　一九八八年)、久保木哲夫・花上和広『康資王母集注釈』

（貴重本刊行会　一九九七年）もそなわるが、十分とは言えない。ここに解釈の試みを提示するゆえんである。

二　門の外に立つ車

康資王母集には「基俊の家の説経」とあるが、基俊集によれば「仏供養したてまつりしに」とする。基俊が仏像を新しく作ってそれを開眼供養し、あるいは古い仏を再び供養する法会を営み、請じられた導師がその座で説法を行ったというのであろう。二人の歌は、田中貴子も注意を向けたように、そうした法会の機会に詠み交わされているために独特の素材や表現が選ばれることになった。

その一つが、基俊の歌で、康資王母の人目を忍んで説法聴聞している様を、門の外に車を立てていると表現したことである。(1)康資王母は基俊の家に入らなかったから、そのように詠まれたという単純な道理ではあるが、それだけではない。ここには仏教上のある知識がふまえられている。

法華経譬喩品第三に、釈迦は譬喩を用いつつ、仏が大いなる神力と深い知恵と広い慈悲にもとづき、方便を用いて一切衆生を苦悩や貪・瞋・痴の三毒から離れさせ、悟りに至らしめることを説いている。それは、炎上してまさに崩れ落ちようとしている家の中にあって、我が身に危険が迫っていることにも気づかず遊びに夢中になっている幼稚な子供たちを救うべく、父の長者が、門の外には遊び道具のくさぐさの車があると声をかけて、子供たちを安らかに家の外に誘い出す、そのように仏は一切衆生を正しい道に導くのであると説く。よく知られた「三界無安、猶如火宅」の譬喩である。門と車とは、法華経のこの譬喩をふまえて詠まれているのではないか。法華経の次に示すような経文と対応している。

若国・邑・聚落、有大長者。(中略)財富無量、(中略)其家広大、唯有一門。(中略)欻然火起、焚焼舎宅。長者諸子、若十、二十、或至三十、在此宅中。[国・邑・聚落に大長者有るが若し。(中略)財富は無量にして、(中略)其の家は広大なるに、唯一つの門のみ有り。(中略)欻然として火起こり、舎宅を焚焼す。長者の諸子の、若しは十、二十、或は三十に至るまで此の宅の中に在り。]

父(中略)而告之言、汝等所可玩好、希有難得。汝若不取、後必憂悔。如此種種、羊車、鹿車、牛車、今在門外。可以遊戯。汝等於此火宅、宜速出来。[父は、(中略)之に告げて言はく、「汝等が玩び好むべき所は、希有にして得ること難し。汝若し取らずんば、後に必ず憂悔せん。此くの如き種種の羊車、鹿車、牛車は、今門の外に在り。以て遊戯すべし。汝等は、此の火宅より宜しく速やかに出で来たるべし。」]爾時諸子、(中略)競共馳走、争出火宅。[爾の時諸子は、(中略)競つて共に馳走し、争つて火宅を出でたり。]

こうして、「ただ一つ門のほかに」車が立てられているとは、「火宅」に見立てられた基俊の家から出て「門外」にあるということで、ただ康資王母のみが、父の長者の言葉に誘われて火宅の難を遁れた子供のように、すでに仏の方便に導かれて三界を離れ、安らかな境地に住していることを寓したものであった。

このように、車を素材として法華経の火宅の譬喩を詠むことは珍しいことではない。

もろともに三つの車に乗りしかど我は一味の雨にぬれにき　(後拾遺和歌集巻第二十　雑六　釈教　読み人知らず)

右の歌は、土御門右大臣源師房家の女房たちが三輛の車に乗り菩提講に参ったものの、雨が降り出したので二輛は帰り、残った車に乗っていた女房が詠んだもの。皆一緒に三輛の車に乗って火宅を出るまではしたものの、雨に降られて帰った人々は仏の救済に十分にはあずかれず、説法の座に残った私たちだけが、法華経薬草喩品第五に説かれるように、すべての草木を等しく潤す釈迦の法の慈雨に浴したというのである。この「三つの車」とは、長者が「如此種種、羊車、鹿車、牛車、今在門外」と子供たちを誘う方便の遊具であった。

ところが、基俊の歌には車は「ただ一つ」と詠まれている。門外には康資王母の車一輌しかなかったからには違いないが、実はここにも法華経譬喩品がふまえられている。長者は羊車、鹿車、牛車をもって誘ったけれども、門の外に出た諸子に与えたのは「等一大車［等一の大車］」であった。それは、高く広く、さまざまの宝石で飾られて、たくましくも美しい白牛の引く車であるという。子供たちは、この車に乗ることによって、「涅槃の楽」「安穏第一」を得ることになると説く。こうして、基俊の歌の「ただ一つ」の車には、法華経方便品第二にも「唯有一乗法、無二亦無三［唯だ一乗の法のみ有りて、二も無く亦三も無し］」と説かれる大乗の法たる釈迦の真実の教えに従い、すでに無畏安穏を得ていると讃嘆する意がこめられていたのであった。もちろん、康資王母の聴聞を歓迎しての基俊の挨拶である。

このように法華経の譬喩や文句がふまえられていたとすれば、基俊家の法座の導師は法華経の功徳を讃える説法を行っていたと推定するのが自然であろう。

三　火宅の中の鬼

康資王母は、右のようにただひとりすでに三界の火宅を離れ、一乗の法の救済にあずかっているとされる。しかしながら、上句は「立てれども」と逆接で、「鬼籠もりたる車なりけり」という下句に受けられる。鬼が籠もるという表現は穏やかでないが、田中貴子が言うように、そこには「邪悪な心や罪人を責める獄卒の鬼のイメージがことさらに漂っていた」のであろうか。

たしかに、鬼と車と言えばまず想起されるのは、地獄に堕ちると定められた人が、臨終において火車来迎にあずかることかも知れない。平家物語には平清盛の妻の二位殿の夢として、次のように語られている。

猛火のおびたたしくもえたる車を、門の内へやり入れたり。前後に立ちたるものは、或は馬の面のやうなるものもあり、或は牛の面のやうなるものもあり、車の前には、「無」といふ文字ばかりぞ見えたる鉄の札をぞ立てたりける。二位殿夢の心に、「あれはいづくよりぞ」と御尋ねありければ、「閻魔の庁より、平家太政大臣殿の御迎へに参ッて候ふ」と申す。（巻第六「入道死去」）

火車来迎は、今昔物語集巻第十五第四、私聚百因縁集巻第四第十三、同巻第四、第十にも見える。また、これらとはやや異なり、地獄草紙（模本甲）の一場面にもあるように、獄卒が地獄の罪人を火の車に載せるという責め苦もあると説かれている。その詞章には、

またこの地獄の罪人を猛火熾燃なる鉄車にのせて、鬼おほく前後に囲遶して城のほかにめぐりありくことあり。罪人身分、やけとほりて死生いくかへりといふことをしらず。

とする。

しかし、基俊の歌には「鬼籠もりたる車」と詠まれていて、鬼が車を引くのではない。そして、実はあまり注意を払われることがないけれども、平安時代に「おに」という言葉によって、いわゆる地獄の鬼としての「獄卒」が思い浮かべられることはなかった。たとえば、往生要集巻上に地獄の様を説くところには「獄卒」「閻羅人」と称される。往生要集で「鬼」と言えば「餓鬼」のことである。仮名文や説法の詞にも、

荒き使に追はれ暗き道に向かふ時には、獄卒云はく、「汝、人の身を得て道を行はず成りにき。宝の山に入りて

手を空しくして還るが如し。自らの怠りなれば誰をかは怨みむ」と云ひつつ、責め打つ時、悔い悲しぶともかひもなし。　（三宝絵　序）

えむら王の宮のならのいはしまをめしにゆくつかひ／つかひのお〔に〕／おに

（関戸家旧蔵・名古屋市立博物館蔵三宝絵中巻第十四）

毒イ、三日トイフニシヌ。閻魔ノツカヒ三人、（中略）閻魔王ノ門前ニイデヽ、罪サダムルトコロニヰテイタリ、（中略）閻魔王、「カレハ論ナク無間獄ヘヰテマカレ」トサダムルホドニ、東ノ方ヨリ仏光ヲ放テ来リ給テ、「此毒イヲバ我ニユルセ」トノタマフニ、獄卒オドロキテ　（百座法談聞書抄　三月一日）

と、閻魔王の使者が「おに」と呼ばれることはあっても、獄卒が「おに」と称されることは基本的にない。今昔物語集巻第十五第四の火の車に付いた者は「鬼」と呼ばれているが、それは獄卒ではなく、冥府の使者だからであろう。獄卒をほぼ無条件に「おに」と呼ぶことが一般化するのは鎌倉時代以降である。ただし、「鬼（おに）」が「獄卒」を駆逐することはなく、中世を通じて両語は併用される。また、しばしば同一資料のなかに混在する。

したがって、『基俊集全釈』『康資王母集注釈』も指摘するように、ここは何よりも著聞の次の歌を想起すべきところである。

陸奥国名取の郡黒塚といふ所に重之がいもうと
あまたありと聞きて言ひ遣はしける　兼盛
陸奥の安達の原の黒塚に鬼こもれりと聞くはまことか　（拾遺和歌集巻第九　雑下）[2]

車の中に隠れ籠もっているのは康資王母であり、基俊は康資王母を鬼と呼びなしたわけである。女を鬼に見立てるのは珍しいことではない。堤中納言物語「虫めづる姫君」の主人公が、「鬼と女とは人に見えぬぞよき」と案じていたという。高貴なあるいはうら若い女と鬼とは一見対照的でいて、深窓にあって人前に姿を現さないところ、塚穴に隠れ潜むところに共通するものがあったのである。つまりこの場合は、「忍びて」すなわち車の中にあって姿を見せないまま聴聞を続けた康資王母を、「目に見えぬ鬼（神）」（古今和歌集・仮名序、源氏物語「帚木」）に見立てたのであった。古代人は、隠れ籠もり、目に見えぬというところに鬼の本性があると考えていた。

同時に、この歌が法華経譬喩品をふまえて詠まれているとすれば、「鬼籠もりたる」にはさらに別の意味が託されているのではないか。

法華経譬喩品に就けば、火宅の中の安らかならざることを説明して、次のように述べている。

処処皆有　魑魅魍魎　夜叉悪鬼　食噉人肉　毒虫之属　諸悪禽獣　孚乳産生　各自蔵護　夜叉競来　争取食之　食之既飽　悪心転熾　闘争之声　甚可怖畏　鳩槃荼鬼　蹲踞土埵（中略）復有諸鬼　其身長大　裸形黒痩　常住其中　発大悪声　呼叫求食（中略）復有諸鬼　首如牛頭　或食人肉　或復噉狗　頭髪蓬乱（中略）如是諸難　恐畏無量

［処処に皆、魑魅・魍魎・夜叉・悪鬼有りて、人肉・毒虫の属《たぐひ》を食噉《くら》ふ。諸の悪しき禽獣は孚《たまごかへ》し、乳《ちのま》せ、産生《う》みて、各の自ら蔵し護るに、夜叉は競ひ来たつて争ひ取りて之を食ふ。之を食ひて既に飽けば悪心は転《うた》た熾《さか》んにして、闘争の声は甚だ怖畏すべし。鳩槃荼鬼は土埵に蹲踞《うずくま》り、（中略）復た諸の鬼有り、其の身は長大なるも、裸形にして黒く痩せ、常に其の中に住し、大悪声を発し、呼叫《さけ》びて食を求む。（中略）復た諸の鬼有り、首は牛の頭の如し。或は人肉を食ひ、或は復た狗を噉ふ。頭髪は蓬のごとく乱れ、（中略）是くの如き諸の難ありて、恐畏すること無量なり］

基俊の歌の「鬼籠もりたる」が、右の経文を引いているとすれば、火宅の門の外にある車の中といえども、諸悪鬼の集う恐ろしい場所としての三界に変わりはないのではないかと言ったのであろう。なお、法華文句巻第六上（大正新修大蔵経三四・七五―七六頁)によれば、これらの悪鬼は邪見、戒取(戒めや誓いを立てる執着)、身見(自己という実体があるという考え)、見取(誤った見解に執着すること)、辺見(偏った考え)の五つの「利使」すなわち我見の迷妄の譬喩であるという。とすれば、基俊は、康資王母がひとり火宅の門外の正しい教えの一乗の車に乗っているかのごとくで、その実悪鬼のような我執にとらわれているのではないかと諷したことになろう。

四　鬼を一車に載す

基俊の歌の「鬼籠もりたる車」には、法華経のほかにさらに典拠が考えられる。車と鬼とが取り合わされた事例として、想起されるのが和漢朗詠集巻下「述懐」に載る次の句である。

載鬼一車何足恐　棹巫三峡未為危「鬼を一車に載せたりとも、何ぞ恐るるに足らん。巫の三峡に棹さすとも、未だ危ふしと為さず」　中書王

和漢朗詠集江注には「感懐詩　前中書王」とし、私注にも同じく注したうえで「〔孫子〕志怪曰」として、盧充なる者が崔少府の娘(実はその幽霊)と契り、一子を儲ける説話を引用する。盧充が崔少府の娘の墓の辺りで狩をして獲物を追っているうちに崔の家に至り、その娘と契る。崔は、娘が男の子を産んだら手元に送り届けようと言う。そのことがあってから、三月三日に充が水遊びをしていると、犢車が浮きつ沈みつして近づき岸に登った。中には崔氏の娘と三歳の児が乗っていて、その児を手渡してたちまち姿が見えなくなったという。太平広記巻第三一六・鬼一「盧充」〈捜神記〉にも引かれて、伝奇小説によくある冥婚譚である。崔氏の娘の幽霊すなわち鬼が車に乗って来たという要素を、「鬼一車」という表現と関係づけたもののようである。私注は、これに「周易云、有㆓両檻女之喩㆒」と続け、さ

らに「文集曰、大行之路能摧レ車、若比二人心一是夷途。巫峡之水能覆レ舟、若比二人心一是安流也」と示す。国会図書館本和漢朗詠注も同様である。

第二句の典拠として白氏文集を示すのは妥当であるが、第一句の典拠としては難があると見受けられる。永済注には、殷の紂王が人の頸を切って宮中に置いたところ一夜にして鬼になったという故事めくものを示して、さらに廬充の説話を掲げる。広島大学本和漢朗詠集仮名注には殷の紂王の説話を引く。院政期から室町期までの朗詠注の内部では、このように典拠の認定が不安定であった。(3)

こうして、結局はこの詩句についての適切な注は、北村季吟の和漢朗詠集註まで待たねばならなかった。

此詩ノ心ハ、人ノ心オソロシクテタノムコトアヤウキコトヲ云也。上ノ句ハ、周易睽ノ卦ノ上九ノコトバニ、載《ス》二鬼ヲ一車《ニ》一トアル字ヲ用テ心ハ用ヒカヘテ、オソロシキ鬼神ヲ一車ニノセシムルトモ、人ノ心ノオソロシキニクラベテハ、畏ルニタラズト云也。(中略)文集大行路ニ云ク、巫峡ノ水ハ能ク覆《ス》レ舟《ヲ》。若シ比《セ》ニバ人心《ニ》一是レ安ナル流ナリト云リ。コノ心ニテ、人ノ心ノタノミガタク危キコトハ、三峡ノ水ヨリマサレリト云ナリ。

右に説く通り「鬼一車」とは、易経(三十八)「睽」の一節にもとづくものであった。

上九、睽孤。見三豕負レ塗、載二鬼一車一。[上九、睽《そむ》きて孤なり。豕《ゐのこ》の塗《どろ》を負ひ鬼を一車に載するを見る。]

今日、この一節については程伝などにもとづいて、背中に塗(泥)を負う小豚の汚いこと、幽霊を車一杯に載せた様を見るとは、疑心暗鬼が生じた幻影の意と解されている。季吟もそのように解したらしく、中書王兼明親王は、鬼神を車一杯に載せるという恐ろしい情景の意に読み替えてあると指摘する。ただし、それが親王の一回的な読み替えであったかどうかは断定しがたく、当時の日本ではこの詩句のような意で易経が解釈されていて、そうでなくとも、この一節のみが切り出されて日本化され、意味を変化させていた蓋然性は高い(4)。易経の注釈史を繙く必要があるが、後日の調査に委ねたい。

車の中に鬼が乗っているという光景は、易経を読める者だけでなく、平安時代中期以降の人ならば、和漢朗詠集を通じて、思い描くことができたはずである。基俊は易経を読んでいた可能性があり、和漢朗詠集はもちろん知っていたに違いない。

とすれば、「鬼籠もりたる車なりけり」とは、易経ないし和漢朗詠集の「鬼一車」をふまえて、車の中には奥ゆかしく信仰心の篤い女人ではなく、恐ろしい鬼が満ち満ちて隠れ籠もっているのではないかと詠みかけたことになろう。安達が原の塚の女鬼と、法華経の火宅の中の悪鬼と、この「鬼一車」と三つの典拠を重ね合わせては名流の女歌人を挑発して、基俊の面目躍如というところであろう。

五　心の鬼

基俊の詠みかけに対して、康資王母は、

御法こそこの車には籠もれるに心の鬼は我となのるか

と応じた。この歌は基俊の言葉の挑みをどのように切り返したことになるのか。

上句は、この車には鬼などではなくて、ほかならぬ御法が籠もっているのだと駁している。何の変哲もないと見えるが、歌詠みの歌らしく言葉は選ばれ組み合わされているとは言えよう。基俊の贈歌にあったように、門の外にただ一輛立てられていたのは、「等一大車」であり、二つとなくまた三つとない唯一の「一乗の法」であった。「のり」は車の縁語の「乗り」であり、「法」である。このように縁語、掛詞を綾なす詠み方は、たとえば大斎院前御集の次のような先例があった。

雲林院の念仏聴きに来たる車の、夜ふくるほどに聞こゆれば、馬、

雲居よりのりの車ぞ帰るなる西にかたぶく月やあふらん　（二二三）

進

よそにのみ□とのほか行く車ゆゑうき世にめぐる月をこそ思へ　（二二四）

賀茂の斎院の御所は雲林院の近くにあった。馬の歌は、その雲の林と呼ばれた寺の念仏聴聞に参った車が帰って行く音が聞こえるが、あの車には参った人ばかりでなくこの夜積んだ大乗の仏法の功徳も乗っているので、西方浄土の真如の月に出会い、救済にあずかるのであろうという意である。

返しの進の歌の欠字は「か」と推定され、「門の外行く車」すなわち火宅の門の外を行く等一の大車すなわち大乗の法は、「よそ」すなわち自分たちに無縁であるという。仏法を忌む斎院御所に仕える女房たちは、救済から漏れてしまう存在であることを悲しみつつも、しかしそれゆえに、この憂き世をめぐる真如の月にいっそう心をかけるというのである。

康資王母が、右の贈答を踏まえているとまではいえないが、門の外、車、法を詠みこもうとして、まず頭をよぎった歌ではなかろうか。

では、下句はどのように解釈されるであろうか。基俊の「鬼」を「心の鬼」に転換したうえで、隠れ籠もっていることが知られてしまったのは、その心の鬼がみずから名乗ったのかと応じている。歌のおおよその意は解しうるが、

なぜここに「心の鬼」が用いられるのか、それが「我となのる」とはどのようなことかが説明されなければならない。

「心の鬼」という言葉は、平安時代の日記や物語などの仮名文によく用いられて、一般に疑心暗鬼、あるいは気の咎め、良心の呵責の意とされている。『康資王母集注釈』も、「心の鬼」を「気が咎めること。疑心暗鬼」と説明して、下句を「あなたのおっしゃる鬼、疑心暗鬼は、自分自身で名のりをあげたのですね」と解釈しているが、次のような疑問が生まれる。第一に、基俊の詠んだ鬼を康資王母は「心の鬼」と単純に置き換えていると解しているけれども、それには根拠がない。第二に、語釈では「心の鬼」に二義を挙げながら、歌の解釈にはその一方のみを採用したのはなぜか。第三に、かりに「心の鬼」が疑心暗鬼であるとして、その疑心暗鬼が自分自身で名乗りをあげたとは、具体的に何を意味するのか、要領を得ない。

「心の鬼」という言葉の平安時代の用法については、次のような結論を得ている。(5)

①みずからの心のうちに内省的な視線を向ける王朝人は、心の奥にもう一つの心、我が心でありながら混沌として親しめない心、隠して人に見せたくない心を見つめ、それを目に見えぬ鬼、隠れ籠もる鬼になぞらえて、「心の鬼」と名付けた。十世紀後半の仮名文の世界で用いられるようになった。

②「心の鬼」は否定的な心のあり方、働きを指して言うことが多く、またそれを知られることを恐れたから、しばしば「恐ろし」という言葉と結んだ。そこから、十二世紀前半には、秘密にしていることを知られはしないかと恐れる、あるいは内心ひそかに恐れを抱くという意味を派生させた。その背景として、一般に鬼は目に見えぬ存在であると同時に、恐ろしい存在と見る視線が、「心の鬼」という語にも向けられるようになったことが考えられる。

「隠している心中を知られるのを恐れる心理」あるいは「内心ひそかに恐れを抱く」という派生義の早い用例は、長承三(一一三四)年に催された歌合に詠まれた歌の「心の鬼を作る」、天養元(一一四四)年に書かれた書簡のなかの「作心於鬼[心に鬼を作る]」という表現である。基俊と康資王母の贈答が、嘉承元(一一〇六)年以前ということであれば、康資王母の返歌の「心の鬼」が本義を保っているか、転義しているかどうかの検証は必要であろう。

ここの「心の鬼」は、車中の人康資王母のものであろう。そして、上句に「御法こそ……籠もれるに」と詠んでいるからには、平兼盛の歌に「黒塚に鬼籠もれり」と詠まれているように、「心の鬼」も籠もるものであるという理解に立っていると見なされる。本来隠れ籠もる存在、「目に見えぬ」(古今和歌集・序、源氏物語「帚木」)存在であるからこそ、「我となのるか」と詠嘆的に詠まれることになった。隠れ籠もって人に姿を見せようとしないはずの「心の鬼」がみずから名乗って、存在とその在り処を知らせてしまったというのである。このように、「我となのるか」と詠まれたところにこそ、「心の鬼」が潜み隠れている心、ひた隠しに隠す心の奥底の意であることが示されていよう。

この歌の康資王母の「心の鬼」が、具体的にどのような内実をそなえているのか、どのような心の働きを指しているのか、それは分からない。しかし、少なくとも「隠している心中を知られるのを恐れる心理」あるいは「内心ひそかに恐れを抱く」という義が成立しているとは言いがたく、これも、心の奥底に隠して人に見せようとしない心という本義を保っていることは疑問の余地を残さない。同時に注意されるのは、「心の鬼」は我が心のうちにありながら、その心の主の意のままにはならない存在として表出されていることである。「心の鬼」は名乗ったかもしれないが、それは康資王母の意志とは無関係のふるまいであったということに対する詠嘆が、「我となのるか」であった。平安時代の女たちがそうであったように、この歌の作者もみずからの心とその作用に対する深い内省を伴って「心の鬼」を用いていると言えよう。

このように解して、基俊が、安達が原の鬼のほかに、法華経の火宅の悪鬼と「鬼一車」とを重ね合わせて「鬼籠もりたる」と詠んだ、その趣旨はどのようにふまえられ、どのように応えられているのであろうか。

康資王母がここに「心の鬼」を持ち来たったのは、和漢朗詠集の「載鬼一車何足恐」の趣意をふまえてのことであろう。つまり車一杯の鬼なぞ、「人ノ心ノオソロシキニクラベテハ、畏ルニタラズ」というわけである。すなわち、車中に鬼が隠れ籠もっていると看破されはしたけれども、その鬼なるものは、安達が原の塚に籠もる鬼よりも、法華経譬喩品に説かれる三界たる火宅の中に跋扈する諸悪鬼よりも、易経の「鬼一車」の鬼よりも一段と恐ろしいと中書王が述懐した人の心、その奥底に姿を隠している「心の鬼」にほかならないと応じたことになろう。

心中深く隠れ潜んでいるはずの「心の鬼」でありながら、それはなぜか「我と」すなわち自分から進んで名乗ったという。普通「心の鬼」は、人には知られたくない心の奥底に視線を向けて、みずからの心のなかに働くもう一つの心の存在に気づくという性質のものであった。ということは、そのような「心の鬼」が名乗ったのは、そして、名乗ったと康資王母が詠んだのは、よくよくのことであったに違いない。その理由は歌のなかには表現されていないけれども、やはり尊い説法を聴聞する機を得たことに対する喜びをこめて、主の基俊への挨拶としたのであろう。

六　むすび

これまでの検討をふまえて、それぞれの歌の解釈を示しておく。
ただ一つ――ただ一輛の車が三界の火宅を逃れて門の外に停められ、その車に乗っている人は仏の真の教えに導かれて安穏を得ているのであろう。しかし、よくよく窺うと、車の中は、恐ろしい鬼が安達が原の黒塚に隠れ潜むように、また易経の「鬼一車」さながら車中に満ち満ちている所であって、したがって、そこはさまざまの鬼が跳梁跋扈している三界の火宅と異ならないからには、中に人目を忍び籠もっている人も安らかではなく、我執の煩悩にとらわれているのではないか。

御法こそ――火宅の門の外に出て停まっている車は釈迦の等一の乗り物だから、その言葉通り尊い一乗の御法が籠もっているはず。ところが、諸々の恐ろしい鬼が車一杯に隠れ潜んでいること、またこうして私が聴聞に参っていることを見あらわされてしまったのは、あなたの言われる易経の「鬼一車」の鬼よりももっと恐ろしいと中書王も慨嘆した人の心、その奥底に隠れ潜む私の「心の鬼」がみずから名乗ったことよ、法華経の教えを説く導師の言葉に誘われて。

年齢も高く、歌人としての経験も豊富な康資王母がやや押され気味であるのは、老いのゆえであろうか、それとも、尊い仏法に触れて煩悩深いみずからの心中を見つめ、これを率直に表出したいという心境によるものであろうか。

（1）なお、基俊の家の中の導師の説法の声が、門外のしかも車中の康資王母の耳に届いたかどうかというもっともな不審が抱かれるであろう。鉦の音ぐらいは聞こえたかも知れない。ただし、説法は聞こえなくともよいのである。康資王母は何より結縁のために来たのであって、法会の営まれている家の門前に車を停めるだけで十分な功徳になると考えられていたであろう。

（2）大和物語第五十八段にも載る。

（3）ただし、鬼と車との関連は中世にあっては広く流布していたと見られる。太平記巻第十八に、和漢朗詠集の句が引用されている。また、連珠合璧集の三十八雑類に「鬼トアラバ、あかき　青　一口　一車　かはら　面　黒塚　葎の宿（伊勢〕」とあって、連歌の付合に用いられるほどであった。

（4）鬼はきわめて多義的な存在であるが、中国ではもっぱら死者の霊魂を意味するのに対して、日本では人を食う恐ろしい妖怪としてとらえられることが多い。鬼に対する理解の重なりとずれとが、文意の理解に振幅を作る。

（5）本書第二部第三章「心の鬼の本義」。本節は、これをふまえ、かつその論旨の補強をはかったものでもある。

第三部　龍蛇

——罪障と救済

第一章　聖なる毒蛇／罪ある観音——鷹取救済譚

一　はじめに

仏教における説話は、説かれる教理との関係において、言い換えれば、それが具体化される場の目的に応じて機能する。すなわち、その場に最も適切な説話が選び取られ、また説話は、果たすべき機能にふさわしい構成と表現を与えられて意味を実現することになる。したがって、説話を聞くことおよび読むことは、説話の意味を解釈しつつ、その場における機能、たとえば譬喩であるか、因縁であるか、例証であるかを把握し、かつそれがどのように教理の提示に参与しているかを理解する階梯であるということができる。

しかし、教義を支え教理に従属するものとして機能することが、説話のすべてであろうか。そして、そのようなものとして意味と機能を了解すれば十分なのであろうか。説話は、場に規制され、果たすべき機能に応じて意味の実現に方向性と制限を加えられるものであって、しかし同時に、場の論理を生成し支えていく存在である。そのような意味で、説話は教理を揺さぶる可能性を持つ。説話が過不足なく意味を実現し、適切に機能するあり方を超えようとするところを、さらには言葉の力によって説話自体をも超えようとするところを、構成と表現に即してとらえることが必要であろう。そのことは、信仰や思想や想像が説話というかたちをとる理由を、あるいは説話というかたちでしか表現しえないものがあることの意味を、解きあかすことにもつながるはずである。

二　鷹取救済譚の機能

ここに一つの説話がある。

奥州に鷹取を生業とする男がいた。鷹取が鷹の雛を獲ろうとして、登ることも降りることもできない高い崖の中腹に、幾日も取り残されてしまう。絶体絶命の窮地に観音に救いを求めると、大蛇が出現し、それに刀を突き立て取りすがって崖の上に出ることができた。後に、鷹取は、大蛇に突き立てたはずの刀が、かねて信奉していた観音経に刺さっているのを見て、観音の弘誓の願の大きさと深さを改めて知るのである。

この説話の文献資料は、次に掲げる通り三系列六種が知られている。

Ａ　本朝法華験記巻下第一一三→今昔物語集巻第十六第六／取鷹俗因縁

Ｂ　梅沢本古本説話集下第六十四／宇治拾遺物語第八十七

Ｃ　金沢文庫本観音利益集(三十五)

最も古い資料はＡの本朝法華験記であり、今昔物語集は基本的にそれに基づくが、ごく一部について現存しないある資料を参照して書かれている。本朝法華験記は、法華持経者の伝と法華経霊験譚の集であって、この鷹取救済譚は、法華経観世音菩薩普門品すなわち観音経の霊験の例証として機能していると認められる。また、今昔物語集巻第十六は「本朝付仏法」と題され、すべて観音菩薩の霊験譚によって編成されている。本説話も「陸奥国鷹取男、依二観音助一存レ命語」という標題をそなえ、観音霊験譚として機能していることは明らかであろう。こうして、今昔物語集がこの説話を法華験記から受容するにあたって、いささか機能を転換していることが知られる。法華経観世音菩薩普門品の霊験の例証とするか、観音菩薩の霊験の例証とするかは、普門品が観音の徳を説くものである以上、さして大きな違いはない。ただ、法華験記が、「(鷹取は)法華を受持し、永く悪心を断てり」(原漢文)と説話を結んで、法華経に対する信仰を強調し、今昔物語集は、これを「弥《いよい》ヨ勤メ行テ、永ク悪心ヲ断ツ」と改変したうえで、「観音ノ霊験ノ不思議、此クナム御マシケル」という評語を加えて、観音菩薩霊験譚として整え、それを前面に押し出している。両書が、この説話をどのように機能させようとしていたかを明瞭にうかがうことができる。

Bの梅沢本古本説話集と宇治拾遺物語とは同源の説話集から分岐した関係にあると見られ、ほとんど同文である。梅沢本古本説話集は目録に「観音経変二化蛇身一輔二鷹生一事」と題し、宇治拾遺物語の目録も「観音経化レ蛇輔レ人給事」と同じ趣である。ただし、どちらも説話の末尾に「観音を頼み奉らんにそのしるしなしといふことはあるまじき」という評語を持っているから、経典か菩薩かにこだわってはいない。

この説話は平安時代、鎌倉時代の説話集に載るほか、説法の場でも語られていたことが知られる。取鷹俗因縁は、唐招提寺蔵の鎌倉時代中期頃の書写とされる小さな草子で、僧が唱導の席に懐中して臨んだとおぼしい[1]。冒頭に「日本法花験記下云」とあって、若干の異同は認められるものの、本朝法華験記に依拠したことは明らかである。表紙には打ちつけ書きに記した題のほか、その右脇に「八巻」という文字がある。普門品の位置する法華経第八巻を指すことは明らかで、この説話を利用すべき場に関する注記である。法華経第八巻講釈の席などで、この説話は引証するにふさわしい。

Cは、一括して金沢文庫本観音利益集と仮称される小さな草子のうちの一冊で、「陸国鷹取」と題される。金沢称名寺二世の剣阿(一二六一―一三三八年)の筆になるとされ、これも鎌倉時代の唱導資料である。「依観音経之力／遁難所事」という割り書きの付題をそなえ、説話の要点を示すほか、利用すべき機会についての索引となっていることは、取鷹俗因縁の「八巻」と同じである。全体としてはA系列に近いが、特定の文献資料との直接関係は認められない。一例を示せば、鷹取が崖に取り残された経緯を、崖の上から綱を下ろして巣の所までつたい降りようとして綱が切れたためと語っているが、この部分は、隣家の男の裏切りによるとするA系列とも、木の枝が折れたためとするB系列とも異なる。語りや抄出書写をくりかえすなかで、構成や表現の変化が起きたことを示すものであろう。

この説話には、息づまる事件の展開に思いがけない結末が用意されていて、観音(経)霊験譚らしい面白さをそなえている。多くの説話集に収録され、説法の場で用いるべく少なくとも二度抄出されたのは、この説話が観音(経)霊験の例証としていかに有用であったかを物語っている。

しかし、それはそれだけのことであろうか。この鷹取救済譚が、人の心をとらえて離さない何か特別な価値をそなえていたからではなかったか。人はこの説話に接して、たとえば次のように問いかけずにはいられない。なぜ観音(経)は大蛇に変化して鷹取を救済するのか。大蛇はいつどこから出現するのか。鷹取は大蛇に刀を突き立てるが、それは何を意味するのか。逆に、観音(経)としての大蛇は鷹取に刀を突き立てさせるが、そのような方法でなされる救済とは何か。鷹取はどのような救済を得たのか。このように、この説話は龍蛇と観音に関する古代中世人の観念と想像力の特徴をよく示しているほか、罪悪と救済をめぐる課題について格別の宗教的深さを湛えているようにみえる。

この説話から導かれる右のような問題は、読めば分かるという程度から、いくつもの水準で説明しなければならないもの、相反する解釈が導かれるものまであって、そうした解釈の総体をすくい取ることが、古代中世人の説話享受に寄り添うことであろう。ただし、ここではこの説話についての古代中世の解釈の再現を目的とするのではない。この説話が、読まれうるどのような可能性を持っているか、言語表現をとることによって、この説話が人間と仏教について何を顕在化し、あるいは何を潜在させたかを問おうというのである。その具体的な方法として、本朝法華験記を軸に、諸資料の構成と表現の重なりとずれとを分析しつつ、説話を成り立たせている諸要素の意味を解読していくという方法を選ぶ。そのことを通して、特に本朝法華験記という説話集の文学的価値を明らかにし、あわせて古代中世人にとって説話を聞くこと読むこととはどういうことであったか、また私たちにとってどういうことであるかを問いなおしたい。

三　龍蛇としての観音

この説話が、それぞれの資料において法華経霊験譚、観音経霊験譚、あるいは観音霊験譚として機能していること、そしてそれぞれの機能に応じた表現を持っていることについては、先にその一部を確認した。そのような観点から、この説話が観音霊験譚として具えている特徴はほかにも指摘されている。観音霊験の特徴の一つは救難にあって、この説話における難は、鷹取が高い崖の中腹に取り残されることである。この要素について、新日本古典文学大系『宇治拾遺物語　古本説話集』（岩波書店　一九九〇年）の古本説話集の本話の解説に、

「或在二須弥峯一、為レ人所二推堕一、念二彼観音力一、如レ日虚空住」（普門品）によるか。

と指摘する。観音霊験譚には、墜落難からの救済を語る類型があって、たとえば、今昔物語集巻第十九第四十と第四十一（梅沢本古本説話集下第四十九、宇治拾遺物語第九十五も同話）は、清水寺の懸け造りの堂の上から崖の下に落ちてことなきを得る説話である。崖の設定は、この説話が観音霊験の例証として機能しやすいよう用意され整えられたことを

示す。特に、鷹取が崖の中腹に取り残されるに至ったいきさつを振り返ってみると、木の枝が折れてとするB系列、綱が切れたとするCよりも、隣家の男の裏切りによるとするA系列は、「為ㇾ人所㆓推堕㆒」という経文に即した設定であることが注意される。

ついで、問うべきことの一つは、この説話の最も大きな特徴である、観音(経)が大蛇の姿をとって出現することの意味である。この要素をそなえているのは、観音(経)霊験譚として理由や必然性があるのであろうか。

これに対する解釈の一つは、法華経の経文に求められる。すなわち観世音菩薩普門品に次のようにある。

応に天・龍・夜叉・乾闥婆・阿修羅・迦楼羅・緊那羅・摩睺羅伽・人・非人等の身を以て度ふことを得べき者には、即ち皆これを現はして為に法を説くなり。

観音は三十三身に姿を変えて衆生を救済すると言い、その一つが摩睺羅伽である。摩睺羅伽が大蛇、大和言葉のおろちに当たることは、翻訳名義集にいう通りである。

摩睺羅伽　此には大腹行と云ふ。什曰はく、是れ地龍にして腹行する也と。肇曰はく、大蟒神腹行也と。

ただし、このことを、観音はさまざまのものに姿を変えるのだから、経文にあるように大蛇の姿で現れることもあろうとか、経巻を長く繰り広げると蛇体に似ているからとか、というところにとどめるのは十分でない。というのも、一般に蛇は愛欲や貪欲や憤怒など人の煩悩や罪悪の象徴であったからである。本朝法華験記のなかからいくつかを示せば、定法寺の別当は破戒無慚の限りを尽くし、死後に極悪の大蛇身を受け(巻上第二十九)、六波羅蜜寺の康仙法師は勤行を怠らなかったけれども、わずかに橘の木に愛着を抱いていたため死後蛇身を受けた(巻上第三十七)。とすれば、観音(経)があえて蛇の姿をとることの意味が検討されなければならない。

じつは、観音と龍蛇の間には深い関係があった。それは文化人類学、仏教学、民俗学等の諸学が明らかにしているところであるが、観音信仰の長い歴史に由来する。観音はもちろん仏教の菩薩であるが、仏教の体系に組み入れられる以前は、大地母神、水神、豊穣の女神としての前身を持っていて、仏教の菩薩となってのちもその性質を継承し、また、他の宗教の女神と習合をくりかえしてきた。そうした大地母神、水神、豊穣神は、しばしば龍蛇の姿をとる。そのことを早くから指摘しているのは、小林太市郎である(2)。小林は、梁高僧伝巻第十三、曇穎という僧が皮膚病にかかって、観音に祈っていたところ、観音像の後ろから蛇が壁をつたって登り、そのあと蛇の涎に包まれた鼠が落ちてきた、その涎を掻きとって付けると皮膚病が治ったという説話(太平広記巻第一一〇にも引用される)を示したうえで、次のように指摘する。

観音像の後から這い出た蛇は恐らくその化身にちがいないが、かように観音が蛇に縁あることは自ら女媧の蛇身を思わせずには措かない。

女媧は中国古代の神で、上半身は女、下半身は蛇体をとる。これを小林が特殊な例をもって極端な結論を引き出したと評してはなるまい。

観音が蛇体で化現する例をそれほど多く挙げることはできないけれども、水界の女神としての龍蛇と観音との類縁関係を明瞭に示しているのが、元亨釈書巻第十八の白山明神の条の一節である。泰澄法師が白山の頂に登り妙理菩薩の姿を拝する。

緑碧の池の側に居て持誦専注するに、忽ちに九頭龍、池の面に出づ。澄曰はく、これ方便して現はせる体ならむ、本地の真身には非じと。持念弥よ確し。頃刻して十一面観自在菩薩の妙相端厳にして光彩赫熾たり。

本地の観音が初めは方便として龍の姿を現じたという。同じ趣のことが本朝神仙伝の泰澄伝に見える。そこでは、阿蘇の神がはじめ九頭龍の姿で現れ、ついで千手観音の本体を示したという。

水に縁ある古来の女神が、仏教と接触して観音となったことが如実に示されている。これらによって、古代中世の人々は、観音が龍蛇の姿をとることについての直観的な理解を持ちえたであろうことが認められる。あるいは、観音が大蛇の姿で出現することを通して、観音の本性や前身についてある直観的な理解を持ちえたのであろう。古代中世の人々にとって、龍蛇は単なる畜生ではなかった。

四　弘誓の大海

続いて、注意しなければならないのは、観音(経)の化身としての大蛇はいつどこから出現するかという点で、系列によって相違がある。いまその場面を各系列から必要な部分を選んで例示して、異同を確かめてみる。以下、本朝法華験記の読み下しを〔法〕、今昔物語集を〔今〕、取鷹俗因縁を〔取〕、梅沢本古本説話集を〔古〕、宇治拾遺物語を〔宇〕、金沢文庫本観音利益集を〔観〕の略号で示す。

〔法〕大きなる毒蛇有りて、海の中より出でて、岩に向かひて登り来たりて呑まむと欲す。

〔古〕たにのおくのかたより、物のそよそよとくる心ちのすれば、(中略)えもいはずおほきなるじやなりけり。

〔宇〕谷の底の方より、物のそよそよと来る心地のすれば、(中略)えもいはず大きなる蛇なりけり。

〔観〕大蛇一ツ海ヨリ出デテ、籠ノカカリタル岩ホノ上ニ登リケレバ

A系列およびCは、大蛇は大海の中から出現したとする。これも、観音が水界の女神の原像を有する菩薩であることが背景にあろう。たとえば、浅草寺や道成寺の本尊の観音像は海中から拾い上げられ、六角堂は海岸に流れ寄った観

音像を本尊とするという事例が想起される。先に見た通り、観音を本地とする白山や阿蘇の神も、山頂の池中から出現したのであった。

とすれば、「たにのおく」「谷の底」からとする古本説話集、宇治拾遺物語は本来の語り方の崩れということになるのであろうか。そういう見方もありうるが、一方で、両書は重要な一節をそなえている。鷹取は昼夜となく観音経を読みつづけ、「「弘誓深如海」と申すわたりを読む程に」、大蛇が出現したという。A系列およびCに、この記述はない。これは、刀が経のその文字の所に突き立っていたことをのちに発見するくだりと呼応して、観音による救済の証拠となる。この句は、観音の衆生救済の誓いの深さを海に譬えたもので、これをA系列およびCの海の中から出現したという部分と関連させて解釈すれば、大蛇は観音の慈悲の深さとしての海の底から出現したということを意味する。こうして、この部分では、三系列の資料が相まってその意味を明瞭に開示したということができる。

ただし、ここから、「弘誓深如海」の箇所を読んでいる時に大海から大蛇が出現したという語り方がまずあって、A系列およびCとB系列は、本来の完全なかたちのそれから構成要素の一部ずつをそれぞれ脱落あるいは変化させたと説明しようとしているのではない。その可能性も否定できないが、それよりも、説話が言語化される時に、表現者は、大蛇とそれが出現することをどのように解釈し、どのように意味を顕在化させようとするか、その営為が言語表現として具体化されていくと考えるべきである。この場合、A系列およびCは大蛇の出現する場所を観音品の文句と関連させて解釈せず、B系列は経文を大蛇の出現する場所と関連づけなかったのである。つまり、先験的に説話の構成要素と展開が意味づけられているわけではない。言語表現を通して意味が生成するのである。しかも、解釈が常に明示的に言表されるとは限らないから、意味が潜在したまま、聞き手や読み手の解釈にゆだねられることもある。

したがって、A系列およびCの本文は、大海に観音の誓いの深さではなく、別の意味をこめて用いているとも解釈しうる。仏典に次のような譬喩表現を拾うことができる。

本は智度の大海に住す　（法華文句巻第二下　大正新修大蔵経三四・二四頁）

法性は大海の如し　（法華文句巻第八下　大正新修大蔵経三四・一一七頁）

面如浄満月、眼若青蓮華、仏法大海水、流入阿難心　（今昔物語集巻第四第一、法華文句巻第二上　大正新修大蔵経三四・一八頁）

仏の知恵、法性、あるいは仏法そのものを「大海」という語に託してあるとすれば、それはそれで観音(経)の出現する場所にふさわしい。

五　三毒としての龍蛇

説話の展開をたどっていくと、大蛇が観音(経)の化身であることは明らかである。しかし、龍蛇は依然として愛欲や貪欲などの煩悩の象徴である。そうした二面性は、二面性としてさらに踏みこんでとらえなければならない。今一度、大蛇がどのように記述されているかを示しておく。

A　「大きなる毒蛇」(本朝法華験記)、「大ナル毒蛇」(今昔物語集、取鷹俗因縁)

B　「おほきなるじや」(古本説話集)、「大きなる蛇」(宇治拾遺物語)

C　「大蛇」(金沢文庫本観音利益集)

梅沢本古本説話集が「くちなは」とも「へみ」とも呼ばず、「じや」と称するのは、これが単なる畜生ではなく、聖性をそなえた存在であることを響かせているのではないか。また、時代は下るものの、宇治拾遺物語板本の挿絵に、角のある蛇体すなわちジャが描かれるのもそうした理解であろう。本体は観音であることが意識されている。[3]

一方、A系列では対照的に「毒蛇」と呼ばれる。これにはどのような意味があるだろうか。本朝法華験記、今昔物語集にあっては、蛇と毒蛇とが完全に使い分けられているとまでは言えないが、傾向が見て取れる。毒蛇は単なる動物、単なる畜生ではなくて、仏教的負性を明瞭に刻印された存在として現れる。たとえば、いわゆる道成寺説話で女が蛇に変身するが、それを毒蛇と表現する。女の煩悩の姿である。

　女此の事を聞きて、手を打ちて大きに嗔り、家に還りて隔たれる舎に入り、籠り居て音無し。即ち五尋の大きなる毒蛇の身と成りて、此の僧を追ひて行く。(中略)大きなる鐘、蛇の毒のために焼かれ、炎の火熾りに燃えて、敢へて近づくべからず。（本朝法華験記巻下第一二九）

また、人の心の邪悪なことを「毒忿」と表現し、それが前世に毒蛇であったことの余習であると説明する例もある。

　汝毒忿の心あるは、是れ毒蛇の習気ならくのみ。（本朝法華験記巻下第九十三）

さらに死後毒蛇となった者は、生前の貪欲、邪見のためとされる。

　智《さと》リ無《なき》ガ故ニ、邪見ノ心深クシテ、人ニ物ヲ惜テ与フル事無カリケリ。(中略)「実ニ、師ノ、銭ヲ貪《むさぼり》テ此レヲ惜ムニ依《より》、毒蛇ノ身ヲ受テ返テ、其ノ銭ヲ守ル也ケリ」ト知ヌ。（今昔物語集巻第二十第二十四）

こうして、毒蛇は貪・瞋・痴の三毒の象徴であると次のように端的に言うことができる。

　此の三毒通ねく三界一切の煩悩を摂す。一切の煩悩は能く衆生を害す。其れ猶ほ毒蛇の如く、亦毒龍の如し。是の故に喩説に就きて名づけて毒と為す。（大乗義章巻第五本　大正新修大蔵経四四・五六五頁）

出現した大蛇を「毒蛇」と称するA系列は、そこに観音(経)の化現のほか、それと完全に対立する観念を与えていると言わなければならない。この問題の重要性を探り当て、説話解釈の鍵のありかを示しているのは、マイケル・ケルシーである。(4) ケルシーは、日本の神話から仏教説話に至る宗教的龍蛇像の展開をたどる論文のなかで、今昔物語集巻第十六第六の大蛇について次のように読み解いてみせる。

しばしばみられることだが、蛇は鷹取の生への執着と彼のこれまでの悪行を象徴している。そして、それは今まさに彼の生命を脅かしてもいる。彼の過去の悪徳の象徴であり、それでいて、観音菩薩の化身でもある蛇は、かくして、悪のなかにこそ善が存在すると劇的なかたちで証しだてる。すなわち、自己の内なる悪を承認することと否認することとが、その悪を翻し、そして自身に有利に振り向けることを可能にする、と。〈悪〉というものは、それに対する態度如何で我々を呑みこみもし、救いもするのである。

この解釈を提示するにあたって、ケルシーは、次の点に注意を向けている。すなわち、蛇は、本朝法華験記および今昔物語集では、鷹取が過去の悪行を反省し、来世の救済を請うてのちにようやく出現する。

〔法〕鷹取、苦しびに遇ひて観音を念じ、更に他の念なし。「我年来の間、飛び翔ける鷹を取りて、足に絆を着け、縛りて放たず。是くの如き罪に依りて、現身に是くの如き重き苦しびを感じ得たり。大悲観音、地獄の苦しびを抜きて、浄土に引摂したまへ」といふ。

〔今〕爰ニ思ハク、「我レ年来飛ビ翔ケル鷹ノ子ヲ取テ、足ニ緒ヲ付テ繫テ居ヘテ不放ズシテ、鳥ヲ令捕ム。此ノ罪ニ依テ、現報ヲ得テ忽ニ死ナムトス。願クハ大悲観音、年来持奉ルニ依テ、此ノ世ハ今ハ此クテ止ミヌ、後生ニ三途ニ不堕ズシテ、必ズ浄土ニ迎ヘ給ヘ」ト念ズル程ニ

〔取〕「我年来之間、生キ物ノ命ヲ断チ、飛翔鷹ヲ取。其ノ罪ノ酬ニテ、今此苦患ニハ□、南無大悲観世音、我身決地獄ヘ落候ナンズ。願、殺生ノ罪ヲ滅シ地獄ノ苦助給ヘ」挙声一祈念シ候ケレバ

〔古〕「助け給へ」と思ひ入りて、ひとへに頼みたてまつりて、この経を夜昼いくらともなく読みたてまつる。

〔観〕今者ノガルベキカタナカリケレバ、心ヲ一ツニシテ無ク余念一、観音ヲタノミタテマツルヨリ外ノコトナクテ

A系列のこの部分は、単に危難からの救済を願う梅沢本古本説話集、宇治拾遺物語、金沢文庫本観音利益集とはきわだって対照的である。(5) 鷹取は、この事態を招いたのは隣家の男の裏切りであると知らないはずはない。しかし、それを恨むのでなく、これをみずからの所行による現報であると考えて、来世の地獄の苦しみの大きさに思いを致す。そして、ケルシーは、鷹取が大蛇に刀を突き立てる動機、今昔物語集独自の「我レ蛇ノ為ニ被呑レムヨリハ、海ニ落入テ死ナム」を重視し、鷹取が生への執着を捨てて死を覚悟し、死を覚悟してことに当たったがゆえに、救いがもたらされたと読むのである。ただし、ここで、鷹取が生への執着を捨てたと解釈するのは誤読に近く、むしろ死を賭して生への血路を切り開く決意をしたと理解すべきであった。(6) しかし、それはそれとして、蛇の両価性と、それと表裏する、悪のなかの善、死のなかの生という関係を導き出したのは貴重で、この説話の罪悪と救済の問題の解釈に示唆するところが大きい。

六　生死／法性としての大海

A系列の「毒蛇」の呼称は、それが鷹取の過去の悪行と生への執着の象徴であるとするケルシーの解釈に有力な根拠を与えている。そして、その毒蛇は先に見た通り、大海から出現し、大海は「弘誓深如海」の経文とかかわって、観音の弘誓の願の深さであった。あるいは法性であった。しかしながら、毒蛇が三毒の象徴であるとすれば、大海は読み替えられなければならない。そこで、目を転ずると、大海は生死の譬喩として用いられることが知られる。

発心して戒を乗り生死の大海を渡らむことを誓ふに
（摩訶止観巻第四上　大正新修大蔵経四六・三八頁）

マシテ、生死ノ大海、タトヒ悪業ノナミタカクトモ、般若ノ船ニノリテ、観世音菩薩ニカヂ〔柁〕ヲサ、セタテマツリテ、菩提ノカノキシ〔彼岸〕ニワタラムコトハ、ホドアルベキ事ニモアラズナムハベルベキ
（百座法談聞書抄　三月二日）

生死の大海ほとりなし　仏性真如岸遠し
（梁塵秘抄巻第二　二一〇）

こうして、A系列は、大蛇を「毒蛇」と称し、「弘誓深如海」の経文と結びつけないことによって、大海に、人間存在の迷妄の深さを含意させることができたのである。とすれば、崖の下の海に転落するならば、それは鷹取に死をもたらすばかりでなく、三悪道への沈没を予感させる。そして、そういう大海から出現する毒蛇に刀を突き立てる行為は、三毒を克服するふるまいと考えてよい。ならば、刀は、煩悩を断つ知恵の利剣ということになろう。もともと龍蛇と刀剣とは親近性が強い。そして、毒蛇に刀が突き立てられたかたちは、剣に龍が絡みつき一体となった倶利伽羅龍王の姿を連想させる。

倶利伽羅大龍は何なる因縁を以て利剣を呑飲し、及び四足を以て被繞するや(中略)時に無動明王の智火の大剣、倶利伽羅大龍と変成し、四支有り。
（仏説倶利伽羅大龍勝外道伏陀羅尼経　大正新修大蔵経二一・三七頁）

倶利伽羅龍王は不動明王の種子である。とすれば、大毒蛇に鷹取の刀が突き立てられた姿は、悪業煩悩の滅んだかたちということになろう。

しかし、三毒を克服する行為の背後に、やはり観音の力があったことを見落としてはならない。

常に念じ恭敬せば、三毒を離るるを得、即ち是観世音なり。
（観音玄義巻上　大正新修大蔵経三四・八八四頁）

三毒の過患此くの如し。此れを離れむと欲する故に、至心に観音を存念せば、即ち離るることを得る也。

観世音は、冥かに利益を作し、見聞せらるること無し。三毒七難皆離れ、二求両願皆満ずる也。
（観音義疏巻下　大正新修大蔵経三四・九二九頁）

このように、観音の功徳を三毒消除に集約する教義がしばしば見られるが、これがやや具体的な言説を取るとき、大海と結びつけられることがある。

設《たと》ひ復《ま》た、（中略）大海に入りて、黒風・廻波・水色の山・夜叉・羅刹の難（中略）是の因縁を以て一切の苦、極大の畏怖を受けむに、応当《まさ》に一心に観世音菩薩の名号を称え、幷びに此の呪を誦むこと一遍より七遍に至らば、毒害を消伏せむ。
（請観世音菩薩消伏毒害陀羅尼呪経　大正新修大蔵経二〇・三五頁）

大海は、衆生と観音を媒介する。それは大海の持つ二面性によるのではなかろうか。すなわち大蛇の出現する大海は生死であり、法性であったからである。そのことを端的に説くものがある。

海は是生死なり、或いは法性と云ふ。妄想法性を動かす故に、波浪難と為る。
（請観音経疏　大正新修大蔵経三九・九七五頁）

ここに言う難としての波浪は、請観世音菩薩消伏毒害陀羅尼呪経に言う毒害であり、また観音玄義等に言う三毒であり、そして生死であろう。その波浪は、法性に由来すると言う。こうして、法性あるところ生死がある。生死法性相そなわるそのような大海にこそ、観音菩薩は顕現する。救済は悪業煩悩のなかに求められるということにほかならない。

七　罪悪の観音

大蛇は鷹取を乗せて崖の上まで登った。観音による救済は明らかである。しかし、A系列では救済は完了していない。なぜならば、鷹取は崖の中腹で、みずからの過去の悪行を懺悔し、来世の救済を願っていたからである。そのことは、説話の末尾に明らかである。

経の軸に刀を立てり、蛇の頭に突き立てし刀なり。明らかに知りぬ、法華の第八、蛇に変じて来り、我を救ひたまひしことを。弥よ歓喜を生じて重ねて道心を発し、出家入道して、法華を受持し、永く悪心を断てり。

（本朝法華験記）

霊験の証拠が示されて、観音(経)が蛇と変じて救済したのであったことが確認された。ここで注意されるのは、「重ねて道心を発し、出家入道して」とするところである。「重ねて」というのは、崖の中腹での懺悔発心を受けての表現である。しかし、なぜ鷹取はこの時はじめて出家するのか。命が助かった時点で、すでに観音の救済であることを知り、礼拝賛嘆しているではないか。

このことを説明するためには、今一度、鷹取が毒蛇に刀を突き立てる行為の意味を問いなおさなければならない。じつは、この行為の意味は、A系列とB系列とではまったく異なる。

〔法〕鷹取、刀を抜きて、蛇の頭に突き立てつ。

〔今〕鷹取の思ハク、「我レ蛇ノ為ニ被呑レムヨリハ、海ニ落入テ死ナム」ト思テ、刀ヲ抜テ蛇ノ我ニ懸ル頭ニ突キ立ツ。

〔取〕且モ命ヲ助ラムト思テ抜テ刀ヲ築立ツ蛇ノ頭。

〔古〕「いかがはせん。ただこれに取り付きたらばしも、登りなむかし」と思ひて、腰に差したる刀をやをら抜きて、この蛇の背中に突き立てて、それを捉へて、背中にすがれて、蛇の行くままに引かれて行けば

〔観〕アマリ思□ハカリナクテ、若ヤ助クルトテ腰ノ刀ヲヌキテ、蛇ノ頭ラニツキタテテ

B系列は、この蛇に取りついたなら登れるだろうと、蛇の背中に刀を突き立てる。これに対して、A系列およびCは頭である。なぜか。法華験記は何の説明も加えていないが、これを受ける今昔物語集は、蛇にむざむざ呑まれるよりは、海に落ちて死んでもかまわないからと、みずからの命が助かりたい一心によると説明する。取鷹俗因縁も、暫くでも命が助かればと思ったとする。つまり、自分を呑もうとする毒蛇に対して、明瞭な殺害の意図があったということである。頭を狙ったとするのは、そうした意図の具体的あらわれである。それは、人はみずからの命を守るためには殺害にも及んでしまうという、あさましくも痛ましい本性であった。そして、このふるまいは、その直前の懺悔をくつがえすものであったことに注意しなければならない。

とすれば、鷹取が突き立てた刀は知恵の利剣などではない。殺傷の具を手放してはいなかったということは、懺悔ののちもその凶悪な心を隠し持っていたことを意味するものであった。しかし、その刀も毒蛇の頭に突き立ったまま持ち去られる。観音が、のちに救済の証拠とするためであるが、それればかりでなく、それが彼の凶悪の心を象徴するものであれば、このようにしてようやく彼の心から悪が離れたということを暗示しよう。

毒蛇に突き立てた刀が法華経の経巻に突き立っているのを見て、鷹取は、観音経が大蛇に変化して自分を救済したのであったと知る。鷹取が知ったのはそのことだけではない。あのことが観音の計らいであったということは、観音はすべてを見通していたのである。すなわち、鷹取が懺悔を翻してまたも殺生を犯そうとするであろうことを、また

言い換えれば、鷹取に悪行を犯させるという方法でしか鷹取を救済することはできないということを。しかし、そのような方法を用いてでも、みずからを三毒と化してでも、観音は罪深い人間を救うものである。このように、観音は、読経や仏菩薩の称念によってでなく、みずからの三毒にすがりつくことによってしか救済されないという人間とともにある。経巻に突き立った刀を見て、彼はそうしたことの一切を瞬時に知る。彼が「重ねて」発心し、出家するのは必然である。

しかし、また次のようにも考えられる。毒蛇が鷹取の過去の悪行であり煩悩であり、しかも観音の化現であるならば、鷹取こそ観音である。このように論理のみをたどると、たちまち矛盾に陥りそうであるが、じつはそうでもない。今昔物語集巻第十九「信濃国王藤観音出家語第十一」(梅沢本古本説話集下第六十九、宇治拾遺物語第八十九も同話)という、鷹取救済譚と符合する不思議な説話があるからである。

信濃の国、筑摩の湯の里のある人に、「明日しかじかの武者の姿で観音が来て湯を浴びるはずであるから、結縁せよ」と夢告があった。このことが触れ回られて、翌日里人が湯に集まっているところへ、夢に告げられた通りの姿の男が現れる。里人はあらそって男を拝み、事情を知った男は、「我ガ身ハ然ハ観音ニコソ有ナレ」と得心して、その場で「弓箭ヲ棄テ、兵杖ヲ投テ」、出家してしまう。

この男は、弓箭兵杖を帯びた身ごしらえといい、狩りの時の怪我の療治のために温泉に来たことといい、これまで罪深い歳月を送ってきたことが知られる。この男が観音であるとすれば、まことに罪深い観音と言わねばならない。男は、観音と呼ばれて礼拝された時に、誰よりも多く罪悪を具現する自分の姿のなかに、仏性がそなわっていることを直観的に知ったのであろう。その仏性をかたちにすることが出家であった。しかし、そこには大きな飛躍があり、この説話はその飛躍を説明しようとしない。表現のすべを持たないというよりは、説明しないのがこれらの説話集の方法であろう。

そこで、このような、ある瞬間に人間にきざす道心とそれに続く出家という行為の、人間の思議をこえたものを説話的に説明しようとしたのが、鷹取救済譚であったといえないであろうか。そのような意味で、鷹取もまた罪ある観音の一人であったということができる。

八　むすび

さまざまな知識や教義を手掛かりに、鷹取救済譚の解釈を試みてきた。この説話の諸構成要素と展開には複数の水準の解釈が用意されていて、各文献資料相互にあるいは同一文献内でも意味は重層的で、あるいは対立し、あるいは矛盾するものであった。しかし、そこから、人間の罪悪と救済をめぐる宗教的真実がたちあらわれてくる。説話を聞き読むということは、そうした解釈の全体をとらえることを通して、真実に至ることであろう。しかし、古代中世人は、このように分析的にでなく、深い洞察力をもってその真実をとらえていたと考えられる。逆からいえば、この真実は、説話という表現方法を通してはじめて顕在させることができる。この説話を聞き読む者は、自分が、登りも降りもならぬ崖の中腹にあって、自分を呑み込もうとする大毒蛇を迎え、懐中の刀の柄を逆手に握りしめる鷹取にほかならないことを知る。鷹取のおののきをみずからのおののきとし、鷹取の罪悪をみずからの罪悪とするところに、はじめて観音の救済というものの真実を感得しうるであろう。

(1) 本文は、山本秀人・宇都宮啓吾「唐招提寺蔵片仮名文説話三種　影印・翻刻並に解説――「取鷹俗母縁」「役行者悲母事」「桃華因縁」――」(『鎌倉時代語研究』第二一輯　一九九八年五月)として紹介されている。

(2) 小林太市郎「女媧と観音」(『仏教芸術』第一号、第二号　一九四八年八月、一二月)。

(3) 高谷重夫『雨の神――信仰と伝説――』(岩崎美術社　一九八四年)によれば、中世以降「蛇をジャと呼んで龍と同様のものとする」ようになり、近世では普通にみられるという。なお、道成寺蔵道成寺縁起絵巻で、女が変ずる大蛇も角と耳をそなえている。道成寺で行われている絵解説法でも「ジャ」と説明している。なお、絵巻の詞章では、このできごとは観音と熊野権現の方便であるとして、女＝蛇は、観音の化現と述べる。

(4) W. Michael Kelsey, Salvation of the Snake, The Snake of Salvation: Buddhist-Shinto Conflict and Resolution, "Japanese Journal of Religious Studies," Volume 8, Numbers 1-2, March-June 1981.

(5) 田中徳定「『古本説話集』下巻にあらわれた仏教意識」(『駒沢国文』第三〇号　一九九三年二月)も、今昔物語集と古本説話集とで、鷹取の願う救済に差異があることに注目して、信仰のありかたを論じている。

(6) 今昔物語集が、このように死を覚悟して積極的に行動する新しい人間像を描き出していることについては、池上洵一「今昔物語集の説話受容態度――その基礎的覚え書き――」(『法文論叢』第二一号　一九六六年一二月)、同『新版今昔物語集の世界　中世のあけぼの』(以文社　一九九九年)3「説話のうらおもて――中山神社の猿神――」に説かれる。これらは『池上洵一著作集　第一巻　今昔物語集の研究』(和泉書院　二〇〇一年)、『池上洵一著作集　第三巻　今昔・三国伝記の世界』(和泉書院　二〇〇八年)に収録されている。

【付記】

この論文は、黒髪古典研究会(一九九八年五月九日、熊本大学)および仏教文学会平成十年度大会(一九九八年六月七日、国士舘大学)での口頭発表を経てまとめられた。会の席上および後日に、有益な質問、助言をいただいたことに感謝申し上げる。

第二章　説話に漂う匂い――罪業のしるしと救済の予感

一　はじめに――視界のはずれより

匂いは、しばしばそれを発する本体に先だって届くか、本体の立ち去った跡に遺るものとして描かれる。

> 春のものとてながめさせ給ふ昼つかた、台盤所なる人々、「宰相中将こそ参り給ふなれ。例の御にほひ、いとしるく」など言ふほどに、ついゐ給ひて　（堤中納言物語「このついで」）

この場合、台盤所の女房達は漂ってきたなじみのある香りから、その主の宰相中将の訪れを視覚で捉えるより前に知ったのである。

それが嗅ぎ慣れない匂いであれば、騒ぎたてなければならない。

> 「人々近う候ひ給へ」など言ひ置きて、こなたざまに来るままに、「人も久しうおはしまさぬこの御方にしも覚えなき匂ひこそすれ。あなむつかし。紙燭やささまし。いと暗し」とてたち帰りたれば、若き人々いみじう怖ぢ騒ぐを、おとなしき人々は、「いとどさばかり物恐ろしげに思し召したるに。などかう物狂ほしうおはさうずらむ。鬼は臭うこそあんなれ。仏の御かをりもあらむ」と言へば、また、「隠れ蓑の中納言やおはすらむ」など口々たはぶれに言ひなせど　（狭衣物語巻四）

右は、主人公の狭衣が故式部卿宮の姫君の近くに紛れ入り、姫君達をかいま見ているところである。若い女房達は、誰かが侵入しているらしいことに気づき、不安を覚えている。年輩の女房達は、こともなげに「臭くないのであれば、鬼ではあるまい」と言ってのける。平安時代の仮名文にはほとんど用いられない「臭し」(1)という言葉を口にさせているのは、人目のない場面での女房達のあけすけな態度を滑稽に表現しているとみられる。しかしそれにしても、ここでなぜ鬼を想起することになるのであろうか。それは、訪ねてきた人があると聞きつつも、姿の見えないことが、そのような想像を促すのであろう。鬼は「目に見えぬ」(古今和歌集・序、源氏物語「帚木」)存在であった。

このように、それが嗅覚の主体にとって親しみを覚えるものであるにせよ、あるいはなじみのないものであるにせよ、匂いはしばしば視界をはずれた向こう側から訪れるものとして表現される。そしてまた、彼と我との相違を強く意識させるものであった。そのことが、匂いをめぐる表現を規定することになる。本論は、こうした点に留意しつつ、古代仏教説話の表現の分析を通して、それが内包する罪業と救済の問題について分析を試みるものである。

二　鬼と毒蛇と天狗の生臭き香

鬼が臭いものであるとする狭衣物語の年かさの女房の知識は、当時の鬼の属性についての言説としてそれほど多くはないが、いくつかの文献に拾うことができる。

但馬の国の山寺でのできごとである。修行者が二人、そこに鬼が棲むとも知らず一夜宿った。「夜半に及ぶ時に、壁を穿ちて入る者あり。その香甚だ臭くして、気息牛の鼻の気を吹き撃つに似たり」(原漢文)と、このように侵入してきたものは鬼であって、鬼は老僧を喰らう。もう一人の若い僧は、仏壇の上に逃れ、一体の仏像の腰を抱いて誦経念仏していた。鬼が僧に近づいてくる。突然、鬼は仏壇の前に倒れ落ちた。僧はそのまま一夜を明かし、翌朝見ると、牛頭鬼が三段に斬り殺されていた。僧が抱きついていた仏像は毘沙門天で、その剣に赤い血が付いていた。

（本朝法華験記巻中第五十七）

本朝法華験記からこの説話を漢字片仮名交じり文に直して巻第十七第四十二に採録した今昔物語集は、次のように記述する。

其ノ香極テ臭シ。其息、牛ノ鼻息ヲ吹キ懸ルニ似タリ。然レドモ、暗ケレバ、其ノ体ヲバ何者ト不見ズ。

すべては暗闇の中で起こっていて、僧は侵入してきたものの姿を見ることはできない。「其ノ体ヲバ何者ト不見ズ」という解説的表現は、今昔物語集にしばしば見られる。見えなかったと強調したうえで、夜を明かした僧がはじめて牛頭鬼の姿を目にして、牛のような息が鬼の性質を物語っていたことを僧に、そして読者にも確認させるという叙法である。

視覚と嗅覚との関係に注意を払う今昔物語集編者の姿勢は、これまた本朝法華験記に基づく巻第十三第十七にも見られる。熊野に向かう修行者雲浄が志摩の国の海辺の洞窟に宿った。「洞ノ内生臭キ事無限シ」と、そこは足を踏み入れた時から、怪しげなものの棲息を予感させていた。はたして、

夜半許ニ微風吹テ不例《れいなら》ヌ気色也。生臭キ香弥ヨ増サル。雲浄驚キ怖ルト云ヘドモ、忽ニ可立去キ方無シ。暗夜ニシテ東西ヲ見ル事無シ。只大海ノ波ノ立ツ音許ヲ聞ク。而ル間、洞ノ上ヨリ大キナル者来ル。驚キ怪テ能ク見レバ大キナル毒蛇也ケリ。

不気味な気配の漂う暗闇を微風に乗ってくる不快な匂いは、波の音とあいまって、修行者の不安をつのらせる。そこ

へ大蛇が出現するのであるが、この部分、原典の本朝法華験記巻上第十四は多少叙述を異にする。

纔かに夜半に至り、風吹き雨を灑ぎ、作法常に背く。温気身に当たり、臭香弥よ増す。即ち大毒蛇口を開きて呑まんと欲す。比丘見て、是に於いて死を定む。

本朝法華験記は、大毒蛇の出現を先に説明し、やがてその急迫に比丘が気づくとするのに対して、今昔物語集では、闇の中から得体の知れない大きなものが迫り、修行者の凝らした視線に大毒蛇の姿がようやく捉えられる。嗅覚による予告を経て、しかる後に視覚によって認知する表現の効果は顕著である。

今昔物語集は、大毒蛇の発する臭気を「生臭キ」と表現している。この語は今昔物語集本朝編には他に二例あり、どちらも妖怪の出現を告げるものである。

亦、児ノ声ニテ、「イガイガ」ト哭ナリ。其ノ間、生臭キ香、河ヨリ此方マデ薫ジタリ。三人有ルダニモ、頭毛太リテ怖シキ事無限シ。（巻第二十七第四十三）

暫《しばしばかり》許有レバ、恐シ気ナル気ハヒシタル者入来。生臭キ香薫タリ。恐シキ事無限シ。（巻第三十一第十四）

しかも、この事態に際会して恐怖を覚えている者達は、ともに臭気の元となるものの姿を結局は目にすることがない。「生臭し」という語は、匂いの種類の表現にはちがいないが、すでに否定的な評価を含んでいると言ってよい。この語をもって毒蛇や産女の霊（巻第二十七第四十三）や鬼（巻第三十一第十四）の野蛮性や不浄性が示唆されていると見られる。

では、これらのもの達の生臭さは何に由来するのであろうか。後世、産女の霊は「鵜羽鳥ト云［フ］物ニ成テ胎内ノ子ヲ取」る（神道集巻第二　熊野権現事）とも、腰より下は血みどろである（東海道四谷怪談　後日二番目中幕　蛇山庵室の場）とも言われて、そのことと関係するかもしれないが、今昔物語集までさかのぼらせてよいかどうか。そこで、やや観点を変えれば、これらのもの達の食性と関係づけることができるであろう。今昔物語集巻第七第四十七における、人が羅刹鬼になる夢の記述が、端的にそのことを示している。

我ガ身忽ニ変ジテ羅刹ト成ヌ。爪・歯長クシテ、生タル猪ヲ捕ヘテ食スト見テ、暁方ニ夢覚ヌ。其後、口ノ中ヨリ腥《なまぐさ》キ唾ヲ咄キ血ヲ出ス。(中略)口ノ中ニ凝《こ》レル血満テ、極テ腥シ。

生肉を食するという夢中の経験が、醒めて後の現実に口中に生臭い血を湧き出させたという。また、打聞集第五に法師が魚を食している場面が次のように記述され、

アバレタル方ニ、年百余歳許ナル老法師、独居リ。委ク見バ、鯉ノイロコ、骨ヲ飡チラシタリ。嗅事限無シ。

後文にはこの状態を「ナマグサカリツル」という言葉で捉え直している。このように生臭さは血や肉の発する匂いにほかならず、毒蛇や鬼が生臭いとは、他の生き物を生きたままむさぼり食う彼らの性質を語っていたのである。(2)

天狗についてもまた、その発する臭気に言及されることが多い。たとえば今昔物語集巻第二十第二、樵が北山の鵜ノ原という所で湯屋に湯を沸かしているのを見かけ、湯を浴びようと入ってみると、老法師が二人湯を浴びていた。ところが、「此湯屋ノ極ク臭クテ、気怖シク思エケレバ、木伐人頭痛ク成テ」、そのまま帰ったという。その老法師が天狗であったと樵が知るのは後日のことである。また、今昔物語集巻第二十第四、奈良の高山という所で修行して験者として急速に名声を高め、宮中に召された聖人に対して、広沢の寛朝、比叡山の余慶が不審を抱き、その聖人のいる所に向けて加持を試みたところ、「俄ニ狗ノ屎ノ香ノ、清涼殿ノ内ニ満テ臭カリケレバ」、さらに法力で責めたてた結果、その偽聖人は天狗を祭っていたことを白状したという。

天狗は臭く、しかも狗の糞の匂いがするというのは、彼らの食物によると考えられていたらしい。比良山古人霊託

は、ある女性に天狗が取りつき、その天狗との問答を筆録したもので、天狗の食物に関する次のような問答がある。

問ふ。某甲僧正霊託の時、其の手に不浄の物の香頻りに薫ず。若し血肉、不浄の物等を用ゐらるる乎。

答ふ。之を用ゐるなり。〔今唐土の人師の天狗二字を尺(釈)するには、飛行すること天狗の如し。天狗、食する所狗に似たり。故に狗と云ふと云々。今説実なる哉。〕大体皆これを食するなり。(原文は一部漢文)

これによって、天狗は犬と同じように生肉や人糞を食し、それゆえに悪臭を放つと考えられていることが知られる。

このように鬼や毒蛇や天狗について「臭し」「生臭し」と表現し、しかもそれを彼らの食性と関連づける。それによって彼らの野蛮さや卑賤さを強調しつつ、忌避し排除する、そして対置される仏教や人間界の秩序の正当性を確認するという関係が、そこには明瞭に認められる(3)。

しかし、仏法の力や文明の力によって悪臭を具える彼らを圧倒し追放して、それで問題が片づくわけもない。悪臭はほかならぬ人間の属性でもあったからである。

三　人間の臭穢

平安時代の仮名文、とりわけ女性の手になるあるいは女性を第一の読者とする文献に「臭し」の語の使用例が少ないなかで、髪をおろしたばかりの尊子内親王の仏法手引き書として執筆された三宝絵が、「臭し」を五カ所にわたって用いているのは注目に値する。

そのうちの二例は、人間存在の不浄を説く文脈に現れる。一つは上巻第十一、金光明最勝王経巻第十捨身品に基づく釈迦の前生譚で、薩埵王子が飢えた虎に身を施す物語である。王子は、子を産んだ虎が飢えに責められて自らの子を食おうとしているのを見る。薩埵王子は、虎は何を食うのかと兄に問い、兄が「虎はただ温かなる人の肉をのみなむ食むなる」と答えたのを聞いて、深く思念をめぐらす。

此の身は臭くきたなくして労はりかしづくべからず。此の身は固からぬこと沫の如し。此の身は恐るべきこと敵の副へるが如し。筋骨連なり持ち、血肉集まり成せり。諸々の悟りある人の深く憎み厭ふところなり。

そこで、この身を捨てて仏の身を求めよう、と。[4] このように、他の生き物の血肉を喰らう畜生を忌避し、排除するのでなく、そこから反転して人間の肉体の不浄の認識に向かう。

今一つは、下巻第六、修二月の仏事について述べるなかに、ある経(出典未詳)を引いて、仏を迎えるために花を飾り香を焚く功徳を説く。その一部。

香のけぶりは仏を迎へたてまつる使なり。人間は臭くけがらはし。まさによき香をたくべし。

同じ天台宗信仰圏で成立し享受され、三宝絵から直接説話資料を得てもいる本朝法華験記は、こうした人間の肉体の不浄性に対して、次のような説話的な表現を与えている。巻中第四十四、陽勝はもと比叡山の僧であったが、金峰山や奈良の牟田寺で仙法を学び、仙人となった。本朝法華験記は、その昇仙の過程を摂取する食物の変化を通じて説明している。すなわち、

最初に穀を断ち、菜蔬《くさびら》を食と為し、次に菜蔬を離れて、菓蓏《このみくさのみ》を食と為す。漸く飲食を留めて、粟一粒を服し、身に蘿薜を着て、口に飡食を離る。

人間の手の加わった食物や着物から遠ざかることが、仙僧となる方法であった。その陽勝が人間界を来訪することは希であった。故老の伝によれば、八月末に叡山の不断念仏を聞き、大師の遺跡を拝むほかは訪れることがなかったと

いう。なぜかといえば、

信施の気分は炎火のごとく充ち塞ぎ、諸僧の身香は腥膻くして耐へ難し、と。

ここに用いられる「腥膻」については、類聚名義抄には「腥」字に「クサシ、ツクサシ、ナマグサシ、イヌノアフラ、モスノハカミ」、「膻」字に「ツクサシ、ツカル」の訓が載る。「ツクサシ」とは実例を示し得ない語であるが、新撰字鏡に「胜　魚肉爛也、臭也、豆久佐之、又阿佐礼太利」とあって、魚肉の傷んだ匂いである。これらから、本朝法華験記の「腥膻」は「なまぐさくつくさし」と読んでもよいし、二字で「なまぐさし」あるいは「つくさし」と読んでもよいであろう。信者達の施入した物資で満ちあふれて俗化し、僧侶たちが戒律を守らず堕落している比叡山の状況を痛烈に批判するものであった。

本朝法華験記における人間の肉体の不浄性に関する言説は、しかし、単に右のように教団批判の激しい口調を効果的に表現する修辞にとどまるものではない。

本朝法華験記には、陽勝のほかにも、人間の肉体を克服して神仙となり人跡希な深い山中で法華経を読誦する僧についての二つの説話を載せる。巻上第十一、第十八。二説話は互いによく似た構成や場面を具えている。修行者が山中に迷い込んで、あるいはそこに到ることを求めて、深山に独り住む持経者の庵あるいは岩屋にたどり着く、修行者はそこで不思議なできごとを目にして、再び人間界に戻る。隠れ里の型である。本朝法華験記は、山中の僧が肉体性を超越して老化を免れていること、それに対して訪問した修行者が俗臭を離れていないことを対照的に強調して記述する。

第十一では、吉野山中の僧がここに住むこと八十年と言いながら、二十歳ほどにしか見えなかった。その夜、僧を供養し法華経を聴聞するために数千の鬼神禽獣が集まって来て、修行者は息を殺し身じろぎもしなかったにもかかわらず、「奇しきかな、例に非ずして人間の気有り」などと言う者がいたという。

この「人間の気」なるものが、第十八では極端に否定的に語られる。葛河の僧が夢の告げに従い、比良山の奥に仙僧に会いに行く。数日の間山中を歩いて、ようやく松の木のある洞窟に尋ね当てる。仙僧は血肉がすべて尽きて皮骨のみで、青い苔の衣をまとっている。ところが、その聖人はしばらく自分に近づくなと言う。なぜなら、

煙の気眼に入り、涙出でて堪へ難し。血膿腥膻くして、鼻根苦を受く。

からであると言う。すなわち訪ねてきた修行者の肉体の生理的な働きによって発せられる気や匂いが、山中の聖人の嗅覚には激しすぎて苦痛を覚えるというのである。ところが、葛河の僧も長年断食の苦行を続けてきているのであって、断じて不浄の僧ではない。ここには、そうした苦行僧であっても、比良山の仙僧に比べれば俗骨を捨て去っていないに等しいということが示されている。

ここに修行僧の肉体の不浄を表す「腥膻」という言葉は、先に見たように巻中第四十四陽勝伝にも用いられていたが、志摩の国の大毒蛇の棲む洞窟の中に立ちこめる匂いの表現とも類似する。それは、先に取り上げた今昔物語集巻第十三第十七の依拠資料となった本朝法華験記巻上第十四にも見え、洞窟を「其地極腥臊」と記述していた。「臊」字は、類聚名義抄には「ナマグサシ、アサシ、アブラクサシ」の訓が挙げられている。人間と畜生・異類とは、相互の異質性を匂いをもって認識する、あるいは嗅ぎ慣れない匂いによって他者の存在を認識するはずであった。ところが、人間が嫌悪し忌避するところの畜生や異類の匂いと、人間自身の匂いとは実は何ら選ぶところがない。

しかし、人間が人間である限り「腥膻」を捨て去ることはたやすいことではない。吉野山や比良山の仙僧の住む世

界に、訪れた修行僧はとどまることはできない。吉野山の仙僧は修行者にもとの世界に帰ることを命じ、比良山の仙僧を訪ねた修行者は、自分はこの世界で仏道を修める器ではないと悟る。

四　魚を食う僧

それでは、肉体性を克服できない凡俗に救済はないのか。本朝法華験記は、匂いを通してこの問いに答えようとする。

巻上第十、吉野の山寺で修行を続けていた僧が、求めて魚を食しようとしたことを通じて、法華経の霊験が語られている。

老僧が病を得て修行を続けられなくなった。そこで、身体を養うために童子を海辺に遣わして魚を買わせた。童子はそれを櫃に入れて持ち帰る途中、知り合いの俗に櫃の中にある物を問われた。童子は思わず法華経と答えたが、「櫃より魚の汁流れ出でて、魚の香極めて臭きを見て」、櫃を開けさせた。童子は、心中に我が師の兼ねて読誦し奉る法華経よ、この魚が経に変じて、師の恥を隠し給えと念じた。櫃を開けて見ると、そこには法華経八巻があった。

この説話は日本霊異記下巻第六縁にあり、三宝絵中巻第十六を経由して本朝法華験記に採録されている。三宝絵は、日本霊異記に構成上二点の大きな変更を施している。第一に、日本霊異記には僧自身が魚を食することを決めて弟子に買いに行かせたとある部分を、強く勧める弟子の言葉に従って童子に買いに行かせたとし、第二に、日本霊異記には僧は持ち帰ったその魚を食べたとするのに対して、僧はついに食べなかったとした点である。このように戒律との折り合いをつけたのは、三宝絵が仏道に入ったばかりの尊子内親王のために仏教手引き書として執筆されたことと関係があり、原典に比して説話内容も微温的なものにならざるをえなかったのであろう。三宝絵に基づく本朝法華験記もその性格を引き継いでいるが、汁が垂れて臭気を放つ魚が経巻に劇的に変化するところに、法華経の威力の大きさが強調されることになる。

この説話を今昔物語集も巻第十二第二十七に載せ、そこでは原典の語り方に復している。今昔物語集が、三宝絵と本朝法華験記を知らなかったわけではなくて、日本霊異記の語り方が「実ニ此レ魚ノ体也ト云ヘドモ、聖人ノ食物ト有ルガ故ニ化シテ経ト成レリ」という霊験を効果的に説くものとなっていると判断したのであろう。

なお、今昔物語集巻第十二第七、宇治拾遺物語第一〇三、東大寺要録第二、建久御巡礼記、古事談第三‐二に載る東大寺華厳会の縁起にも、魚が経巻に変ずる説話が載る。それは、東大寺開眼供養に講師あるいは読師として請じられた鯖売りの翁が、法会ののち忽然と姿を消し、鯖は華厳経八十巻に変じていたとする説話である。聖なるものが卑賤の者の姿で出現する型であって、経典の尊さよりは華厳会の尊さを強調するところに目的があるからであろうか、いずれの資料も鯖の匂いに注意を向けることはない。

これに対して、魚の生臭さを表現したものとして第二節に引用したところであるが、人目もはばからず法師が魚を食う打聞集第五は、三井寺縁起譚であった。同じ説話が今昔物語集巻第十一第二十八、古今著聞集巻第二(四十)、阿娑縛抄巻第二〇〇、諸寺略記など諸書に載る。智証大師円珍が自らの法統を伝えるべき寺を求めて、志賀の琵琶湖のほとりに弥勒菩薩を本尊とする古寺を見いだし、それが三井寺となるのである。円珍は、僧坊で魚を食い散らしている老僧を目にして、別の僧から「年来此ノ江ノ鮒ヲ取リ食フヲ役トセル者」(今昔物語集)と聞かされる。大師が老僧に語りかけると、老僧は「此寺ヲ永ク大師ニ譲リ奉ル」という言葉を返す。そこへまた貴人が現れて、三尾明神と名の

り、この寺の仏法の守護を誓う。大師は、ふたたび老僧の房に戻ってみる。すると、今昔物語集によれば、

初メハ臭カリツルニ、此ノ度ビハ極テ馥シ。「然レバコソ」ト思テ入テ見レバ、鮒鱗、骨ト見ツルハ蓮華ノ萎《しぼみ》、鮮ナルヲ鍋ニ入テ煮、食ヒ散シタリ。

大師は、そこでその老僧が教代(他書では「教待」)和尚であり、弥勒菩薩の化身であることを聞かされることになる。古今著聞集に引く智証大師の「御起文」では、やや異なる。

年来此の比丘、魚にあらざれば飲食せず。酒にあらざれば湯飲せず。常に寺領の海辺の江に到りて、魚鼈を取りて斎食の菜となす。(中略)今大衆共に住房を見るに、年来干し置ける魚類、皆是れ蓮華の茎根葉なり。(原漢文)

どちらにしても、生臭い魚が香ばしい蓮華に変じたのは、それを食する弥勒の力によるものであるとして、本尊の力の偉大さを語ろうとするものである。ただし、本朝神仙伝第七の記述は、伝の目的に合わせて教待の神秘的な力にのみ注目した語り換えであろう。

兼ねて魚の肉を食らふ。口中より之を吐けば、変じて蓮の葉と成る。(原漢文)

和漢の僧伝が参考にされた跡(5)は歴然としている。

三井寺縁起譚は、弥勒がはじめ卑賤かつ不浄のかたちを示し、後にその聖性を現す、そこにこそ菩薩の菩薩たるゆえんがあると語ろうとしている。したがって、これを教待が真に食べていたのは蓮華であって、凡俗の眼には魚として映ったなどと解釈し直してはならない。彼は魚を食して、それが後に蓮華に変じたのである。菩薩の霊験譚としてなら、至って類型的である。しかし、これがなぜ三井寺縁起の重要な要素として語られなければならないのか。

この問題は二つの観点から考えることが可能であり、また必要である。

第一は、寺院縁起譚の類型として、古い宗教が新しい宗教に場所を譲る時、譲る側が特徴的な姿で出現することによって、古い宗教の姿をかいま見せるありかたである。たとえば、高野山に弘法大師を案内したのは弓箭を帯び犬を連れた、あるいは翁の「猟者(猟人、犬飼、鷹養)」であり、そして領地の献上を申し出る「山王」は「山民(山人)」の姿で出現する。猟者は高野の明神、山王は丹生の明神であった(金剛峯寺建立修行縁起、今昔物語集巻第十一第二十五、打聞集第六)。また、石山寺の縁起によれば、良弁僧正が近江国勢多の南の小山の大きな巌の上で魚を釣る翁と出会い、そこが観音垂迹の地であることを教えられ、草庵を結んだ。釣りの翁は比良明神であった。これらの縁起における開基の高僧の導き手は、老人であること、非農耕の生産者であることにおいて、三井寺の教待と共通の性格を持つ。三井寺縁起には、別に仏法守護を約束する三尾の明神が登場するけれども、教待もまた新しい宗教に寺地を譲り渡す先住の神の面影を具えている。

こうした創始譚は、生き物の命を奪う罪業深い神が仏法に克服されるとも、固有の宗教が伝来した宗教と調和するとも、古来の信仰が仏法という新しい衣をまとうとも、いくつかの水準で説明しうるところである。

いま一つの観点は、古今著聞集に言うように、教待の食する魚が「寺領の海辺の江」で捕れたものという記述が導く。この一節は、寺領の領民の生業が何であるかを想起させずにはおかない。円珍の時代も、それ以前もそれ以後も、琵琶湖のほとりに住む多くの民が魚鼈を捕り、加工し、官物として納め、販売し、そして自らも口にしていたはずである。領内の漁民達の罪障は放置されてもよいのか。

そこで、三井寺の教待が捕っては食する琵琶湖の魚が蓮華に変じ、臭気が芳香に転ずるとは、漁撈の罪が仏法によって救済され浄化されるとも、菩薩の慈悲に包み込まれ、大いなる肯定に転換するとも解釈される。少なくとも、仏法というものは、あるいは菩薩というものは、人が生きていく上で抱え込んでしまう不浄や貪欲などの罪障をこそ基盤として世に作用するものであるということが示唆されている。

五　肉食妻帯僧の往生

食べ物の匂いと罪の関係をめぐり、さらに取り上げなければならないのは、牛馬の肉を食とした者が極楽往生する説話である。

今昔物語集巻第十五は極楽往生譚を集成している。そこには特徴的な破戒僧の往生譚が第二十七より第三十まで連続して配置されていて、このうち第二十七と第二十八とは、説話の標題、構成、人物関係、場面、託された思想も類似する点が多い[6]。修行者が山中に迷い込み、女と同居し自分たちの食には牛馬の肉を当てている僧(「餌取法師」と呼ばれる)が、夜中に起きて身体を清めて阿弥陀の念仏を唱え、あるいは法華懺法を修し、法華経の読誦を勤める姿を見る。後日、修行者はその破戒僧の極楽往生を確認するというものである。これらの説話の構成は隠れ里型で、修行僧が吉野や比良の深山で神仙の僧と遭遇する説話と同型である。ただ、出会う僧の姿とふるまいは対照的である。

第二十七の修行僧の眼に映った肉食の場面は次の通りである。

> 見レバ、年老タル法師ノ物ヲ荷ヒテ持来テ、打置テ奥ノ方ニ入ヌ。有ツル女出来テ、其ノ結タル物ヲ解テ、刀ヲ以テ小ク切ツヽ、鍋ニ入レテ煮ル。其ノ香臭キ事無限シ。吉ク煮テ後、取リ上テ切ツヽ、此法師ト女ト二人シテ食フ。(中略)此ノ女ハ法師ノ妻也ケレバ、妻夫臥ヌ。「早、馬・牛ノ肉ヲ取リ持来テ食フ也ケリ。奇異《あさまし》ク、餌取ノ家ニモ来ニケルカナ」ト怖ロシク思テ

法師が持ち帰り、その家の女が包丁で切り鍋に入れて煮る物が何であるかは、比叡山の僧であった修行者に判別でき

ないのも当然であろう。ただ、その限りない臭さが述べられ、尋常でない食物であることが示されている。さらに、その煮えた物を「取リ上テ切ツ、……食フ」様（器には盛らないのであろうか）も普通の食事の作法と異なっている。僧と女とが夫婦として同衾するのを見て、修行者はようやく二人が牛馬の肉を口に運んでいたのだと心づくのである。

今昔物語集巻第十五第二十八の依拠資料となった本朝法華験記巻中第七十三では、家主が外から何かを担って帰ってきたことを記述し、主の粗野で醜悪な姿に言及した後に次のように記述される。

　食物は飯にあらず、粥にあらず、菜にあらず、菓にあらず。食するに例の物にあらずして、肉血の類に似たり。

五つの否定を積み重ねたうえで、ようやく肉血の類であるらしいと判断する、このような叙法を通じて、その食物が何であるかを知った修行者の驚愕が効果的に表現されている。本朝法華験記に基づいた拾遺往生伝巻上第二十八の「荷ひ来たる所の物、皆血肉の類也。即ち以て食噉す」、また今昔物語集の「此ノ持来タル物共ヲ食ヲ見レバ、牛・馬ノ肉也ケリ」（巻第十五第二十八）と、早々と明かしてしまう単調な叙法との隔たりは大きい。

ただし、本朝法華験記にはなくて、今昔物語集が右に続けて独自に付加した次の記述は注目される。

　僧、此レヲ見ルニ、「奇異キ所ニモ来ニケルカナ。我ハ餌取ノ家ニ来ニケリ」ト思テ、夜ニハ成ヌ、可行キ所無ケレバ、只居タルニ、臭キ香狭キ庵満タリ。

屋内にたちこめているのは、食物の匂いばかりではなかったかもしれないが、山中の破戒僧に対する強い嫌悪と拒否の感情がこめられた表現である。

今昔物語集巻第十五第二十七、二十八はそれぞれ三井寺縁起に通うところがある。不浄の破戒僧が、念仏者あるいは法華経の持者であると後に明らかになる点、また第二十七の破戒僧が訪れた僧に場所を譲り、そこに寺が建立される点である。

　加えて、注目したいのは匂いである。三井寺の教待が食した魚は、芳香を放つ蓮華に変じた。第二十八においても、破戒僧浄尊の極楽往生が次のように記述されている。

　　空ニ微妙ノ音楽ノ声有リ。漸ク西ニ去ヌ。其ノ間、庵ノ内ニ艶《えもいは》ズ馥シキ香満タリ。

本朝法華験記と比べると、この庵の内に満ちる香りも今昔物語集が新たに付加したところであった。先の「臭キ香」と対照し呼応させる意図があったことは明らかである。ただし、普通の人間であって、菩薩ではない浄尊に、牛馬の肉を往生の蓮台に転ずる力はない。浄尊とその妻は、往生を期して三、四月前に肉食を断ち、僧と比丘尼としての威儀を正し、「清浄にして香潔く、諸の不浄無くして」(本朝法華験記)持仏堂に入り、修行を重ねて往生を迎えている。

　しかしながら、ここでは彼らが凡俗であったことが何より重い意味を持つ。浄尊らはなぜ肉食を続けていたのか。彼らには、ほかに食すべきものがなかったのではない。浄尊の草庵に一夜の宿を乞うた修行者を、浄尊の妻は、

　　浄き筵薦を以て比丘を坐らしめ、浄く飲食を弁へて、僧に施し与へ了りぬ。

と、僧侶にふさわしい飲食でもてなしているからである。彼らは、進んで異例の食物を食としていた。それは、自らの愚痴、破戒、無慚を深く自覚し、「一切の構結は、罪業無きに非ず」(本朝法華験記)、「諸々ノ事皆不罪障ズト云フ事無シ」(今昔物語集)と、すなわち人間のあらゆる営みが造罪につながるという認識に基づき、それらの罪業を離れるべく、世人の棄てて顧みない牛馬の死骸の肉を食として選んでいるというのである。そこには明確な決断が働いていて、たとえば日本霊異記、三宝絵、本朝法華験記、今昔物語集に載る、病を養い修行を続けるために、やむなく魚を買い

に行かせた吉野の山寺の老僧の姿勢と対照的である。罪業から離れようと強く決意をした果てに選び取ったのが、皮肉にも戒律によって禁じられている肉食であった。彼らが往生することを得たのは、肉食を断っての清浄な三、四月の勤行に基づくばかりではなく、むしろそれ以前の長い破戒生活によることはいうまでもない。浄尊の行為は、戒律の形式のみが守られている虚妄を鋭く突いているといえよう。(7) このことを通じて説話は、仏法の力による濁穢から清浄へ、悪臭から芳香への単なる転換でなく、清浄と芳香がほかならぬ濁穢と悪臭によって支えられてもいるという、一つの宗教的真実を語ろうとしていたのである。

(1) 平安時代の物語・日記類に「臭し」の語は、うつほ物語一例、落窪物語四例、源氏物語一例、狭衣物語一例を見るのみ。伊勢物語、大和物語、平中物語、竹取物語、多武峯少将物語、篁物語、寝覚物語、浜松中納言物語、とりかへばや物語、堤中納言物語、唐物語、栄花物語、大鏡、今鏡、枕草子、土佐日記、かげろふ日記、和泉式部日記、紫式部日記、更級日記には見えない。

(2) 動物の食性と特有の匂いの関係については、呂氏春秋巻第十四本味に「水に居る者は腥し、肉を獲る者は臊し、草を食む者は羶し」とある。

(3) このことについては、森正人『今昔物語集の生成』(和泉書院　一九八六年)Ⅳ2「天狗と仏法」、3「霊鬼と秩序」を参照されたい。

(4) 「臭くきたなくして」の箇所は、金光明最勝王経には「臭穢」とする。

(5) 日本往生極楽記第二行基の伝、梁高僧伝巻第十保誌の伝。これらでは、高僧が魚の膾を口にしてのち吐き出せば、小さな魚となって泳いだとする。

（6）第二十七は打聞集と同じ説話で、散逸宇治大納言物語に遡ると見られる。第二十八は本朝法華験記巻中第七十三に基づくものである。

（7）本朝法華験記の浄尊説話については、永藤靖『古代仏教説話の方法　霊異記から験記へ』(三弥井書店　二〇〇三年)第二編「鎮源の方法」「殺生と肉食――『法華験記』第七三浄尊法師について」に詳しい検討がなされている。永藤は、「食肉に対する穢観、死に対する穢観が「悪」という差別的な構造を生み出し、これを法華経が済度する、そういうイデオロギーが露骨に現れている」と評価する。こうした一面のあることは否定できないけれども、破戒行為を通して内面化された罪障意識、これに伴われる懺悔の深さを読みとらなければならない。それが、この説話の価値であり、本朝法華験記の価値である。このことは、森正人『古代説話集の生成』(笠間書院　二〇一四年)第四章2「本朝法華験記の説話と表現」に論じた。本章は匂いに関する部分の読みを加えて、その論旨を補強するものとなっている。

第三章　現在の心と未来の姿——壺中蛇影譚

一　はじめに——教理と説話

仏教における説話は教理の例証であり、譬喩であり、あるいは因縁である。そうであることによって、説話は常に教義に従属し、教理に奉仕することを求められる。たとえば、説話を例証として機能させようとする場合、語り手はことがらの事実性を強調することになろう。説話に語られることがらが確かであればあるほど、それだけ教義の真実性、正統性が支えられ強められることになる。そのために、仏教説話にあっては、説話に語られることがらの事実性を強調すべく構成上表現上の手だてが講ぜられる。すなわち、霊験の起きた年月日のみならずその時刻を記したり、仏菩薩の示現の証拠となる事物を事件の展開のなかに明示的に組み込んだり、語り伝えた人が信頼できることを説明して伝承の由緒正しさを強調したり、類似する事例を重ねあわせたりする。こうした方法によって、説話は説法の場において、あるいは説話集において期待される機能を過不足なく果たすことができる。

ところが、仏教説話のなかには、そのように果たすべき機能を担うにとどまらず、期待される以上の意味を生成することを通じて、人がこの世に生きていくことの真実に迫るものがある。説話が、説明のための道具の役割を踏み越える契機はいつ、どのような条件のもとに訪れるのであろうか。今昔物語集の一説話の読解を通して、こうした課題について論述しようとするものである。

二　仏物犯用

今昔物語集巻第十九第二十一は、「以仏物餅造酒見蛇語[仏物の餅を以て酒を造り蛇を見る語]」と題されて、次のように始まる。

比叡山の僧であった者が、郷里に帰って妻帯したものの、法会の導師を務めたりしていた。供え物の餅が多く手に入ったので、妻は子供や従者に食べさせるよりはと考え、夫の僧と相談して酒を造ることにした。頃合いを見はからって、妻が壺の蓋を開けてみると、中に何かうごめくものが見える。暗いので灯をともして見ると、大小の蛇が壺いっぱいに首をもたげていた。妻は夫の僧に事態を告げ、夫が見てもたしかに多くの蛇がうごめいている。

夫婦が酒壺の中に蛇を見る場面は原文に就けば次のようにある。

妻《め》行テ、其ノ酒造タル壺ノ蓋《ふた》ヲ開テ見ルニ、壺ノ内ニ動《はたら》ク様ニ見ユ。「怪《あやし》」ト思フニ、暗テ不見《み》エネバ、火ヲ燃《とも》シテ壺ノ内ニ指入《さしいれ》テ見ルニ、壺ノ内ニ大ナル小サキ蛇、一壺、頭ヲ指上テ、蠢《むくめ》キ合タリ。「穴怖シ。此ハ何《いか》ニ」ト云テ、蓋ヲ覆テ逃テ去ヌ。
夫ニ此ノ由ヲ語ルニ、夫、「奇異《あさまし》キ事カナ。若シ妻ノ僻目《ひがめ》カ」ト、「我レ行テ見ム」ト思テ、火ヲ燃シテ壺ノ内ニ指入テ臨《のぞ》クニ、実ニ多ノ蛇有テ蠢ク。然レバ、夫モ愕《おびえ》テ去ヌ。

夫婦は、結局この酒壺に蓋をし、運び出して遠い野中に棄ててしまう。そして、その後、三人の男が野を通りかかると、すばらしい香りのする壺がある。壺の中には、酒が入っている。初めは用心して呑まなかったけれども、一人が口を付け、ついに三人とも呑んだ。たっぷりあったので、家に運びこんで呑んだが、別段何事もなかった。さて、かの僧は多少の智もあったので、「我ガ仏物ヲ取集テ、邪見深キガ故ニ、人ニモ不与《あたへ》ズシテ酒ニ造タレバ、罪深クシテ蛇ニ成ニケリ」と後悔し恥じていた。その後、三人の男が野ですばらしい酒を見つけて呑んだという噂を聞いて、僧は「然テハ蛇ニハ非ノ《(ママ)》深キガ故ニ、只我等ガ目許《ばかり》ニ蛇ト見エケル也ケリ」と、ますます恥じ悲しんだ。

今昔物語集巻第十九は「本朝付仏法」と題され、第一―十八には出家譚が並び、以下おおよそ第十九―二十二に仏物犯用譚、第二十三―二十八に孝養譚、第二十九―三十四に報恩譚、第三十五―四十四に三宝加護譚が配置される。本説話は、東大寺の僧が山中に迷い込んで、死んだはずの僧たちが沸き立つ銅の湯を呑まされる様を目撃するが、彼らが責め苦を受ける理由は生前施物を受けてこれに報いることがなかったためであるとする説話(第十九)、大安寺の別当の聟になった男が、銅の湯を呑まされる別当とその家族の様を夢に見る説話(第二十)、某寺の別当が麦縄を多く作り、折櫃に納めてそのままうち忘れていたのを、翌年取り出してみると、折櫃の中に麦縄はなくて小さな蛇がわだかまっていたという説話(第二十二)と一群をなす。

第二十一と第二十二とは、食物が蛇に変じていた、あるいは蛇に見えたという点でことに類似度が高いために、今昔物語集は「其レモ現《あらは》ノ蛇ニテヤハ有ケム。只然見エケルニコソハ」(第二十二)という説明を加えている。「其レモ」とは、前話を受けてそれと同じく、「この麦縄の蛇もまた」の意である。ただ、この一文について、日本古典文学全集、新編日本古典文学全集は、「蛇ニテヤハ有ケム」を疑問表現と解しているが、従いがたい。永積安明・池上洵一訳『今昔物語集　3』(平凡社)のように、「それも実際の蛇ではなかっただろう。ただ彼等の目に、そのように見えたまでのことだ」と、反語として解釈しなければならない。第二十一に、僧が野中の酒壺の噂を聞いた後に「我等ガ目許ニ蛇ト見エケル也ケリ」と考え直し、地の文にも「現ニ蛇ト見エテ蠢キケム」と記すところと呼応している。それが、第二十一と第二十二に対する編者の理解であった。

こうした理解は、今昔物語集の編者が、説話のなかの超自然的なできごとに対して随所に示す合理的な解釈の一例である。依拠資料と対照するとき、たとえば原典では牛が直接言葉を発するのを夢中のことと設定し直し（日本霊異記上巻第十縁→巻第十四第三十七）、人間が生きながら蛇に変ずるのを死後の変身と語り変える（本朝法華験記巻下第一二九→巻第十四第三）など、改変を加えることが知られる。(1) この場合も、酒や麦縄が蛇に変じたとするよりは、人の目にそのように映ったと解する方が説明しやすかったのであろう。

第二十二の「蛇ニテヤハ有ケム」を読み誤ると、第二十一もまた読み解くことはできない。ただし、ここに今昔物語集編者の合理的なものの見方と表現方法を読みとるだけでは十分でない。第二十一の説話には、見るという人間の行為の本源に迫ろうとするところがある。すなわち、蛇は僧夫婦の目にそのように見えたにすぎなかったとして、しかし、酒壺の中にうごめいている蛇を見いだした夫婦が、自分たちの目を疑わず、従者や子供達に見せて確かめることもせず、たちどころにこれを廃棄するという行為を選び取ったのは何故であろうか。そこには、彼らをそのように信じさせてしまう何かがあったはずである。

三　貪欲・執着としての蛇

第二十一、第二十二には食物が蛇に変ずる、または蛇に見えるという共通点がある。その意味するところを考えるために、まず迂遠ながら、麦縄と蛇との関係を検討しよう。

麦縄は索餅のことである。

索餅　釈名云、蝎餅髄餅金餅索餅［和名無木那波《むぎなは》、大膳式云、手束索餅多都加］皆随形而名

（和名類聚抄　飯餅類第二〇八　元和古活字那波道円本）

「形に随ひて名づく」とある通り、索（縄）状の菓子である。第二十二に「古麦ハ薬」（「麦」は「麦縄」の意）とあるように、乾燥させると一定期間は保存のきく食物であったらしい。それが、蛇に変じた、あるいは蛇に見えたというのは、麦縄の細長い形状と蛇体の類似および「むぎなは」と「くちなは」との名称の類似によるであろう。

これらに限らず、今昔物語集は、蛇に対して人が抱く嫌悪や恐れをいくつかの説話に載せている。巻第三十一第三十四には、夜毎通ってくる気高い人の素姓を知ろうとした女が、相手の男に櫛箱の油壺の中を見よと教えられ、中に小蛇がわだかまっているのを見ておびえ逃げ去った、そのために男女の仲は絶えたとする。巻第三十一第三十一は、蛇を取って塩漬けにし、干し魚と称して売っていた女の説話である。巻第二十八第三十二には、何よりも蛇を忌み嫌い恐れる三善春家という男の説話が載り、そこには、「春家ガ蛇ニ恐《おづ》ル事、世ノ人ノ蛇ニ恐ル様ニハ違タリカシ」と記述するから、蛇に対して抱く嫌悪や恐怖は古代の人々に一般的な感情であったといえよう。

しかし、飲み物と食物が蛇に変じた、あるいは見えたとする説話において、蛇の帯びている意味は、右のような表層的なものにとどまらないであろう。麦縄が蛇になったのを寺の別当らが「仏物ナレバ此ク有ル也ケリ」と理解した通り、仏物欺用の罪のあらわれであった。ただし、変じたのが他の動物でなかったのには理由があるといわなければならない。仏教において蛇の表象するものは何か。

これらを解釈するに当たって参考になる説話はいくらもある。

今昔物語集巻第十四第一「為救無空律師、枇杷大臣写法花語[無空律師を救はむが為に、枇杷の大臣法花を写す語]」。

無空は心正直で道心深く念仏にいそしむ僧であったが、たまたま銭を手に入れたので、自分の没後のために弟子に残そうと天井の上に隠しておいた。ところが、そのことを弟子に告げることなく死んでしまった。没後、枇杷の大臣藤原仲平の夢に律師が現れて、銭を残し置いたことと「其ノ罪ニ依リテ、蛇ノ身ヲ受テ銭ノ所ニ有テ苦ヲ受ル事無量《はかりな》シ」との言葉を告げた。仲平が天井の上を調べさせると、たしかに蛇が「銭ヲ纏《まき》テ」いた。蛇の身を受けた律師は、法華経書写の功徳により蛇の身を脱し、念仏の力によって極楽往生がかなう。

今昔物語集だけでも類話は多い。巻第十三第四十二は橘の木に、巻第十四第四は黄金に、巻第二十第二十三は酢瓶に、巻第二十第二十四は銭に、生前それぞれ執着した人間が、死後に蛇身を得たと語られる。広く知られているのは、道成寺説話である。女が美男の僧に思いをかけて裏切られたと知るや、蛇体となって追いかけ、鐘の中に隠れた僧を鐘ともども焼き尽くしてしまうのである。本朝法華験記巻下第一二九に載り、今昔物語集巻第十四第三に引用される。これらの転生者たちは、いずれも蛇身の苦を訴えて救済を求める。

蛇は常に耐えがたい苦を受ける存在と見なされていた。今昔物語集巻第十三第四十四には、遊び戯れを常のこととし、仏物をほしいままに用いていた寺の別当が死後蛇身を得て、苦しみを受ける様を次のように訴えている。

我レ大毒蛇ノ身ヲ受テ、苦ヲ受ル事無量シ。身ノ熱キ事火ニ当ルガ如シ。亦、多ノ毒ノ小虫、我ガ身ノ鱗ノ中ヲ棲《すみか》トシテ、皮・肉ヲ唼《(す)》ヒ噉《くら》フニ、難堪《たへがた》シ。

この説話は本朝法華験記巻上第二十九に基づいて書かれていて、原典にも右と同じ趣の表現がある。そして、往生要集巻上の大文第一の第三、畜生道に属する虫類の受ける苦について記述するところに類似する。

又諸《もろもろ》の龍衆は三熱の苦を受くること、昼夜休《や》むこと無し。或いは復蟒蛇《またもうだ》、其の身長大、聾騃にして足無く、宛転として腹行し、諸の小虫の為に唼《す》ひ食はる。（原漢文）

龍と蛇とは別種の生き物ではあるが、形体が相似て、どちらも畜生道のなかでとりわけ苦しみ多く劣った存在と見なされていた。そして仏教の世界では、龍蛇は貪欲、愛欲、執念などの罪深いものが受ける姿であり、したがって法華経や念仏による救済を求めてやまない存在であった。今昔物語集巻第十三第四十三には次のような物語が載る。

紅梅を深く愛していた少女が死んで、それから毎春紅梅の木のもとに蛇が現れるようになったのを、父母は娘の生まれ変わりと知って、名僧を請じて法華八講を催した。そして、「五巻ノ日」に清範が「龍女ガ成仏ノ由」を説いたところ、蛇は木のもとで死んだ。その後、父は夢に、娘が金色で透き通るような肌を得て、すばらしい装束を着けて紫雲に乗って去るのを見たという。

五巻の日の龍女の成仏とは、法華経提婆達多品に、わずか八歳の龍女がたちどころに男の身を得て成仏したと説かれるのをいう。蛇身を受けた少女の救済に最もふさわしい教説であった、というよりは、この説話が龍女成仏の教理に沿って構成されているのである。

注意されるのは、前世の罪業によりその身を受けた蛇について、しばしば「毒蛇」（本朝法華験記巻下第一二九、今昔物語集巻第十三第四十四、巻第十四第三、第十七、巻第二十第二十四）と称されることである。また、本朝法華験記巻下第九十三には、毒蛇が人を呑み食らおうとする思いを「毒害心」と表現し、その毒蛇が死後人の身を受けて「恚憤の心」「毒忿の心」があるのを、なお「毒蛇の習気」を残していると表現する。こうして、毒蛇という呼称の意味するものは、単に人や動物の身体に害を及ぼす物質的な毒にとどまらず、貪・瞋・痴の三毒を含意していることができよう。(2)

今昔物語集巻第十九第二十一には、自分たちの造った酒が蛇に変じたのを、僧は次のように理解したとする。

我ガ仏物ヲ取集テ、邪見深キガ故ニ、人ニモ不与《あたへ》ズシテ酒ニ造タレバ、罪深クシテ蛇ニ成ニケリ

酒が蛇になったのは、それを造った者の邪見による貪欲の罪のためであるという。邪見による貪欲と毒蛇との関係は、今昔物語集巻第二十第二十四にも語られる。

奈良の馬庭山寺の僧は、「智《さと》リ無《なき》ガ故ニ、邪見ノ心深クシテ、人ニ物ヲ惜テ与フル事無」く、坊の戸を閉じて死んでしまった。七日後、「大ナル毒蛇有テ、其坊ノ戸ニ蟠《わだかま》」っていた。弟子は「此ノ毒蛇ヲ必ズ我ガ師ノ邪見ニ依テ、成リ給ヘル也ケリ」と考え、調べてみると、壺屋の内に銭を隠し納めてあった。「銭ヲ貪《むさぼり》テ此レヲ惜ムニ依《より》、毒蛇ノ身」を受けたのであった。

これらの事例を並べてみると、酒壺の中の蛇は、酒を造った夫婦の邪見、貪欲の罪のあらわれと見なされたであろうと言うことができる。

四　類型と事実性

しかし、本話は右に参照してきた説話と異なるいくつかの特徴を具えている。その一つは、貪欲、愛欲にとらわれた人間が、生きながらあるいは死後蛇に変ずるのが一般的であるのに対して、ここでは僧夫婦が変身あるいは転生することはないという点である。つまり、この説話における蛇の用い方は非類型的である。第二に、僧夫婦の捨てた酒壺のその後のことが詳細かつ具体的に語られていることである。道行く三人の男たちが壺を見つけ、酒で満たされて

いることに気づき、そのすばらしい匂いに惹かれて呑みたいという思いにかられ、しかし、このようなものが棄てられるはずはないと警戒する心が働く。逡巡しながらもついに一人が口を付ける、そして何事もないと分かると、残る二人もたまらず呑み始める。その様は、

酒ノ欲サニ不堪《たへず》シテ、「然《さ》ハレ、其達《そこ》ハ否不呑《えのまぬ》ゾ。我ハ譬《たと》ヒ何ナル物ヲ棄置タル也トモ、只呑テム。命モ不惜《をしか》ラズ」ト云テ、腰ニ付タリケル具〔「貝」カ〕を取出テ、指救テ一杯呑タリケルニ、実ニ微妙《めでた》キ酒ニテ有ケレバ、三杯呑テケリ。今二人ノ男此ヲ見テ、其レモ皆上戸也ケレバ、「欲《ほし》」ト思テ、「今日此ク三人烈《つれ》ヌ。一人ガ死ナムニ、我等モ見棄テムヤハ。譬ヒ人ニ被殺《ころさ》ルトモ、同ジクコソハ死ナメ。去来《いざ》我等モ呑テム」ト云テ、二人ノ男モ亦呑テケリ。

と、大仰な物言いをさせて滑稽味を添え、上戸たちの言動をいきいきと描き出している。こうした叙述は、仏物犯用を戒める趣旨を効果的に提示するために、壺に入っていたのがまことの酒であったと明示的に語り、僧夫婦の邪見の罪によって蛇に見えたのにほかならないと確認し強調するという目的に収まりきれないものがある。

これら二つの特徴は、この壺中蛇影譚が記述されている通りの、あるいはこれに近い事実に根ざしていたという想定に読者を導くかもしれない。説話の末尾に、

此ノ事ハ、彼ノ酒呑タリケル三人ノ男ノ語ケル也。亦僧モ語リケルヲ聞継テ、此ク語リ伝ヘタルトヤ。

と述べる通り、実際にこれらのことを体験した者のその折の思念や感覚が再現されているのであろうか。しかし、日本古典文学全集はむしろ次のように説いている。

類似のモチーフは「天福地福」「金は蛇」「牡丹餅は蛙」など、広く昔話にもみられるもので、それらとの関連が

伝承史的には興味が深い。あるいは、もと昔話的な存在だったものが、本話のような仏物濫用を戒める説話に転用されたものか。

この見解は、新編日本古典文学全集頭注にも継承されている。たしかに、強欲な者の手から福分がすりぬけて別の人のものになってしまうという要素は、挙げられた昔話に一部分一致する。関敬吾『日本昔話大成　3』(角川書店　一九七八年)は、「一六一　天福地福」について「中国では文献的には五世紀にさかのぼり得るという」という注を付す。エーベルハルトの説によるらしいが、澤田瑞穂(3)はそれを否定して、清の乾隆年代(一七三五―九五年)の随筆『聴雨軒筆記』が文献としては最も古いという。『日本昔話事典』(弘文堂　一九七七年)の「天福地福」の項(三原幸久執筆)でも、この型の話を中国伝来と見なしている。

今昔物語集の壺中蛇影譚が「天福地福」類の伝承と同型ないしその亜型であるとすれば、澤田説を踏まえると最も古い文献資料としての位置を与えられることになり、そのことは、一群の説話の伝承関係を解き明かす手がかりともなりえよう。いま、今昔物語集の壺中蛇影譚と「天福地福」とを比較対照すれば、今昔物語集では福を失った方に中心が置かれ、「天福地福」では福を得た方に中心が置かれること、今昔物語集の場合男達が酒壺を見つけるのは偶然であり、福を得るにふさわしい徳を具えていたとは語られないのに対して、昔話の場合は福を得た者によい行いがあり、天あるいはそれに相当する存在がこれを授けることになっていて、いわば必然であると知られる。両者に関係を認めるには右の相違は大きすぎるとも、今昔物語集が伝承の型を利用して仏物犯用を戒める目的に添って語り換えを行った結果とも解されよう。

今昔物語集のこの説話が福分の移転をめぐる類型的伝承を利用したものであるか、あるいは両者は偶然の部分的一致を示しているにすぎないか、にわかには決めがたい。この問題を留保した上で、なお伝承関係の検討を試みるに値する説話がある。日本では、宝物集巻第五、五戒のうちの不飲酒《ふおんじゅ》戒を説くところに引証される。

第四に不飲酒と言ふは、酒を飲まぬを申したるなり。天竺に一人の長者あり。七宝に乏《とも》しからず。万物豊かにして、一庫倉の内に酒をつくれり。壺大にして、酒の澄めること泉のごとし。長者の妻《め》、蔵に入りて酒の瓶を見るに、若き女のかたちよきがあり。長者の妻、急ぎ返りて長者を恨みて云はく、「汝を頼みて偕老同穴の契り深し。年ごろ又遺恨なくして過ぐしつ。いかに瓶の内にかたちよき女を隠し置きて、我がうちとけたる姿をば見するぞ」と恨みければ、長者、蔵に入りて酒瓶を見るに、おとなしやかなる男の清げなるあり。長者の思ふやう、「我が妻の、蔵の内に夫を隠し置きて、我をすかしやり、殺させんとするなりけり」と心得て、年来《としごろ》の妻を、男すでに離別しなんとしけるを、一人の羅漢、このことを心得て、酒の瓶を取り出して、夫妻の前にしてこれを割るに、妻もなし、夫もなし。酒はこれ、いまだ呑まざるに凶をいたすものなり。いはんや呑みて酔へるにおきてをや。

右は、主題も今昔物語集の壺中蛇影譚とはかけ離れている。しかし、始めに妻が酒の容器の中に酒ならざる思いがけぬものを見いだし、そのことを告げられた夫もまたそこに同じようなものを見て、驚きおびえ、のちに二人とも自らが目にしたものが何であるかを知るという展開は、よく似ているといえよう。宝物集は、今昔物語集以後の成立であるが、舞台を天竺としていることから推測されるように、今昔物語集からの引用ではありえない。

宝物集が直接依拠したとはこれも認められないけれども、二巻本雑譬喩経下・二十九は共通するところが多い。いま読み下して掲げる。

昔長者の子有り。新たに婦《つま》を迎へて甚だ相ひ愛敬す。夫、婦に語りて言はく、卿《なむぢ》、厨《くりや》の中に入りて蒲桃《ぶだう》酒を取りて来よ、共に之を飲まむ、と。婦往きて瓫《もたひ》を開くるに、自《おのづか》ら身の影の此の瓫の中に在るを見て、更に女人有りと謂《おも》ふ。大きに恚《いか》りて還りて夫に語りて言はく、汝は自ら婦有りて瓮の中に蔵《かく》し著《お》く。復《ま》た我を迎へて為すか、と。夫自ら厨に入りて之を視る。瓮を開けて己が身の影を見て、逆《さか》しまに其の婦を恚る。男子を蔵すと謂ふ。二人更に相忿恚《いか》りて各《おのおの》自ら実なりと呼ばふ。一梵志《ぼんじ》有りて、此の長者の子と素《もとよ》り情親しく厚し。遇ひて与に夫婦の闘《いさか》ふを相見て、其の所由を問ふ。復《また》往きて之を視るに、亦身づからの影を視て、長者を恨み恚る。自ら親厚有りて瓮の中に蔵す。而して陽《いつは》りて共に闘ふか、と。即便《すなは》ち捨てて去る。復一比丘尼有りて、長者に奉らる。其の諍《あらそ》ふところ是《か》くの如くなるを聞き、便ち往きて瓮の中を視るに比丘尼有り。亦恚りて捨てて去る。須臾にして道人有り、亦往きて之を視る。是影なるのみと知為《さと》りて、喟然として嘆きて曰く、世人愚かにして惑ひ、空を以て実なりと為《おも》ふ。婦を呼びて共に入りて之を視る。道人曰く、我、当《まさ》に汝が為に瓮の中の人を出すべし、と。一つの大石を取りて瓮を打ち壊る。酒尽き了りて、有る所無し。二人意解けて、定めて身の影なりと知りて、各《おのおの》慚愧を懐く。比丘為に諸要法言を説く。夫婦共に阿惟越致を得たり。仏以て喩へと為す。影を見て闘ふ者は、譬へば三界の人の五陰四大苦は空なりと識《し》らずして、身に三毒生死絶えざるがごとし。仏是を説く時、無数千人皆無身の決を得たり。　（大正新修大蔵経四・五〇九頁）

宝物集でも雑譬喩経でも、人が酒瓶の酒に映る自らの影によって、瓶の中に自分に似た別人がいると錯視を繰り返すことが語られる。宝物集では、酒が災いの因であることの例証として機能する。一方、雑譬喩経では、夫婦が比丘の計らいと説法によって不退転の境地を得たとしたうえで、瓶の中の人の姿を見て実体を持たない影であると気づかぬ者たちを、五陰四大苦を空であると悟らぬ人間になぞらえている。説話の機能は異なるけれども、雑譬喩経を宝物集の源泉と見なしてさしつかえないであろう。そして、設定の類似から判断して、今昔物語集の壺中蛇影譚も雑譬喩経の説話と無縁ではないであろう。

五　鏡識らず譚

雑譬喩経、宝物集のように、平滑な物体の表面に映る自らの影を見てそれと気づかない、あるいは鏡にはそれに対するものを映す性質があることを知らないという説話は、二十世紀の日本で多数採集された昔話にも一つの型をなしている。「松山鏡」（柳田國男監修『日本昔話名彙』）あるいは「尼裁判」（『日本昔話大成』三一九）と呼ばれる。「松山鏡」とは、能の曲名にちなむ命名で、能「松山鏡」には鏡に映る自分の姿を見て娘が亡き母と思う趣向を取り入れてある。鏡というものを知らない者があるという趣向は、ほかに神道集巻第八「鏡宮事」、狂言「鏡男」、御伽草子「鏡男絵巻」、落語「松山鏡」等に見られ、長く日本人に親しまれてきた。

いま、この趣向を具える型の説話を「鏡識らず譚」と呼ぶことにして、その源流に遡ると、仏典あるいは漢籍に尋ね当たる。

百喩経巻第二（三十五）には、「宝篋鏡喩」と題して、珍宝で満たされた篋《はこ》を見つけた貧乏な男が、宝を覆っている鏡に自分の姿が映っているのを見て、他に人がいると思いこんで、篋の中の宝に気づかないという譬喩譚が載る。

また、太平広記には次のような説話が引かれる。

民の妻有りて鏡を識らず。夫之を市《か》ひて帰る。妻取りて之を照らし、驚きて其の母に告げて曰はく、其の郎又一婦を索《もと》めて帰りたり、と。其の母又照らして曰はく、又親家母を領《つ》れて来れり、と。（巻第二六二「不識鏡」）

鏡識らず譚の伝承について広く調査分析を行った増田欣[4]は、太平広記の典拠を三国魏の邯鄲淳により三世紀頃撰述された笑林であるとする説に従い、求那毘地が南斉の永明十（四九二）年に漢訳した百喩経に先行すると見なしている。

増田はアジア各地域の諸伝承資料を検討して、インド、中国、朝鮮の鏡識らず譚が日本の説話に影響したであろうことを追認しつつ、ただし、「ただ一つの外来の原話が、わが国における伝流の過程で多様に変容したというような簡単なことではなく、もっと多元的、多層的であり、複雑に交流しているらしい」と慎重に論定した。そして、ヨーロッパの類似の伝承にも触れつつ、鏡識らず譚には「時空を超えた共通性」があると指摘して、問題の大きさと重要性を示唆している。

こうした観点に立つとき、これらの説話を、田舎者や愚か者が鏡という器物すなわち都市の先進的文明的な道具を知らないことを嗤うもの、あるいはある命題の平易な譬喩として機能するものという水準にとどめて扱うべきではないという地平に導かれる。

そこで、鏡識らず譚の「時空を超えた共通性」、言い換えれば人類にとっての普遍性とでもいうべき問題のなかに踏み込むために、今昔物語集巻第十九第二十一の、夫婦が酒壺の中に蛇を見る説話をも鏡識らず譚の一つあるいはその亜型と見なして、考察を進めよう。

今昔物語集巻第十九第二十一には、酒壺の中に蛇がうごめいていたと記されるのみで、酒の面に映っていたとは記述されていない。この一点によって鏡識らず譚としての要件を欠くと言わなければならないが、しかし、酒の容器の中に思いがけぬものを見いだして、まず妻が驚きおびえ、そのことを知らされた夫がついで覗きこんで恐れるという展開の類似は、偶然に引き起こされたとは言えないであろう。雑譬喩経を源泉として、日本を舞台とする説話に変容したと見なされる。

酒の面に何かが映ったという設定から、酒壺の中に何かが見えたという設定へと変化を促したのは、天竺の酒と日本の酒との違いであろう。雑譬喩経における酒は葡萄酒であり、濾過の工程を経ていたであろうから、酒面には当然そこに向かい合うものの影が映ることになる。雑譬喩経を源泉とすることが疑えない宝物集に、「酒の澄めること泉のごとし」とするのは、日本の酒とは原料や製法を異にしていることに注意を喚起したのである。古代日本にも「すみさけ(清酒、澄酒)[5]」はあるといっても、一般には酒といえばいわゆる濁り酒であったからにちがいない。今昔物語集に、酒面が鏡となったと語るには、それが日本の酒の実態にそぐわないとの判断が働いたからであろう。鏡の役割に配慮する必要がなければ、容器は、瓶でなく口のすぼまった壺であってもさしつかえない。また、口の小さい壺は、その中に何かが隠れ潜むという感覚を見る者に抱かせる。

こうしたことを踏まえて、今昔物語集の前段階に、僧夫婦が酒の容器を覗きこんでそこに蛇を見いだしたというのは、酒の面に映った蛇を見たのであり、蛇はほかならぬ覗きこんだ者たちの姿であった、という語りかたがあったと想定してみることは許されないであろうか。そうした想定が放恣に過ぎるとしても、酒壺の中にうごめく蛇と、それを覗きこむ者すなわちその酒を造った者とは無関係でないとは言えるであろう。壺の中に入っている酒は彼らの貪欲そのものが形を得たのであり、蛇は執着、貪欲の表象にほかならなかったからである。

六　心と未来の影

今昔物語集の壺中蛇影譚が、鏡識らず譚の亜型あるいは鏡識らず譚の転訛であったとすれば、僧夫婦が壺中に見た蛇については、貪欲、執着、罪業と規定される以上にさらに精細な姿を与えることができるのではないか。このことを検討する前に、この説話の表現上注意を要する箇所に解釈を加えておきたい。

僧が、壺の中の酒が蛇になったのを棄てる時には、

我ガ仏物ヲ取集テ、邪見深キガ故ニ、人ニモ不与ズシテ酒ニ造タレバ、罪深クシテ蛇ニ成ニケリ

と「悔恥《くいはぢ》」ていた。その後、三人の男が野ですばらしい酒を見つけて呑んだという噂を聞いて、

然テハ蛇ニハ非ノ深キガ故ニ、只我等ガ目許《ばかり》ニ蛇ト見エケル也ケリ

と「弥《いよい》ヨ恥悲《はぢかな》」しんだという。後の感慨のうちの傍線部「蛇ニハ非ノ深キガ故ニ」はこのままでは文意が通じない。日本古典文学大系は、「非」に「トガ」と付訓し、「非」の下に「ズ罪」を脱したものかとする。日本古典文学全集は「蛇ニハ。非ノ深キガ故ニ」に作り、類聚名義抄を引いて「非」に「ひ」の訓を付ける。新日本古典文学大系、新編日本古典文学全集も同じ本文を立てて「非」に「とが」の訓を付す。類聚名義抄によれば、たしかに「非」を「とが」と読むこともできるが、今昔物語集では「とが」は「咎」あるいは「過」で表記する。また、一般に「とが」を形容するのは「重し」であって、「深し」ではない。たとえば、「重キ咎有テ」（巻第一第三十八）、「汝ヂ既ニ重キ咎有リ」（巻第五第十五）、「重キ咎可有キ者ニモ非ズ」（巻第十六第三十二）。

ここは、おそらく「蛇ニハ非《あら》ザリケリ。罪ノ深キガ故ニ」、あるいは「蛇ニハ非《あら》ズシテ、我等ノ罪ノ深キガ故ニ」等の誤りであろう。「罪」の字画の一部が「非」と一致するために、書写の際に目移りを引き起こし、脱落が生じたものとみなされる。「然テハ」と置いて、「我、此浪ニ被漂倒テ可死ニテ、怪《さとし》シケルゾ」（巻第二十六第十二）と「ケリ」で結ぶ構文も参考になる。

右に見た通り、僧は自分たちの邪見のために壺の中の酒が蛇になったと始め受け取り、ついで、壺中に見えたのは実際の蛇ではなく、罪深い自分たちの目にばかりそのように映ったと受け取ったとする。ただし、これを後日噂を聞

き伝えて後に、酒を酒として正しく認知せず、蛇と見誤ったことを恥じ悲しんでいると解しては誤りである。嘆かれているのは、餅を独り占めにして酒を造った自分たちの罪の深さである。では、自分たちにばかり酒が蛇と見えたとして、そのことがなぜ彼らの罪の深さを意味するのであろうか。

ここで、この壺中蛇影譚が鏡識らず譚の亜型であることを想起して、壺の中に僧夫婦が見たものは酒面に映った彼等自身の姿だったと置き換えると、彼等はそこに蛇としての自己を、すなわち貪欲、執着、罪悪そのものとしての自己を見たことになる。ただし、彼らがそこに発見した自己については、鏡の特徴を踏まえて今少し厳密に言い換える必要がある。酒面が鏡であるなら、彼らはそこに美酒ができたと満悦する顔か、あるいは壺の中に何が潜んでいるのかと不安に引きつる顔を見るであろう。そうではなくて、蛇を見たのは、酒鏡が普段は隠れて見えない何かを映し出していたからではなかったか。

彼らが目にしたのは彼ら自身の心である。鏡というものは、目に見えぬもの、隠れているもの、人が隠そうとしているものを照らし出す働きがあると考えられていた。たとえば、

はし鷹の野守の鏡得てしかな思ひ思はずよそながら見ん　（新古今和歌集巻第十五　恋五）

と詠まれる「野守の鏡」については、俊頼髄脳、奥義抄、袖中抄、綺語抄、和歌色葉などの歌学書が本説を問題にし続けた。俊頼髄脳は、天皇の鷹狩の鷹が失せたのを野守が溜まり水に映して見つけたことに由来するという「野の中に溜まれりける水」と、人の心のうちを照らす「徐君が鏡」とを挙げる(6)。この二系列の説はその他の歌学書にも継承され、袖中抄第十八には、

又或抄云、ノモリノカガミトハ、野ヲ守ケル鬼ノ持タリケル鏡也。人ノ心ノウチヲテラス、イミジキ鏡トキキテ、

国王ノメスニ、鬼ヲシミ申ケレバ、野ヲ焼ハラハムトシ給ケル時ニ、国王ニタテマツリタル鏡ナリ云々。

という説に続けて、始皇帝の所有していたという、人の内臓をも映し出し、病の箇所をたちどころに知ることのできた鏡、あるいは邪心の有無を見抜くことができた鏡の事例を挙げている(7)。

このように、鏡というものが目に見えぬものを映し出す、とりわけ隠されている人の心をも照らし出す不思議な力があるとする考えは、広く流布していた(8)。こうして、僧は壺中の蛇影に自らの心に潜む欲望を見て、驚きおびえ、そして恥じたのであった。

しかし、僧夫婦が壺中に見たのは、はたして彼らの心の内だけであったのだろうか。

金属鏡であれ、水鏡であれ、鏡の神秘的な力が照らし出す目に見えないものはほかにもあった。たとえば、無名草子によれば、古とりかへばや物語には「鏡もて来て、よろづのこと、暗からず見たる」という場面があったという。何が鏡に映ったかは明瞭でないけれども、主人公きょうだいが男女の性を取り替えるに至った過去世の因縁などであろうか、いずれにしても人が通常の方法では知ることのできないものであろう。また、松浦宮物語には、男君が鏡を用いて遠い唐土の后の姿を見る場面が描かれる。こうして鏡には、時間的にも空間的にも隔たった世界のできごとが映ると考えられていた。

したがって、鏡は未来をも照らし出す。なかんずく、そうした力は水鏡に強いと見なされていたふしがある。金刀比羅本平治物語には、信西がまだ在俗の時出仕の身支度を整えようとして、「鬢の水に面像を見れば、寸の頸、剣のさきに懸《かかつ》て空《むなしく》なるといふめんざう」があったという(巻上　信西出家の由来)。彼は将来の剣難を免れようとしたけれども、かなわなかった。また、藤原伊通が、井戸の底に映る自分の相を見て、将来大臣の位に至ることを知る説話もある。

九条大相国、浅位の時、なにとなく后町の井を、立ち寄りて底をのぞき給ひけるほどに、丞相の相見えける。嬉しくおぼして帰り給ひて、鏡をとりて見給ひければ、その相なし。（中略）又大内に参りてかの井をのぞき給ふに、先のごとくこの相見えけり。

（古今著聞集巻第七　術道第九　二九七）

これらの事例に照らせば、僧夫婦は、壺中に自分たちが来世に堕ちることになる蛇道を見たのであった。酒壺に見えた蛇の姿には、僧夫婦の隠された内面と未来世の報が暗示されていた。僧は「少シ智リ」があったために、そのことを直感的に理解することができたらしい。したがって、彼らが野の中に運び出して棄てたのは酒ばかりではなかった。貪欲と執着と、そして未来の畜生道をもわが身から放ち棄てることとなった。[9]

こうして、「鏡識らず譚」と呼ばれる説話は、たしかに鏡の働きを知らない愚か者を嗤う話のようであるが、彼らが知らなかったのはむしろ鏡に映る自己であり、人の目に映る自己ではないか。すなわち、鏡識らず譚は、鏡というものを通して自己を知ることがいかにむずかしいかを語る主題をそなえていたといえよう。この説話が東西の文献に載り、古くより今日まで語り伝えられて、増田欣が言うところの「時空を超えた共通性」が認められるのは、この説話が人間に普遍的な、自己とは何かという問いを投げかけていたからであった。僧夫婦の日常的な生活のなかに一瞬差した蛇の影は小さかったかも知れないが、深い真実を指し示したのである。

このように論じ来たって、今昔物語集の壺中蛇影譚が、ひとかたならぬ現実味を確保しえているとすれば、逆説的ながら、この説話が鏡識らず譚という類型性に依存することによって、僧夫婦も読者も、壺中に見知らぬ自己を発見するという普遍性に通ずる課題を手放さなかったからであろう。

（1）森正人『今昔物語集の生成』（和泉書院　一九八六年）Ⅱ4「内部矛盾から説話形成へ」参照。
（2）本書第三部第一章「聖なる毒蛇／罪ある観音――鷹取救済譚」。
（3）澤田瑞穂「宝精篇」（『天理大学学報』第二三巻第五号／第七八輯　一九七二年三月）。
（4）増田欣『中世文藝比較文学論考』（汲古書院　二〇〇二年）第四章第三節「「鏡識らず」の伝流」。
（5）「鴟　市論反　酒美也　須美作介　又美酒、」（新撰字鏡）。
（6）野守の鏡の説については、黒田彰子「作品研究「野守」」（『観世』第五八巻第一一号　一九九一年一一月）が検討し、能「野守」が鏡の神秘を説く古代中世の宗教と学問の世界に深く関わっていることを明らかにしている。なお、この論文は黒田『中世和歌論攷　和歌と説話と』（和泉書院　一九九七年）に収録されている。また、鏡が目に見えぬものを映すことについては、本書第四部第一章「翁と鏡と物語――大鏡」にも述べている。
（7）袖中抄は「私考云」として、次のように載記および西京雑記を引用する。
　載記曰、秦始皇帝即位三年、夜有鬼而与一鏡也。径三尺也。有病人以鏡察病人之腸、六府五蔵皆見、知病在所也。始皇崩後、鏡忽然亡也。又西京雑記云、高祖初入咸陽宮、周行府庫、有方鏡四尺九寸、表裏有明、人来照之、影倒見、以手掩心而来即腸胃五蔵歴然無礙。（中略）又女子邪心有則胆張心動。秦始皇帝以照宮人胆云々。
（8）狂言「棒縛」では、主の留守中に酒を盗み飲む太郎冠者、次郎冠者が、主（頼うだ人）の帰宅に気づかずに次のような言葉を交わす場面がある。「あれを見よ、頼うだ人の影が盃の中へ映る、不思議な事の、身共の存るは、しわい人じやによつて、此やうに縛つておいてもまだ酒を盗んで飲むかと思はるゝ執心が是へ映る物であろ」（『絵入　狂言記拾遺』三）。
（9）なお、本話についてすでに王維「蛇の変身譚と転生譚――『今昔物語集』を中心に――」（北京日本学研究センター二〇〇三年碩士学位論文）に、蛇は僧の心を外面化させたもので、酒壺を棄てることは執着心を棄てることを暗示しているのではないか、との指摘がある。筆者は、評閲委員として本論文の審査にたずさわった。

第四部　翁

——聖性と化現

第一章　翁と鏡と物語——大鏡

一　はじめに

大鏡は、雲林院の菩提講の始まりを待つ人々の〈語り—聞く〉関係によって構成される〈物語の場〉を物語化した〈場の物語〉である。[1]語り手となるのは、万寿二(一〇二五)年の現在、百九十歳(百五十歳とも計算される)という大宅世継、百八十歳(百四十歳とも)ほどの夏山繁樹、そして、発言の機会は物語の終わりごろにわずかしか与えられないけれども、二百歳ばかりの繁樹の妻の三人。これらに対して、年三十ばかりの「侍めきたる者」が熱心に「あどうつ(相槌を打つ)」役を務め、ほかにもその場に居合わせた多くの僧俗、尼たちが心服してよい聞き手となっている。大鏡の面白さは、世継や繁樹の昔物語もさることながら、語り手、聞き手たちのしぐさや表情までもいきいきと写し出して見せたところにある。

さらに忘れてならないのは、物語の内容に特別の関心を寄せながら、その場では一言も発することなく耳をそばだてていた存在である。それは、皇太后妍子にゆかりの者と知られるのみの、昔物語の場の一部始終を伝えたはずの人物であった。ただし、安田徳子、阿部泰郎[2]が注意するように、大鏡には筆録ということが消去されているから、この聞き手が筆録者であったとは限らないが。このように大鏡の本文は、世継の翁および繁樹の翁と侍めく者によって成立する〈物語の場〉、それを囲むその他の多くの聞き手たち、さらにその外側にあって注意深い視線を向け聴覚をはたらかせる妍子ゆかりの者、という重層的なしくみを持っている。

このように本文中に〈物語の場〉を構成する方法は、今鏡、水鏡、増鏡という後続の歴史物語、また中国の歴史を主題とする唐鏡に継承されたばかりでない。こうした方法を持つ作品は、宝物集、歌仙落書、治承三十六人歌合、和歌色葉、無名草子、文机談と、仏教書、歌書、楽書などさまざまの領域に出現した。それらにも直接あるいは間接に大鏡の投影が観察される。こうして、大鏡は〈場の物語〉の源流の一つであった。

大鏡は〈場の物語〉の源流であるとはいえ、その方法がまったく独創的であったわけではなく、大鏡自体もさまざまの世界を踏襲引用していた。その問題をめぐって、これまで種々の観点から検討が重ねられてそれぞれに成果が示されている。ただし、それらの成果は相互に参照されることがほとんどないために、十分に深められているとは言いがたい。今やそれら諸観点を総合して、大鏡という作品の全体像を記述する準備が整えられるべきであろう。

右のような立場に立って、ここでは〈物語の場〉を構成する諸要素のうち特に語り手たちの性格を明らかにしようとするものである。具体的には、彼らが翁であること、大宅世継および夏山繁樹という姓名を名乗っていること、「鏡」という呼称が与えられていること、彼らが昔物語を語ること、これらの意味を検証するとともに、これらの諸属性を統合して、語り手の像に統一的な説明を与えることをめざしている。

二　語り舞う翁

〈場の物語〉としての大鏡を考えようとする時、語り手たちが類を見ない高齢の翁と媼であることが注目される第一の点であった。寺院で講の始まりを待つ間の老人の昔物語、それはごく日常的な風景にすぎない。また、たとえば奈良時代の風土記などに、伝承がしばしば「古老曰」と前置きして記されるように、その土地の人々にとっての神聖なことがらの保持と伝達は古老の任務であったということを、ここに参照してもよいであろう。しかしながら、鏡ものの語り手たちの姿は、そうした翁媼一般を超えて非日常的である。彼らが虚構の存在であるとしても、その登場を必要とする理由、あるいはその登場を支え、信憑性を与えうる背景が問われなければならない。

まず指摘しうるのは、彼らの二百歳にも及ぼうかという年齢が、そこで語られる昔物語の時間の範囲と重なっているということである。すなわち大鏡に描き出されたのは、嘉祥三(八五〇)年に即位した文徳天皇より万寿二年の現在に至る摂関政治史であって、語り手たちは自分と等身大の歴史を語っていたことになる。(3)

このように大鏡の語り手たちが、自らの見聞したことがらのみを語る——もちろん彼らの見聞は誰よりも広く隈々や裏面に及び、記憶の確かさは類を見ない——という方法は、その後の鏡ものにも継承された。たとえば今鏡の語り手は大宅世継の孫であるが、その血を受けて百五十歳をゆうに超える媼である。一方、大鏡より前の時代を扱う水鏡は、ことに複雑な手順を踏んで語り手を登場させなければならなかった。まず、長谷寺に参詣した老女が、偶然三十四、五歳ほどの修行者と同座し、その修行者がかつて葛城山中で「翁の姿したる」「仙人」と出会い、仙人がはるか昔に見聞したことがらを語ったのを聞き継いで、これを老女に語ったというしくみを持つ。大鏡や今鏡の語り手の年齢の高さは超現実的であるが、水鏡の第一次の語り手に至ってはいっそうはなはだしい。語り手を登場させることによって〈物語の場〉に現実味を、語られる内容に真実味を付与しようとする意図があるのであろうが、それでいて、かえって不自然な語り手を設定しなければならないところに、鏡ものには、そのできごとの現場に身を置いた者が語るという強固な約束のあったことがうかがえる。大鏡の聞き手を務める侍めく者は、「古き御日記などを御覧ずるならんかし」(第六巻)と世継の翁に心にくがられるほど博識で、宮廷政治史の裏面にも通じていながら、決して中心的語り手にはならない。そのことは、語り手に求められる条件が何であったかを示して余りある。大鏡の昔物語の場では由緒正しい文字資料は重んじられない。また、語り手の資格も「才学」(第六巻)にあるのではない。こうして、鏡ものの語り手が翁や嫗であることは特別な意味を持っていたと言わなければならない。

そうした特別な意味に対する解釈の一つが、芸能の庭における翁と関連づける説である。[4] 大鏡の語り手たちがなぜ翁であるかという問題についての手掛かりは、その流布本に付加されている「後日物語」に得られる。それは、万寿二年の物語から八十三年後、ある所の千日講にたまたま同席した翁と老僧によって語られる。翁は万寿の物語においてあどうちの役を務めていた侍風の男、老僧もその座の聞き手の一人であったという。彼らは、

二の舞の翁、ものまねびの翁、僧らが申さむことを、正教になずらへて、たれも聞こしめせ。

と、世継らの物語を正教に見立て、自らの物語を「ものまねび」とする謙遜の言葉を前置きにして語りはじめる。「二の舞」とは、舞楽の安摩に続いて舞われる、滑稽なもどきの舞であった。

有面二様。上臈ハ咲《えみ》面ヲス。下臈ハ、ハレ面ヲス。一人安摩ノ時ハ咲面一人舞。楽屋シテ先咲《まづわらふ》ナリ。安摩ニ出替《いでかはる》。腰ヲヤラシテ笏ヲコフヨシヲス。一説、輪作テ舞。腰ニ甲《かぶと》ヲ付タリ。／是、地祇土神、入酔狂舞乙《かなづる》姿也。／(中略)如安摩急ニマネバデヨロボヒテ入ナリ。　(教訓抄巻第二)

大鏡に後日物語がいつ加えられたかは明らかでないから、この観点をただちに大鏡本体に導入するには慎重でなければならないけれども、少なくとも、これによって早くから大鏡の〈物語の場〉を芸能の庭に見立て、世継と繁樹に舞い演ずる翁の面影を認める享受のしかたがあったと知られる。

大鏡と同時代には、舞楽の二の舞のほかにも卑俗で滑稽な翁の芸能があった。藤原明衡の雲州往来巻上第十九状には、稲荷祭の日に散楽を見物したことが記されている。

仮成夫婦之体、学衰翁為夫、模奼女為婦、始発艶言、後及交接、都人士女之見物、莫不解頤断腸。[仮に夫婦の体を成し、衰翁を学びて夫と為り、奼女を模して婦と為る。始めは艶言を発し、後に交接に及ぶ。都人士女の見物、頤を解き腸を断たざるはなし。]

また同じ明衡の新猿楽記にも、さまざまの猿楽芸のなかの一つに「目舞《さくわんまひ》之翁体《すがた》」の芸を挙げている。

大鏡の語り手の翁たちは舞いこそしないけれども、

「(前略)老いたるはいとかしこきものに侍り。若き人たち、なあなづりそ」とて、黒柿の骨九つあるに黄なる紙はりたる扇差し隠して、気色だち笑ふほども、さすがにをかし。　(第一巻)

とか、

いたく遊戯するを、見聞く人々、をこがましくをかしけれども、言い続くる事ども疎かならず。恐ろしければ、物も言はで、皆聞き居たり。　(第一巻)

と、巧みな語りと目に立つしぐさで、周囲の人々の関心を引きつけてゆく様は、翁の芸に通うのではなかろうか。ただし、翁はただ滑稽であるばかりの存在ではなかった。それは古来しばしば神仏の化身であった。日本霊異記上巻第六縁には次のような説話が載る。高麗で兵乱に遇った留学僧が、川を渡ろうにも橋も舟もないので、観音に祈請したところ老翁が舟で迎えに来て渡してくれて、渡り終えるや舟も翁も見えなくなった。観音の応化であった。救済を求めている信者の前に観音が翁の姿で出現するのは、観音霊験譚の類型の一つである。(5) この種の翁は大鏡自体にも登場する。藤原佐理が大宰大弐の任を終えて帰京の路で、海が荒れて船が進まない。佐理の夢に「いみじう気高きさましたる男」が現れて、そなたに自分の社の額を書かせたいと思っていたと告げる。夢のなかの人物は「この浦の三島に侍る翁なり」と名乗る。伊予の大山積（大山祇）の神であった（第二巻）。

神や仏が翁の姿で顕れるからといって、ただちに翁が神仏の化現であるとは言えないけれども、翁の像の向こう側に神仏の姿を透かし見るのは、この時代の人々にとってごく自然なことであった。山折哲雄[6]は、翁および翁的存在の豊富な事例を検討して、その機能を、

翁は、神や仏・菩薩の存在を人間界に媒介する象徴的形態であるとともに、本来目に見えざる神や神霊の働きを仏・菩薩のようなリアルな形象性へと連絡する仲介的形態としても独自の役割をはたしたということができるのではないであろうか。

と説明する。こうして、水鏡の第一次の語り手の葛城山の仙人、水鏡をさらに遡る神代を扱う秋津島物語の語り手となる塩土の翁、これらに最も原初的な翁の面影を見てよい。

三　祝福する翁

世継の翁と繁樹の翁は、崇高性と卑賤性、厳粛さと滑稽さとの相反する性質を一身に兼ね具えている。それは何に由来し、どのような意味を持つのであろうか。

日本の文学と芸能の歴史のなかで翁の占める位置の重要性に注目し、研究の方向を定めたと言ってもよい、折口信夫「翁の発生」（『折口信夫全集』第二巻）は、大鏡にまったく言及しない——偶然ではなく意図的であったであろう——けれども、その語り手たちが何者であるか、なぜ高齢の老人たちが登場して昔語りをするのかという問題に、最も本

質的な説明を与えているように見える。「翁の発生」は大正末年から昭和初年にかけて執筆発表された「国文学の発生(第一稿―第四稿)」(『折口信夫全集』第一巻)と重なる時期に発表され、相互の論点の関係は深い。これらの論旨を要約するのは困難であり、またあまり有益とも言えないが、いま当面する問題にかかわる点のみを抽きだすことにする。

折口は、「国文学の発生(第三稿)」で、まれびとの変化推移を次のように図式化している。

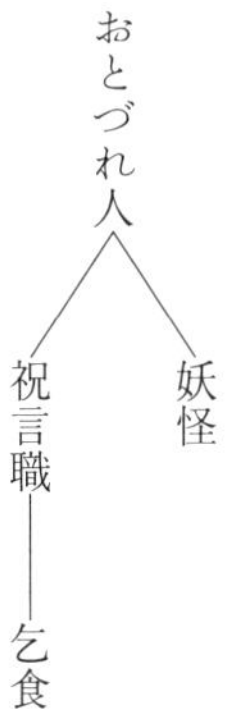

そして、「翁の発生」には、翁の前身は、海の彼方の常世の国から共同体を祝福すべく定期的に訪れるまれびと＝神にほかならないこと、まれびとは、時代が降るにつれて鬼、天狗、翁、姥などに姿を変えながら分化していったと、右と同趣のことを述べる。さらに、信濃、三河に伝存する田楽、花祭に登場する鬼舞と翁の言い立てが古態を残していると指摘する。翁は、みずからの容貌の醜さを誇張して述べ立て、婿になっての失敗や海道下りを語って聞かせ、人々を笑わせる。しかし、その生い立ちの物語は、「神の名のりの種姓明かしの系統で、其れに連れて、村、家の歴史を語る形式が壊れたもの」で、海道下りは、「遠くから来た神が、其道筋の出来事を語る辛苦物語からでてゐる」と解釈している。このような論述を経て、折口が数え上げる翁の「語り」「宣命」「家・村ほめ」という三つの「為《し》事《ごと》」は、大鏡の世継の翁たちのそれと重なる。

折口は、「翁の発生」に、伊勢物語第一一四段の「翁さび人な咎めそ狩衣今日ばかりとぞ鶴も鳴くなる」の歌を取り上げて、「翁舞の芸謡」ではなかったかと推測しているが、演技する翁なら伊勢物語第八十一段に登場する。それは、左大臣源融の風情を尽くした邸宅に親王たちが集まって宴を開き、その邸宅をほめたたえる歌を詠むなかに、「かたゐ翁」が「たいしき(いたしき＝板敷か)の下にはひありきて」、

塩竈にいつか来にけむ朝なぎにつりする船はここに寄らなむ

と詠む物語であった。這い回るという翁のこの奇妙なしぐさは何を意味するのか。山本利達(7)が論ずるように、翁は身体の障碍性を強調することを通して、邸宅のめでたさと主の栄華をことほぐのである。これと同じく、世継、繁樹の翁は、卑賤の相を示して朝廷や権門の繁栄を奉祝する者たちであった。これを、彼らの姓名の意味するところを検討することを通して確かめてみよう。

語り手たちは、それぞれ大宅世継、夏山繁樹と名乗っている。この名乗りと彼らの語る物語の内容、語る姿勢とが無縁であるとは考えがたい。とすれば、体を表すべき彼らの名にはどのような意味がこめられていたのであろうか。はやく伴信友は、現在通説のようになっている解釈を次のように提示していた。

世継とは、もと御世々の事を継々に語るうへの詞なるを、其を書しるせる書どものなべての名にもいへり。(中略)大鏡また続世継の序に、其の物語せる人の名を世継といへるは、世継の書の作者の寓言としたるものなり。

(比古婆衣十三の巻)

と説いている。すなわち「世継」とは天皇の代々の事跡を語ることであり、それがやがて歴史の汎称となって、これにことよせて歴史物語の作者が語り手の名に転用したとする。たしかに、栄花物語のなかに「世継」ないし「世継物語」という題号を持つ伝本もあり、栄花物語をそのように称する文献は多い。「世継」が、栄花物語、大鏡を含む仮

名の歴史書を指すと見られる例もあって、信友の説明は誤りとはいえない。しかし、それは大鏡以後という限定を付して妥当である。大鏡の語り手の命名に、史書を意味する語が借り用いられたと認定するには、大鏡以前にそのような「よつぎ」の用例を見出せない点で根拠薄弱である。「世継」という語が、仮名で書かれた歴史の意を持つようになるのは大鏡以後であろう。じつは大鏡も、「世継が〔の翁の／の翁が〕物語」「しげき世継の物語」「世継物語」「世継大鏡」「世継のかがみの巻」と、語り手の名を冠して呼ばれていた。

また、はたして「よつぎ」とは、世々のことを次々に語ることを本来意味していたのであろうか。(8) むしろその解釈には、たとえば、「ながく世をつぎ門ひらく事、ただこの殿」(大鏡第六巻)、「代を継ぎ給ふべき君」(うつほ物語「国譲下」)などの表現が参照されるべきである。それは、子孫が父祖の地位と業をすなわち家を途切れることなく継ぐことであった。これに冠せられる「おほやけ」は、公すなわち天皇であり朝廷であるから、「おほやけのよつぎ」は天皇の地位の継承、ひいては皇統の永続性を含意し、そしてそれをことほぐ者の名乗りであって、歴史を語る者にいかにもふさわしい。

これに対して、「夏山繁樹」とは、先の大鏡の一文の表現を借りるならば「門ひらく事」すなわち家門の繁栄、特に藤原氏の繁栄の意を喚起する和歌的表現であった。大鏡のいくつかの注釈が、

　夏山の繁き思ひをふりはへて茂らすほどに道迷ひけり　（元真集　一〇二）

　よそにのみ思ひけるかな夏山のしげきなげきは身にこそありけれ　（うつほ物語「祭の使」）

などの歌を示している。また、

　夏山の繁きを分くるさを鹿もいかでともしの人尋ぬらん　（書陵部蔵中務集　一二九）

の例もある。大鏡が直接これらによったとはいえないが、「夏山」「繁し／繁木／繁み」は縁語関係にある。(9) こうして、大鏡の語り手たちは、その名に永続と繁栄の意を負い持ち、それを祝福する翁たちであった。

四　鏡を見る翁

大宅世継は、鏡と呼称される。すなわち、繁樹の翁は世継の語りを「ここらのすべらぎの御ありさまをだに鏡を懸けたまへるに」(第一巻)と評し、また歌をもって、

あきらけき鏡にあへば過ぎにしも今行末の事も見えけり

と、世継の翁とその物語を明鏡として賛美する。また世継自身も、

すべらぎのあとも次々隠れなくあらたに見ゆる古鏡かも

と自賛する。

世継の翁が鏡と呼ばれることには、二つの観点から説明を与えることができる。第一に、鏡は皇位を象徴するものであったことにかかわる。いわゆる三種の神器の一つで、内侍所と称されて宮中に祀られていた。「おほやけのよつぎ」が皇統の永続性を表す名であれば、また鏡とも称せられるのは自然であろう。

第二に、真実を照らし出すものとしての歴史の語り手の意である。ここでは、世継の翁とその語る昔物語が、ものを精確に映し出す鏡に見立てられている。そして、その叙述には、白居易の〈百錬鏡〉の「鑒古鑒今不鑒容」、また貞

観政要の「以古為鏡、可以知興替」などが引用あるいは踏襲されて、歴史、規範、長寿などの観念を負い持つ中国的(道教的、儒教的)鏡鑑観が継承されている。(10)

こうして、繁樹の翁は、世継の翁を明鏡になぞらえながら、

あかく磨ける鏡に向かひて我が身の顔を見るに、かつは影恥づかしく、またいと珍しきにも見たまへりや。(第一巻)

と戯れてみせる。もちろんここで繁樹は実際に鏡を覗き込んでいるわけではない。世継の翁の物語の精確さ、詳細さ、面白さを賞賛し、それに照らせば及びもつかぬわが身を恥じているのである。同時に、老人が実際に鏡に姿を映すという、おかしくも哀しい類型を読者に想起させているのであった。

鏡は、しばしば翁嫗と取り合わせられる。次に示すのは、金属鏡ではないけれども、水鏡に姿を映す老人の述懐の歌である。

枇杷殿の御絵に、岩井に女の水汲む、さしのぞきつつ影見る
年を経てすめる泉に影みればみづはくむまで老いにけるかな　(重之集　一三八)

花山院にて三首／翁、水汲む所
底ひなき岩井の清水君が世にいくたびみづはくまむとすらん　(嘉言集　一〇一)

重之集の歌は絵を題に詠まれたもので、詞書から推して嘉言集の歌もそうであろうか。こうした場面が類型として繰り返し描かれ詠まれたと認められる。はなはだしく年をとるという意の「みづはくむ」という言葉は、「水は汲む」という意を掛けて用いられることが多いから、この語を媒介に老人と水とが結びつくようになるのは自然である。ただし、重要なことは重之集の詞書にあるように「さしのぞきつつ影見る」という要素であって、今まさに汲もうとす

る水あるいは汲み上げた水に老い衰えた姿が映り、それによって嘆老の思いがわき出るのである。したがって、水鏡に姿を映すという説明はなくとも、著名な檜垣の嫗の歌にも、みずからの影を見るという行為が前提としてあったとしなければならない。

筑紫の白河といふ所に住み侍けるに、大弍藤原興範の朝臣のまかりわたるついでに、水たべむとてうち寄りて、乞ひ侍ければ、水を持て出でて、よみ侍ける　ひがきの嫗

年ふれば我が黒髪も白河のみづはくむまで老にける哉　（後撰和歌集巻第十七　雑三）(11)

この伝承に取材した能の「檜垣」には、それが次のように具象化される。

涙ぐもりの顔ばせは、それとも見えぬ衰へを、たれ白川のみつはぐむ、老いの姿ぞ恥づかしき。

水鏡に姿を映す趣向は能に少なくないが、なかでも注目されるのは「野守」であろう。それは、春日野の野守の翁が、げにも野守の水鏡、影を映して、いとどなほ、老いの波は真清水のあはれげに見しままの、昔のわれぞ恋しき。

とみずからの影を映す場面を持つ。それでは、これらは単に水面に映る老醜を慨嘆しているにすぎないのであろうか。じつは、鏡および水と翁嫗とはこのように否定的にのみ結びついているのではなかった。

大鏡では、繁樹の翁が「あかく磨ける鏡に向かひて我が身の顔を見るに［世継の翁の物語を聞くと］（中略）さらに翁今十、二十年の命は今日延びぬる心地し侍り」（第一巻）と語っている。鏡を見ることが長寿をもたらすという観念は、中国の漢代以降の鏡の裏に道家の思想を表す神仙や神獣などの像や、「買者長宜子孫、買者延寿萬年」（後漢永康元年鏡）などの吉祥句を鋳るものがあることに顕著に認められる。そしてこうした観念は日本にも継承された。平安時代

後期から江戸時代にかけて製作された和鏡には、蓬萊山や松や鶴亀の図を持つものが多い。たとえば、

鏡鋳させ侍りける裏に鶴のかたを鋳付けさせ侍りて　　伊勢

千とせとも何か祈らんうらにすむ鶴のうへをぞ見るべかりける

（拾遺和歌集巻第五　賀）

このように、鏡そのものが、またそれを見る、つまり顔を映すことが長寿を象徴していたとすれば、世継の翁が「鏡」と称されるのも当然のことであった。

この観点をもって水鏡を見る翁媼の類型に立ち戻ってみると、そこから祝福の意を汲み取ることができる。その最も明瞭なものは、先の嘉言集の歌で、ここにはみずからが長い年月水を汲んできたこと、老人には過酷な水汲みの仕事をこれから先も続けなければならないことが歌われているが、嘆老をめでたい長寿に転換して、君の代の長く続いていること、またこれからも続くであろうという祝福の意が響かせてある。それは檜垣の媼の歌も同様で、媼は嘆老の裏に長寿の喜びをこめながら、遠来の貴人に永遠の生命を養う水を捧げ、祝福しているのである(12)。

能「野守」の翁は、「老いの思ひ出の世語り」として、野中の水に映った影によって、姿の見えなくなった狩の鷹を見つけ出して天皇の叡感にあずかった若い日を、「まことに畏き時世とてみ狩りも繁き春日野の、飛ぶ火の野守出で逢ひて、叡慮にかかる身」と回想する。ここに、狩も盛んに行われた昔日の天皇の御代をことほぐ言葉が添えられているのは、鏡の帯びる観念と無関係ではあるまい。また、次のような例もある。

〔藤原道長の〕御堂供養、治安二年七月十四日と定めさせ給へれば、よろづを静心なく夜を昼におぼし営ませ給ふ。

池掘る翁の、あやしき影の写るを見て、

曇りなき鏡と磨く池の面に写れる影の恥かしきかな

（栄花物語巻第十七「音楽」）

翁が卑しい姿を水鏡に映しそれを恥じてみせることによって、曇りのない池の面を讃え、それを通して道長の栄華を

ことほぐ関係にあるのであろう。

こうして、世継の翁が「鏡」と称されたのは、鏡のように精確に過去を照らしだすばかりでなく、彼らの物語によって、天皇および道長を中心とする藤氏の大臣の永続性と繁栄を祝福する役割を果たすことが期待されていたからである。ただし、急いで付け加えておかなければならないが、それは語り手たちに期待された役割であって、大鏡が歴史を叙述する立場とは別次元の問題である。

五　鏡に映るもの

能「野守」の、野中の水面に映った影によって鷹の居所を知ったというのは、いたって素朴な趣向に見えるけれども、鏡ないし水鏡を覗きこみ、そこに映る影を見ることは肉眼には見えぬ何ものかを見ることでもあったらしい。

じつは、「野守」の前シテは、「野守の鏡」に両説あると説明していた。一つは、「われらごときの野守、朝夕影を映」すゆえに春日野の水をそのように呼び、いま一つは、昔この野に住んで野を守っていた「鬼神の持ちたる鏡」であるとする。この二説は、新古今和歌集巻第十五恋歌五にも載る歌に、

　はし鷹の野守の鏡得てしかな思ひ思はずよそながら見ん

と詠まれる「野守の鏡」に関する二系列の解釈に由来するもので、俊頼髄脳、綺語抄、奥義抄、袖中抄などの歌学書が問題にし続けた。黒田彰子(13)は、これらの所伝および中世の宗教の秘伝書などを検討して、能「野守」が、鏡の神秘を説く古代中世の学問の世界と深くかかわっていることを明らかにしている。能「野守」に説く「鬼神の鏡」説は袖

中抄第十八に、

又或抄云、ノモリノカガミトハ、野ヲ守ケル鬼ノ持タリケル鏡也。人ノ心ノウチヲテラス、イミジキ鏡トキキテ、国王ノメスニ、鬼ヲシミ申ケレバ、野ヲ焼ハラハムトシ給ケル時ニ、国王ニタテマツリタル鏡ナリ云々。

と引用される説に近い。目に見えない人の心を映す神秘的な鏡の力は、中国の鏡にまつわる伝承に遡る。袖中抄は、これに加えて、悪心を見抜くことのできる始皇帝の所有していた鏡の例(西京雑記)を引いている。[14]

目に見えぬものを映し出す鏡の神秘は、日本の伝承や文学にも少なくない。たとえば、松浦宮物語の主人公が唐より持ち帰った鏡には、遠い唐土の后の姿が定かに映り、その似るもののない香りまでが通って来るほどであった。また、更級日記の作者は、一尺の鏡を鋳て代参の僧を通じて初瀬に奉納した。すると、僧の夢に気高い女が現れて、鏡の片側に映っている臥しまろび嘆き悲しむ姿と、もう片側に色々の衣がこぼれ出て梅桜が咲き鶯の鳴く様の映っているのを示したという。その折は気にもとめなかったが、後年夫に死なれた時、鏡に映った嘆き悲しむ姿が自分の未来であったのを知った。[15] 古とりかへばや物語の本文は伝わらないが、無名草子によれば、「まことしからぬこと」として「鏡もて来て、よろづのこと、暗からず見たる」という場面があったという。鏡で何を見たかは記載されていないけれども、「よろづ」とあるからには、男女の性を取り替えることになった主人公の兄妹(あるいは姉弟)の宿世のことが鏡に示されたというのであろう。

そして、鏡の霊威は、金属鏡より水鏡の方がいま少しまさっていると考えられていたらしい。古今著聞集巻第七「術道」には、次のような説話が載る。

九条大相国藤原伊通がまだ浅位の時、后町の井戸の底を覗くと丞相の相が見えた。家に帰り鏡を見たところ、その相はない。ふたたび后町の井戸を見ると、先の通りであった。「鏡にて近く見るにはその相なし。井にて遠くみるにはその相あり。この事、大臣にならんずる事遠かるべし」と判断する。はたしてその通りであった。井戸の遠くの水面に大臣の相が映り、それは任大臣が遠い将来のことと判断したというのは一種の合理化で、水鏡にのみ見えたというのが本来の趣旨であったのではないか。次の例がこの想定を補強してくれる。平治物語巻上、信西が髪を整えようとして、「鬢の水に面像を見れば、寸の頸、剣のさきに懸て空《むなしく》なるといふめんざう」(金刀比羅宮蔵本)が映っていた。信西は剣難を免れようと出家したけれどもかなわなかった。

鏡は、鏡の前に置かれたものを如実に映し出すばかりでなく、目に見えない異境や過去や未来をも映すことができる。それは、特別に神秘性を帯びた鏡のみの力というよりは、水鏡、金属鏡を問わず、ほとんど鏡一般の働きであると見なされていたのではないか。

鏡がそうしたものであれば、歴史の語り手となる世継の翁が、「あきらけき鏡」と称されるのは当然のことであった(16)。世継の翁という明鏡には、繁樹の翁の歌にもあるように「過ぎにしも今行末の事」も鮮やかに映るであろう。世継の翁は実際、昔物語を語るばかりでなく、「源氏のさかえたまふべき」未来、一品の宮(禎子内親王)の繁栄する将来を予言する(第五巻)。

六　神仏の化現

能「野守」の翁(前シテ)は、野守の鏡の両説を語って塚に入り、後場では塚から鬼神(後シテ)が鏡を手に出現する。この構成と演出は、「野守の鏡」という歌語に関する両説を安直に組み合わせたにすぎないとも言えるが、鏡の負い持つ諸観念を背景に置けば、野守の翁＝鬼神＝鏡という同体関係は必然と受け取られたにちがいない。鬼神が出現する場面には「鬼神に横道、曇りもなき、野守の鏡は、現れたり」の一句がある。ここの「曇りもなき」は、よこしまでない鬼神のありかたを形容し、同時に野守の鏡を修飾している。したがって、「現れたり」というのは野守の翁の本体としての鬼神であり、また鏡であった。野守の翁は、その卑陋の姿の下から鏡に象徴される聖性を顕現させたのである。

こうした関係は、明鏡と讃えられた大鏡の世継の翁が何者であったかについて改めて示唆を与えてくれる。

更級日記の作者が、みずからの未来を予告することになる鏡を初瀬に奉納したのは、当時広く行われていた宗教的慣わしに従ったものである。そして、代参の僧の夢に現れた貴女が、「この鏡には文や添ひたりし」「文添ふべきものを」と言ったとあるから、鏡は個人が祈願のために願文を添えて奉納されていたことが知られる。では、なぜ奉納するものとしてことさら鏡が選ばれたのか。斉藤孝[17]、菅谷文則[18]によれば、平安時代の鏡は、霊地、霊池に投入され、あるいは写経に添えて経塚に埋納され、仏像の胎内に収められた。あるいはまた、仏像の蓮座や光背に掛けられたり、仏殿の天井や柱に取り付けられたりしている。それは単に三宝を荘厳するためだけでなく、仏身を鏡面に宿らせるところに本来の目的があったという。また、平安時代に入ると、鏡像と呼ばれて鏡面に神仏の像や神呪を線刻した鏡が作られるようになる。斉藤は、こうしたことの背景として、日本には鏡を神の宿る御霊代と見なす伝統があったことを指摘する。そして、やがて鏡像は「御正体」として神仏示現の相と見なされるようになり、鎌倉時代に入ると「懸仏」として礼拝されるに至る歴史を周到に説いている。大鏡の語り手たちは翁であった。翁とは、神仏の化現であり、神仏の働きを「人間の世界に解き明かし、伝達する職能を担っていた[19]」。世継の翁は鏡と称される。鏡は規範、理知、鑑戒、歴史、長寿、富貴の諸観念を担い、また神仏の宿るものであった。

このように、鏡にして神仏の化現たる大鏡の翁たちは本当はいったい何者で、どこからやって来たのであろうか。

その種々の意味を担わされた語り手像の収斂するところ、それは物語の舞台となった雲林院の仏たちを措いてないのではなかろうか。菩提講はなかなか始まらなかった。講に参列していた人々と同じく仏たちも、講師が登壇しないのにしびれを切らし、聴聞の人々のなかにまぎれこんで徒然を慰めようとしたのではなかったか。昔物語の語り手となる翁たちは、したがって講師の登壇とともに〈物語の場〉から退場しなければならないし、講が果てて後は、杳として行方が知れないのである。[20] こうした解釈は、大鏡が〈物語の場〉を法華経になぞらえて構成していること、世継の翁が釈迦あるいは維摩居士に擬せられていることにすでに示唆されていた。[21] すなわち、世継の翁は昔物語を始めるにあたって、

ただ今の入道殿下の御有様の、世にすぐれておはしますことを、道俗男女のお前にて申さむと思ふが、いとこと多くなりて、あまたの帝王・后また大臣・公卿の御上を続くべきなり。（第一巻）

と、道長の栄華こそ主題であると述べ、このことを、

つてにうけたまはれば、法華経一部を説きたてまつらむとてこそ、まづ余教をば説きたまひけれ。それを名付けて五時教とは言ふにこそはあなれ。しかのごとくに、入道殿の御栄えを申さむと思ふほどに、余教の説かるると言ひつべし。

として、みずからの昔物語を釈迦一代の説法になぞらえ、帝紀・大臣列伝＝華厳・阿含・方等・般若の諸経、道長の栄華＝法華・涅槃経と類比させている。そして、語り手と聞き手を登場させて語らせる大鏡の方法は、釈迦と仏弟子たちとの対話によって構成される、法華経をはじめとする経典と、過不足なく対応関係を有する。また、繁樹の翁が世継の翁の語りを、

誰かまた、かうは語らむな。仏在世の浄名居士と覚えたまふものかな。（第五巻）

と賛美している。浄名居士は維摩経のなかで文殊菩薩と問答を交わす人物で、世継の翁が俗人であるゆえに、引き合いに出されたのであろう。

翁たちが仏の化身と見なされる理由のいま一つは、鏡と称されることである。天台教学では、止観や中道をしばしば万物を映し出す清浄な鏡に譬える。

若証中道、（中略）譬如得鏡万像必形［若し中道を証さば、（中略）譬へば鏡を得て万像必ず形《あら》はるるが如し］（摩訶止観巻第七）

無量業相、出止観中。如鏡被磨万像自現［無量の業相は、止観の中に出づ。鏡磨せられて万像自づから現はるるが如し］（摩訶止観巻第八）

また、仏の知恵も鏡に譬えられて「大円鏡」「大円鏡智」と称される。次に掲げるのは、大鏡に言及している水鏡の末尾の一文である。鏡といえばたやすく連想される語であったことが知られる。

大鏡の巻も、凡夫の為業《しわざ》なれば仏の大円鏡智の鏡には、よも〔及び〕侍らじ。

水鏡の言う通り、大鏡の作者は人間であったかもしれないが、その〈物語の場〉の語り手は仏であったと言うべきであろう。

以上は、大鏡の語り手たちが、和光同塵よろしく、卑しい姿の下に聖なる本性を隠して講を聴聞する人々のなかに立ち交じっていたと解すべき理由であるが、また傍証を加えることもできる。

今鏡は大鏡の方法を随所に踏襲する鏡ものである。奈良の春日の里の木陰で大宅世継の孫娘は、長い物語を語り終えて次のような言葉で結ぶ。

いかでかまたは会ひ奉らむずる。来む世に、樹《うゑき》のもとに仏になりて、これがやうに法説きて、人々に聞かせ奉らばや。

語り手の老女は弥勒菩薩であったのだ。五十六億七千万年後にこの地上に下生して菩提樹の下で成仏し、衆生に説法しようと宣言している。こうした設定は、今鏡が大鏡を仏たちの物語であると見なしていたことを示すものにほかならない。(22)

宝物集もまた、大鏡の形式にならって撰述された仏法入門書で、嵯峨の清凉寺の本尊の前に通夜する人々の、第一の宝とは何かという話題に端を発して、声の少しなまった僧が、若い女の問いに答えながら仏法こそ最上の宝であると語る〈物語の場〉を、平康頼とおぼしき人物が聞いて筆録したとする〈場の物語〉である。夜が明けて、語り手の僧は、大鏡の語り手たちと同じくいずこともなく姿を消す。ところが、宝物集の伝本のなかに、

後にこれを思ふに、嵯峨の釈迦、かりに一人の僧に現じ、示したまひけりと知りぬ。

（静嘉堂文庫蔵宮嶋本、九州大学蔵萩野本）

とするものがある。この叙述は古態を残すとされる第二種七巻本にはなく（一巻本は末尾部分を欠く）、後代の特殊な改変であることは明らかであるけれども、古代中世の人々にとって、こうした享受はごく自然であったに違いない。神仏の化身としての卑賤醜陋の翁を語り手とする中世の〈場の物語〉作品は、枚挙に遑がない。

あやしうからさびたる翁共の、鳩の杖にすがれるなむ、歩み出て来たれる。あはれ昔いましけん柿の本のまうち君もかくこそはものせられけめ、とあやめらるるほどなり。

（治承三十六人歌合）

北山の隠士、出洛の便次に五月朔の朝斎月の縁日に雲林院に詣で丶侍れば、（中略）商山の霜を眉に垂たる入道の眼ゐ煩しげなると、渭浜の波を面に畳たる老翁の口わきぶわ〔あカ〕いげなると　（上野本和歌色葉）

時一人女参社。形最《いと》アテナレドモ、年スデニ老、華ヤカナルチハヤニ、若女《わかめ》カシキヒタチ帯、殊不似合体覚エテ、笑シキ有様哉、見居レバ（中略）其後暫有、一人翁参宮。其形最醜陋、其年亦朽邁也。煤《ススケ》色ナル水干、破レガチナル立烏帽子、殊ニケシカル様トシテ見ヘシ。　（鹿島問答）

始めに言及した水鏡、秋津島物語にあっても、その語り手として登場した葛城山の仙人や塩土の翁は、大鏡の世継・繁樹の翁らに潜在していた神仏としての性格を顕在化させたものというべきであろう。

七　もどく翁

世継の翁は、物語の主題を「ただ今の入道殿下の御有様の、世にすぐれておはしますこと」（第一巻）と揚言する。それは、法華経を引き合いに出して、

ただ今の入道殿下の御有様、いにしへを聞き今を見侍るに、二もなく三もなく、ならびなく、量りなくおはします。たとへば一乗の法のごとし。　（第一巻）

などと、たびたび繰り返される。これらを見れば道長賞賛の姿勢は顕著で、とりわけ「かやうのことども聞き見たまふれど、なほ、この入道殿、世にすぐれ抜け出でさせたまへり」に始まり、道長が聖徳太子あるいは弘法大師の再誕とも言われること、このような安穏泰平の時代はまたとあるまいとして、はたして「かく楽しき弥勒の世にこそ遇ひて侍れや」（第五巻）と、あらゆる言葉を尽くす場面もある。権力を賛美し繁栄を祝福する翁の面目躍如というところ

である。

こうした側面とかかわって、聞き手たちに見せていたのは、「したり顔に笑ふ顔付き、絵に画かまほしく見ゆ」とされる親しみのある柔和な顔だち、「黒柿の骨九つあるに黄なる紙はりたる扇差し隠して、気色だち笑ふ」芝居がかったしぐさ、思わず微笑を呼ぶような興言利口の数々で、翁としての滑稽な面であった。彼らは、笑い笑わせ、猿楽精神を貫いたのである。

こうした観点から、改めて世継と繁樹の翁の昔物語の性格と方法を据え直す必要があろう。彼らの物語は、菩提講が始まるのを待つ間に行われたと設定されている。講師が登場すれば、ただちに中止しなければならないものであった。彼らはそれを、

今日の講師の説法は、菩提のためとおぼし、翁らが説くことをば日本紀聞くとおぼすばかりぞかし。（第一巻）

と説明する。ここに彼らの昔物語は、菩提講における講師の説法と関連づけられ、呼応が与えられている。経典講釈に対する、いわば日本紀講釈の場という規定である。この呼応に注目する小峯和明[23]は、世継の翁の語りが講師の経説や授戒を先取りしているとして、「自らの王法語りを仏教の授戒・経説によって補完し、正当化しようとする」と論じている。仏法―王法相依思想をもって大鏡を説明しようとする視点にたてば、そのように解釈するところかもしれないが、語り手たちが翁であることに鑑みて、むしろ講師の説法をあらかじめもどいてみせたと捉えるべきであろう。[24]

それは、

僧俗、「げに説経・説法多く承れど、かく珍しきことのたまふ人は、さらにおはせぬなり」とて、年老いたる尼法師ども、額に手を当てて、信をなしつつ聴きゐたり。

と、世継の昔物語に対して、法会の講師の説法と同一視して感激する聴衆の反応を、皮肉をこめて記すところにいよいよ明瞭である。ここには猿楽の翁の面影を見ることができるのではないか。

新猿楽記、雲州往来の記述から知られるように、平安時代の猿楽の芸の本質は物真似であった。翁猿楽も物真似の範疇であろう。山路興造(25)は、翁猿楽の源流を尋ねて、平安時代の寺院の修正会における猿楽の芸を考察し、咒師の除魔的演技を「真似て滑稽味を加え」る、すなわち「もどく」ものであったと推定している。ただし、まず厳粛で正統的な芸が演じられて、そののちに「もどき」の芸を演ずるのが通常である。大鏡の場合は、もどかれるべき講師の説法は予告されるのみで、まだ行われていないという点で変則的であった。

世継の翁らがもどいたのは講師の説教ばかりではなかった。世継の翁はみずからの昔物語を、釈迦一代の説法になぞらえ、また大鏡の〈物語の場〉は法華経になぞらえられていた。こうして、その物語は釈迦の説法のもどきにほかならない。

このように、大鏡の語り手たちは翁であり、そうであることによって支配者を賛美し、その繁栄を祝福する。しかし、大鏡の語り手たちはなおも神仏の化現であった。神仏の化身であることによって、「世にある事をば、何事をかみのこし、きゝのこし侍らん」と世の中の一切を見通すであろう。彼らはまた鏡でもあった。鏡であることによって、「世の中のことのかくれなくあらはるべき也」と、この世の中の一切の真実が、正邪、美醜そのままに映し出されるにちがいない。そのことを通して、大鏡は歴史と人間への批評性を獲得することができたと言えよう。語り手たちが崇高と卑賤、厳粛と滑稽、相反するものを一身に共有することによって、大鏡の物語の世界は広く、深く、豊かである。

(1)　〈物語の場〉と〈場の物語〉については、森正人「〈物語の場〉と〈場の物語〉・序説」(『説話論集』第一集　清文堂　一九九一年五月)など参照。この論文および関連する諸論文は『場の物語論』(若草書房　二〇一二年)としてまとめられた。

(2)　安田徳子「無名草子の老尼――筆録者の役割をめぐって――」(『名古屋大学国語国文学』第六九号　一九九一年一二月)、阿部泰郎「対話様式作品論再説――〝語り〟を〝書くこと〟をめぐりて――」(『名古屋大学国語国文学』第七五号　一九九四年一二月)。なお、阿部の論文は、『中世日本の世界像』(名古屋大学出版会　二〇一八年)第Ⅱ部第六章「中世的知の様式――日本における対話様式の系譜――」に他の論文とともにまとめられた。

(3)　益田勝実「虚構〈同時代史〉の語り手――『大鏡』作者のおもかげ――」(『国文学　解釈と教材の研究』第一一巻第二号　一九六六年二月)。

(4)　林屋辰三郎『古典文化の創造』(東京大学出版会　一九六四年)Ⅰ第四「天語歌から世継物語へ」、第五「世継翁の登場」、佐藤謙三校注『大鏡』(角川文庫　一九六九年)「解説」、保坂弘司『大鏡研究序説』(講談社　一九七九年)第四章「『大鏡』の文芸性と虚構について」など。ただし翁研究の近年の成果、山路興造『翁の座　芸能民たちの中世』(平凡社　一九九〇年)、天野文雄『翁猿楽研究』(和泉書院　一九九五年)によって、大鏡について従来参照されていた資料とそれに基づく解釈は、修正が必要となっている。

(5)　森正人「説話の中の観音　日本におけるイメージ」(『しにか』第五巻第一〇号　一九九四年一〇月)参照。

(6)　山折哲雄『神から翁へ』(青土社　一九八九年)。

(7)　山本利達「〝かたゐおきな〟考」(『滋賀大国文』第一一号　一九七四年一月)。

(8)　ただし、大鏡には「すべらぎのあとも次々隠れなくあらたに見ゆる古鏡かも」の歌があって、「つぎつぎ」は皇統の継承と翁の物語が滞ることなく続けられることとの二重の意を担っているが、「次々に語る」を本義とは見なしがたい。

(9)　益田勝実「大鏡――物語の鬼子としての――」(『国文学　解釈と教材の研究』第三一巻第一三号　一九八六年一一月)は、

拾遺和歌集、貫之集の「夏山のかげをしげみや玉ほこの道ゆき人も立ちとまるらん」を踏まえるとするが、必ずしもこれに限られるわけではあるまい。

(10)　森正人「世継の翁と〈百錬鏡〉――大鏡名義考――」(『和漢比較文学叢書』第一四巻　汲古書院　一九九四年)。なお、これは前掲注(1)『場の物語論』Ⅲ「大鏡」に収録した。

(11)　詠んだ相手と句を少しずつ異にして、同じ歌が大和物語、檜垣嫗集に載る。

(12)　檜垣の嫗伝承については、森正人「檜垣嫗の歌と物語」(『九州地区大学放送公開講座　日本文学(古典)と九州』熊本大学　一九九八年八月)、「檜垣の嫗伝承の水脈」(『能楽観世座』観世文庫　二〇〇五年五月、『檜垣をめぐって』〔観世宗家二〇〇六年一〇月〕に再掲)など参照。

(13)　黒田彰子「作品研究「野守」」(『観世』第五八巻第一一号　一九九一年一一月)。この論文は黒田『中世和歌論攷　和歌と説話と』(和泉書院　一九九七年)に収録されている。

(14)　中国における鏡の神秘については、多賀浪砂「中国「鏡」説話考」(『中国文学論集』6　一九七七年)、小南一郎「鏡をめぐる伝承――中国の場合――」(森浩一編『日本古代文化の探求　鏡』社会思想社　一九七八年)に詳しい。また、鏡の思想性や宗教性については、福永光司「道教における鏡と剣――その思想の源流――」(『東方学報　京都』第四五冊　一九七三年九月)。多田智満子『鏡のテオーリア』(大和書房　一九七七年、増補版　一九八〇年)は、古今東西の鏡をめぐる諸問題を周到に論じている。そのほかに、山下真由美『まなざしの修辞学――「鏡」をめぐる日本文学断章――』(新典社一九九〇年)、諏訪春雄『聖と俗のドラマツルギー　御霊・供犠・異界』(学藝書林　一九八八年)「鏡――異界への通路――」などが、日本の文学と芸能における鏡の問題を扱っている。

(15)　西田友美「鏡の影二面――更級日記の表現と方法――」(『日本文学』第四四巻第六号　一九九五年六月)は、鏡の霊力に支えられて、この二面の影が作者の未来の確かな予告たりえていたことを精緻に読み解いている。

(16)　歴史を鏡鑑になぞらえる考え方が、中国の思想に由来することはいうまでもない。大鏡もそれを継承している。前掲注

(10)論文参照。

(17) 斉藤孝「古代の社寺信仰と鏡」(森浩一編『日本古代文化の探求　鏡』社会思想社　一九七八年)。

(18) 菅谷文則『日本人と鏡』(同朋舎出版　一九九一年)。

(19) 前掲注(6)山折哲雄『神から翁へ』。

(20) 森正人「世継と繁樹は雲林院の仏たち——大鏡とその語り手についての覚書——」(『いずみ通信』一九　一九九六年三月)参照。

(21) 森正人「大鏡における〈物語の場〉と法華経」(『国語と国文学』第六七巻第八号　一九九〇年八月)。これは前掲注(1)『場の物語論』に収録されている。

(22) 前掲注(1)森正人『場の物語論』Ⅳ「今鏡〈物語の場〉——擬菩提樹の陰で——」参照。

(23) 小峯和明「大鏡の語り——菩提講の意味するもの——」(『国文学研究資料館紀要』第一二号　一九八六年三月)。

(24) 小峯和明「大鏡の語り——菩提講の光と影——」(『文学』第五五巻第一〇号　一九八七年一〇月)には、前掲注(23)論文をやや修正して「種々のもどきを演じて」と論定し直している。これらは、小峯和明『院政期文学論』(笠間書院　二〇〇六年)に収録されている。

(25) 前掲注(4)山路興造『翁の座　芸能民たちの中世』。

【追記】

本章は、「ヨツギの物語化——大鏡とその語り手——」(『講座日本の伝承文学　第四巻　散文文学〈説話〉の世界』三弥井書店　一九九六年七月)、「世継と繁樹は雲林院の仏たち——大鏡とその語り手についての覚書——」(『いずみ通信』一九　一九九六年三月)と重なるところが多い。これらが未刊の段階で、そのことを付記して科学研究費補助金による成果報告として執筆した。その後、前者の論文は、他の大鏡に関する論文とともに『場の物語論』(若草書房　二〇一二年)Ⅲ「大鏡」に収録した。

第二章　瘤の翁の変身――宇治拾遺物語第三

一　はじめに

目録に「鬼ニ癭被取事」[1]と題される宇治拾遺物語第三の説話は、五常内義抄に類話が載るところから、鎌倉時代の京およびその周辺ではよく語られていたと見られる。また、現在広く知られている昔話の「瘤取爺」(関敬吾『日本昔話大成』一九四)とも基本的構成を同じくしている。昔話の瘤取爺は、『日本昔話大成』等によれば、沖縄県その他いくつかの地域を除いてほぼ全国からの採集報告例がある。宇治拾遺物語には、ほかに『日本昔話大成』の一九二「腰折雀」と同型の説話が第四十八「雀報恩事」として載る。両説話は、ともに隣の翁、隣の媼が同じ幸いを得ようともくろむけれども、手痛い失敗をしてしまったという後半部をそなえている。そして、

物うらやみはすまじき事なりとぞ。（第三）

されば、物うらやみはすまじき事なり。（第四十八）

という同じ教訓を末尾に付している。このような趣の教訓は、近代に採集された他の「隣の爺」型の昔話にも添えられることが少なくない。

んださげて、人のまねじゃするもんでねけど。（『日本昔話大成』一八四「地蔵浄土」、山形県新庄市）

それだから人まねをしたり欲を濃くしたりするものでないとさ。どっとはいい。

（『日本昔話大成』一八七「雁取爺」、岩手県岩手郡）

こうして、宇治拾遺物語の時代には「昔話」という呼称もなければ、この種の物語を他の説話と弁別する意識もなかったかもしれないが、二十世紀と変わらぬ語り方で語っていたらしいことが知られる。それにしても、同じ物語がほとんどかたちを変えることなく、八〇〇年もの歳月を超えて語り継がれてきたということは何を意味するのであろうか。

この問題を考えようとするとき、瘤取爺譚が中国および朝鮮半島にも文献あるいは口碑として伝えられているばかりでなく、グリム童話の「小人の贈り物」（KHM一八二）をはじめとして、ヨーロッパ、西アジア、南アジア、中央アジアと、ユーラシア大陸に広く分布している事実も顧みられなければならない。(2) それは、この物語がある普遍的な価値を有していること、すなわちこの物語には、人間というものについて、あるいは自己と他者との関係について、幼童を含む誰にとっても必要な智恵がこめられているということを示しているのではないか。

すぐれた物語はいくつもの謎をはらんでいる。たとえば、この物語の主人公および副主人公が、顔、額あるいは背中に持っている「瘤」とは何であるか。彼らが出会う鬼や天狗のような妖怪あるいは小人は何者であるのか。主人公は、なぜ妖怪たちのただ中に飛び出して歌い舞い踊るのか。主人公は、なぜ不幸の元凶であった瘤を取ることができたのか。そして、主人公と、対照的な結末を迎えることになる副主人公とはどのような関係にあり、それぞれの結末を分けたものは何か。

そして、これまで日本でこの物語が幾度か文字化されたなかで、こうした謎を最も深く問いかけてくるのは宇治拾遺物語であるように見える。そこで、その構成と表現の細部に注意深い読解を施すことによって、この物語が豊かに湛えている意味を汲み上げたい。

二　境界人と異人の遭遇

宇治拾遺物語は、いたって簡明かつ自然にこの物語の主人公を紹介する。

これも今は昔、右の顔に大きなるこぶある翁ありけり。大かうじの程なり。

顔に瘤があるということは、日常生活にいささかの不便をもたらすにとどまらず、「人にまじるに及ばねば」すなわち世間の交わりができなかったと、翁の生き方そのものに大きな制約を与えることとなった。瘤ゆえに好奇心を向けられ、侮蔑され、あるいは憐憫されて、多くの人の視線を免れることはできないからである。

そのことは、瘤あるいはその他の肉体の異常を持つ者について記すいくつかの文献によっても知られる。

延暦寺東塔の住僧某甲は、頸の下に瘿あり。万方すれども痊《い》えず。襟を以て之を掩ふといへども、尚ほ衆に交はるに憚りあり。楞厳院の砂碾《すなうす》の峰を卜して以て隠居せり。（日本往生極楽記第十二、原漢文）

肉体の一部の過剰ないし欠損あるいは他との目に立つ相違が、僧侶社会にあっても人中に立ち交じることを憚らせたという事例は少なくない。

沙門安勝は、其の色極めて黒し。猶し女の掃墨のごとく、又炭灰に似たり。色の黒きを恥ぢ嘆きて、敢へて衆に交はらず。（本朝法華験記巻上第二十六、原漢文）

また、たとえば、さまざまの奇病あるいは肉体の異常を主題とする病草紙の絵および詞に描きこまれている、周囲の人あるいは道行く人が指さし笑う反応に如実に示されている。したがって、翁もまた異形ゆえに差別され、あるいは排除されるという過酷な現実に取り巻かれていたと見なければならない。

　彼らの苦しみはそれにとどまらなかった。色黒を恥じて衆に交わろうとしなかった安勝は、ある時長谷寺の観音に、前世のどのような因縁によって自分の肌が黒いのか、示現をこうむるべく三日の間参籠した。すると、夢に、前世では黒牛であったが、持経者のほとりにいたという功徳によって、畜生の身を捨てて人の生を得たということを告げられる。身体の異常は宿世と考えられることがあった。日本霊異記下巻第三十四縁には、頸に大きな瓜のような癭肉《くびのあましし》が生じて苦しむ女が、「宿業の招く所なり。ただ現報のみにあらじ」と考えて出家し、二十八年の歳月を費やして功徳を積み、ようやくその瘤の病が癒えたとする。とすれば、主人公の翁の瘤にも前世の宿因による病あるいは異常に違いないとする眼の向けられることもありえた。彼もまた宿世の拙さを嘆かなければならなかったのではあるまいか(3)。

　そこで、翁が選んだのは「薪を採りて世を過ぐる」という活計の手だてであった。翁は樵という職によって、社会を構成する一員ではあるが、世の中の端に位置する最下層の存在と見なされていた。たとえば、うつほ物語「菊の宴」巻は、上達部、親王をはじめとして貴族たちを招いて源正頼邸で営まれた霜月の神楽の催しを描いているが、そこに参加した貴族たちが次々と才名乗りをして、物まね芸を見せる場面がある。

　「祐澄の朝臣、何の才か侍る」。「わたひじり(「渡し守」カ)の才なむ侍る。あな風早の世や」。「仲頼の朝臣、何の才か侍る」。「樵の才なむ侍る。人にあらずのみや」。

仲頼の演じた樵は、「人にあらずのみ」すなわち人並みに扱われない存在と自認している。おそらく樵が、斧と鎌と杖さえあれば、格別の元手も生産手段も技術も必要としない手軽な生業であると見なされていたからであろう。それ以上に、樵は特別の存在であった。小峯和明は、(4)和歌や今様や説話を用いて古代中世人の眼に映っていた樵の姿をかたどるなかで、右のうつほ物語や、山中で天狗と接触する伝承(今昔物語集巻第二十第二、続本朝往生伝　僧正遍照)を援用しつつ、「木こりは異類と出会い、媒介するまさしく境界領域の存在であった」と指摘している。それは、とりもなおさず樵が、里人の恐れる山中という異界に足を踏み入れる特別の存在、此界と他界を往還することのできる特別の存在であったことを物語っている。(5)こうして、翁は山人であること、そして顔に瘤を持つ身であること、この二重の意味で「異人」あるいは「境界人」であった。

その翁は、雨に降られて心ならずも泊まった山中で不思議な体験をする。百人もの鬼たちがやって来るのである。

大かた、やうやうさまざまなる者ども、赤き色には青き物を着、黒き色には赤き物をたうさきにかき、大かた、目一つある者あり、口なき者など、大かた、いかにも言ふべきにあらぬ者ども、百人ばかりひしめき集まりて、火を天の目のごとくに灯して、我が居たるうつほ木の前に居まはりぬ。

群行する百という数、恐らく松明であろう、手に手に灯を灯すことから、典型的な百鬼夜行である。(6)同じ宇治拾遺物語第十七には「修行者逢百鬼夜行事」という題が目録に付されていて、これにも、修行者が摂津の国の「りうせん寺「龍泉寺」カ」」という無人の古寺で、次のような者たちに遭遇したことが語られる。

見れば、手ごとに火を灯して、人百人ばかり、この堂の内に来集ひたり。近くて見れば、目一つつきたりなど様々なり。人にもあらず、あさましき者どもなりけり。あるいは角生ひたり。頭もえもいはず恐ろしげなる者どもなり。

人はどこでどのようにして鬼と出会ってしまうのか。まずは宇治拾遺物語第三のように山中であり、あるいは第十七のように荒れた古い建物である。今昔物語集の巻第二十七の説話から追加すれば、北山科の古い山荘の校倉(第七)、南山科(あるいは北山科)の古い山荘(第十五)、都のとある古い堂(第十六)、河原の院(第十七)、ある国の山中(第二十二)、五条堀川辺の荒れた古い邸宅(第三十一)。これらは、普通の人間が普段足を向けようとしない場所であり、棲み分けをして人間が異類のために譲り渡してある空間すなわち異界であった。こうして、鬼は異界に棲む存在、闇にひそむ存在であったから、人が何かのはずみでそこに足を踏み入れてしまった時、遭遇することもありえたということである。[7]鬼こそは典型的な「異人」にほかならない。[8]つまりこの説話には、人間界における瘤のある樵という異人と、人間界の外の鬼という異人との出会いが語られている。

瘤取爺譚の場合、鬼たちは何をするために集まってきたのか。彼らは酒宴を開いている。では、何のための酒宴か。この問題については、小峯和明[9]によって重要な指摘がなされている。

鬼の宴会は疑いなく、うつほのある木を指標にしているはずで、それは神樹の一種とみてよかろう。正確に説明しなおせば、鬼たちはうつほのある木の前を斎場として祭儀とそれに続く直会、あるいは法会に続く延年を行っていたのである。それは、鬼たちの座への着きかたに明瞭である。

我が居たるうつほ木の前に居まはりぬ。(中略)むねとあると見ゆる鬼、横座に居たり。うらうへに二ならびに居並みたる鬼、数を知らず。

こうした座のしつらいは、祭礼や晴れの宴であったことのあらわれである。奥村悦三[10]は、鬼たちの宴の座が、新任大臣大饗いわゆる庇の大饗にもとづいて描かれていると指摘している。一方、五来重[11]は、「末より若き鬼、一人立ちて(中略)横座の鬼の前にねり出でてくどくめり。(中略)舞ひて入りぬ。次第に下より舞ふ」と始まり、下座から一人ずつ次第に芸を披露するところの「巡(順)の舞」、そこで舞われた折敷の舞が共通することなどから、これは山伏の修正会延年の様を写したものと解している。廣田收[12]も、大臣大饗ほか平安時代の饗宴およびその次第について概観したうえで、すべてが大臣大饗に拠るともいえないけれども、横座の鬼の発言を契機に、「粛々とした宴から乱痴気騒ぎへ、宴そのものの質的な転換」が示されているとして、実際の宴の様相が投影していると指摘している。

五来が主張するように、鬼の宴には延年が何ほどか関係しているふしもある。たとえば、末座の鬼の芸が「くどきくせせることを言ひて」と記述され、この「くせせる」に対する諸注釈は明快でないが、多武峰の延年の歌芸の一つとして見える「くせせり」に相当するであろう。談山神社蔵「常行三昧堂儀式」に、

> サテ五〔和尚〕は新入ニ向テ　新入歌謡セ給候へ　夫歌ノ数ハ　今様　コヤナギ　クロ鳥コ（中略）クセヽリ（中略）是歌ハセ候ヘト云

とある通り、歌謡の一種である。ただし、ここに列挙される他の芸能は必ずしも僧侶社会固有のものとはいえないし、「巡（順）の舞」も貴族社会の宴席で行われており、日本の伝統的な芸能の場の形式であった[13]。宇治拾遺物語の叙述を特定の宴と結び付けるには及ばないであろう。

三　うつほという空間

鬼たちが、神樹と見なされるうつほ木の前で祭礼とそれに続く直会、あるいは法会に続く延年を行っていたとすれば、翁が身をひそめていた木のうつほのほとりに立ち戻る必要がある。

翁は、激しい雨風を避けるために「木のうつほに這ひ入りて、（中略）かがまりて」いたという。山中のうつほ木は、たしかにそのような用途にかなう場所であった。今昔物語集巻第二十九第三十二には、二、三日は山中に留まって狩

りをする猟師が「大キナル木ノ空《うつほ》」に宿ったことを発端として起きた小さな事件が語られている。また、今昔物語集巻第十一第二十七には、慈覚大師円仁が比叡山横川の山中に籠もり、そこに「大キナル椙有リ、其木ノ空ニ住シテ」法華経を書写し、その功を終えて後に堂を建てて経を安置したと伝えている。それにしても、円仁は庵を結ぶこともできたであろうに、なぜことさらうつほで法華経書写を営んだのであろうか。それは、木のうつほが霊性を帯びた特別の空間と考えられていたからではないか。たとえば信貴山縁起絵巻の「尼公の巻」には、うつほのある古木の周囲に幣帛が立ち並び、左脇に小さな祠があり、右脇には大きな切り株があってその上に丸い石が置かれている様が描かれる。神はこのような所のこのような物に宿ると考えられていたのである。

つとに山本節(14)は次のように重要な指摘を行っていた。

翁が入った「山」とは、人間と他界存在との邂逅と接触が行われるべき山中他界であり、又翁が雨風をしのぐ「うつほ」は、他界存在との交渉に至る経路、すなわち「地蔵浄土」「団子浄土」における「地下への穴」と同位相にあるものである。

また、小峯和明(15)も次のように解釈している。

木のうつほに籠もり、そこから出現した時には、たんなるきこりではなく、烏帽子を鼻にたれかけた芸人に変身していた、というわけだ。「うつほ」という空間、それはたんに雨宿りの場だけではない。翁を変身させる独特の籠もりの空間であり、鬼という異類との遭遇を可能にした場でもある。

このような観点に立ってうつほ木を求めると、宇良神社蔵の浦島明神縁起絵巻に注目すべき事例が見出される。蓬萊の島から帰ってきた浦島子は、故郷が見知らぬ世界になりはてているので、そのことを深く嘆いたあげく、蓬萊の神女からもらった玉匣を開けてしまった。すると中から雲が立ちのぼり、浦島子はたちまち老人となってしまう。この場面を、縁起絵巻は、浦島子が松の古木のうつほになかば身体を入れるようにして匣の蓋を開けている姿として描いている。続く画面では、そのうつほのある松の木の前に小さな祠が作られ、祭礼が始まっている。浦島子はうつほの中で翁を経て神になり、今なおそこに鎮座しているというわけである。こうして、木のうつほが人を何か別の存在に変えてしまう、あるいは変身を促す特別の空間であり、その中に籠もっているのは何か特別の存在であるという観念はたしかにあった。

木のうつほの神聖さを示すのは、続古事談巻第四－二十五に載る六角堂観音の次のような縁起である。

聖徳太子は淡路の海岸に打ち寄せられた如意輪観音を持仏としていたが、山城の愛宕山中のたらの木のうつほにしばらく据えて置いたところ、仏像が離れなくなった。夢のなかで、ここに留まって衆生を利益したいとのお告げがあり、太子はこれに従って堂を建立した。

醍醐寺本諸寺縁起集および伊呂波字類抄所収の縁起には、多羅樹の「樤[16]」と記述し、諸寺縁起集では「樤」に「マタ」と振り仮名を施す。続古事談は原形を損なっているかもしれないが、それでも、うつほが仏を安置するにふさわしい聖なる空間と考えられていたことの明証となるであろう。

また、宝物集巻第五、沙石集巻第五末－十、東大寺蔵大仏縁起によれば、東大寺の開祖良弁僧正は、幼い頃鷲にさらわれて春日山の木の上で成長したという。宝物集と大仏縁起は「木(杉)の洞」で養われたとし、宝物集はさらにそこで仏道を修行したとする。良弁が名僧となったのは、椙のうつほで写経を続けた円仁と同じく聖所での籠もりを経たからであると語ろうとしている。

うつほであれ、股であれ、樹木は幼児の保育器であると考えられていた。たとえば、行基は母の胎内を出た時胞衣に包まれたままであった。両親はこれを「樹岐上」(日本往生極楽記)、「樹枝上」(本朝法華験記)に上げて置き、一夜経って見ると胞を出て、ものが言えるようになっていたという。古くは古事記に、オホアナムヂノ神と結ばれ子を産んだヤカミヒメは、嫡妻スセリビメを恐れてその子を「木の俣」に差し挟んで帰ったと記される。古事記には、いま一つ木の股の不思議な働きが記されている。神々に狙われるオホアナムヂノ神を、木(紀)の国のオホヤビコノ神がネノカタス国に逃がしてやる。それは、「木の俣より漏《く》け逃がし」という方法で、木の股は異界への通路であったことが知られる。[17] また、源大夫が西の海を臨む峰に生えている「二胯ナル木」に登って極楽往生を遂げる(今昔物語集巻第十九第十四)のも、木の股が異界と此界を媒介する特別なところと考えられていたことを示すものであろう。[18]

こうして、翁の隠れ籠もっていたうつほは聖なる異界であった。そして、瘤のある翁は、山中という異界のさらなる異界に身を置いていたということになる。そこは二重化された異界であった。

四　この世の人のごとし

うつほ木の前で鬼たちは宴を開いている。その席の配置や宴の次第や参列している者たちのふるまいは、実際の人間の宴のありかたにならって描写されていることはすでに確かめた。しかも、宇治拾遺物語は、

酒参らせ、遊ぶありさま、この世の人のする定なり。

横座の鬼、盃を左の手に持ちて、笑みこだれたる様、ただこの世の人のごとし。

と繰り返して、その人間界に異ならぬことが強調されている。すると、読者はこの場面を現実世界のできごとにあてはめて読みたいという誘惑にかられるであろう。[19] 宇治拾遺物語の本文はそれを拒まないけれども、まずはこのように記述されていることの意味を考えなければならない。

先に見たように鬼は異人であった。そして、彼らは人間の世界の外部にあって、人間世界を侵犯し、人間を一口に食うという恐ろしく非道な妖怪であった。そういう鬼たちは、しかし、明らかに人間との関わりのなかでその異類性がとらえられていたことを想起しよう。すなわち、たとえば「目一つある者」「口なき者」「角生ひたり」などと、あくまでも人間の体を基準としてそれより肉体の一部が過剰であり、あるいは不足していると説明しているのは、鬼が人間と近い存在であって少しばかり異なるということを意味する。類似を前提として相違が強調されているという点において、鬼は人間と背中合わせの存在にほかならない。ここには、異なっていて同じである、あるいは同じであって異なると見る視点が用意されていることに注意を向けておきたい。

さらに重要であるのは、うつほにひそんでいた翁の目に鬼たちが人間と変わらぬふうに見えたと記述することによって、人間のふるまいがそのように見られているということを示唆していることである。誰にか、もちろん人間ならぬ何ものかである。人間たちの営みをひそかに見守る者といえば、神仏か鬼神をおいてない。すなわち、鬼をそのように見ている翁は、自身まったくその自覚はなかったであろうが、人間界における神仏か鬼神の位置に立っていたことになる。向こう側とこちら側がいつのまにか入れ替わる。ここにしくまれた反転は絶妙というほかない。

振り返って考えると、鬼たちがうつほ木の前で宴を開いていたということは、そのうつほには彼らの祀る神仏が鎮座していると信じていたということである。うつほ木は鬼たちにとっても神聖な樹木であり、うつほは霊妙な空間であった。とすれば、そこから舞い出た翁こそ鬼たちが祭祀の場に待ち迎えようとしていた聖なる存在ではなかったか。

うつほ木から出現する翁といえば、やや時代が下るけれども、能の「西行桜」のシテがそうである。京西山の桜の花盛りの西行庵で夜を眺め明かすワキ西行の前に、「朽ちたる花の空木《うつおぎ》より、白髪の老人現れて」、西行の歌を詠ずるのである。現れた翁は花の精であった。うつほ木に神聖なものが宿り、うつほが異界に通じているとすれば、鬼たちは姿を現した翁を必ずや神仏と考えたであろう。古くは、天の岩屋戸(天の岩窟戸)に籠もった天照大神が、神々の「歓喜咲楽《よろこびあそぶ》」(古事記)様、「俳優《わざをき》」(日本書紀)に誘われて姿を現す例もあった。岩屋が、木のうつほと同様の霊妙な空間であることは、「聖の好むもの　木の節鹿角鹿の皮(中略)火打笥岩屋の苔の衣」(梁塵秘抄巻第三　三〇六)と歌われる通り、聖の起き伏しする場あるいは修行の場とされているところに知られよう。

そこで、この瘤のある樵が翁であったことに改めて目を向けなければならない。われわれは、神仏が翁の姿を借りて出現する事例を数多く知っているからである。たとえば日本霊異記上巻第六縁(今昔物語集巻第十六第一にも引用される)には、兵乱に巻き込まれ高麗を流浪していた日本の僧が、橋も壊れ舟もなくて川を渡ることができずに心中に観音を念ずると、たちまち老翁が舟に乗って来て迎え取り、難を逃れることができたという説話がある。これに限らず観音が翁の姿で現れるのは、観音霊験譚の一つの決まった語り方である(20)。また、石山寺は、良弁僧正が祈禱を行うべき勝地を求めて近江国の小山を尋ねて行き、大巌の上で釣りをしている比良明神と名乗る翁から場所を譲られ、そこに観音を安置したという縁起を持っている。宇治拾遺物語第一、道命阿闍梨の前に出現した道祖神も「翁」を自称し、同じく第一〇三には、東大寺の華厳会に鯖売りの翁が現れて講師を務め、さまざまの不思議を験じたと伝えているが、これもやはり仏か菩薩の化現であったと語ろうとしている。

古代中世の人々は、翁姿の向こう側に神仏を透かし見ていたということができる。山折哲雄(21)は、翁ないし翁的な存在の豊富な事例を検討して次のように指摘している。

翁は、神や仏・菩薩の存在を人間界に媒介する象徴的形態であるとともに、本来目に見えざる神や神霊の働きを仏・菩薩のようなリアルな形象性へと連絡する仲介的形態としても独自の役割をはたしたということができるのではないであろうか。

こうした観点にたって、神仏あるいはその化現としての翁が人間界にどのように出現し、人間たちと何をもってどのようにかかわるかに視線を向けるならば、そこに歌舞が大きな役割を果たしていることに気づく。

歌舞音楽ノ目出タキ事、少々勘ヘ申スベシ。我ガ朝ノ大明神春日権現ハ、教円座主、唯識論十巻ヲ暗誦シタマフ間、第一巻ヨリ始メテ十巻ニ至ルマデ住坊ノ松樹ノ下ニテ舞ハシメ給フ。(中略)率川明神ハ、新羅ノ軍ヲ平ゲシ時、船ノ舳ニ見ジテ、散手破陣ノ曲ヲ舞ハシメ給。(中略)役ノ優婆塞ハ、大峰ニシテ蘇莫者ヲ吹キ給フニ、山神、行者ノ笛ニメデテ舞ヒ乙ヅ。

(教訓抄巻第七、原文一部漢文、補いつつ読み下す)

神仏というものは、歌舞音曲にいざなわれて人間界に顕現し、舞い遊ぶと考えられていた。さらにいえば、それは人間の営みをめでて、人間の喜びをともに喜ぶ姿であるといえよう。瘤のある樵は、鬼たちの遊びを見ているうちに、「走り出て舞はばや」という抑えがたい激しい思いにとらわれる。その衝動は、「鬼どもがうちあげたる拍子のよげに聞こえければ」と説明される通り、鬼たちの歌舞の力によって引き起こされたものであった。

このような意味で、樵はうつほの中で変身を遂げたということができる。変身といっても、もちろん翁の外形に変化のあろうはずもないが、隠れて見るだけの翁から、祭の庭で舞い遊ぶ聖なるものとしての翁への変身が果たされたのである。

五　翁の両義性

鬼たちの宴に飛び込んだ翁は、彼らとともに舞い遊ぶ神仏として歓待をうけた。しかし、「烏帽子は鼻にたれかけたる翁の、腰によきといふ木伐るものさして」、「伸び上がり、かがまりて、舞ふべきかぎり、すぢりもぢり、えい声を出して、一庭を走りまはり舞ふ」姿は卑俗滑稽であり、神仏の高貴荘厳には程遠い。それに、翁が横座の鬼と交わす言葉も、貴人の前に推参した芸能者の物言いを思わせる。翁が神仏として出現し、歓迎されたと読むのはゆきすぎであるとの批判も出よう。

まさしくここに翁という存在の両義性が現れている。それは人間世界の現実の老人の姿とも重なり、同時にずれながら、古代中世人に思い描かれていた翁の像であった。

たとえば、宇治拾遺物語第一五八には次のような説話が載る。

陽成院の御所には、夜中に格別にわびしげな翁が現れ、「私は浦島の子の弟で、この地に住んで千二百余年になる。ここに社を造って祀れ」と警護の男に告げた。警護の者が、自分の一存ではできないと返答すると、男を宙に三回蹴上げて落ちてくるところを一口に食ってしまった。

この翁が本来神であったとしても、今はもう零落して妖怪になりかかっている。今昔物語集巻第二十七第五の類話には、背丈三尺ほどの翁が池の中から現れて寝ている人の顔を探るという悪戯をするばかりで、ある時捕らえられ縛りつけられて細くわびしげな声で「水ノ精」と名乗って水の中に溶けて姿が消えてしまい、それからは二度と出ることはなかったとする。零落の度はいちだんと進んでいる。たとえばまた、先に五条の道祖神が翁を名乗る事例(宇治拾遺物語第一)を挙げたけれども、かの神は、梵天、帝釈も聴聞する道命阿闍梨の法華経読誦の席に、仏教守護の神々の威勢をはばかって普段は列座することもかなわぬ身であった。本朝法華験記巻下第一二八(今昔物語集巻第十三第三十四に引用)には、道祖神が行疫神たちの巡行を馬で先触れする役を務めなければならない翁として登場する。道祖神は、しばしば陰陽一対で、しかも抱擁交合する姿で造形されたところから、最下位の神と見なされていた。

翁と性愛は一般的には縁遠いはずであるが、これが結びつくと滑稽が生み出される。藤原明衡の雲州往来巻上第十九状には、稲荷祭の日に見物した散楽のことが記されている。

仮に夫婦の体を成し、衰翁を学びて夫と為り、姹女を模して婦と為る。始めは艶言を発し、後に交接に及ぶ。都人士女の見物、頤を解き腸を断たざるはなし。（原漢文、享禄本の訓による）

この翁は物真似芸であるが、同じ明衡の新猿楽記には「目舞《さくわんまひ》之翁体《すがた》」の芸を挙げている。翁の舞姿はこれらのほかさまざまの資料に見られるが、なかでも瘤取爺譚と関連づけうるのは、伊勢物語第八十一段の翁であろう。風流を尽くした左大臣源融の邸に親王たちが集まって宴を開き、邸宅のすばらしさを褒め讃える歌を詠んだ時、そこにいた「かたゐ翁」が「たいしき（「板敷」カ）の下にはひありきて」歌を詠んだという。翁のこの奇妙なしぐさは、ことさらにみずからの身体の障碍を強調することを通して、邸宅のめでたさと主の繁栄ぶりをことほいだと理解される(22)。

翁というものは、場面に応じて威厳と滑稽の両面を見せる存在であり、言葉やふるまいによって人間界に祝福をもたらす存在であった。瘤のある樵の翁もまた、鬼たちの宴に芸を施すことによって彼らの心を楽しませることができたのである(23)。宇治拾遺物語には記述されていないけれども、庭中を走りまわって舞う翁の顔の瘤がどれほど滑稽味を加えたかに読者は心を致さなければならない。それにとどまらず、翁は鬼たちにもう一つ福を遺すことになった。ほかならぬ瘤そのものである。次も「御遊びに必ず参れ」ということになり、そのために「質」を取ることが図られる。横座の鬼は、「こぶは福のものなれば」惜しむであろう、それを質にと言う。これに対して翁は、「ただ目鼻を召すとも、このこぶは許し給ひ候はむ」と抵抗するが、あえなくねじ取られることになる。

横座の鬼が言うように、はたして「こぶは福のもの」なのであろうか。この言葉については他に用例も知られず、当時の俗信か諺らしいと推測されているのみで、わずかに中島悦次『宇治拾遺物語 打聞集全註解』（有精堂 一九七〇年）が、「今でも「瘤のある人は果報がある」などという」と注するほかは、はかばかしい説明がなされていない。瘤を福のものと言いなすことは地域によっては近年まであるいは現在でも行われているらしい。沖縄の渡名喜島では「ヌチナガーグーフ」すなわち長寿瘤と呼ばれるという。[24] 瘤がその主に富をもたらすとは、筆者も一九五〇—六〇年代に鹿児島県の薩摩半島で耳にしたことがある。また、朝鮮半島でも二十世紀初めにはそのように言われていたという。[25] さらに新撰姓氏録の吉田連塩垂津彦命の条には次のような記述がある。

頭上に贅《ふすべ》有り。三岐《また》にして松樹の如し[因《よ》りて松樹君と号す]。其の長《たけ》五尺。力衆人に過ぎ、性亦勇悍《またゆうかん》なり。

松樹の君の力と勇猛さは頭上の瘤と無関係ではない。瘤は、人にぬきんでた力量のしるしでもあった。しかし、増古和子[26]や石井正己[27]は、翁に瘤があるばかりに世の中に交わることができなかったことを思えば、それは不幸の因であり、「福のもの」とは人間と逆の価値観を持つ鬼の社会における考えかたであると説明する。

それでもやはり、ここで想起しなければならないのは、宴席の鬼たちの様が人間に異ならないと強調されていたこと、歌舞を通して遂げられた翁と鬼たちとの交流と互いに抱かれた共感[28]である。鬼と人間は異なっていて同じ、同じくして異なっていると見る視点は、瘤が福のものであるとする見方を退けないであろう。瘤は正負のいずれか一方にだけ価値づけられるのではない。また、見てきたような鬼の世界と人間の世界の交錯と転換、鬼と翁の二面性も瘤の両義性を裏づける。

瘤の両義性は、誰よりも先に樵の翁に直観されたのでないか。樵の翁は、うつほという聖所に籠もり、新たな生のかたちを得て、それを未知の世界に投じる経験を経て、これまでとは異なる自己を発見するであろう。他者との交わりを避けてきた翁が、今や人間界どころか、恐ろしい鬼たちのただ中にあって自在にふるまうことができる。すなわち、雨の夜の山中のうつほのなかでの孤独、不安、恐怖から、鬼たちの遊びに対する歓喜と共感を経て、翁の内面に大きな変容が生じた。彼は、瘤のある我が身を多数の他者のなかへ解き放つことができたのである。それは瘤にとらわれ続けてきた心を外に向けて開放することでもあった。それが彼に訪れた変身の真の意味である。繰り返せば、そのことを可能にしたのは、まずは鬼たちの遊びへの共感であり、瘤のある翁を受け入れる鬼たちの姿勢と翁の歌舞に興じる心であり、要するに翁と鬼たちとの一体感である。

翁の瘤からの解放もここに由来するであろう。翁の内面の変化がまずあって、そのことが外形の変化を約束する。すなわち樵の翁が鬼たちと価値観を共有するなかで、積年の不幸の元凶を「福のもの」として受け入れた時、瘤はおのずと翁の顔から離れたのではないか。瘤を失った翁は、ただ「木こらんことも忘れて」家に帰り、老婦に淡々と事情を語るのみで、そのことを喜んだとも記されていない。このことは重要であるようにみえる。

この翁の運命を照らし返すはずの二の舞の翁の失敗の意味についての検討は、別の機会に譲りたい。

（1）　宇治拾遺物語の諸写本の本文は「こふ」と仮名表記、目録には「癭」と表記する。和名類聚抄（元和古活字那波道圓本）には「こぶ」に相当すると見られる病の名を五種掲げている。当然のことながら病因、病像により呼称と表記は異なる。本章ではこの物語の翁のそれ及びこぶ一般は「瘤」と表記し、他は原資料の表記に従う。

（2）　世界的な分布については、関敬吾『日本昔話大成』第四巻（角川書店　一九七八年）および竹原威滋「異界訪問譚における山の精霊たち——世界の「瘤取り鬼」をめぐって——」（説話・伝承学会編『説話——異界としての山』翰林書房　一九九七年）に紹介され、検討されている。

（3）　山本節『神話の海　ハリマオ・禅智内供の鼻・消えた新妻』（大修館書店　一九九四年）「体内地獄の幻像　禅智内供の

鼻」は、今昔物語集および宇治拾遺物語に語られている僧の鼻の異常をめぐる説話について、当時の通念ではそうした異常が仏教的悪果と見なされたとする観点から読み解いている。

（4）小峯和明『説話の声　中世世界の語り・うた・笑い』（新曜社　二〇〇〇年）Ⅷ「木こりの歌——今様と説話」。

（5）翁のこうした境遇およびその帯びている非日常性については、藤本徳明『『宇治拾遺物語』における老年像——〈作為〉に対する〈自然〉の優位——」（『説話・物語論集』第一一号　一九八四年五月）、同「『宇治拾遺物語』における〈翁〉と〈童子〉——その〈他界〉性をめぐって——」（『文芸と思想』第四九号　一九八五年一月）に論じられている。また、佐々木孝二「中世説話における翁媼の語り——物羨みの教訓をめぐって——」（『日本文学』第三九巻第二号　一九九〇年二月）も、「常人とは異なる神性を始めから秘めた人物」「鬼の世界との通路を本来所有していた山人」と解釈している。

（6）百鬼夜行については、伊藤昌広「百鬼夜行譚」（『伝承文学研究』第三〇、三一号　一九八四年八月、一九八五年五月／小松和彦編『怪異の民俗学4　鬼』［河出書房新社　二〇〇〇年］に再録）、田中貴子『百鬼夜行の見える都市』（新曜社　一九九四年／ちくま学芸文庫　二〇〇二年）参照。

（7）鬼は、時代によって現れる場面によって、極めて多様で多義的な存在であるが、平安時代後期から鎌倉時代にかけての鬼の性格規定については、森正人『今昔物語集の生成』（和泉書院　一九八六年）Ⅳ3「霊鬼と秩序」、三木紀人編『今昔物語集宇治拾遺物語必携』（学燈社　一九八八年一月）「今昔物語集事典」、また本書序章を参照されたい。

（8）本説話の類話が五常内義抄に載り、説話の構成は変わらないが、諸要素に相違がある。そのなかで、主人公の宿るのが山中の古堂、遭遇した妖怪は天狗とされている点が目を引く。この相違は、近代に採集された昔話にあっても、爺が出会ったのは鬼とするものと天狗とするものとがあることと対応する。大島建彦「『宇治拾遺物語』と昔話」（『説話文学研究』第一二号　一九七七年六月）は、両類の分布状況から天狗の現れるものが先に、鬼の現れるものが後から流布したようであると判断している。いずれであっても、異界において異人（妖怪）と出会うという基本構造に差異はない。

（9）小峯和明『宇治拾遺物語の表現時空』（若草書房　一九九九年）Ⅲ9「昔話——隣の爺型を読む」。

(10)　奥村悦三「癭をなくす話」(光華女子大学『研究紀要』第二三集　一九八五年一二月)。
(11)　五来重『鬼むかし 昔話の世界』(角川書店　一九八四年)「瘤取り鬼と山伏の延年」。
(12)　廣田收「『宇治拾遺物語』「癭取翁」考」(『人文学』第一六七号　二〇〇〇年三月、『宇治拾遺物語』表現の研究』[笠間書院　二〇〇三年]に収録)。
(13)　森正人『場の物語論』(若草書房　二〇一二年)I 3「〈物語の場〉と物語のかたち」に、「巡の物語」とのかかわりで簡略ながら指摘してある。
(14)　山本節「昔話教材について――「鬼に癭とらるる事」その他――」(『国語国文学報』第三六集　一九七九年一二月)。
(15)　前掲注(9)に同じ。
(16)　この字は類聚名義抄、色葉字類抄に見えない。諸橋轍次『大漢和辞典』によれば「こかげ」の意。
(17)　木の股が異界への通路であることは、前掲注(3)山本節『神話の海　ハリマオ・禅智内供の鼻・消えた新妻』「木の股と異界」にも説かれる。項青「宇津保物語俊蔭巻における異境――仲忠母子の北山のうつほ籠りを中心に――」(『和漢比較文学』第一六号　一九九六年二月)も、樹木およびそのうつほの神秘性を説くなかで、木の股より逃れる神話に言及している。
(18)　新日本古典文学大系『今昔物語集 四』(小峯和明校注、岩波書店　一九九四年)は、「木の股は神話以来、死と再生をつかさどる聖なる境界」と注する。
(19)　岡田美也子「『宇治拾遺物語』第三話鬼に瘤取らるる事をめぐる考察――新古今歌壇の様相との関連を中心に――」(『国文』第八三号　一九九五年七月)がその例である。
(20)　森正人「説話の中の観音　日本におけるイメージ」(『しにか』第五巻第一〇号　一九九四年一〇月)に指摘した。
(21)　山折哲雄『神から翁へ』(青土社　一九八九年)。
(22)　山本利達「〝かたゐおきな〟考」(『滋賀大国文』第一一号　一九七四年一月)、千本英史『験記文学の研究』(勉誠出版一九九九年）「「かたゐ」考」参照。

(23) 翁と芸と猿楽ごとの笑いを展望する、阿部泰郎『聖者の推参　中世の声とヲコなるもの』(名古屋大学出版会　二〇〇一年)第七章「笑いの芸能史」は示唆するところが大きい。また、松岡心平編『鬼と芸能　東アジアの演劇形成』(森話社　二〇〇〇年)も広く鬼と翁の芸能を扱う。翁の多面性については本書第四部第一章「翁と鏡と物語――大鏡」。

(24) 小野友道『人の魂は皮膚にあるのか　皮膚科医から見た、文学・人生・歴史』(主婦の友社　二〇〇二年)21「コブは人の穢れを怒る神の意志と信じられていた」参照。

(25) 高橋亨『朝鮮の物語集附俚諺』(日韓書房　一九一〇年)には、口頭伝承の瘤取爺譚を採集記録し、「韓人には瘤持てる者中々多きが如く、韓人間には之を福とも言ひ習はせり、其のこの瘤取りの話しより出でしか否やは定かならず」と注する。

(26) 増古和子「「瘤取り譚」の生成と本質――『宇治拾遺物語』第三話を中心に――」(『古典遺産』第三九号　一九八八年一二月)。

(27) 石井正己『絵と語りから物語を読む』(大修館書店　一九九七年)「『宇治拾遺物語』にみる昔話の論理」。

(28) 昔話の瘤取爺でも、翁の歌に「おれと天狗で九天狗」「爺を入れて四天狗」などと、自分自身を妖怪のなかに数えこむものが多い。このことに注目して、阿部奈南「「瘤取り爺」の〈歌〉をめぐって」(『昔話――研究と資料』第二四号　一九九六年七月)は、「爺は異界のもの達に認められ、彼らと同質の存在になっているのである」と解釈する。

第五部　死

——他界像の変容

第一章　大いなる死をめぐる心と表現——涅槃経の文学

一　はじめに——釈迦伝

欽明天皇十三(五五二)年十月、百済の聖明王のもとより、釈迦仏の金銅像一軀、幡蓋若干巻が贈られた。日本書紀によれば、添えられた表には、仏法の殊にすぐれた法であることが記してあったというけれども、釈迦像の何であるかについては触れるところがない。そこで、元興寺伽藍縁起幷流記資財帳に就けば、「太子の像幷びに灌仏の器一具及び仏起を説ける書巻一篋」が渡されたと具体的に記す。この像が誕生仏であったことは注目に値する。仏像が儀礼の中心あるいは礼拝の対象である以上、その信仰を根拠づけるべく、釈迦とは何かが説明されなければならない。仏像を前に、それはどのように語られたであろうか。たとえば、天竺から中国にはじめて渡った僧が始皇帝の前で語った、次のような物語として想像することも許されよう。

西国ニ大王在《まし》マシキ。浄飯王ト申シキ。一人ノ太子在マシキ。悉達太子ト申シキ。其太子、世ヲ厭テ、家ヲ出デ、山ニ入テ、六年、苦行ヲ修シテ、無上道ヲ得給ヘリキ。其レヲ釈迦牟尼仏ト申ス。四十余年ノ間、一切衆ノ為ニ種々ノ法ヲ説給ヘリキ。衆生機ニ随テ教化ヲ蒙テ、遂ニ八十ニシテ入涅槃シ給ヒニキト云ヘドモ、滅後、四部ノ弟子□一ツ也。

(今昔物語集巻第六第一)

出自、出家、成道、転法輪、涅槃の要素を具えて、簡潔ながら整った釈迦伝といえる。なお、この説話は打聞集第二、宇治拾遺物語第一九五と同源であり、右に引用した部分は今昔物語集独自の記述で、編者の付加と見なされる。すると、今昔物語集の編者は、伝来した仏法が釈迦伝を伴っていたであろうと想像しただけでなく、すでに多くの経典がそうであったように、仏法は釈迦伝を通じて説かれるものであると考えていたらしい。

仏教美術史の教えるところによれば(1)、釈迦入滅後の信者たちは、はじめ釈迦の足跡や台座や輪宝やゆかりの聖樹を通して釈迦の生涯と教えを思い描き追慕していたという。今ここでの釈迦の非在が追慕を呼び起こすのは当然として、右は、信者が非在の釈迦を非在として追慕しつづけていたことを意味する。インドで釈迦伝の造形がはじめてなされたのは紀元前二世紀後半、釈迦像が出現するのはようやく一世紀末のことであった。しかし、釈迦像は、依然として釈迦の今ここでの非在を示し続けることになろう。というのも、諸経典の伝えによれば、最初の釈迦像は、釈迦が母摩耶夫人に法を説くために忉利天に昇っていた間、波斯匿王、優塡王をはじめとする地上の人間が恋慕の念に耐えず造られたものであったからである(2)。その像が実在した釈迦と寸分違わぬ姿であれば、それだけ激しく後世の衆生は釈迦の非在を悲しむことになる。釈迦像は今ここにおける釈迦の非在をかたちにしたものにほかならない。

また、後漢の明帝の時代、中国に初めて仏法が伝来した時、摩騰迦および竺法蘭が「仏舎利及ビ正教多具《ぐし》奉タリ」(今昔物語集巻第六第二)とするように、朝鮮半島あるいは中国大陸から日本に舎利がもたらされたのも早かったのではないか。すなわち、日本書紀に、蘇我馬子が、敏達天皇十三(五八四)年、百済より伝来した石仏を安置し法会を行った時、その斎食の上に舎利が出現したと記されるのは、日本の仏教が、そのごく初期から舎利信仰を伴っていたことを示唆する。

舎利も後世の信者が釈迦を追慕するよすがであり、礼拝して信心を傾ける対象であり、本来その舎利を安置するのが塔である。そこで、法隆寺の五重塔の初層の四面に、和銅四(七一一)年に制作されたと見られる塑像群のあることは注目される。その北面には釈迦涅槃像を中心に嘆き悲しむ菩薩や弟子たちの像が、西面には荼毘の後の分舎利の様を表す諸像が配置されている。早くより舎利信仰と涅槃の物語とが結んでいた具体例である。

涅槃経と日本文学の関係を考えようとする時、単に経典と作家・作品との関係を分析するだけでは不十分であろう。右のような舎利や仏像や仏画を中心に営まれた、釈迦の涅槃にかかわるさまざまの宗教儀礼の場を視野に収めておかなければならない。なぜなら、作家たちはその儀礼の場に身を置いた経験を持ち、作品はその場を言葉によって荘厳するためのものとして、あるいはそこに身を置いた感動にうながされて生まれているからである。

釈迦涅槃のことを説く経典は多い。長阿含経巻第二「遊行経」、方等般泥洹経、大般涅槃経後分、大悲経、摩訶摩耶経、菩薩処胎経、これらは涅槃経とともに、たとえば涅槃図の中に取り入れられもすれば、唐の道宣によってまとめられた釈迦譜を介して今昔物語集などの説話集に流れ込んだ。なかで最も重んじられたのが涅槃経で、正称を大般涅槃経といい、曇無讖訳の四十巻本(北本)と、これを慧厳等が再編した三十六巻本(南本)とがある。

釈迦が長い教化の旅を終えて、涅槃——大いなる死——の床に身体を横たえたのは、二月十五日のこと、拘尸那城の跋提河のほとりの娑羅双樹の間であった。釈迦が涅槃に入ることを告げると、弟子たちは手をもって自らの頭を拍《う》ち、胸を叩き、声を挙げて悲嘆にくれる。嘆き悲しんだのは四部(比丘・比丘尼・優婆塞・優婆夷)の弟子ばかりではなかった。供養の品々をそれぞれ手に娑羅林に参集した天人、鬼神、龍王を含むあらゆる禽獣、昆虫、また草木までも。釈迦は、最後の供養を純陀の手より受けて、「如来常住」「一切衆生悉有仏性」という法を説き進める。やがて、弟子たちは嘆きをとどめ、また逆罪を犯した阿闍世王はじめ外道も仏法に帰依し、菩薩たちはさらに高い境地を得て他の弟子たちも菩提心を起こすところで閉じられる。この娑羅林の故事は、仏教者ばかりでなく、古代、中世の歌人や作家に折にふれて思い起こされるものであった。

二　二月十五夜の月

二月十五日という日は、涅槃に入った釈迦のことを想起させる。肉親や親しい人を失ったばかりの者にはことに強く。家集の詞書から、夫の高階成順を亡くしてさほど時日を経ていないと推定される釈迦涅槃の日に、伊勢大輔は二人の人と歌を交わした。

　二月十五日夜くれがたに、さがみがもとに

つねよりも今日の入日のたよりにやにしをはるかにおもひやるらん

　かへし

けふはいとどなみだにくれぬにしの山おもひいりひのかげをながめて

　おなじ日のよなかばかりに、人のさしおかせたりし

いかなればこよひの月のさよなかにてらしもはてでいりしなるらん

　かへし

よをてらす月かくれにしさよなかはあはれやみにやみなまどひけん

（伊勢大輔集　一三四―一三七）

相模との贈答は、沈む日を西の国の天竺で滅度を取った釈迦として慕うとともに、今は西方浄土の阿弥陀如来のもとにいるであろう故人を偲んで詠まれている。(3) その同じ夜に、ある人、後拾遺和歌集巻第二十「釈教」によれば慶範法

師と、故人を追慕する情をこめながら、釈迦を西に隠れた月に見立てて、その光（救い）に漏れて煩悩の闇に惑う末世の衆生の悲しみについて詠み交わした。

涅槃に就いた釈迦を西に入る日になぞらえる表現は、栄花物語巻第三十「つるのはやし」において、尼たちが藤原道長の死を嘆く場面にも用いられる。

近く釈迦如来、三十五にして仏道なり給へり。八十にして涅槃に入り給ふ。仏日既に涅槃の山に入り給ひなば、生死の闇に迷ふべし。

仏の世に出で給ひて、世をわたし給へる、涅槃の山に隠れ給ひぬ。我らが如きいかに惑はんとすらん。

釈迦を「仏日」と称して「涅槃の山に入る」というとらえ方は、漢詩文に先蹤を持つ。

涅槃山上、釈尊之日早蔵、生死海中、慈氏之月未レ照　（本朝文粋巻第十三「為盲僧真救供養率都婆願文」大江匡衡、永延三年）

この譬喩は涅槃経にさかのぼる。

仏日将レ没二大涅槃山一　（北本巻第十九　梵行品第八之五・四八〇頁、南本巻第十七　梵行品第四・七二三頁）(4)

これが源泉と見なされるべきであるとしても、なおほかに、

大仙入二涅槃一　仏日墜二於地一　（北本巻第二　寿命品第一之二・三七五頁、南本巻第二　純陀品第二・六一五頁）

慧日滅二没大涅槃山一　（大般涅槃経後分巻上　応尽還源品第二・九〇五頁）

仏日出二於世一　光顕恒明耀　今者欲三潜隠　入二於無常山一　（摩訶摩耶経巻上　一二・一〇〇八頁）

なども参照に値しよう。

ただし、和歌にあって釈迦を日になぞらえる例は稀で、[5]月に見立てるのが一つの決まった詠み方となっている。漢詩文にも例がある。

無相之月早隠、雖レ顕二寂滅之理一、有為之悲難レ忘　（本朝文粋巻第十四「陽成院四十九日願文」大江朝綱、天暦三年）

夫菩提道樹之月影、遂隠二娑羅之愁雲一、尼連禅河之水音、空咽二跋提之涙浪一

（本朝文粋巻第十四「為覚運僧都四十九日願文」大江以言、寛弘四年）

八代集抄は、慶範と伊勢大輔の贈答について、「以二仲春満月之日一、表二中道円明之法一」という「会疏」[6]の文を引いて、「この疏の心にて心得べし」と注する。石原清志は、月が真如、仏陀の意を含むことは否定しないが、ここまで拡大解釈するのは無理であるとする。[7]八代集抄の挙げる典拠は必ずしも適切ではないけれども、しかし、月が涅槃経の経意とまったく無関係であったともいいがたい。

涅槃経北本巻第九「如来性品」第四之六、南本巻第九「月喩品」第十五は、月を譬喩に用いながら如来の本質を説明する。すなわち、月が出て沈むのは月そのものが出現したり消滅したりするのではなく、また月が満ち欠けするのも須弥山に遮られて増減の様を見せるにすぎないのであって、そのように如来も常住不変であると。また、日月が出ると霧が晴れわたるように、衆生もこの経をひとたび耳にすると一切の悪、無間の罪業が消え失せると説かれている。これと類似する譬喩は別の箇所にもある。

譬如下雲霧覆二蔽日月一、痴人便言上無レ有二日月一、日月実有、直以レ覆故衆生不レ見、声聞弟子亦復如レ此、以三諸煩悩覆二智慧眼一不レ見二如来一、便言二如来入二於滅度一　（北本巻第二十五　光明遍照高貴徳王菩薩品第十之五・五一四頁、

南本巻第二十三　光明遍照高貴徳王菩薩品之五・七五八頁）

こうして、月が隠れたと詠むならば、如来は常住不変であるとする経意にそぐわない。しかし、特に経文を題とす

る歌は、経の根本義と右の譬喩とを結びつけながら詠まれることが多い。

涅槃経、一切衆生悉有仏性(8)

もる人の心のうちにすむ月をいかなるつみの雲かくすらん　（久安百首　藤原顕輔　三八八）

如来常住無有変易(9)

まことにはおのがこころのはれぬゆゑかくれぬ月をくもるとぞみる　（粟田口別当入道集　二一三）

炎[涅槃]経の心をよめる　法橋性憲

かくれぬとなげきし月をたづぬれば心のうちにすむにぞ有りける（月詣和歌集巻第十二「十二月」釈教　一〇六四）

いずれも経の心と譬喩とを汲み取って、如来は澄みきった満月のように完全で常住不変であって、その同じ仏性を凡夫のわが心のうちに認めようと思い、また、ともすれば煩悩の雲のために真如の月も曇ってしまうと詠まれている。

三　鶴の林

栄花物語巻第三十「つるのはやし」は、藤原道長の死去から葬送にいたるできごとを釈迦の涅槃に重ね合わせながら叙述している。その遺骸が荼毘に付された十二月七日の夜は雪が降ったという。そして、

忠命内供といふ人こそ、鳥辺野にておぼえけれ。後にもり聞こえたりし、

煙絶え雪降りしける鳥辺野は鶴の林の心地こそすれ

となんありける。かの娑羅林の涅槃の程を詠みたるなるべし。長谷《ながたに》の入道殿はきき給ひて、「薪尽きといはまほしき」とぞの給ひける。

忠命の歌も「鶴の林」の句を置いて、降り敷いた雪を釈迦入滅の夜の娑羅林の様に重ねてみせた。涅槃経によれば、釈迦が涅槃に入ることを告げるや、娑羅林は、白鶴のように白く変じたという。

爾時拘尸那城娑羅樹林、其林変白猶如㆓白鶴㆒

（北本巻第一　寿命品第一・三六九頁、南本巻第一　序品第一・六〇八頁）

忠命の歌は、藤原公任の言の通り初句が「薪尽き」と改められ、「入道前太政大臣のそうそうのあしたに人人まかりかへるにゆきのふりてはべりければよみはべりける」と詞書されて、後拾遺和歌集巻第十「哀傷」に載ることになった。栄花物語の巻名にもなった「鶴の林」は、釈迦の涅槃を詠む時にほとんど決まって用いられる語で、この歌はその初例と見なされる。[10]

興福寺涅槃会にあめのふりける日よみ侍りける　権大僧都覚弁

いにしへのつるのはやしのなみだかとおもへばかなしけふのはるさめ

（楢葉和歌集巻第八　釈教付哀傷　五四二）

法隆寺の舎利の御はこの歌をみて　殷富門院大輔

かぎりありし鶴のはやしのかたみをばとどめおきけるいかるがのさと

（夫木和歌抄巻第三十一　雑部十三　一四五四三）

おなじひじりの雪を丈六の仏につくりたてまつりて供養しつるよしいはれてかく

いにしへの鶴の林のみゆきかと思ひとくこそ哀なりけれ

返しほどへて

日をそへて雪の仏は消えぬらんそれも薪のつきぬとやみし

（康資王母集　一三七、一三八）

このように、「いにしへ」を思いやり今の悲しみとして悲しみ、あるいは今の悲しみに昔の悲しみを重ねるのが、涅槃にかかわる歌の一つの特徴となっている。その背景がどのようなものであったかは後の論述にゆだねるとして、いま、鶴のように白く変じた娑羅林を「鶴の林」と呼びなすようになった由来を問うことにしたい。

「鶴の林」の句が涅槃経に由来することは明らかであるとしても、それは忠命の独創とは言えない。はやく、三宝絵中巻趣意部に、「鷲のみねにをもひあらはれ、鶴の林に声たえにしよりこのかた」と、娑羅林をそのように称する例がある。三宝絵は、摩訶止観巻一上が釈迦説法の処を「始鹿苑、中鷲頭、後鶴林」のように示すのに倣ったのであろう。[11] それは忠命も同様であったに違いないが、「鶴の林」の句が広く知られ歌語として定着するに至ったについては、漢詩文の関与するところが大きかったであろう。たとえば、次のような例がある。

昔釈迦善逝、為レ報二摩耶之恩一、昇二忉利一而説レ法、今国母宝宮、為レ餝二上皇之徳一、留二閻浮一而設レ斎（中略）臣等鶴林雲帰、鱗水義絶
（本朝文粋巻第十四「朱雀院周忌願文」大江朝綱、天暦七年）

況亦寿量無レ測、涅槃非レ真、鷲峰秋風、芙蕖不レ落レ露、鶴林春夢、栴檀豈化レ煙
（本朝続文粋第一「法華経賦一首」大江匡房）

忠命の「煙絶え」の歌についてさらに注目されるのは、公任が初句は「薪尽き」とありたいと述べ、実際そのように改められて後拾遺和歌集に入集したことである。改変の理由は、この字句が法華経および涅槃経に含まれているからであった。法華経・序品は、過去世の日月燈明仏の入滅を「仏此夜滅度　如薪尽火滅」と表現する。「薪尽き」は、「鶴の林」の句とともに涅槃にかかわる歌にしばしば用いられる。

入道一品宮かくれたまひてさうそうのともにまかりて
またのひさがみがもとにつかはしける　　小侍従命婦
はれずこそかなしかりけれとりべ山たちかへりつるけさのかすみは

二月十五日のことにやありけんかの宮のさうそうののち
さがみがもとにつかはしける

いにしへのたきぎもけふのきみがよもつきはてぬるをみるぞかなしき

（後拾遺和歌集巻第十　哀傷　五四五、五四六）

天王寺にまゐりて、舎利ををがみたてまつりてよみ
侍りける　　瞻西上人

たきぎつき煙もすみてさりにけんこれやなごりとみるぞかなしき

（千載和歌集巻第十九　釈教歌　一二〇九）

知られるかぎりでは、この句を持つ最も古い歌は源氏物語の「御法」巻にある。法華経供養の座で、紫上がみずからの死を予感して詠んだものである。

惜しからぬこの身ながらもかぎりとて薪尽きなんことの悲しさ

また、「若菜上」巻、「仏の御弟子のさかしき聖だに(中略)猶たき木尽きける夜のまどひは深かりけるを」も、仏の涅槃を意味する。

ところが、涅槃経における薪の譬喩は法華経と異なる。

若言下如来入二於涅槃一如中薪尽火滅上、名二不了義一、若言三如来入二法性一者、是名二了義一

（北本巻第六　如来性品第四之三・四〇二頁、南本巻第六　四依品第八・六四二頁）

若言下如来捨二此苦身一入二於涅槃一如中薪尽火滅上、是名三非レ苦而生二苦想一、是名二顛倒一、我若説言二如来常一者、即是我見

（北本巻第六　如来性品第四之四・四〇七頁、南本巻第七　四倒品第十一・六四七頁）

如来は常住であり、その涅槃を薪が燃え尽きて火が消えはてる(ような)ことであると理解するのは誤っていると説かれる。涅槃経の文に従うかぎり、釈迦の涅槃を「薪尽き」と詠出するのは適切とはいえない。しかし、和歌の修辞と経文との間に齟齬があるからといって、大方の歌人の無知や無理解を言い立ててもさして意味はない。涅槃経などよりはるかに広く、法華経が親しまれていた背景を考慮すべきところである。

四　仏の涅槃に重ねる人の死

忠命の歌は道長の死を、先に掲げた後拾遺和歌集の小侍従命婦による「いにしへの」の歌は入道一品宮脩子内親王の死を、釈迦の涅槃と重ねながら悲しんだものであった。涅槃を人間的な死として、慕わしい人の死と重ねて、あるいは逆に慕わしい人の死を涅槃に重ねて受け止める文学的伝統があった。

このようなとらえかたを早くから表現として定着させていたのは願文であった。

娑婆世界十善之主、計二其宝算一、釈迦如来一年之兄　(本朝文粋巻第十四「陽成院四十九日願文」大江朝綱、天暦三年)

聖体不予、摩耶入レ夢(中略)娑婆仮使出二鳩尸之城一　(本朝文粋巻第十四「朱雀院四十九日願文」大江朝綱、天暦六年)

過二於熙連河之苦行一一年、禅定水静、先二於沙羅林之涅槃一三日、応化月空

(本朝文粋巻第十四「円融院四十九日願文」菅原輔正、正暦二年)

「朱雀院四十九日願文」は、天皇の病を釈迦の涅槃の前兆になぞらえたもので、「摩耶入夢」とは、摩訶摩耶経巻下に説かれている、釈迦の母摩耶夫人が五衰を示し五つの悪夢を見た後、涅槃の報せを受けたことを踏まえた句、「鳩尸之城」は拘尸那城の別称。「円融院四十九日願文」は、院の死が釈迦の涅槃の日に先立つ二月十二日であったこと

による措辞である。天皇あるいは上皇の追善願文は、他の追善願文に対して表現上の特徴をいくつか具えていて、生前の行業を釈迦の修行に、崩御を涅槃になぞらえるのもその一つである。(12)

ところが、釈迦は「如来常住」を説いて、わが涅槃を悲しむなと繰り返す。歌人たちも、釈迦の涅槃が、人としての肉体的死と同じくないと理解しなかったわけではない。同じ「鶴の林」を詠んでも、

　常在霊鷲山の心を

ときはなるつるのはやしをあやなくもたきぎつきぬとおもひけるかな　（寂然法師集　九五）

など、涅槃経の心にかなう歌ももちろんある。(13)

しかし、涅槃を教理として理解したからといって、追慕の念が失せるわけではない。その慕わしさの情は次のように表出されることもあった。

　涅槃会の日、人人その心をよみけるに

すみ染めのたもとぞけふはつゆふかきつるのはやしのあとのみなしご　（寂然法師集　九二）

それは、親を失った孤児の悲哀であり恋慕であった。もとより、このような情が涅槃経そのものと無関係というわけではない。涅槃経にあっては、参集した衆生が釈迦に向かって、「慈父」（北本巻第一　寿命品第一・三六五頁、南本巻第一序品第一・六〇五頁）と呼びかけ、(14)

我今無レ主無レ親無レ帰、願垂二矜愍一如二羅睺羅一　（北本巻第二　寿命品第一之二・三七二頁、南本巻第二　純陀品第二・六一一頁）

と繰り返し哀訴し、釈迦もまた、

我於㆓衆生㆒実作㆓子想㆒如㆓羅睺羅㆒　（北本巻第三　寿命品第一之三・三八〇頁、南本巻第三　長寿品第四・六二〇頁）

と、幾度も応える。羅睺羅は、釈迦が在俗の時代に耶輸陀羅との間に儲けた子である。こうして、釈迦は尊くもなつかしい親であり主であった。釈迦の涅槃に重ね合わされる死が、天皇、内親王、大臣など特定の人のそれに限られる理由も明らかであろう。

今昔物語集の構成した釈迦伝は、巻第三「仏入涅槃給時遇羅睺羅語第三十」を置いて、釈迦譜など一般の釈迦伝の取り上げることのない、羅睺羅との最後の別れの場面を語った。打聞集第十二と母胎を共有する関係に立ち、大悲経巻第二羅睺羅品に遡りうる。羅睺羅は、釈迦の涅槃を目のあたりにすることの憂愁に耐えられず、他の仏国土に去るが、商主如来に教え諭されて娑羅林に立ち戻る。大悲経では、釈迦は羅睺羅に向かって、改めて法を説き、「恋慕をとどめて解脱を求めよ」と諭し、これを聞いて、多くの比丘、比丘尼、天人、菩薩たちがそれぞれ解脱、法眼浄、無生法忍を得たとする。一方、今昔物語集、打聞集にあっては、釈迦は涅槃の床で羅睺羅を待ちわび、

我レハ只今、滅度ヲ取ルベシ。永ク此ノ界ヲ隔テヽムトス。汝ヂ我レヲ見ム事只今也、近ク来レ。

と語りかけ、その手を取って、

此ノ羅睺羅ハ此レ、我ガ子也。十方ノ仏、此レヲ哀愍シ給へ。

という言葉を最後に涅槃に就いたとする。凡夫の死別の場面と選ぶところがない。結局、大悲経のなかでは克服すべきものとされた親子の恩愛が、

然レバ此レヲ以テ思フニ、清浄ノ身ニ在マス仏ソラ父子ノ間ハ他ノ御弟子等ニハ異也。何況ヤ、五濁悪世ノ衆生ノ、子ノ思ヒニ迷ハムハ、理也カシ。

と意味付けられることになった。

釈迦伝が、肉親の情愛を纏綿させながら語られるのは珍しいことではない。たとえば、天仁三(一一一〇)年の説法を筆録した百座法談聞書抄には、羅睺羅出家の物語が語られるが、そこでは母耶輸陀羅に、

仏サラニ此太子ヲメスベカラズ。仏ヲバウラメシトコソオモヒタテマツレ。宮ヲイデ、出家シタマヒシニモ、カクナムトツゲ給コトモナカリキ。又十二年ノ間ヲコナヒタマフトモ、ナドカヒトタビノ御オトヅレハナカラム。此ノ太子ヲダニグシ申テアラムトオモフナリ。

とかき口説かせて、夫に去られたうえ子までも奪われようとする女の恨みと悲しみを強調する。経典を離れたこの形象は、これが聴聞の人々に耳を傾けさせなければならない法座で語られる因縁譚であったことによるであろう。(15) 今昔物語集、打聞集の共通母胎がどのような性格のものであったかはわからないけれども、説法の座近くで生まれ、また説法に用いられるなかで彫琢されたと類推することは許されよう。

五　涅槃講

これまでの検討は、釈迦の涅槃ないし涅槃経についての王朝人の観念が、経文にのみ基づいて形成されたわけではなかったことを示していた。彼らの涅槃にかかわる文学的営為には、涅槃や舎利をめぐるさまざまの宗教儀礼が投影していると見通される。

涅槃会(講)は、今日でも各宗派、各寺院で営まれていて、奈良県内では民俗行事としても行われているという[16]。日本で最も古い起源を持ち広く知られていたのは、一般に常楽会と呼ばれる興福寺のそれであった。今昔物語集巻第十二第六には、三宝絵下巻第八、山階寺の涅槃会の条に基づいてその由来を記し、「此ノ会ノ儀式、作法、舞楽ノ興、微妙クシテ、他所ニ不似ズ、心ノ及ブ所ニ非ズ。極楽モ此ヤ有ラムトゾ人云メル」と、その華麗なることが述べられているけれども、それが具体的にどのように営まれたかは定かでない。わずかに、時代の下る楽家録に載る略式にその大概をうかがうほかない[17]。三宝絵に、涅槃会は石山寺でも行われ、比叡山にも営むところがあると記すから、参列する人も少なくなかったことであろう。

こうした大寺の法会とは別に私的に涅槃講を営むこともあった。権記の長保四(一〇〇二)年二月十五日条には、三条院で静照阿闍梨の涅槃経の講説を聞いたことが記されている。中右記の天永三(一一一二)年および元永三(一一二〇)年二月十五日も同様で、元永三年には女房等が捧げ物をしたとある。これらの講の庭のしつらいを具体的に記しているのは長秋記の天永四(一一一三)年二月十五日条である。

　中宮涅槃講、進捧物三捧(中略)件物中宮親人幷女房等相営調、五十類云々、請僧十二人(中略)御堂南廂西向戸内懸三幅涅槃像、其前立花机五前(脚ィ)、南廂二三四間敷高麗端各三枚二行、為僧座、其末(東ィ)立机五脚、居供花仏供燈明等(中略)各有捧物。

講の次第を記して詳しいのが、平戸記の延応二(一二四〇)年二月十五日条である。

　午刻許着衣参小御堂、今日恒例涅槃講也(中略)次僧侶(中略)着座、堂荘厳之儀、幷供具物之儀、如去年、仍不記之、次僧侶起座唱讃、其後次第伝供〔預伝之〕、皆悉供了、又唱讃〔皆有繞《ママ》鉢〕、其後僧侶等復座、次貞雲法印起座就礼盤、此間誦加多、次着礼盤、次読式〔五〕、事了貞雲法印復座、毎事如例。

この種の涅槃講の特徴は、右に掲げた数種の記録に認められるように参列者の捧げ物にある。供物は五十二ないし五十三種捧げられたらしい。平戸記に「五十二供物如例」とあり、大乗院寺社雑事記に記される康正三（一四五七）年二月十五日の舎利講には「仏供五十三如例年」とある。長秋記に「五十類」とあるのは、五十二に達しなかったのか、概数を記したのか、それとも単に五十二の誤りであろうか。なお、五十二という数は、釈迦の涅槃に参集し供養を捧げようとした衆生が五十二類とされるのによる。それは、大般涅槃経疏巻第一の計数に基づく。一方、五十三というのは、五十二類に、最後の供養を捧げた純陀を加えたものであろうか。

延応の講で読まれた「式」に付された「五」という注記は、五段の意であろう。講を務めた僧が一人を除いて天台僧であることを勘案すれば、読まれたのは、源信作と伝えられる(18)五段で構成される涅槃講式ではなかったか。伝源信作の涅槃講式は、第一召請涅槃衆、第二群類供養相、第三示現涅槃儀、第四衆会悲歎相、第五廻向発願也と、釈迦涅槃の過程をたどりながら、悲哀の涙がそのまま法悦の涙に転じていくように構成されている。その第一段には、娑羅林にあらゆる衆生が参集したけれども、「抑我等、彼如来涅槃夜、生存二何悪趣一、機不レ及二禽獣一、縁劣二於蟻蜋一、空在二滅後一」と、その数に入らなかったことを嘆く条があり、講の捧げ物は、その五十二類にあやかろうとするものであった。第二段には「哀愍聴許、雖二麁悪供物一、准二栴檀羹一、雖二浅微信心一、斉二純陀誠一」の句がある。

普通唱導集(19)にも、正安四（一三〇二）年に営まれた涅槃講の表白文が収められている。それには、「近来講式在之可用歟」という注記があり、「展《ルニ》心（「以」カ）二称揚讃嘆四座之講演《ヲ》一」という句が含まれているところから、「涅槃講式」「十六羅漢講式」「遺跡講式」「舎利講式」から成る明恵作の四座講式(20)を用いたらしい。その四座講式の涅槃和讃には、「我等其時しらざりき　いかなる悪趣に沈みてか　広大慈悲の利益にも　漏てはひとり留るらん」の句があり、正安の講の表白にも、「恋二慕《シテ》娑羅林之古席《ムシロヲ》一、致二渇仰《シテ》一劾（「効」カ）二阿難之旧儀《ニ》一、備二供具《ヲ》一而准二純陀之誠心《ニ》一」の句が見えて、涅槃に就こうとする釈迦の傍らにあって奉仕供養した弟子、五十二類に倣おうとする心を表明している。[21]

この心は、釈迦の涅槃を悲しみながらも、受けがたき人身を受け、遇いがたき仏法に遇うことを得た、娑羅林の五十二類の喜びと表裏をなす。すなわち、衆会の人々は、供養を捧げた純陀を次のように讃える。

生在二人中一復得二難レ得無上之利一、善哉純陀、如二優曇花世間希有一、仏出二於世一亦復甚難、値レ仏生レ信聞レ法復難

（北本巻第二　寿命品第一之二・三七二頁、南本巻第二　純陀品第二・六一二頁）

こうして、涅槃講とは、講の庭を娑羅林に、時を釈迦入滅の夜に、参列のわが身を五十二類の一人になして、涅槃を悼み悲しむ場とするのである。厳密にいえば、そこは、非在の釈迦を一旦現前させてその喪失を改めて確認し悲嘆し、同時に、末世ながら仏法に値遇しえたことを喜び、如来の常住を感得し己の内に仏性を見いだす場であった。そして、それは涅槃経そのものの構成とも呼応する。

六　涅槃図と説法・歌謡

歌集の詞書などによれば、涅槃会(講)や舎利講は詠歌の機会であった。[22]

山階寺の涅槃会にまうでてよみ侍ける　光源法師

いにしへのわかれのにはにあへりともけふのなみだぞなみだならまし

前律師慶暹

つねよりもけふのかすみぞあはれなるたきぎつきにしけぶりとおもへば

（後拾遺和歌集巻第二十　釈教　一一七九、一一八〇）

二月十五日、ねはんゑとて人のまゐりしに、さそはれてまゐりぬ、おこなひうちして、おもひつづくれば、尺迦仏の入滅せさせ給ひけんをりの事、そうなどのかたるをきくにも、なにもただ物のあはれのことにおぼえて、涙とどめがたくおぼゆるも、さほどの事はいつもききしかど(下略)

世の中のつねなきことのためしとてそらがくれにし月にぞありける
(建礼門院右京大夫集　二六三)

涅槃の物語は、右のように説法の座でも語られて、当時の人々の耳に親しかったであろう。栄花物語巻第二十九「たまのかざり」にも、皇太后妍子の四十九日の法事に講師の教円が「天竺の釈迦の涅槃の所の悲しみの涙の、今にそのあたりの砂子にしみて紅の色なる心」と説いたとする。このことは経典類には見当たらない。ただ、法然作の涅槃和讃に「五十二種ノ泪《なみだ》ニハ　大地モ色コソ変リケレ」という句があって、共通の基盤を持つと見なされる。

涅槃講の庭には涅槃図が懸けられた。涅槃図には、諸涅槃経典に記述されている通りに、右脇を下に横臥して閉眼する(ただしまれに半眼像もある)釈迦を取り囲んで、さまざまの姿と表情で嘆き悲しむ菩薩、仏弟子、禽獣が描かれている。(23)栄花物語巻第三十「つるのはやし」が、

日頃いみじう忍びさせ給へる殿原・御前達、声も惜ませ給はず。げにいみじや。御堂の内のあやしの法師ばらの物思ひなげなりつるが、庭のまゝに臥しまろぶ、げにいみじ。世界の尊き尼法師さへ集りて、「仏の世に出で給ひて、世をわたし給へる、涅槃の山に隠れ給ひぬ。我らが如きいかに惑はんとすらん」など、いひ続け泣くも、いみじう悲し。

と、道長の死を嘆き悲しむ家族ばかりでなく僧尼の姿をも書き添えたのは、読者に涅槃図を思い描かせようとしたのではなかったか。(24)

また、涅槃図には、上天に満月の描かれることが多い。月は、釈迦涅槃が二月十五夜であったことを示すばかりで

なく、必ずや、図の中段に描かれる釈迦の肉体的活動の停止した姿すなわち現象としての「滅」に対する常住不変の如来、真如、ひいては衆生が己のうちに見いだすべき仏性を表象するものであろう。[25] 歌人たちが歌うのは、この月であり、この月から感得したものであった。涅槃の歌にしばしば月が詠みこまれる背景の一つである。

栄花物語「つるのはやし」には、「涅槃の山に隠れ給ひぬ」という表現があって、これが涅槃経の文に由来することと、また「涅槃山上、釈尊之日早蔵、生死海中、慈氏之月未㆑照」と、大江匡衡の願文にも用いられていたことはすでに指摘した。じつは、この種の表現は表白や講式にも見えて、講会唱導の場で頻用される類型的なものであった。

夫仏日西天没ニシ　　　　（言泉集「舎利　四帖之一」所掲「嵯峨入道右大臣殿為祖母被修舎利講表白」）

夫以仏日早雖㆑隠㆓堅〔「双」カ〕林之末㆒、余耀猶照㆓扶桑之国㆒　　　　（続群書類従「表白集」所収「同〔上清瀧〕論匠一番表白」）

慧日已に暮をへて　生死の長夜は暗《やみ》ふかし　　　　（永観作「舎利講式和讃」）

慧日没㆓涅槃山㆒、浩船沈㆓生死海㆒　　　　（伝源信作「涅槃講式」第四段）

釈尊日已没、二千余廻之霞空重、慈氏暁猶遥、五十六億之月徒隔　　　　（拾珠鈔第二「某権大僧都三周忌表白」）

あわせて注目されることは、これらと類想の歌謡が様々の場で歌い継がれていったことである。すなわち、匡衡の願文を起点として、

釈迦ノ入日ハ西ニ光《てり》　弥勒ノ出世ハ未遥　是程長夜ノ闇夜ヲ　照シ給フナ弥陀仏　　　　（空也和讃）

と、和讃の一節に取り入れられ、

牟尼満月ノ尊容モ　娑羅双樹ニカクレニキ　慈尊三会ノ暁キモ　五十六億ハルカナリ　　　　（金沢文庫本伽陀集）

釈迦ノユフ日ハカクレ(ニ)キ　慈氏ノアサヒハマダハルカ　ソノホド長夜ノクラキヲバ　法花ノミコソテラシタマヘ

（諸経要文伽陀集）

など、伽陀として改作転用を経て、

釈迦の月は隠れにき　慈氏の朝日はまだ遥なり　そのほど長夜の闇をば　法華経のみこそ照らいたまへ[26]

（梁塵秘抄巻第二　一九四）

と、今様として広く愛唱されるようになった[27]。

また、道長臨終の場面を少しさかのぼって、「非生に生を唱へ、非滅に滅を現じ給ひしが如く、まことに滅し給はずは、いかに嬉しからんや」（栄花物語巻第三十「つるのはやし」）と尼たちが嘆いたとあるのは、法華経の「如来寿量品」に、「（釈迦は）常在レ此不レ滅　以二方便力一故　現レ有二滅不滅一」とあり、これにかかわって、法華文句巻第九下が「非レ生現レ生、非レ滅現レ滅」と述べるのに原拠を持つ。そして、この句もまた涅槃講の表白や講式、和讃に用いられる。

為レ度二衆生一故　方便現二涅槃一　而実不二滅度一　常住レ此説法　南無非滅現滅釈迦大師

（伝源信作「涅槃講式」表白第三段伽陀）

一代教主三身即一、非滅現滅（中略）非滅現滅之道

（『普通唱導集』所収「涅槃講表白」）

娑羅林中円寂塔　三世の諸仏悉く　非滅なれども滅ありと　示現し給ふ処なり

（永観作「舎利講式和讃」）

栄花物語の仏教に関する記事の多くが、往生要集、三宝絵などに負うていることを考えれば、道長の死去、葬送をかたどるこれらの仏教語彙や知識の源泉も、涅槃経や法華文句や関連の経典であるよりは、法座における僧の説法、講会における講式、あるいはその周辺の資料などではなかったか。

七　無常へ

涅槃経は「如来常住」を繰り返し、講会の席でも釈迦の「非滅現滅」を強調する。しかしながら、建礼門院右京大夫は、世の無常の例として、釈迦の涅槃を雲に隠れた月と詠んだ。教理との乖離といわざるをえないが、他にも例のないことではない。

　常にすむ鷲のみ山の月だにも思ひしれとぞ雲隠れける　（長秋詠藻　無常二首　八九）

こうした享受を支え促したのも、常住の如来の尊さよりも慈父喪失の悲しみを強調する唱導の座ではなかったか。たとえば、今昔物語集巻第三「仏入涅槃告衆会給語第二十八」で、仏は阿難に次のように告げる。

　汝ヂ当ニ知ベシ、我、今、涅槃ニ入《いらむ》トス。盛ナル者ハ必ズ衰フ、生ヌル者ハ定メテ死ヌル事ナリ。

この説話は、典拠を確定しがたいものの、諸経を再構成した釈迦譜にさかのぼるかと推定されている。[28] ただし、右の「盛ナル者ハ」以下に相当する叙述は、釈迦譜にはない。涅槃経にも類句がないわけではないが、[29] 有為を超えた存在である釈迦は無常の理に従って涅槃に入るのではない。たとえば法座での変容を推測させるような日本的な享受の跡を示す箇所である。というのも、唱導資料のなかにも同じ趣の句が見えるからである。

　生者必滅、釈尊未ㇾ免㆓栴檀煙㆒　（澄憲作文集第四十二「五七日善」[30]）

　生者必滅之境ナレバ、常少不老之釈尊モ痛栴檀ノ煙　（金玉要集「夫事」）

生滅常の理はりは　凡聖共にまぬかれず　中にも殊に悲しきは　能仁世尊の涅槃也　（明恵作「遺跡和讃」）

跋堤河ノ波ノ音　生者必死ヲ唱ヘツツ　娑羅双樹ノ風ノ声　会者定離ヲ調ブナリ　祇園ノ鐘モ今更ニ　諸行無常ト響カセリ　（法然作「涅槃和讃」）

これらの唱導資料の句は、和漢朗詠集にも載る著名な次の願文が利用されたものである。

生者必滅、釈尊未レ免二栴檀之煙一　（本朝文粋巻第十四「為中務卿親王室四十九日願文」大江朝綱、天慶八年）

類似の句は、筆海要津にも見える。

世尊遂現二四枯之相一、沙羅林之春花含レ怨、天人未レ免二五衰之悲一、歓喜園之秋露添レ涙、無常之理其不レ然哉[31]

筆海要津は、藤原通憲の遺文を、安居院の唱導家として知られる孫の海恵が抄出したもので、右もある追善願文からの抄出であろう。

釈迦の涅槃に人の世の無常を見、あるいは釈迦の涅槃を無常のためしとすることは、おそらく唱導の言葉に載せてさらに広く行われるようになった。たとえば保元物語巻上に、

まことにほんがく常住の如来すら分段の御命をばかうこそ御こころにまかせぬ御事なれ。　（金刀比羅本）

とあり、その最も著名な例は、平家物語巻第一「祇園精舎」の冒頭であろう。[32]

祇園精舎の鐘の声、諸行無常の響あり。娑羅双樹の花の色、盛者必衰のことはりをあらはす。

保元物語巻上の鳥羽法皇の死を述べる条も、釈迦涅槃と重ねながら叙述されている。

一天かくれて月日のひかりをうしなひ、万人うれへにしづみ、父母の喪にあへるがごとし。釈迦如来、生者必衰のことはりをしめさんと、沙羅双樹の下にしてかりに滅を唱給ひしかば、人天大会、五十二類、非情の草木、山野のけだもの、江河のうろくづにいたるまで、物をおもへるきそくなり。沙羅林の風やむで、そのいろたちまちにすさまじく、跋堤河の水むせんで、又そのながれもにごり、万木千草、みなもつて悲涙のさうをしめしき。彼二月の中の五日の御入滅には、五十二類の悲のいろをあらはし、このふみ月のはじめの二日の崩御には、九重の上下こころなきたぐひまでも、なをうれへの色をやふくむらん。

講会の席で用いられる言葉ばかりをちりばめ、ここに唱導資料の利用された形跡は顕著である。

(1)　仏伝図、仏像制作の歴史については、『日本の美術』二六七「仏伝図」(至文堂　一九八八年八月)参照。

(2)　たとえば、三国伝来と伝えられる清凉寺の釈迦の像に関して「優塡王所造栴檀釈迦瑞像歴記」(『書陵部紀要』第二五号一九七四年三月)に、諸経典が集成されている。

(3)　この贈答は、「つねよりも」を相模の、「けふはいとど」を伊勢大輔の詠とする流布本伊勢大輔集および新古今和歌集の方がまさっている。

(4)　涅槃経の引用は、『大正新修大蔵経』第十二巻所収の四十巻本(北本)により、三十六巻本(南本)とあわせて、それぞれの巻、品、頁を示す。両本の本文が相違する場合も稀にあるが、いちいちことわらない。他の経典もほぼこれに準ずる。

(5)　数少ない例として、「舎利報恩講といふことおこなひ侍りけるに」という詞書で、慈円の「けふののりはわしのたかねにいでし日のかくれてのちのひかりなりけり」(新勅撰和歌集巻第十　釈教歌)。

（6）「会疏」は南本大般涅槃経会疏[（北涼釈）曇無讖訳梵、（劉宋釈）慧厳・慧観（劉宋）謝霊運重治、（隋釈）頂撰（唐釈）湛然再治不詳]のこと。天台の章安灌頂法師撰、湛然再治の『大般涅槃経疏』巻第一に、「二月是仲春之時、仲中也、即表中道、十五日是月満之時、満表円常、故以仲時満月之日、表於中道円明之法」（大正新修大蔵経三八・四五頁）と同趣の注がある。

（7）石原清志『釈教歌の研究　八代集を中心として』（同朋舎出版　一九八〇年）第一部第二章「後拾遺集の釈教歌」。

（8）この句は、北本巻第六　如来性品第四之三・四〇二頁、南本巻第六　四依品第八・六四三頁ほか随所に見られる。

（9）この句は、北本巻第七　如来性品第四之四・四〇六頁、南本巻第七　四諦品第十・六四七頁ほか随所に見られる。なお、宝物集（九冊本）第八にも、涅槃経の句として「一切衆生　悉有仏性　如来常住　無有変易」と掲げる。このように四句一続きとしてあらわれるのは、北本巻第二十七　師子吼菩薩品十一之一・五二二頁、南本巻第二十五　師子吼菩薩品第二十三之一・七六七頁。

（10）奥義抄、和歌童蒙抄、和歌色葉もこの歌を引いて、「鶴の林」の語に注を加える。

（11）摩訶止観輔行伝弘決は、もちろん涅槃経を引いて説明する。

（12）渡辺秀夫『平安朝文学と漢文世界』（勉誠社　一九九一年）第四篇第一章「願文研究の一視点」。

（13）『新編国歌大観』第三巻所収の唯心房集は、「現有滅不滅の文の心を」という詞書を持ち、この句は法華経如来寿量品にある。

（14）釈迦が父であるとは、他の経典にもしばしば見られる。たとえば法華経譬喩品や如来寿量品など。

（15）黒部通善『日本仏伝文学の研究』（和泉書院　一九八九年）第六章「『法華百座聞書抄』における羅睺羅出家説話」。

（16）稲城信子「涅槃会の構成」、同「ねはん講」（『民衆の伝統的生活習慣に占める仏教法会の調査——涅槃会調査報告書——』元興寺文化財研究所　一九七九年）。

（17）新井弘順「涅槃会の変遷——法要次第を中心に——」（前掲『民衆の伝統的生活習慣に占める仏教法会の調査——涅槃会

調査報告書――』）。

(18) 筑土鈴寛『日本仏教文化の研究』（『筑土鈴寛著作集　第五巻』せりか書房　一九七七年）には、この講式は源信作とは認めがたく鎌倉期に入ってのものかと推測する。

(19) 村山修一「公刊『普通唱導集』（上）（下）」（『女子大文学　国文篇』第一一、一二号　一九六〇年二月、一九六一年一月）。

(20) この講式は現在でも少なからぬ寺院で用いられている。

(21) なお、後世のものであるが、五十二類に願主と見られる人物を描き加えてある涅槃図がある。同じ姿勢のあらわれである。

(22) 谷知子「九条家の舎利講と和歌」（『中世文学』第三七号　一九九二年六月）という個別研究もある。同『中世和歌とその時代』（笠間書院　二〇〇四年）第一章第四節に収録。

(23) 涅槃図については、前掲『民衆の伝統的生活習慣に占める仏教法会の調査――涅槃会調査報告書――』、高野山文化財保存会編『国宝応徳仏涅槃図の研究と保存』（東京美術　一九八三年）、『日本の美術』二六八「涅槃図」（至文堂　一九八八年九月）、泉武夫『絵は語る2　仏涅槃図』（平凡社　一九九四年）等参照。

(24) 小峯和明「仏伝と絵解き」（林雅彦他編『絵解き――資料と研究』三弥井書店　一九八九年）も、栄花物語につき「涅槃図の構図そのものがかたどられる」とその関係を述べる。

(25) 小峯和明「仏伝と絵解きⅡ――中世仏伝の様相――」（『絵解き研究』第九号　一九九一年六月）は、月が「二月十五日を意味すると同時に、社寺参詣曼陀羅に日月が描かれるごとく、宇宙観を象徴していよう。つまり涅槃図はそれ自体、一種の宇宙を表現しているのだ」と解するが、従えない。一世界は日月によって表象されるのであって、対となるべき日を欠く空間は完全な世界ではない。この場合、日の描かれていないことが重要で、すなわち仏日が涅槃の山に没した状態が示されているのである。

(26) 字句を少しずつ変えて、梁塵秘抄巻第一、古今目録抄料紙にも載る。

(27)　関口静雄「聖画と仏会歌謡(上)」(『伝承文学研究』第二九号　一九八三年八月)に詳細に検討されている。

(28)　本田義憲「今昔物語集仏伝の研究」(『叙説』第一〇号　一九八五年三月)、同『今昔物語集仏伝の研究』(勉誠出版　二〇一六年)に収録。

(29)　「一切諸世間　生者皆帰レ死　寿命雖二無量一　要必当レ有レ尽　夫盛必有レ衰　合会有二別離一」(北本巻第二　寿命品第一之二・三七三頁、南本巻第二　純陀品第二・六一二頁)。

(30)　大曽根章介「『澄憲作文集』(翻刻)」(秋山虔編『中世文学の研究』東京大学出版会　一九七二年)による。

(31)　山崎誠「安居院唱導資料纂輯(三)、国立歴史民俗博物館蔵『筆海要津』翻刻並びに解題」(国文学研究資料館『調査研究報告』第一四号　一九九三年三月)による。なお「四枯之相」は、涅槃経疏巻一「娑羅双樹者、此翻二堅固一、一方二株四方八株、悉高五丈、四枯四栄、下根相連、上枝相合」参照。

(32)　黒田彰「祇園精舎覚書――注釈、唱導、説話集」(『愛知県立大学文学部論集』第三八号　一九九〇年二月)に詳細な分析がなされている。この論文は黒田『中世説話の文学史的環境　続』(和泉書院　一九九五年)Ⅱ一1「祇園精舎覚書――註釈、唱導、説話集――」として収録。

第二章　死と冥界の表象

一　はじめに――現代日本社会から

日本人は死をどのようなものと考え、それにどう向き合ってきたのであろうか。その長い歴史を振り返ってみることは、あの世に赴く家族や友人を見送らなければならない、そしていつかは自らの死を迎えなければならない我々一人一人にとって、死をめぐる答えのない問いを深めることにつながるはずである。

死に関する問いはもちろんいつも立てられなければならないが、我々が生きている日本の現代社会においてこそ、それが問われることの意義は大きい。

現代の日本社会では、高度産業化、文化と価値観の多様化を背景として、死の象徴世界が世俗化してしまい、そして、そのことが逆に死をタブー視する傾向を生み出し、我々が死にゆく人を心をこめて看取る機会を失っていると、田口宏昭は指摘する。(1)そして、そうした病と死をめぐる患者と医者との関係、あるいは患者とその家族との関係の困難な状況のなかで、また、もはや「聖なる天蓋」、すなわちかつては宗教的に根拠づけられていた昇天、往生、先祖との合一、宇宙への回帰、あるいは霊魂の不滅等々に対する信念を回復することが困難になった状況のなかで、どのような終末期ケアが可能かを問いかけている。

死の世俗化の一部として、あるいはそれに付随するものとして、現代社会に顕著に認められるのは死後の世界の世俗化である。すなわち、人間の死後の世界や霊魂の行方に対する関心が、妖怪変化などへの興味と同じ水準で、さまざまのメディアで面白半分に、つまりなかばは真剣に取り上げられている。怪奇現象、心霊写真、霊媒者への憑霊、悪霊祓師を名乗る人たちによる死霊や生霊あるいは動物霊などの鎮撫や駆逐などが、ショー化されている。若い世代を中心に一時期広範にかつ熱狂的に引き起こされた、平安時代の陰陽師安倍晴明に対する関心は、古代思想史や古代文学の専門家をとまどわせるほどであった。

こうした様相は、先に触れた霊魂の不滅や死後の救済に関して宗教的な拠りどころを失った現代社会のありようと相反するかのようである。現代日本人の精神は、そのような意味で分裂に陥っていると言わなければならないが、見かけ上相反するこの二つの傾向は、その実同じところに根ざしていると観察される。すなわち、現代人が日頃漠然とあるいは強く感じている社会への疎外感、焦燥感、他者に対する不信感、自己と社会の将来に対する不安感、そして、こうした気分を一人で抱えこみ、誰とも共有できずに生きていかなければならないという孤独感、こうした精神風土のなかで、振り子が大きく左右に揺れて、一方では死と霊魂に対する虚無的な受けとめ方、他方では霊的なものに対する強い関心と超越的存在に対する過剰な期待を作りだしている。

こうした様相を見わたす時に、死に対する現代日本人の考え方や感じ方がどのように形成されてきたのか、そしてそれに関する過去の観念や感性の何を引き継ぎ、あるいは引き継がなかったか、何をどのように変化させてきたかが改めて問われなければならない。

しかも、単に観念や感性の水準にとどまらず、それをどのように表象してきたかが重要であろう。というのも、霊魂や怪異現象をめぐる話題は、現代社会にあって書籍、雑誌、コミックス、映画、テレビあるいはインターネット上のサイトなどさまざまのメディアを通して広く提供され享受されており、同じようにこれまでも物語や説話(しばしば絵巻や絵本のかたちを取る)、小説、また肉体の所作を伴う能、歌舞伎などさまざまな表現の方法を取ってきているからである。したがって、死と死にかかわる観念や想像にどのような表現を与えるか、あるいは文字、絵画、音声、そしてこれらの組み合わせによる表現が何を基盤としてどのように生み出されるか、一方で、それらが社会や個人にどのように働きかけるかについて、考察をめぐらす必要がある。死や死後の世界が、単なる知識や信念、あるいは教義として位置づけられて問題が整理されてしまってはならない。

二　日本霊異記の冥界

仏教が移入されて、日本人の死後の世界に対する観念には大きな変化が起きた。それは当然死の捉え方を変えることにもなった。

日本霊異記は、平安時代初期に薬師寺の景戒が編纂した仏教説話集である。この説話集は、仏教伝来以前の雄略天皇の登場する説話を上巻第一縁に、続く第二縁に欽明天皇の時代(日本霊異記の上巻序文にも「欽明天皇の代に内典来る」と記される)の説話を置き、第三縁には敏達天皇の代に生を享けた元興寺の道場法師の説話、第四縁に聖徳太子の説話を配して、以下説話はおおむね年代順に並ぶ。日本仏教史の構想を具えているということができる。したがって、そこには仏教が定着する以前の固有宗教との対立や葛藤、あるいは仏教および中国思想と固有信仰との融合が表現されていて、奈良時代から平安時代初期にかけての社会と人間と信仰の諸相が具体的かつ詳細に記述されている。その記述内容を検討することによって、仏教以前の死に対する日本人の観念と、仏教によってこうむった変容とが析出されることになる。

日本霊異記は、善い行いに対しては善い報いが、悪い行いに対しては悪い報いがあるとする因果応報の理を、この日本国に生起した確かなできごととして示すことによって仏教の教えを説き、悪を戒め善を勧めようとした。その報いはある行為に対してたちどころに現れる現報もあれば、生まれかわって次の世に示される生報もある。そして、生報は転生譚あるいは蘇生譚として記述されることになる。すなわち、人に悪い行いがあれば、死後は牛などの動物に生まれ使役されて苦しい目を見(上巻第十縁、第二十縁など)、あるいは殺生などの悪行により閻羅王(閻魔王)の宮に連れて行かれ、地獄の苦を受け、あるいは苦を受けそうになり、そこで前世の放生などの善行により蘇ることを得るという型の説話である。(2)

これらの転生譚および蘇生譚は類型的で、冥報記(3)などの中国仏教説話集にも同類の説話が見いだされる。しかし、死者たちが赴く冥界に関する記述には、仏教思想を基盤に、中国思想、日本固有の信仰や習俗が重層し結合しあるいは融合して、複雑な様相を呈している。

日本霊異記によれば、閻羅王の使者の鬼が近づくと、その人には死が迫る。たとえば中巻第二十四縁、楢磐嶋《ならのいわしま》という商人が旅の途中に病となるが、彼には二つの鬼が近づいていた。鬼たちは、「閻羅王の闕《みかど》の、楢磐嶋を召しに往く使なり」と名乗る。彼らの発する気が磐嶋を病ませていたのであった。しかし、磐嶋は使者の鬼たちに一頭の牛を賄賂として差し出して死を免れ、一方、鬼たちがこうむる罰を免れさせるべく金剛般若経百巻を読誦するという供養を行った。また、中巻第五縁、摂津国東生郡の姓名不詳の男は、七人の牛頭人身の異類に楼閣のある宮に連れて行かれ、そこで閻羅王の尋問を受けた。生前の殺生の罪によりあやうく切り刻まれるところを、放生の善行により娑婆世界への「還甦《よみがへり》」がかなう。

このように、死というものを冥府の使者が迎えに来て冥界に連れて行くとして記述する事例は、中国の仏教説話にも数多く見られる。

たとえば、冥報記巻中第十九はその典型である。李山龍は、「冥官」に連れられて「官曹」に至り、そこで裁きを待つ多くの「囚《とらはれびと》」を見、また「庁」において「王」に謁見し、「吏」に導かれて諸々の「獄」を巡視したのちに蘇生する。冥報記に描かれる冥府は、現実世界の役所と並行的に想像されていて、その巻下第二十三、第二十四には「録事」「判官」「主典」などの官職名が見えて、冥界にも官僚組織の整っていることが知られる。唐代の人々は、冥府に現実世界を投影させて想像していたのであった。また、冥報記には仏教的冥界と道教的冥界とが融合していると見なされる事例もある。巻中第二は、旅の僧が太山廟(道教で死者を司ると言われる泰山府君の廟)に宿り、そこの神に、死んだ同学の僧の一人は人間界に、一人は廟獄の火の中にあることを教えられるという説話である。巻中第八では、冥府の官人と親しくなった男が、冥界が次のような機構を具えていると教えられる。

「天帝」が六道をすべて統治していて、これを「天曹」という。「閻羅王」は人間界の「天子」のような存在で、「太山府君」は「尚書」のような存在である。

このように道教と習合しているのが、唐代の冥界像であった。もとよりこれは冥報記の撰者唐臨の冥界観であって、唐代に一般的であったわけではない。序文によれば、冥報記は、死後の世界の存在や因果の理を信じようとしない者のためにこそ書かれたのであったからである。唐代の冥界観は多様であった。

ともあれ、日本霊異記の撰者景戒や仏教説話の形成流布に携わった宗教者たちは、右に見たような冥府像を受容したのであった。そこで、日本霊異記における冥府について概観すれば、道教的要素は潜在し、独自の要素が認められる。冥報記では、冥府が「官府」ないし「官曹」と呼ばれるのに対して、日本霊異記ではもっぱら「閻羅王の闕」、また「琰魔国」(下巻第三十五縁)と称される。ほかに「金の宮」(上巻第三十縁)、「楼閣の宮」(中巻第五縁)、「王の宮」(中巻第十九縁)、「黄金の宮」(下巻第二十二縁)などと称されるものの存在が記載されているのは、そこが一種の浄土としても観念されていたことを示している。

そして、説話によっては閻羅王の闕に接して浄土があると語られている。

智光法師が閻羅王の使者に召されて西に向かってゆくと、路の先に金の楼閣を目にして「何の宮ぞ」と問えば、「行基菩薩の来たり生まれむ宮なり」と教えられる。智光はその門の神人に名前の確認を受けてから、北に向かう路を行くよう指示される。行く先は地獄であった。智光は三つの地獄を体験してのちに蘇る。(中巻第七縁)

一人の男が木から落ちて死んだ。男は、自分の主夫妻が貧しい隣の翁と嫗とに情をかけて養っているのをかねがね悪く言っていた。死んだ男が、導かれて広く真っ直ぐな道を進んで行くと、金の宮が見えた。何の宮かと聞くと、「これ汝が家主の生まれむ宮なり。翁と嫗とを養ひ、此の功徳に因りて為に是の宮を作るなり」と教えられる。男は、その門の左右にいる額に一つの角を持つ人に頸を切られそうになるが、生前の放生の功徳により蘇ることができた。(中巻第十六縁)

これらの事例から、閻羅王が死者を裁く府と、浄土らしい金の宮および地獄とが同じ場所に、あるいは相接して存在すると考えられていたことが知られる。未成熟な冥界観と見なされるであろうが、それも仏教が日本に定着する途上にあったこと、仏教的冥界と道教的冥界とが習合した唐代の中国仏教説話集等の冥界観を受容した結果であろう。

三　浄土教における極楽と地獄

こうした冥界観は、平安時代中期以降の浄土教の隆盛をまって大きく変化することになる。第一に、善行に努め、阿弥陀仏を信仰して称念した者が往生するとされる極楽浄土と、地獄、餓鬼、畜生、修羅、人間、天の六道とりわけ悪行を行い仏教的功徳を積むことのなかった者が堕ちるとされる三悪道(地獄、餓鬼、畜生)との対照性が際立つことになった。第二に、浄土および地獄についての説明が詳細かつ具体的なものになった。第三に、浄土および地獄が絵画として荘厳にあるいは生々しく表現され、願望・快楽・安寧および嫌悪・不安・恐怖など、これを見る者の感覚や感情に強く働きかけるようになった。

こうしたことどもについて期を画したのは、天台宗の源信によって永観三(九八五)年に著された往生要集である。往生要集は、さまざまの経や論から往生極楽の教義と実践に関する要文を抜き出して、全体を上中下の三巻、十門に分かち、浄土教を平易に説こうとするものである。源信は「予が如き頑魯の者」のために筆を執ったとして、その教理の理解を促し、信仰心を醸成するための工夫として、まず第一門に「厭離穢土」を、第二門に「欣求浄土」を配し、ついで第三門に極楽に往生することを願う理由を説く「極楽証拠」を置き、そのうえで往生極楽のための念仏の理論と方法とを続ける。

第一の「厭離穢土」には、安らかならざる三界のなかの欲界すなわち地獄、餓鬼、畜生、修羅、人間、天の六道の苦についてその諸相を詳述し、続く「欣求浄土」には、極楽浄土の楽を十に分けてその美と快楽の極致について描写が尽くされている。その転換の急激なること、二つの世界の懸隔の甚大なることが、読む者の心に強く働きかけて効果を発揮していることはこれまでも繰り返し指摘されてきたところである。往生要集の六道の苦のうち最も多く筆を費やしているのが地獄であり、しかもその叙法は、地獄を八つに分かつとともに、それぞれの眷属の別処を数え上げつつ、別処のそれぞれを細部にわたって説明してゆくものである。その網羅性は、いかなる悪も見逃されることなく、いかなる悪行の人もその責め苦を免れることができないと思わせるであろう。地獄の獄卒が無慈悲に残虐に罪人を責め苛む様、罪人が覚える苦痛の激しさと大きさ、苦痛を受ける時間の気の遠くなるような長さ、その表現の具体性と緻密さは読む者を圧倒する。たとえば、

二に黒縄地獄とは、等活の下にあり。縦広、前に同じ。獄卒、罪人を執へて熱鉄の地に臥せ、熱鉄の縄を以て縦横に身に絣《すみなはをひ》き、熱鉄の斧を以て縄に随ひて切り割く。或は鋸を以て解《さきわ》け、或は刀を以て屠り、百千段と作《な》して処々に散らし在《お》く。また熱鉄の縄を懸けて、交へ横たふること無数、罪人を駆りてその中に入らしむるに、悪風暴《にはか》に吹いて、その身に交へ絡まり、肉を焼き、骨を焦がして、楚毒極りなし。（中略）

三に衆合地獄とは、（中略）人間の二百歳を以て夜摩天の一日夜となして、その寿二千歳なり。かの天の寿を以て、この地獄の一日夜となして、その寿二千歳なり。殺生・偸盗・邪婬の者、この中に堕つ。（読み下し）

こうした地獄の景観は書物のなかにばかりあったのではない。平安時代中期には地獄絵が描かれて、人々の視覚に働きかけて地獄に対する恐怖をかきたてていた。

御仏名のまたの日、地獄絵の御屛風とりわたして、宮に御覧ぜさせ奉らせ給ふ。ゆゆしういみじきこと限りなし。「これ見よ、これ見よ」と仰せらるれど、さらに見侍らで、ゆゆしさに、小部屋に隠れ伏しぬ。

（枕草子第七十七段「御仏名のまたの日」）

宮中で十二月十九日頃から三日間にわたって、年中の罪障を懺悔するために行われる仏名会には、一万三千仏の曼陀羅を掛け、その反対側に地獄絵の屛風を立てわたすことになっていた。遅くとも九世紀末には行われていたとされ(4)、後世伝えられる通り「七帖七ケ間」（雲図抄）であったとすれば、十メートルを超える大画面が繰り広げられていたということになる。仏名会への参列者に深く懺悔の心を起こさせるためのものであったにちがいない。その屛風絵を一

条天皇が中宮定子に見せ、また清少納言も見ることを強いられたけれども、ついに直視するに耐えられず、逃げ隠れたというのである。清少納言がその絵を評した「ゆゆしういみじきこと限りなし」とは、どのような意味だろうか。たとえば、諸注釈書のように「気味悪く恐ろしい」「いやらしい気味の悪さ」「おそろしくてなんともいいようがない」「ひどく気味が悪い」などの現代語に置き換えるのは、言葉の表層に触れたに過ぎないし、何より正確でない。これでは、清少納言が単に感覚的に恐怖し嫌悪しているとしか受け取られない。そうではないのである。ここに「恐ろし」「疎まし」「むつかし」などの語でなく「ゆゆしういみじき」という表現が選ばれたのは、後文にも「ゆゆしさに」と繰り返されたことを勘案すれば、重要である。古代語の「ゆゆし」は、神聖あるいは逆に不浄でみだりに触れてはならない、扱いに注意しなければならないという意の「斎〔ゆ〕」に由来する。「いみじ」もタブーを表す「忌む」などと同系で、そしてやはり「ゆ」と同根の語であった。枕草子もこうした原義を引き継いでいるはずである。すなわち、地獄絵が死後の世界を描いているために、宗教的な重大事を扱っている故にそれを畏怖し、正視するに耐えられなかったと解釈されなければならない。これを最も近い現代語に置き換えれば、「不吉でたまらない」ということになろう。地獄絵とはそのようなものであった。

古今著聞集は鎌倉時代の説話集であるが、その巻第十一画図第十六に、一条天皇の時代に活躍した絵の名手巨勢弘高と地獄絵に関する興味深い記事を載せている。弘高が地獄変の屏風を描いた時、「楼の上より鉾を指し下ろして、人を刺したる鬼」を描いたが、それが格別に入魂の場面と見えた。弘高はみずから「おそらくは我が運命尽きぬ」と言い、はたして程なく死んだという。弘高は、この絵によってその芸術家としての完成を遂げたというのであるが、偶然か、そうなるはずの理由があってか、それが地獄絵であったのは重要であろう。画家自身が地獄に堕ちたとまでは解釈できないとしても、みずからの絵が彼を死の世界に導いたことは確かであろう。絵とは、あるいは地獄絵とはそのような力を宿していると考えられていた。

四　仏教的冥界観の流布

地獄絵が繰り広げられたのは、宮中の御仏名の場ばかりではなかった。早くから貴族社会の随所に流布していた模様である。そして、清少納言は目をそむけたけれども、少なからぬ人たちがその絵様を凝視し、そこから受けた思いを歌に詠んでいる。

地獄のかた描きたるを見て　　菅原道雅女
みつせ川渡る水棹《みさを》もなかりけり何に衣を脱ぎて掛くらん　（拾遺和歌集巻第九　雑下）

菅原道雅女は生没年未詳で、拾遺和歌集の成立が寛弘二（一〇〇五）―四（一〇〇七）年の頃で、詠歌の年次はこれをさかのぼると知られるのみである。歌意の大体は次の通りである。みつせ川すなわち三途の川には渡し船はなく、したがって棹もない、とすれば亡者は川を渡るに当たって脱いだ着物を何に掛けるというのだろう。三途の川のほとりには脱衣婆という鬼がいて、亡者を待ち受けてその衣をはぎ取るとされたことを背景に詠まれている。また、

地獄絵に剣の枝に人のつらぬかれたるを見てよめる　　和泉式部
あさましや剣の枝のたわむまでこは何のみのなれるなるらん　（金葉和歌集巻第十　雑下）

この歌は、衆合地獄のなかの刀林を詠んだものであろうか。往生要集には次のように説かれる。木の頂に美しい女がいて、罪人がこれを求めて木に登ると、木の葉は刀の如くその肉と筋を割き、登ってみると女は地上にいて媚びた眼と甘い言葉で誘う、木を下りる時は刃の木の葉が上向きになってまた罪人の身を切り裂く、このことが際限なく繰

り返されるという。邪欲を因とする責め苦である。和泉式部の歌には、「みのなれる」に「身の成れる」と「実の生れる」とが掛けてあり、男が登って刀林の木がたわむさまを、因としての前世の悪行が今や果としての木の実を多くつけているように、前世のどのような罪によって身がこのようになっているのだろうと批評してみせたのである。

これらの地獄絵はどのようなものに描かれていたか、一枚の紙絵か、絵巻か、あるいは障屛画かは詳らかでないけれども、このような絵様が常に貴族の女性たちの傍らにあったことは確かであろう。

挙例は二首にとどめたが、平安時代に地獄絵を題に歌を詠んでいるのは、ほかに赤染衛門、弁乳母である。このように詠み手が女性に集中しているのは偶然であろうか。男性歌人が地獄を歌に詠まないわけではない。ただし、それは通常の釈教歌として、つまり十界あるいは六道を題にしての詠歌である。地獄絵が男たちの目に触れなかったはずはないから、もっぱら女たちが地獄絵を見て歌を詠んでいることにはやはり理由があったといわなければならない。それはおそらく、仏教においては、女が男よりも罪障重いと説かれていたことを背景とするであろう。平安時代末に書かれた仏教入門書の宝物集巻第五には次のような偈を載せる。

所有三千界　男子諸煩悩　合集為一人　女人之業障［あらゆる三千界の男子の諸煩悩は、合わせ集まって一人の女人の業障となる］

女人地獄使　能断仏種子　外面似菩薩　内心如夜叉［女人は地獄の使、よく仏の種子を断つ、外面は菩薩に似て、内心は夜叉の如し］

この偈は鎌倉時代以降の諸書に引用されている。宝物集は涅槃経の文とするけれども、どの経典にも見当たらない。おそらく説教僧たちが作り上げたのであろうが、このように男の煩悩を女のみに背負わせ、堕地獄の因を女に求める考え方は、広く流布していた。源氏物語「若菜下」巻には、光源氏に「言ひもてゆけば、女の身は同じ罪深きもとゐぞかし［所詮女の身は罪障の基］」と述懐させている。そして、南北朝時代の注釈書河海抄は、この光源氏の述懐に先の偈を引いて注する。

王朝女性にとって堕地獄は必定であるどころか、わが身そのものが地獄であったとすれば、清少納言のように目をそむけずにはいられないし、また逆にそれを凝視して歌を詠まずにはいられなかったのである。

これらの歌は、地獄の景観を具体的に詠み込むところに特徴がある。その具体的な捉え方に基づく詠み方は、西行に最も典型的にあらわれている。西行は、「地獄絵を見て」と題する二十七首連作の和歌を詠んでいる(5)。いま、そのなかから二首を示そう。

　黒き炎の中に男女燃えけるところを

なべてなき黒きほむらの苦しみは夜の思ひの報いなるべし

　閻魔の庁を出でて罪人を具して獄卒まかる乾の方に、炎見ゆ。罪人、いかなる炎ぞと獄卒に問ふ。汝が落つべき地獄の炎なりと獄卒の申すを聞きて、罪人をののき悲しむと、忠胤僧都と申しし人、説法にし侍りけるを思ひ出でて

問ふとかや何ゆゑ燃ゆるほむらぞと君をたきぎのつみの火ぞかし　（聞書集）

第一首目の歌は、男女を燃やし焦がす黒い炎を前世の愛欲の業火と見ている。第二首目は、第五句「つみの火」の「つみ」に「罪」と「積み」とを掛けてあり、上の句にあれは何のための炎かと罪人が問えば、下の句で、お前を焼くための火で、それは生前積んだ罪の薪にほかならないと獄卒が答えるところである。長い詞書を伴い深い慨嘆をこめた詠みぶりは、この連作が西行にとって切実で重要な意味をもっていたことを物語る。

こうした具体性は、何より地獄絵そのものの圧倒的な具象性と描写性に由来すると考えられる。このことを如実に

示すのが、今日に伝存する地獄草紙と呼ばれるすぐれた数種の絵巻である。成立は十二世紀前後、一説に一一八〇年代と推定されて[6]、西行と同時代の作品である。それらを見れば、どす黒い空と地、燃え熾る炎、異形の獄卒、流れ落ちて溜まる血など、恐ろしく酷たらしく毒々しい場面が展開する。これらが、経論の言葉とは違って、視覚を通して直截に働きかけてくるだけに、見る者は、死後の世界とそのような世界を招く人間の営みについて思いを致し、激しく心を揺さぶられずにはいられない。歌はそうした心の動きに触発され、規定されるのである。

このような地獄絵は、貴族社会でのみ享受されていたのではない。

今昔物語集巻第三十一第四によれば、巨勢弘高は病を得て一旦出家したが、朝廷の命によって還俗することになった。東山の寺に籠もって髪が伸びるのを待つ間、退屈しのぎにその寺に造られたばかりの堂の壁板に地獄絵を描いた。その地獄絵はすばらしいできばえで、大勢の人が今も見物しているという。寺院のこうした絵は、教化の目的で積極的に広く公開されていたと考えられるから、多くの衆庶に享受されていたであろう。絵は、目に文字なき人にも耳の聞こえない人にも地獄について教えることができる。

また、西行の聞書集の詞書に、「忠胤僧都と申しし人、説法にし侍りける」とあるように、説法の場でも地獄のことは語られていた。忠胤(仲胤)は十二世紀半ば頃まで活躍した、当時最も著名な説教僧で、諸書に名説教ぶりについての逸話が載る。その説法の言葉は、貴賤男女を問わず多くの人々の耳に響いたに違いない。

日本の仏教思想の展開にともなってどのような冥界観が作り上げられてきたかをおおまかにたどってきた。こうした冥界観は江戸時代に至るまで長く受け継がれ、日本人の死後の世界に対する考え方を強く規制してきた。そして、それが近代以降の人間観や死生観にも影を落とさなかったとはいえない。

五　日本霊異記を遡る

ここで、ふたたび日本霊異記に立ち戻ることにする。

日本霊異記の中巻第七縁には、さらに独特の冥界に関する記述が見られる。それは、先にも一部引用したが、行基菩薩を謗ったとして閻羅王に召された智光法師の説話である。智光は閻羅王の使いからは「葦原国」「豊葦原瑞穂国」の者と呼ばれる。日本書紀、風土記、万葉集などに見られる古めかしい語の使用は、これと対置される冥界の性格を規定するであろう。しかも、智光がもとの世界に帰ることになって、冥官は「慎《ゆめ》黄泉つ竈《へ》の火の物を食ふことなかれ」、すなわち冥界の火で調理したものを食べるなと注意を与える。これは、日本神話の著名な一場面を想起させる。イザナミノミコトが火の神を生んだために神避《かむさ》り、イザナキノミコトは妻を追ってヨモツクニ（黄泉国）に行く。帰ろうと誘うイザナキに、イザナミは「悔しきかも、速く来ねば、吾は黄泉戸喫《よもつへぐひ》を為《し》つ［後悔されることだ、あなたが速く迎えに来てくれなかったので、私は黄泉の国の食べ物を口にしてしまった］」と言う。黄泉の国の竈で調理した食物を一旦口にしたら、もう帰ることはできないというのである。日本霊異記中巻第七縁の冥官の言葉は、こうした観念あるいは習俗を受けていた。海彼の冥界観と日本の古い冥界観との習合の跡は歴然としている。

日本霊異記に、冥界と現世との間に大河が横たわり、橋がかかっているとする（上巻第三十縁、下巻第二十二縁）のは中国にも事例があって珍しくはないが、二つの世界の間に坂があるとする説話は注目される。

初めに広き野に往き、次に卒《さが》しき坂有り、坂の上に登りて大きなる観《たかどの》有るを観る。　（下巻第二十二縁）

行く道の頭《ほとり》にはなはだ峻《さが》しき坂有り。坂の上に登りて躊躇《たちいさよ》ひて見れば、三の大きなる道有り　（下巻第二十三縁）

この坂は、イザナキがヨモツクニから逃げ帰り、追ってきたイザナミと対峙して離縁するこの世との境、ヨモツヒラサカを連想させる。ここにも、日本の古代的な冥界観が継承されていると見てよい。

こうした死者が越えるといわれる坂は、知られる通り「死出の山」と呼ばれる。たとえば、十一世紀に活動した女性歌人は次のような場面を次のように詠んだ。

絵に、死出の山に鬼に追はれて女の泣きて越えし

造り来し罪をともにて知る人もなくなく越ゆる死出の山かな　（弁乳母集　七二）

この絵も地獄絵である。来迎寺蔵の十界図の中にも、死出の山を登る亡者たちの姿が描かれている。

日本霊異記が因果応報の理を示すべく、その実例として転生譚と蘇生譚を語るのは、それらがたとえば仏教的善行のもたらす功徳や、悪行の引き起こす悪報を説くのに適切な構成をそなえているからである。ただし、それらの説話が因果応報の実例として機能するためには、前提が必要となる。行いの報いは、それを行った者の上にもたらされなければならない。すなわち、生前に善行あるいは悪行を行った某と、畜生に生まれ変わり、地獄に堕ち、あるいは金の宮に生まれ変わる某とは同一人格であるという了解である。そうでなければ、因と果と、罪と罰との一貫性は失われる。

ところが、日本霊異記の蘇生譚のなかには、こうした了解と微妙に折り合わない事例がある。

讃岐国山田郡に布敷臣衣女《ぬのしきのおみきぬめ》という者がいて、閻羅王の使いに召された。使いの鬼は走り疲れていたので、衣女の疫神への供え物を食べた。鬼はこの恩に報いようと、同国の鵜垂郡の同姓同名の女を身代わりとして、閻羅王のもとに連れて行った。閻羅王は、別人であるとして鵜垂郡の衣女をしばらくとどめ、改めて山田郡の衣女を召しに行かせた。使いの鬼は山田郡の衣女を連れて行き、鵜垂郡の衣女は家に帰された。ところが、その間に鵜垂郡

の衣女は火葬に付されていたので、「体《からだ》」を失って依るところが無いと閻羅王に訴えた。閻羅王は、残っていた山田郡の衣女の体を汝の「身《み》」とせよと命じた。そして、「因為鵜垂郡衣女之身而甦[因りて鵜垂郡の衣女の身と為りて甦《よみがへ》る]」。蘇った衣女は、ここはわが家ではないと言い、鵜垂郡の衣女の家に行き、ここがわが家であると言った。両家の両親は困惑したが、冥府でのことを語ると、これを信じて、結局四人の父母を得て、両家の財産を相続した。衣女の疫神への供え物の功はむなしくはなかった。（中巻第二十五縁）

この説話叙述のなかで、一読して理解しにくいのは「鵜垂郡の衣女の身と為りて甦る」という一文と、末尾の供え物の功徳を説くところである。山田郡の衣女は冥府に留められ、遺骸を鵜垂郡の衣女に与えただけで、結局供え物は無益であったように理解されるからである。いったい蘇ったのはどちらの衣女なのか。

これについては、出雲路修[7]によってすでに行き届いた説明が提出されているばかりでなく、関連する原古日本の死生観にまで光が当てられている。出雲路は、衣女蘇生の解釈に、古事記上巻におけるオホアナムヂノ神(オホクニヌシノミコト)の死と蘇りの記述のしかたを援用している。オホアナムヂノ神は焼けた大石に「焼き著《つ》けらえて」死に、キサカヒヒメとウムカヒヒメの二人の女神が、その石に付着した肉体の破片を石からこそげ取り集め、これに母の乳汁を塗って「作り活け」たという。このように肉体としての再生が、その神の蘇りにほかならなかった。出雲路はこの事例を「肉体と魂、といった、いわば分析的な把握ではなく、死体を修復することによって蘇生した」ものとし、「その肉体の蘇生すなわちその人の蘇生、といった考え」があることを導き出し、日本霊異記もこうした考えにたって、山田郡の女が鬼に賂をして死に、鵜足郡の女の肉体となって蘇生した説話として記述されていると解釈した。とすれば、閻羅王の使者への供え物は、無益ではなかったのである。別の言い方をすれば、二人の衣女が一人の衣女としてともに蘇ったということにほかならない。

ところで、この説話を漢字片仮名交じり文に直して書き留めた今昔物語集巻第二十第十八には、先の「鵜垂郡の衣女の身と為りて甦る」という一文を、

鵜足郡ノ女ノ魂、山田ノ郡ノ女ノ身ニ入ヌ。活《よみがへり》テ

と、魂と身の関係として記述し直されて、現代の読者にもわかりやすい。仏教の蘇生譚および転生譚は、本来このように魂の輪廻を根底にすえて記述されるべきものであった。日本霊異記では、山田郡の衣女の蘇生譚として語られるべきところ、仏教的ないし中国的死生観に日本古来の死生観を重ね合わせたため、微妙な齟齬を作りだしてしまったのである。

六　冥界観の古層

こうして、古代日本人の生命と死に関する古い観念によれば、人間は霊肉不離の存在として捉えられていたことは、たとえば、人間ではないがイザナキノミコト、イザナミノミコトの神話にも見ることができる。

古事記上巻、火の神を生んだために病み伏し、ついに「神避《かむさり》まし」たイザナミは、出雲の国と伯耆の国との境の比婆の山に葬られた。その妻の女神に会おうと、イザナキの赴く所がヨモツクニ(黄泉国)である。イザナミは、冥界の食を口にしてしまったと語り、ヨモツカミと相談する、自分を見るなと言い残して殿の内に入る。待ちくたびれたイザナキが灯火を灯して入って見ると、女神は「うじたかれころろきて」すなわち蛆がたかり転がっていて、身体の各部位には雷がいるというおぞましい姿であった。ここに死および死後の世界に対する日本人の古い観念が保存されて

いる、あるいは古事記は、古いと見なされる死ないし死後の世界の観念を形象しようとしていると読み取れる。

それにしても、神避り、出雲と伯耆の境の比婆の山に葬られたイザナミが、なぜ今はヨモツクニにいて以前の姿を見せるとともに、殿の内には腐乱した死体の様を示すのか。神野志隆光[8]が指摘し強調するように、ヨモツクニは古事記が設定した神話的世界であって、「黄泉つひら坂」に媒介されあるいは隔てられて、こちら側の「葦原の中つ国」と同一平面上にあるいは同一次元に位置しているのである。

一方、日本書紀本文にあってはイザナミノミコトは神避ることなく、したがってヨモツクニに行くこともない。ただし、そこに引用されている「一書」(第六)には古事記に似た記述がみられる。イザナキが黄泉に尋ねて行き灯火のもとに見たのは、イザナミの「膿沸《うじたか》き虫流る」姿であり、また別の「一書」(第九)によれば、イザナキは殯斂《もがり》の場所に行き、イザナミの「脹《は》満れ太《たた》高へり」という様を見ることになる。

このように、死の世界や黄泉についての記述は一様ではないが、基本的に一致するのは、死というものが屍の腐乱してゆく様相として具象的に捉えられている点である。とすれば、死は肉体のありかたに属するものであって、観念ではない。イザナキは、ヨモツクニから帰って、「吾は(中略)しこめき穢《きたな》き国に在りけり」と言い、禊ぎを行う。このようにそこは死者の行く所、死者のいる所であった。万葉集にも、「遠つ国　黄泉《よみ》の界《さかひ》に　延《は》ふ蔦の　己が向き向き　天雲の　別れし行けば」(巻第九　一八〇四)と歌われている。ヨモツクニ(ヨミ)は赴くところであり、またごくまれにそこから帰る所であった。そして、これらを通じて明らかになる何より重要なことは、死の世界が、肉体を残し置いて都合よく霊魂だけが分離して行く世界でなく、人が全体として——後世の捉え方を借用すれば霊肉相ともに——赴く世界であったということである。[9] ここには、遺体を魂の抜け殻とは見なさない考え方が表れている。

この神話にもう一つ語られているのは、イザナキとイザナミの夫婦の離縁である。「黄泉つひら坂」に「千引《ちびき》の石《いは》」

を引き塞ぎ、二神は対峙して「事戸《ことど》を渡す」とあり、「事戸」は離別の言葉とされる。離縁の理由は、見るなの禁止を守らなかったことで、それは異族どうしの男女の別離の決まりであった。ヤマサチビコはワタツミ(海神)の娘トヨタマビメと結婚し、見ることを禁止されていた産室を覗き、本来の姿の八尋ワニとなっていた妻の姿を見たために、トヨタマビメは「海坂《うなさか》」を塞いでもとの国に帰り(記・紀)、また犬に吠えられて本体を見せてしまった狐妻も去る(日本霊異記上巻第二縁)。イザナミが、生前の姿と腐乱する肉体との二通りの姿を見せているのは、こうした型が組み込まれているからであろう。

ヨモツクニ(ヨミ)は醜く汚らわしい世界として想像されていた。それは、現実の死体と葬送の方法とに規定されてのことである。日本書紀一書(第九)に、イザナキは殯斂の場に入ったと書かれているのは、その裏付けとなる。殯とは、古代にあって貴人の死にあたり、その遺体を墳墓に納めるまでの一定期間特別な建物に安置する慣わしのことである。しかし、死後の世界を次のように美しくなつかしく想像する歌もあった。

山吹の立ちよそひたる山清水汲みに行かめど道の知らなく　(万葉集巻第二　一五八)

歌意は、山吹の咲きそろっている山の清水を汲みに行きたいと思うが、道が分からないことだ。ありふれた歌のようであるが、題詞に十市の皇女の急死を高市の皇子が悲しんで作った歌とし、この歌の左注に日本書紀を引いてその死は四月であったとする。山吹の花は黄、清水とは泉で、「山吹の立ちよそひたる山清水」とは「黄泉(よみ)」のことと読み解いてみれば、知識に基づく観念的な歌ということになるが、永遠に帰って来ない人の住む世界を美しく清らかな所と思いたい、残された者の深切な情をよく表しているといえよう。

また、柿本人麻呂の妻の死を悲しむ挽歌にも、

秋山の黄葉《もみぢ》をしげみ惑ひぬる妹《いも》を求めむ山道知らずも　（万葉集巻第二　二〇八）

と、妻の死を秋の紅葉の山に迷いこんだと詠んでいる。死を、人が山の奥深く隠れると歌う歌は万葉集に少なくない。

豊国の鏡の山の岩戸立て隠りにけらし待てど来まさず　（巻第三　四一八）

たは言かおよづれ言かこもりくの泊瀬の山に廬せりといふ　（巻第七　一四〇八）

こうした発想と表現は、死者を山の中に葬る習俗と関係するであろう。次の歌は、火葬に付した妻を山中に撒骨し、その様を玉が散るようだと詠んだものである。

玉梓の妹は玉かもあしひきの清き山辺に撒けば散りぬる　（巻第七　一四一五）

すると、残された者は死者を葬った山そのものを亡き人のよすがと見てなつかしむことになる。

うつせみの世の事なればよそに見し山をや今はよすかと思はむ　（巻第三　四八二）

さらには、その山にかかる雲や霞を死者に見立てるようにもなる。

こもりくの泊瀬の山の山のまにいさよふ雲は妹にかもあらむ　（巻第三　四二八）

佐保山にたなびく霞見るごとに妹を思ひ出で泣かぬ日はなし　（巻第三　四七三）

七　天翔ける白鳥

古代にあっては、人の死を「雲隠る」という言葉で婉曲に表現することも多い。こうした表現は、当然死者を山に見立て、あるいは霞や雲に見立てていたことと関連するであろうが、人が死んで鳥になるという想像、あるいは鳥に死者の面影を見ようとする心情とも関係しよう。

ここで、我々はヤマトタケルノミコトの死の場面に導かれる。ヤマトタケルは東国遠征の苦しい旅を終えて大和への帰還の途上、伊勢の能煩野で望郷の歌を歌って息を引き取る。大和の妃と御子たちはそこに下り到って、御陵を作り、そこのなづき田を腹這い廻って泣いた。ところが、

是に、八尋の白ち鳥と化《な》り、天に翔《かけ》りて、浜に向ひて飛び行きき。爾《しか》くして、其の后と御子等と、(中略)哭き追ひき。(中略)故、其の国より飛び翔り行きて河内国の志幾に留りき。故、其地《そこ》に御陵《みはか》を作りて鎮め坐《いま》せき。(中略)然れども、亦、其地より更に天に翔りて飛び行きき。　(古事記中巻　景行天皇条)

時に日本武尊、白鳥と化りたまひて、陵《みささぎ》より出で、倭国を指して飛びたまふ。群臣等、因《よ》りて、其の棺櫬《ひつぎ》を開きて視たてまつれば、明衣《みそ》のみ空しく留りて、屍骨は無し。是に、使者を遣して白鳥を追ひ尋《もと》めぬ。則ち倭の琴弾原に停れり。仍りて其の処に陵を造る。白鳥、更《また》飛びて河内に至りて、古市邑に留る。亦其の処に陵を作る。(中略)然して遂に高く翔びて天に上りぬ。　(日本書紀巻第七　景行天皇四十年)

死者が白鳥となって飛んでゆくという描写はあまりにも美しい。ただ、肉体から遊離した霊魂を空中を飛行する動物や虫として見、あるいは死者の霊魂を鳥の姿として想像するのは、広く世界に認められるところである。[10] 万葉集にも柿本人麻呂が、

(前略)白たへの　天ひれ隠り　鳥じもの　朝立ちいまして　入り日なす　隠りにしかば(下略)　(巻第二　二一〇)

と、鳥が朝飛び立つように彼方に去ったと妻の死を歌う。しかし、今これをそのように一般化するのでなく、こうした叙述を生み出した古代日本人の精神の働きや、死後の世界に対する映像と関連付けて扱おうとする時、その表現の細部に注意を払う必要があろう。

古事記と日本書紀とには、地名、白鳥を追いかける人々等に関する記述に相違があるけれども、それらは死自体の形象にはかかわらない。最も重要な相違は、日本書紀に、古事記の持たない「群臣等、因りて、其の棺櫬を開きて視たてまつれば、明衣のみ空しく留りて、屍骨は無し」という記述のあることであろう。これは、ヤマトタケルの死の捉え方に対する文化的背景の相違を意味している。日本書紀の記述は、中国の神仙思想に基づいてその死が昇仙として捉えられているのである。[11]棺のなかに衣や履物のみを残して遺骸が残らないのを屍解といい、神仙世界に赴く一つの方法であった。こうした扱いは、たとえばワタツミの娘トヨタマビメがヤマサチビコすなわちヒコホホデミノミコトの子を生むに当たり、古事記では「八尋ワニ」の姿になったと記されるのに対して、日本書紀では「龍」(神代下)と記述するのと通う。日本書紀は、日本の神話を中国文化の文脈に組み入れて翻訳したのである。

しかし、日本書紀が「日本武尊、白鳥と化り」、古事記も「八尋の白ち鳥と化り」と同じ趣に記述するところを見落としてはならない。この記述を、たとえば「死者の魂が白鳥となって飛び立ち遊行する」[12]、「彼の魂がほかならぬ白鳥になる」[13]とか、「その魂が鳥になって飛んでいった」[14]などと説明するのは誤っている。ヤマトタケルは死んで白鳥となり飛び去ったのである、あるいはその死を白鳥となって翔り去る姿として形象したのである。古代に行われていた、死を身体と霊魂の分離と見る考え方をここに持ち込むのは、一見分かりやすく見えるかもしれないが、本文の読みをねじ曲げ、そして古代人の死生観の理解から遠ざかってしまう。

ヤマトタケルは景行天皇の皇子であった。そして、天皇の命に従い、大和朝廷に服属しようとしない者たちを従わ

せ、あるいはその武力や智謀をもって滅ぼす英雄には違いなかった。その一方で、

天皇の既に吾を死ねと思ふ所以や、何。西の方の悪しき人等を撃ちに遣して、返り参《ま》ゐ上り来し間に、未だ幾ばくの時を経ぬに、軍衆《いくさども》を賜はずして、今更に東の方の十二道の悪しき人等を平げに遣しつ。此れに因りて思惟《おも》ふに、猶吾を既に死ねと思ほし看《め》すぞ。（古事記中巻　景行天皇条）

と、天皇が軍勢をも副えず西に東に遠征に遣わすのは、自分に死ねと思っていらっしゃるのかと、天皇と朝廷からの疎外を嘆き訴えずにはいられない。ヤマトタケルは、死を予感しつつ、それでもそれに立ち向かおうとし、しかしついに逆らいがたい運命に呑み込まれてしまう悲劇の皇子であった。

こうしたヤマトタケル像の造形には、古代の皇位をめぐる権力闘争のなかで、押しつぶされていったあまたの皇子たちの姿が鎮魂の情を添えて重ねられていると、吉井巖(15)は指摘する。山背大兄皇子、古人大兄皇子、有間皇子、大津皇子など。こうした皇子たちの死を哀傷し、鎮魂すべく、後世の人は挽歌を読み、物語を語った。

万葉集には、有間皇子が謀叛の疑いをかけられて、尋問を受けるために天皇の湯治先である紀の湯に護送される途中、岩代で自らの運命を傷み悲しみ、幸いを祈りながら松の枝を結んで歌った歌を載せる。

岩代の浜松が枝を引き結びま幸くあらばまたかへりみむ　（巻第二　一四一）

岩代の松の枝を引き結んで、幸いにも無事であったら、また立ち返り見ることであろうと詠んだ。そして、皇子は紀の湯を出て結び松を目にはしたであろうが、身柄を都に移される途中の藤代で殺された。岩代の結び松は、後世にもそこを通る旅の歌人たちに多くの歌を詠ませることになった。山上憶良は、

翼なすあり通ひつつ見らめども人こそ知らね松はしるらむ　（万葉集巻第二　一四五）

と詠んだ。皇子は鳥のように空を行き来しつつ見ていらっしゃるであろう。人はそれを知らないだろうが、松には分かっているのだろうと。この皇子も、鳥となって空に飛び去ったと憶良は想像していたらしい。

この歌の初句「鳥翔成」は「つばさなす」という訓のほか、「あまがけり」と訓む説もある。「あまがけり」とは、やはり憶良の長歌に、

大和の　大国御魂　ひさかたの　天のみ空ゆ　天翔《あまがけ》り　見渡したまひ　（万葉集巻第五　八九四）

と詠み込まれ、また出雲国造神賀詞に用いられる。

出雲の臣等が遠つ神天のほひの命を、国体《くにかた》見に遣はしし時に、天の八重雲をおし別けて、天翔り国翔りて天の下を見廻りて

などと、神霊などが大空を飛び翔るという意で用いられる。このように、死者も鳥の姿で、あるいは鳥のように大空を飛びわたってこの世界に帰って来ることがあると考えられていた。

そして、この言葉は平安時代中期以降にも時折用いられることがあった。たとえば、源氏物語「若菜下」巻に、亡き六条御息所が、娘の秋好中宮の身の上を気にかけて見ているとして、そのことを語る場面に、

中宮の御事にても、いとうれしくかたじけなしとなん、天翔りても見たてまつれど

また、同じく「総角」巻に、亡き宇治の八宮が娘たちを気にかけているであろうことについて、

かう心苦しき御ありさまどもを天翔りてもいかに見給ふらむ

と語られる。これらの用例は、六条御息所も八宮も、現世に執着を残しているために成仏できないということを物語っているのである。

かつては美しく死を表現していた言葉が、仏教的文脈に引き直されてしまうと、死後の人間の救われない姿を痛ましくも表現することになる。同じ言葉による同じような映像が、置かれた思想的文脈によって変質してしまう事例である。

八　むすび――日本人の死生観の多様性

日本霊異記に現れている死と冥界に対する観念と表現を分析し、またそこを起点として、浄土教の隆盛を見た平安時代中期における来世に関する教義およびその表現の特質をさぐった。さらに、日本霊異記を遡って、仏教以前の古層の生命観、心身観、死生観を透かし見た。これらの検討を通して、古代日本においては、日本固有の観念に、仏教思想、道教思想など海彼から伝えられた思想が重なり、またそれらが融合して複雑な様相を呈していることが確かめられた。

しかも、仏教以前の死と冥界像さえも、たとえば古事記のヨモツクニのように死体の腐乱するうとましい世界もあれば、山吹の咲く清らかな泉としての黄泉の世界もあれば、一方で死者が白い鳥となって天空を翔りゆく姿として想像することもあって、決して一様ではない。

こうした複雑さと多様さは、長い歴史のなかでさらに変容を続け、近代以降のキリスト教や唯物論の移入によって、いっそうその傾向を強めたといえよう。その結果、我々現代日本人は、それぞれの個人の信仰や思想の違いによって、あるいは現在帰属している、ないしかつて帰属した家や社会の習俗の違いによって、多様な死生観を抱いている。のみならず、それぞれの個人の内面にも、複雑な死生観が形成されていると考えられる。そのことが、現代日本人の宗教に対するあいまいで分かりにくい姿勢を作りだしたり、死や霊魂に対する考え方に大きすぎる振幅をもたらすことにもなっている。こうしたあり方を混乱していると批判する立場もないではないけれども、多様性を多様性として認識し、複雑で多様であることを豊かさあるいはその可能性として評価することが必要ではなかろうか。一人一人にとって切実な問題である死と死後の世界は、その一人一人について尊重されるべきだからである。

(1)　田口宏昭「終末期のケア」(中山將・高橋隆雄編『ケア論の射程』九州大学出版会　二〇〇一年)。
(2)　日本霊異記の蘇生譚については、多田一臣「冥界訪問譚――『霊異記』の蘇生説話を中心に――」(古橋信孝他編『古代文学講座5　旅と異郷』勉誠社　一九九四年)に行き届いた問題の整理と考察がなされている。
(3)　冥報記は、般若験記とともに日本霊異記の上巻序文にも言及され、目指し倣うべき書物として編者の景戒に意識されていた。
(4)　大串純夫「地獄絵」(『来迎芸術』法蔵館　一九八三年)。
(5)　この連作については、片野達郎『日本文芸と絵画の相関性の研究』(笠間書院　一九七五年)第三章第二節「西行『聞書集』の「地獄絵を見て」について」に読解分析がなされている。
(6)　小松茂美「餓鬼・地獄・病草紙と六道絵」(『日本絵巻大成7　餓鬼草紙　地獄草紙　病草紙　九相詩絵巻』中央公論社

一九七七年)。

(7) 出雲路修『説話集の世界』(岩波書店　一九八八年)第二部三「「よみがへり」考」。

(8) 神野志隆光『古事記の世界観』(吉川弘文館　一九八六年)。また神野志隆光・山口佳紀『古事記注解2　上巻その一』(笠間書院　一九九三年)の「6黄泉国」にも詳細な解釈がなされている。

(9) 西郷信綱『古代人と死　大地・葬り・魂・王権』(平凡社　一九九九年)は、ヨミノクニを中心に古代日本の死生観、心身観を本格的に論じている。しかし、ここに身魂二元論を前提として持ち込んでくるために、ヨモツクニのイザナミを「身体から分離した死霊」と規定するなど、そのヨモツクニ理解は混乱に陥っていると言わざるをえない。

(10) 碓井益雄『霊魂の博物誌　原始生命観の体系』(河出書房新社　一九八二年)第三章「鳥と昆虫――霊魂の姿(二)」、張龍妹『源氏物語の救済』(風間書房　二〇〇〇年)第一編第一章「心の遊離」など。

(11) 時代は下るが、大江匡房の本朝神仙伝に倭武命の伝を入れている。日本書紀に従えば、当然の扱いというべきであろう。

(12) 注(9)前掲書。

(13) 守屋俊彦『ヤマトタケル伝承序説』(和泉書院　一九八八年)Ⅲ「伊吹山の神――倭建命の登攀――」。

(14) 注(10)碓井前掲書。

(15) 吉井巌『ヤマトタケル』(学生社　一九七七年)。

【追記】

1　本章は、二〇〇三年に刊行された生命倫理に関する論文集に収録された。「一　はじめに――現代日本社会から」「八　むすび――日本人の死生観の多様性」がそなわるのはそのためである。十余年を経て社会状況と日本人の意識構造にも変化が見られ、また本書の主題からいって不可欠というわけではない。しかし、古代の思考と表現の問題が現代人にも無関係ではなく、現代人の課題と無縁にこうした研究が進められてよいとは考えないので、残すこととした。

2　「地獄絵に剣の枝に人のつらぬかれたるを見て」として詠まれた和泉式部の歌について、「衆合地獄のなかの刀林を詠んだものであろうか」とした。その後、田村正彦「「剣の枝」考——和泉式部と邪婬の刀葉林——」(『国語と国文学』第八六巻第三号　二〇〇九年三月)が、地獄絵の「剣の枝」に関して検討を行い、その原拠は確定できないとしつつ、その後の展開の相を詳細にたどっている。なお、これは田村正彦『描かれる地獄　語られる地獄』(三弥井書店　二〇一五年)にまとめられた。

後書き

本書に収録した論文で最も早く書かれたのは、第一部第一章に置いた「モノノケ・モノノサトシ・物怪・怪異――憑霊と怪異現象とにかかわる語誌――」(一九九一年九月)であるが、研究の出発点はさらに遡り、新日本古典文学大系『今昔物語集　五』(岩波書店　一九九六年一月)の注釈にある。

新日本古典文学大系の注釈を担当すべきことが伝えられたのは一九八五年であったか。『今昔物語集の生成』(和泉書院　一九八六年二月)刊行の作業を進めていた頃である。これらのことは、愛知県立大学・愛知県立女子短期大学から熊本大学への私の転任と重なり、あわただしい時期に、たまたま準備していた論文に「今昔物語集賛注」と副題を付けて二篇発表した。ただし、新日本古典文学大系の本文作成と注釈の仕事は、一九八七年四月の岩波書店での打ち合わせの後ゆるゆると始まった。「モノノケ・モノノサトシ……」は、その注釈作業のかたわら執筆した。

論文を執筆するために、その趣旨に添う必要な箇所のみを切り出して利用するという、効率的であっても恣意に陥りかねない文献の扱い方と違って、注釈には、言葉の表記、読み、語義、用法について基礎的な問題を的確に押さえる態度が求められた。すでに日本古典文学大系、日本古典文学全集、日本古典集成というすぐれた注釈があったから、それらを参照することができたとはいえ、注釈書同士相違するところも少なからず、またそれらのいずれにも従いがたいところもないではなかった。一字の読み、一語の意味を明らかにしようと半日を費やしても、結論を得られないことがしばしばあった。辞書、用例に根拠を求めてかなわないまま、「辞書類に根拠は得られないが、かく読むべきか」という注を加えたことさえある。そのようななかで、「モノノケ・モノノサトシ……」は、辞書、索引、影印資料類を検討して比較的容易に結論を導くことができたものであった。

今昔物語集注釈の経験を経て、もっぱら集としての側面、編纂の営みに重きを置いたそれまでの分析から、個別説話の構造と表現に着目して、従来の説話研究とはやや異なる方法で説話を読解する試みに踏み出すことができた。一九九九年十二月に発表した「聖なる毒蛇／罪ある観音――鷹取救済譚考――」(本書第三部第一章)がその嚆矢で、私はおのずと本書の主要部分を成す諸論文の執筆に差し向けられることになる。それは、私にとっては説話の持つ普遍性という価値の新たな発見であったが、これに二〇〇〇年六月の「紫式部集の物の気表現」(本書第一部第五章)等が続く。

このようにして、それらは次第に、説話研究でもない、物語研究でもなければ和歌研究でもない、また語義・語彙研究とも言えず、分類しにくく、研究史への位置付けをはなはだ得にくい論文になっていった。しかし、私の内部では一貫した問題意識に基づいていた。そして、何をどのように論じようとも、一語の表記、語義、用法、一文の読解をなおざりにしないことを心がけた。ただ、こうした研究を言い表す適切な言葉を探しあぐねて、当座「見えない世界に関する文学」とか「見えないものをめぐる言語表現」とか呼んでいた。そうであっても、これらの論文に目をとめてご意見や批評を寄せてくださる方もあり、私はそれに示唆と力を得ることが多かった。

しかし、本書の各論文の執筆は、計画に従って軌道の上を進むようになされたわけではない。その間併行して執筆を続けていた論文で、『場の物語論』(若草書房　二〇一二年)、『古代説話集の生成』(笠間書院　二〇一四年)、『龍蛇と菩薩　伝承文学論』(和泉書院　二〇一九年)に収録した幾篇かとは一部交わり、一部接し、あるいは響き合う。

本書を構成すべき論文のリストを作成して、岩波書店編集部の吉田裕氏に相談を始めたのは二〇〇八年頃であったと思う。吉田氏は、かつて新日本古典文学大系『今昔物語集　五』の編集担当であった。『文学』に掲載してすでに読んでいただいていた幾篇かに加えて、そのほかの論文に目を通してくださった吉田氏から、四つの提案があった。書名に「古代心性表現」の語を入れること、目次案を大きく変更すること、古代心性表現に関する総論を加えること、中世心性表現を展望する論文を執筆することである。前の二つの提案によって、これまで私が漠然と捉えていた課題の輪郭が鮮明に像を結んだ。後の二つの課題はかなりの難問と予想された。序章に置いた「古代心性表現論序説」には数年の時間をかけて、熊本大学を定年で退職する時に合わせて発表した。中世を展望する論文は断念した。

本格的に原稿の整理に着手する段になって、第一部の〈もののけ〉に関して、説話文学会でシンポジウムの講師を務める機会が与えられ、さらに論文を執筆することになった。その他の事情も加わって、原稿整理は進捗しなかった。校正刷りが出てからも、校正の作業は停滞した。それでも、坂田一浩君に引用文献の確認等に関する協力を得ることができて、ようやく刊行の見通しが立った。また、本書全体にわたる論述、表記等の整理と統一については、編集部の入念な点検によって進めることができた。これらの煩瑣な作業に支援をいただいたことに対して、感謝の思いは筆舌に尽くしがたい。

二〇一九年六月

森　正人

人名索引

あ　行

か　行

さ　行

た　行

な　行

は　行

ま　行

神仏菩薩天名索引

あ　行

か　行

さ　行

た　行

な・は　行

ま　行

や・ら　行

書名索引

あ　行

か　行

さ　行

た　行

な　行

は　行

ま　行

や　行

ら　行

わ　行

寺社名索引

森　正人

1948年生まれ．1971年熊本大学法文学部卒業．1976年東京大学大学院博士課程中途退学．熊本大学文学部助教授，同教授を経て，2014年定年により退職．2015年尚絅大学・尚絅大学短期大学部学長に就任．2019年同学長を退任．

現在，熊本大学名誉教授，尚絅大学・尚絅大学短期大学部名誉教授．

専攻，日本古典文学．特に古代・中世の物語および説話集．

著書に，『今昔物語集の生成』(和泉書院，1986年)，新日本古典文学大系『今昔物語集　五』(校注，岩波書店，1996年)，『場の物語論』(若草書房，2012年)，『古代説話集の生成』(笠間書院，2014年)，『龍蛇と菩薩　伝承文学論』(和泉書院，2019年)ほか．

古代心性表現の研究

2019年8月28日　第1刷発行

著　者　森《もり》　正人《まさと》

発行者　岡本　厚

発行所　株式会社　岩波書店
〒101-8002　東京都千代田区一ツ橋2-5-5
電話案内　03-5210-4000
https://www.iwanami.co.jp/

印刷・精興社　函・加藤製函　製本・牧製本

ISBN 978-4-00-022968-5　　Printed in Japan

新日本古典文学大系37
今昔物語集 五　森正人 校注　A5判 五八〇頁 本体 四六〇〇円

方忌みと方違え
―平安時代の方角禁忌に関する研究―　ベルナール・フランク　斎藤広信 訳　A5判 二八二頁 本体 七四〇〇円

連想の文体 王朝文学史序説　鈴木日出男　A5判 三六四頁 本体 九〇〇〇円

古代文学の世界像　多田一臣　A5判 四三四頁 本体 一一〇〇〇円

読解講義
日本文学の表現機構　安藤宏 高田祐彦 渡部泰明　A5判 二四八頁 本体 三五〇〇円

岩波書店刊

定価は表示価格に消費税が加算されます
2019年8月現在